I0787310

DU MÊME AUTEUR

Les Vampires Scanguards

La belle mortelle de Samson (#1)

La provocatrice d'Amaury (#2)

La partenaire de Gabriel (#3)

L'enchantement d'Yvette (#4)

La rédemption de Zane (#5)

L'éternel amour de Quinn (#6)

Les désirs d'Oliver (#7)

Le choix de Thomas (#8)

Discrète morsure (#8 ½)

L'identité de Cain (#9)

Le retour de Luther (#10)

La promesse de Blake (#11)

Fatidiques Retrouvailles (#11 ½)

L'espoir de John (#12)

La tempête de Ryder (#13)

La conquête de Damian (#14)

Le défi de Grayson (#15)

L'amour interdit d'Isabelle (#16)

La passion de Cooper (#17)

Le courage de Vanessa (#18)

La séduction de Patrick (#19)

Ardent désir (Nouvelle)

Les Gardiens de la Nuit

Amant Révélé (#1)

Maître Affranchi (#2)

Guerrier Bouleversé (#3)

Gardien Rebelle (#4)

Immortel Dévoilé (#5)

Protecteur Sans Égal (#6)

Démon Libéré (#7)

Les Vampires de Venise

Nouvelle 1 : Raphael & Isabella

Nouvelle 2 : Dante & Viola

Nouvelle 3 : Lorenzo & Bianca

Nouvelle 4 : Nico & Oriana

Nouvelle 5 : Marcello & Jane

Hors d'Olympe

Une Touche de Grec (#1)

Un Parfum de Grec (#2)

Un Goût de Grec (#3)

Un Souffle de Grec (#4)

Nom de Code Stargate

Ace en Fuite (#1)

Fox en Vue (#2)

Yankee dans le Vent (#3)

Tiger à l'Affût (#4)

Hawk en Chasse (#5)

La Quête du Temps

Changement de Sort (#1)

Présage du Destin (#2)

Thriller

Témoin Oculaire

Le club des éternels célibataires

Séduisant (#1)

Attirant (#2)

Envoûtant (#3)

Torride (#4)

Attrayant (#5)

Passionné (#6)

TÉMOIN OCULAIRE

UN THRILLER

TINA FOLSOM

1

Maryland – Quinze ans plus tôt

Emily Warner aurait dû périr dans l'accident, mais elle y survécut.

Une semaine avant l'accident qui allait bouleverser sa vie à tout jamais, Emily fêtait ses quinze ans et son acné avait enfin disparu. D'après elle, c'était un bon présage. Elle était folle de Kevin, un garçon de son école, et elle l'avait même surpris en train de la regarder en classe. Elle rêvait sans cesse qu'il ne l'embrasse, cependant il n'en fut rien. Elle ne le revit jamais. En fait, elle ne revit aucun de ses camarades de classe ou de ses amis. En cause, la collision entre deux voitures à un carrefour. L'une roulait à toute allure et avait grillé le feu rouge, alors que l'autre respectait innocemment le code de la route.

Le feu rouge fut la dernière chose que Emily vit, avant que la ceinture de sécurité ne lui entaille la poitrine, la privant de son souffle. Le verre se brisa tout autour d'elle. Les bruits provoqués par la collision résonnèrent dans la nuit. Le choc latéral lui fit perdre connaissance. Lorsqu'elle reprit conscience, elle se demanda un instant si elle n'était pas morte. Elle était toute engourdie, comme si son corps s'était évaporé. Enfin, les nerfs de son cerveau réagirent, et alors qu'elle commençait à avoir mal, elle se rendit compte qu'elle était toujours attachée par sa ceinture de sécurité et qu'un liquide poisseux recouvrait ses yeux. Une douleur aiguë lui asséna la tête, pire que n'importe quelle migraine, tandis que son corps était étroitement coincé entre des plaques de métal, de plastique et de revêtements en cuir. Elle était prise au piège, incapable de bouger.

Emily ne vit ni les lumières clignotantes des ambulances et des voitures de police, ni les lampes de poche des premiers intervenants qui essayaient d'évaluer la situation. Elle entendit néanmoins les sirènes, ainsi que les voix des policiers et des ambulanciers la priant de rester calme, la rassurant, lui promettant de la sortir de là. Lui promettant que tout allait bien se passer.

Elle voulait les croire.

Emily sentit quelqu'un bouger à côté d'elle et couper ou plier du métal. Ensuite, quelqu'un gémit, et elle comprit qu'elle n'était pas la seule à avoir survécu. Hélas, avant qu'elle ne puisse exprimer son soulagement, un secouriste chuchota tout bas à son collègue, ne voulant manifestement pas qu'Emily l'entende :

— Je ne sens pas son pouls...

Pendant ce qu'il lui sembla être une éternité, le temps s'arrêta. Tout comme son cœur. Mais ensuite, son corps réagit à cette terrible nouvelle. Elle ne voulait pas y croire. Ses larmes se mêlèrent au liquide visqueux dans ses yeux, au sang si épais qu'aucune lumière ne pouvait y pénétrer. Elle essaya de l'essuyer, mais son bras était coincé. A cette époque, elle ignorait que cela n'aurait rien changé. Le sang resta là où il était. Aucune larme ne pouvait l'effacer.

Bien qu'elle se refusait à l'admettre, au fond, Emily savait très bien ce que cela voulait dire. Les ambulanciers la sortirent de l'épave comme une poupée de chiffon. La morphine qu'ils lui avaient administrée dans l'ambulance la berça dans un rêve agité, l'aidant à chasser l'accident de son esprit.

Une fois à l'hôpital, Emily entendit les voix des médecins urgentistes et des infirmières qui s'affairaient sur elle. Selon eux, c'était un miracle qu'elle soit en vie.

Elle savait qu'elle avait eu de la chance. Mais comment pourrait-elle reconnaître cette chance, alors que seul le néant se présentait devant ses yeux ? Son avenir n'aurait rien à voir avec ce qu'elle avait imaginé toute sa vie. Rien ne serait jamais plus comme avant. Son ancienne vie était termi- née. Une nouvelle, qu'elle n'avait pas demandée, avait commencé. Et cette nouvelle vie était assombrie par une absence de lumière qui engloutissait tout ce qui l'entourait comme un trou noir.

Oui, elle avait survécu à l'accident.

Mais ce miracle avait un prix.

Elle était aveugle.

2

———

Washington D.C. – *De nos jours*
23 mai

Eric Bolton gara sa Mercedes argentée sur la place de parking la plus proche de l'entrée du service des urgences. Il sauta de sa voiture sans même la verrouiller et se précipita vers l'hôpital, son cœur battant comme un marteau-piqueur. Heureusement, il savait qu'il n'était pas en train de faire une crise cardiaque : il était en forme pour ses soixante-neuf ans, avait peu de ventre, et pour un homme influent qui mangeait la majorité de ses repas dans des restaurants chics plutôt qu'à la maison, il était en bonne santé.

À l'intérieur de l'hôpital, il trouva rapidement un poste d'infirmière à l'aide des panneaux. Il n'avait pas de temps à perdre.

— Où est ma fille ? Madeline Bolton, on l'a transportée en ambulance.

La femme derrière le comptoir le regarda.

— Vous êtes ?

— Eric Bolton. Je suis son père. Où est ma fille ? demanda-t-il précipitamment, en se penchant à moitié sur le comptoir, comme si cela allait permettre à la femme de répondre plus vite.

— Calmez-vous, monsieur, s'il vous plaît, le somma-t-elle en écrivant quelque chose sur son clavier.

Se calmer ? Comment pourrait-il se calmer ? Sa fille était blessée, et gravement d'après ce qu'il avait pu déduire de l'appel de Lucia. Lorsqu'elle l'avait appelé, la gouvernante de Madeline était dans tous ses états, ses mots remplis de tristesse, d'inquiétude et de peur. Cela avait envoyé un choc dans son corps, et grâce à l'adrénaline qui s'était répandue dans ses veines, il avait pu rentrer en ville et se rendre à l'hôpital sans avoir d'accident.

— Mademoiselle Bolton a été emmenée en traumatologie 2, informa enfin l'infirmière. Veuillez vous asseoir là-bas.

Elle désigna la salle d'attente.

Mais Bolton ne s'assit pas. Il en était incapable. Il devait savoir ce qui s'était passé, dans quel état se trouvait Maddie. Il avait besoin d'être à ses côtés, de lui dire que tout allait bien se passer, que son papa était là pour s'assurer qu'elle recevrait les meilleurs soins. Il ignora donc la suggestion de l'infirmière et se dirigea vers les doubles portes qui menaient aux salles de traumatologie.

— Monsieur ! Monsieur ! Vous ne pouvez pas entrer ! lui cria-t-elle.

Même quand l'infirmière fit une annonce au micro, il fit comme si de rien n'était :

— Sécurité au centre de traumatologie, couloir B, tout de suite !

De l'autre côté de la double porte, Bolton se précipita dans le couloir bordé de divers équipements médicaux nécessaires pour surveiller rythme cardiaque, pression artérielle, oxygénation et autres signes vitaux, ainsi que de machines destinées à ranimer des patients ou permettant de respirer à leur place. Il entendit des bips et des ordres prononcés à la hâte entre les médecins et les infirmières. L'odeur stérile des liquides désinfectants lui rappela que la dernière fois qu'il avait mis les pieds dans un hôpital, c'était lorsque Rita avait accouché de Madeline. Bien qu'à l'époque, il n'avait été gêné ni par les odeurs de l'hôpital ni par la vue des nombreuses machines qui avaient pour but de maintenir la vie, aujourd'hui, la scène et ses odeurs lui faisaient imaginer les pires scénarios.

Une multitude de pièces, toutes dotées de grandes fenêtres allant du sol au plafond, certaines avec des rideaux fermés garantissant l'intimité, d'autres avec des rideaux ouverts, s'étendait de toute part. De même, de nombreuses portes étaient ouvertes, alors que d'autres étaient fermées.

— Vous n'avez pas le droit d'être ici, déclara fermement une voix masculine derrière lui.

Bolton ignora la réprimande et continua à marcher, lisant les panneaux à l'extérieur des portes. Trauma cinq, lut-il avant de s'engouffrer davantage dans le couloir. Mais il ne put aller bien loin. L'agent de sécurité posa brusquement une main sur l'épaule de Bolton, qui dû s'arrêter et se retourner malgré lui.

— Monsieur, soit vous partez, soit j'appelle la police, prévint le grand homme noir portant un uniforme bleu foncé.

— Vous ne comprenez pas, plaida Bolton. Ma fille, elle est ici. Elle est blessée. Je dois la retrouver. Madeline, Madeline, mon bébé, ton papa est là ! s'écria-t-il après avoir tenté de se libérer de l'emprise de l'homme en vain.

— Bon, ça suffit, dit l'agent de sécurité en l'entraînant à nouveau vers les doubles portes.

Bolton ne lui facilita pas la tâche, usant de son poids contre l'agent.

— Bon sang ! Mais lâchez-moi ! Je dois voir Madeline. Madeline ! Maddie ! appela-t-il en regardant par-dessus son épaule en direction de la salle de traumatologie n°2.

Tout à coup, une femme noire d'âge moyen en blouse apparut dans l'embrasure de la porte. Avec l'autorité d'un médecin qui avait déjà tout vu et tout entendu, elle le regarda droit dans les yeux.

— Monsieur Bolton ?

Ensuite, son regard se porta sur l'agent de sécurité, à qui elle fit un léger signe de tête.

L'agent de sécurité lâcha Bolton. Bolton fit quelques pas en direction du médecin, puis s'arrêta. Il comprit à son expression que les nouvelles n'étaient pas bonnes.

Elle fit à son tour quelques pas vers lui.

— Je suis désolée, déclara-t-elle les yeux débordant de compassion. Votre fille n'a pas survécu.

La vie s'éteignit dans le corps de Bolton et, l'espace d'un instant, le monde sembla suspendre son souffle. Le chirurgien traumatologue parlait encore. Des mots comme hémorragie cérébrale et gonflement du cerveau résonnaient dans le couloir. Bolton entendait sans écouter.

Madeline n'était plus là.

Quelqu'un le conduisit vers une chaise où il put s'asseoir, engourdi par le chagrin et la douleur. Tout semblait trop calme autour de lui. Et dans la douleur solitaire de son chagrin, il se rendit compte que tout ce qu'il avait accompli dans sa vie, tout ce pour quoi il avait travaillé, n'avait plus aucune importance. Il sentit les larmes lui monter aux yeux mais les refoula. Il ne pouvait pas s'effondrer maintenant, il ne pouvait pas se permettre d'être faible. Il devait être fort, pour lui et pour sa famille. S'il cédait maintenant, s'il laissait le chagrin l'engloutir, il n'y aurait personne pour consoler Rita, sa femme depuis quarante ans.

Mais comment pourrait-il réconforter Rita alors qu'il ressentait lui-même la pire douleur de sa vie ?

Il ne savait pas depuis combien de temps il était assis là, quelque part dans l'hôpital, quand son téléphone portable sonna. Sans réfléchir, il le sortit de sa poche et le regarda. Il ne savait pas trop pourquoi il avait répondu à l'appel, alors qu'il pouvait à peine parler, mais il l'avait fait quand même.

Une voix familière lui demanda :

— Bonjour Eric, tu en es où ? On a sellé les chevaux. L'heure tourne.

— Mike, répondit Bolton la voix brisée.

Mike Faulkner, le chef de cabinet du président, était son ami depuis la fac, alors qu'ils étaient tous deux membres de la même fraternité. Alors qu'au début, leurs choix de carrière les avaient conduits dans des directions et des lieux différents, leur amitié n'avait fait que se renforcer, jusqu'à ce qu'ils finissent tous les deux au gouvernement : Faulkner dans la branche exécutive, Bolton en tant que courtier d'armes ayant des liens avec des lobbyistes. Ce dernier était aussi donateur majeur.

— Tu as oublié ?

Bolton dut rassembler toutes ses forces pour lui répondre sans s'effondrer.

— Mike... Maddie... elle est morte. Ma petite fille est morte.

Un sanglot s'échappa de sa poitrine. Peu importe que Maddie ait fêté ses trente-deux ans et qu'elle vive seule dans une maison de ville huppée de Georgetown. Elle serait toujours sa petite fille. Et maintenant, elle n'était plus là. Son sourire contagieux avait disparu. Son rire avait disparu.

— Oh mon Dieu, que s'est-il passé ?

Bolton refoula un autre sanglot.

— Je ne sais pas. Lucia m'a appelé. Elle l'a trouvée en arrivant à la maison. Ils l'ont emmenée d'urgence à l'hôpital, mais c'était trop tard. Elle est...

Cette fois, la réalité le saisit davantage, et il ne put se résoudre à finir sa phrase. L'image était trop crue, trop douloureuse.

— Eric, je ne peux même pas imaginer ce que toi et Rita traversez en ce moment.

— Rita n'est pas encore au courant. Elle est à la maison.

Sa voix se brisa, mais il se ressaisit et reprit son souffle.

— Je ne sais pas quoi faire.

— Je suis là pour toi, Eric. Je ferai tout mon possible pour vous aider. Reste fort pour Rita. Moi, je serai fort pour toi.

Un sanglot s'échappa de la poitrine de Bolton.

— Il y a peut-être quelque chose que tu peux faire. La police... elle voudra enquêter sur ce qui s'est passé. Et moi aussi, j'ai besoin de savoir. J'ai besoin de savoir ce qui s'est passé et pourquoi. Mais je ne veux pas que la police traîne son nom dans la boue.

Même s'il aimait Maddie plus que tout, il ne pouvait pas se voiler la face. Elle n'y était pas allée de main morte durant sa vingtaine, s'essayant même aux drogues. Elle avait eu de nombreux amants. Peu étaient respectables. Il ne voulait pas que ça se sache.

— Ne t'inquiète pas. Laisse-moi m'en occuper. Je m'assurerai de son bon traitement. J'enverrai mes propres hommes, promit Faulkner.

— Les services secrets ? Tu peux faire ça ?

— D'ordinaire, non. Ce n'est pas de notre ressort. Mais je peux demander quelques faveurs pour que la police de Washington ne s'occupe pas de ce cas. Les services secrets feront tout pour qu'il n'y ait pas de fuite. Et ils seront minutieux. Je te le promets. C'est le moins que je puisse faire pour ma filleule.

— Je ne sais pas comment te remercier.

— Pas besoin de me remercier, contesta Faulkner. Prends soin de Rita. Elle a besoin de toi, plus que jamais.

Avant que Bolton ne puisse le remercier à nouveau, Faulkner raccrocha et glissa son téléphone portable dans la poche de son pantalon.

Faulkner s'arrêta à la porte de l'écurie. Il avait eu hâte de partir avec Bolton. Il n'avait plus beaucoup l'occasion de monter à cheval depuis qu'il était devenu le chef de cabinet du président Robert Langford, il y a plus de deux ans. En fait, il n'avait pas souvent l'occasion de rester dans son domaine équestre situé dans la campagne de Virginia. Au lieu de cela, Faulkner passait la plupart de ses jours et de ses nuits dans sa maison de Washington D.C. Elle était suffisamment proche de la Maison Blanche pour qu'il puisse être dans le Bureau Ovale en moins de quinze minutes, si la circulation le permettait.

Il se demandait parfois pourquoi il avait accepté ce travail. Était-ce parce qu'il aimait le pouvoir que lui conférait le poste ? Le prestige ? Ou avait-il cédé à l'offre du président parce qu'ils étaient amis depuis l'université ? Comme Bolton, le président était membre de la même fraternité que Faulkner. Peut-être que la raison était toute autre. Peut-être que le fait de ne pas s'être remarié après la mort inattendue de sa femme alors que leur fils était encore petit avait contribué à sa quête de défis professionnels plus importants. Il n'avait pas su élever son fils adolescent rebelle en proie au chagrin.

— Bonjour monsieur Faulkner, dit le palefrenier.

Robert Woolf ressemblait à un vieux marin bourru, le visage cuirassé par le temps qu'il passait dehors quelle que soit la météo, les mains calleuses par le dur labeur qu'il accomplissait sans se plaindre. Faulkner savait reconnaître un homme bon quand il en voyait un. Et Woolf était un homme bon, honnête, fiable, et d'une aide inestimable.

— Bonjour, Robert.

— Votre invité est-il arrivé ? demanda Woolf.

— J'ai bien peur qu'il ait dû annuler. Il y a eu un imprévu. Et je dois retourner à Washington immédiatement.

Woolf soupira.

— Hmm. Le président vous mène la vie dure, si vous me le permettez. Il ne vous laisse jamais profiter d'un jour de repos.

Faulkner laissa échapper un rire amer.

— En temps normal vous auriez raison, mais cette fois, c'est parce que je dois donner un coup de main à un vieil ami, expliqua-t-il en caressant le cheval que Woolf avait déjà sellé. Peut-être que vous pourriez partir avec Caleb à la place. Je vais l'appeler pour voir s'il a prévu de venir.

Avant qu'il ne puisse attraper son téléphone portable, Woolf lui fit un signe de la main.

— Je ne pense pas que ce soit le cas. Il était là hier.

— Caleb ? Tant mieux !

Bien que son fils unique ne soit pas aussi passionné par les chevaux que lui et sa femme, il y montrait de temps en temps un certain intérêt.

— Il n'a sorti aucun des chevaux. Il n'est pas resté assez longtemps. J'étais prêt à aller lui seller Lucky, mais il a dit qu'il n'avait pas le temps.

Faulkner fronça les sourcils.

— Alors qu'est-ce qu'il faisait ici ?

Woolf haussa les épaules.

— Il a dit qu'il avait oublié quelque chose la dernière fois qu'il était venu.

— Oh bien, pourquoi ne pas monter Lucky alors ? Et peut-être que le garçon qui aide ici de temps en temps voudra monter la jument. Cela ne me dérange pas, il a l'air assez responsable.

— D'accord, monsieur.

— Merci, Robert.

Faulkner se retourna et sortit de l'écurie. Il prit son téléphone portable dans sa poche et fit défiler ses contacts.

3

———————

Lorsque les inspecteurs Adam Yang et Simon Jefferson arrivèrent, il n'y avait aucune place de stationnement devant la pittoresque maison de ville à deux étages de Georgetown. Il fallait s'y attendre. Il n'y avait jamais de place dans cette partie de Washington D.C. de base. Et aujourd'hui, c'était encore pire : une voiture était déjà garée en double file.

Yang échangea un coup d'œil avec Jefferson, son partenaire depuis seulement deux ans. Ils avaient tous les deux rejoint la police métropolitaine de Washington au début de la vingtaine puis gravi les échelons, devenant inspecteurs à six mois d'intervalle. C'était tout ce qu'ils avaient en commun. Jefferson faisait partie de la majorité noire au sein de la police de Washington, où près de soixante pour cent des officiers étaient noirs, contre à peine plus de deux pour cent d'officiers asiatiques.

Bien que Yang se sentait à l'aise dans le département multiculturel, il faisait tache. Tout comme il était l'intrus dans sa grande famille chinoise. Ses deux sœurs et son frère, ainsi que ses nombreux cousins, étaient tous des spécialistes : avocats, médecins, comptables. Ses parents voulaient qu'il suive leurs traces, mais il ne s'intéressait ni à la médecine ni à la comptabilité. Le droit l'avait attiré, mais pas de la façon dont ses parents l'avaient espéré. Un avocat ou un juge dans la famille aurait satisfait leurs ambitions pour lui, mais Yang avait plutôt choisi de rejoindre les forces de police.

— Gare-toi juste derrière la voiture noire, indiqua Jefferson en haussant les épaules.

Normalement, Yang aurait au moins fait un effort pour trouver une place de parking correcte, mais après un appel téléphonique matinal avec sa future ex-femme au cours duquel ils s'étaient disputés sur l'aspect financier de leur divorce, qui traînait depuis bien trop longtemps, Yang n'avait plus aucune envie de se batailler.

Sans un mot, Yang éteignit le moteur et descendit de la voiture. Jefferson était déjà sur les marches menant à la porte d'entrée. Comme celle-ci était ouverte, il entra. Yang rattrapa son partenaire dans le hall d'entrée bien aménagé.

— Jolie piaule, hein ? lança Jefferson à voix basse.

— Ça sent l'oseille.

Tout comme la moitié de la ville. Pourtant, pour Yang, c'était chez lui. Il ne pouvait pas imaginer vivre ailleurs qu'à l'intérieur du Beltway. Il y avait un je ne sais quoi dans le fait de vivre dans le centre névralgique de la nation, même s'il ne faisait pas partie de son tissu politique.

Entendant des voix provenant d'une porte entrouverte, Yang se dirigea vers elle. Mais avant que Jefferson et lui ne purent l'atteindre, un homme en costume noir en sortit pour bloquer l'entrée.

Yang et Jefferson exhibèrent leurs badges.

— Inspecteurs Yang et Jefferson, police de Washington. Et vous êtes ?

Alors que l'homme montra son badge plus vite qu'un magicien exécutant un tour, Yang avait déjà vu les ennuis arriver. Vu le costume sombre de l'homme ainsi que son expression indifférente, il savait à quoi s'attendre.

— Agent Banning, services secrets. Mon collègue, l'agent Mitchell et moi-même nous occupons de ce cas. Nous n'avons pas besoin de vous. Vous pouvez donc partir, répondit l'agent en présentant son collègue d'un coup de tête par-dessus son épaule.

Il bloquait toujours l'entrée du salon.

— Je ne pense pas, non. D'après ce qu'on m'a dit, il s'agit d'une mort suspecte, ce qui relève tout à fait de notre juridiction, rétorqua Yang sans perdre une seconde. Alors, à moins qu'il ne s'agisse d'un cas de contrefaçon ou de fraude bancaire, je vous suggère de nous laisser faire.

L'agent Banning ne bougea pas d'un pouce. Derrière lui, l'agent Mitchell fit son apparition. Il était la copie conforme de son collègue, portant la même cravate ennuyeuse, bien que ses cheveux soient plus courts et ses épaules plus larges.

— C'est une affaire qui relève du département de la police métropolitaine, pas des services secrets, insista Yang.

— J'imagine qu'on ne vous a pas fait passer le mot, dit l'agent Banning avec un air suffisant.

Yang ouvrit la bouche pour rétorquer quand son téléphone portable sonna. L'agent Mitchell pointa du doigt la poche de Yang, d'où provenait le son.

— Si j'étais vous, je répondrais. Ça pourrait être important.

Yang croisa le regard de Mitchell, puis échangea un regard avec Jefferson, qui haussa les épaules.

Il était clair que l'agent savait quelque chose que Yang ignorait. Il fouilla dans sa poche et en sortit son téléphone portable. Il le pressa contre son oreille et répondit.

— Inspecteur Yang.

— Yang, lieutenant Arnold.

Si le lieutenant Latochia Arnold, sa supérieure, appelait, c'était que cela devait être important. Jefferson s'approcha pour pouvoir écouter.

— Lieutenant, j'étais sur le point de vous appeler pour...

Il ne put terminer sa phrase.

— Les agents des services secrets sont-ils déjà arrivés ? l'interrompit-elle.

— Oui, comment sav... ?

Une fois de plus, elle l'interrompit.

— Bien, laissez-les faire. Je vous retire, vous et Jefferson, de cette affaire, avec effet immédiat.

— Lieutenant, avec tout le respect que je vous dois, c'est notre juridiction, dit Yang aussi calmement qu'il le pouvait tout en fixant les deux agents des services secrets. Vous ne pouvez pas simplement...

— Ce n'est pas moi qui ai décidé, Yang. J'ai les mains liées.

Mécontent, Yang laissa échapper un grognement.

— Yang, écoutez, reprit Arnold avec un peu moins de force, l'ordre vient d'en-haut, c'est au-dessus de mes compétences. Le père de la victime a du poids et a pu tirer quelques ficelles. Le maire a demandé au chef de laisser tomber cette affaire. Il y a un rapport avec le fait que la victime était en contact avec des membres d'un gouvernement étranger. Les services secrets prétendent qu'il s'agit d'une question de sécurité nationale. C'est du grand n'importe quoi, et ça ne me plaît pas non plus, mais c'est comme ça. Alors, faites-moi plaisir, ne faites pas de scène. Partez et laissez-les s'en occuper.

— Très bien, acquiesça Yang d'un ton ferme avant de raccrocher. Le cas est tout à vous, dit-il aux deux agents en essayant d'ignorer leurs expressions faciales moralisatrices.

Dans la voiture, Yang se tourna vers Jefferson.

— T'arrives à croire à ces conneries ? Qu'est-ce que c'était que ce bordel ?

— Eh bien, vu qui est la victime... ou qui elle était... répondit Jefferson.

— Qu'est-ce que tu veux dire ? C'est qui ?

— Madeline Bolton. Elle appartient à la haute société de Washington.

Jefferson haussa les épaules.

— Le père est un gros bonnet de la politique ou quelque chose comme ça. Apparemment, il est ami avec le président, précisa Jefferson.

Yang n'en croyait pas ses oreilles.

— Et comment tu sais ça ?

Jefferson secoua la tête.

— La question c'est plutôt comment tu peux ne *pas* savoir. Je lis les journaux, moi.

— Des journaux ou des chiffons à potins ?

— Bref, je me tiens au courant de ce qui se passe dans cette ville. Ça ne peut pas faire de mal de savoir qui est qui.

Yang soupira et démarra la voiture.

— Le lieutenant Arnold ne plaisantait pas quand elle a dit que c'était au-dessus de ses compétences.

— À moins qu'elle ne soit hors service, Arnold ne plaisante jamais. Et puis, tu veux vraiment t'impliquer dans une affaire où la famille de la victime va te coller au cul pour trouver le moindre petit truc contre toi ? Tu sais comment sont les riches.

Yang grogna de nouveau, toujours agacé.

— En fait, ce qui t'énerve vraiment, c'est que les services secrets aient empiété sur notre terrain, conclut Jefferson.

Yang lui jeta un regard noir.

— Je suppose que c'est la différence entre nous : je veux résoudre les affaires, et toi, tu veux les clore.

Jefferson émit un petit rire.

— L'un n'empêche pas l'autre, tu sais ?

4

———

2 *6 mai*

Emily sentit ses mains et pieds reprendre vie alors que son corps se libérait peu à peu de la torpeur causée par les sédatifs qui lui avaient été injectés. Pendant l'opération, elle avait cru entendre des bribes de phrases du Dr Milton Harland donnant des ordres d'un ton ferme à sa petite équipe. Il était fort probable qu'elle fût en train de rêver, de créer sa propre réalité alors que sa vie se trouvait une fois de plus entre les mains de quelqu'un d'autre. Cette pensée la réconfortait, bien qu'elle lui fasse également ment peur. Enfin, elle ne ressentait aucune douleur et n'avait pas l'impression que le temps s'était écoulé.

À un moment donné, elle entendit le bruit d'un lit d'hôpital roulant sur le sol en linoléum, et sentit le mouvement d'une infirmière poussant le lit dans la salle de réveil. Le bruit des freins grinçant lui permit de comprendre qu'elle était arrivée dans un box. Le manchon autour de son biceps droit se serra progressivement à mesure qu'il se remplissait d'air. La pression se relâcha lentement tandis qu'un moniteur cardiaque émettait des bips réguliers.

— Cent quarante-trois sur quatre-vingt-cinq, dit d'une voix apaisante Tiffany, l'infirmière qui l'avait aidée à se préparer à l'opération.

Elle posa chaleureusement une main sur celle d'Emily.

— Ça reste un peu haut, mais le reste a l'air d'aller, ma belle, reprit-elle. Le médecin va bientôt arriver. Reposez-vous en attendant.

Emily ouvrit la bouche pour la remercier, mais sa gorge était si sèche qu'elle ne put prononcer un mot et se contenta de déglutir avec peine.

— Je vais vous apporter de l'eau.

Elle avait les paupières si lourdes qu'elle était incapable de les ouvrir, sensation qu'elle attribua aux sédatifs qu'on lui avait administrés. Elle sortait d'un état proche du sommeil et se sentait toute désorientée. Même si elle avait été en mesure d'ouvrir les yeux, elle n'aurait pas osé le faire, inquiète de ce qui l'accueillerait. L'obscurité ? Une lumière intense ? Rien du tout ? Elle ne voulait pas spéculer, car cela ne ferait qu'ajouter à son anxiété.

Emily sentit de l'eau fraîche humidifier sa bouche et se rendit compte que l'infirmière était revenue, lui avait mis une tasse dans les mains puis porté la paille à ses lèvres. Elle ne se souvenait ni d'avoir bu, ni d'avoir senti la manière dont Tiffany avait retiré la tasse de ses mains. Néanmoins elle se souvenait bien qu'une autre main avait soudainement touché la sienne avec légèreté.

Elle ignorait combien de temps s'était écoulé entre le moment où elle avait bu une gorgée d'eau et celui où cette main avait serré la sienne.

— Tout s'est bien passé, indiqua une voix, la tirant de sa torpeur.

Il s'agissait du Dr Milton Harland, le chirurgien qui avait pratiqué l'intervention.

— Bien que cela ait pris plus de temps que prévu, ajouta-t-il.

Cette précision ne la rassurait guère.

— Comment ça ? réussit-elle à marmonner.

Elle sentit une pression sur sa main, destinée à la rassurer.

— Il n'y a pas lieu de s'inquiéter. Les patchs de cellules souches se sont bien intégrés et semblent avoir réparé l'atrophie du nerf optique que l'on vous avait diagnostiqué il y a plusieurs années. Il y a encore ne serait-ce que cinq ans, nous n'en aurions pas été capable, mais la médecine a beaucoup progressé. Comme je vous l'ai dit lors de notre discussion préopératoire, il s'agit d'un nouveau traitement encore en phase expérimentale, mais je suis certain de son efficacité. Et grâce aux cornées données que nous avons implantées aujourd'hui, vous pourriez avoir une vision de dix sur dix.

Emily releva le seul mot qui contredisait l'optimisme du médecin. En effet, depuis l'accident, elle avait dû se fier à son sens de l'ouïe plus que jamais. De ce fait, elle était particulièrement douée pour écouter les gens et trouver des incohérences dans leurs discours.

— Pourriez ?

— Eh bien, jetons un coup d'œil, voulez-vous ?

Elle sentit un mouvement et se rendit compte que le docteur Harland se penchait vers elle.

— Tiffany, baisse la lumière, s'il te plaît.

Une main chaude se posa sur son visage, des doigts effleurèrent sa tempe. Puis, le bruit d'une bande adhésive que l'on retire de la peau lui parvint aux oreilles, même si elle ne ressentait aucune gêne. Jusqu'à présent, elle ne s'était même pas rendu compte que ses yeux étaient couverts d'une fine couche de gaze.

À sa gauche, Emily perçut soudain une luminosité dont elle avait presque oublié l'existence. Son cœur battit la chamade sous l'effet de l'excitation tandis que, simultanément, le bip provenant du moniteur cardiaque s'accéléra. Ensuite, la même luminosité apparut à sa droite.

— Et maintenant, ouvrez lentement les yeux, ordonna le docteur Harland.

Comme elle hésita plusieurs secondes, il ajouta :

— Ne vous inquiétez pas. La lumière est faible et ne vous fera aucun mal.

Elle n'avait plus de temps à perdre. Il était temps d'affronter la réalité. Elle avait vécu dans l'obscurité plus de quinze ans. Aujourd'hui, elle allait voir si la lumière entrerait de nouveau dans sa vie.

Emily expira, toute tremblante.

— D'accord.

Lentement, elle souleva ses paupières lourdes d'un demi-millimètre. Quelque chose qu'elle n'avait pas vu depuis bien trop longtemps afflua comme si on avait ouvert les vannes d'un barrage : cette chose, c'était de la lumière. Haletante, elle referma les yeux de peur que celle-ci ne lui brûle les yeux.

— Vous avez mal ? demanda le docteur Harland.

Elle secoua la tête.

— C'est trop lumineux.

Un léger gloussement s'échappa des lèvres du médecin.

— C'est bon signe. Nous allons y aller tout doux, d'accord ?

Doucement, le corrigea-t-elle dans sa tête, son côté professeur refaisant surface. Mais elle se replongea aussitôt dans son rôle de patiente, une patiente qui appréhendait et avait peur d'être déçue. Elle avait déjà vécu ça. À l'époque, l'opération avait échoué.

— Essayez encore une fois, l'encouragea patiemment le docteur Harland.

Cette fois-ci, Emily s'efforça d'ouvrir les yeux en grand, afin de laisser rentrer plus de lumière. Elle rassembla tout son courage pour ne pas céder à la peur et garda les yeux ouverts malgré l'intensité de la lumière.

— C'est bien.

La voix du médecin lui sembla pleine d'éloges. Ou alors, peut-être qu'elle projetait sur lui ses espérances.

— Encore un peu.

Emily laissa ses paupières s'ouvrir complètement, bravant la lumière, tel un surfeur prenant une vague de plein fouet. La récompense ne suivit que quelques instants plus tard. La lumière devint plus précise. Des formes apparurent, des ombres se dessinèrent et des couleurs jaillirent de nulle part. La silhouette d'une personne se détacha de l'arrière-plan lumineux, encore floue, mais devenant plus distincte à chaque seconde.

— Verte, murmura-t-elle. Votre blouse est verte.

Quelqu'un situé à droite de l'ombre laissa échapper un souffle soulagé : Tiffany, l'infirmière. Emily tourna légèrement la tête et se concentra sur elle. Il fallut quelques instants avant que l'image se ne précise assez pour révéler la silhouette d'une petite femme vêtue de rose. Emily dirigea son regard vers le haut de cette dernière et se concentra sur la tête et ses cheveux, mais rien n'y faisait, la zone restait sombre. Y avait-il un problème avec les cornées qu'ils avaient implantées ? Y avait-il une déchirure, une tache, une imperfection qui faisait soudain disparaître la lumière ?

— Non, marmonna-t-elle, trop paniquée pour respirer.

— Qu'est-ce qui ne va pas ?

La voix du médecin lui fit redresser la tête dans sa direction.

C'est alors qu'elle se rendit compte de son erreur. Il n'y avait pas d'ombre sur ses cornées : la silhouette du docteur Harland apparaissait nettement. Pour confirmer sa théorie, elle regarda de nouveau Tiffany. Ses yeux s'habituaient de seconde en seconde à la lumière, les formes devant elle se précisaient, révélant l'infirmière avec plus de clarté, faisant ainsi contraster sa peau sombre avec la blouse rose qu'elle portait. Emily se sentit ridicule. Elle venait seulement de se rendre compte que Tiffany était noire. Et dire qu'elle avait imaginé le pire.

— Rien… tout va bien. J'arrive à voir, confirma-t-elle avant d'hésiter à poursuivre.

Elle ne voulait pas se plaindre ou critiquer, mais son inquiétude prit le dessus.

— Par contre… commença-t-elle.

— C'est encore flou, devina le docteur Harland.

— Comment savez-v…

— C'est normal. S'il ne s'était agi que d'implanter de nouvelles cornées, vous auriez retrouvé la vue immédiatement. Mais comme il faut aussi réparer le nerf optique, le processus prend un peu plus de temps. Votre cerveau doit former de nouvelles synapses pour traiter les signaux envoyés par le nerf optique.

Le soulagement l'envahit.

— Combien de temps ?

— Cela dépend. Chez certains patients, cela prend une semaine, chez d'autres plusieurs. Mais dans tous les cas, votre vue s'améliorera au fil des jours.

— Merci, dit Emily avant de tourner la tête vers Tiffany afin de l'inclure. Je ne sais pas comment vous remercier, vous et votre équipe.

Elle eut soudain les larmes aux yeux, ce qui brouilla davantage sa vision floue.

— Et la famille du donneur aussi. Je veux les remercier, ajouta-t-elle.

— Nous sommes ravis d'avoir pu prendre soin de vous, dit le docteur Harland. N'est-ce pas, Tiffany ?

— Vous avez été une patiente modèle, mademoiselle Emily, répondit Tiffany. Maintenant, permettez-moi d'appeler votre amie afin qu'elle puisse venir vous chercher et vous raccompagner chez vous une fois prête.

— Merci.

Tiffany se retourna et quitta son champ de vision.

— Et la famille du donneur ? demanda Emily en regardant de nouveau le chirurgien. J'aimerais les appeler.

Elle pouvait maintenant voir qu'il avait les cheveux poivre et sel, mais d'autres détails lui échappaient encore.

Le docteur Harland ouvrit un dossier, puis soupira.

— Je suis désolé, mademoiselle Warner, mais la note de l'administration des transplantations indique que la famille du donneur souhaite rester anonyme.

— Ah...

D'un côté, elle était déçue, mais de l'autre, elle comprenait cette décision. Peut-être ne voulaient-ils pas qu'on leur rappelle la perte qu'ils venaient de subir. Emily savait ce que cela faisait. Malheureusement, elle n'a jamais eu ce choix. Tous les jours pendant quinze ans, elle avait pensé à ce qu'on lui avait pris : non seulement sa vue, mais aussi la personne qu'elle aimait le plus au monde. Elle n'avait jamais eu la force de pardonner le coupable. Au contraire, avec toute la rage qu'une adolescente de quinze ans pouvait ressentir, elle l'avait fait payer.

5

———————

— **J**e peux marcher, dit Emily alors que Tiffany la forçait gentiment mais fermement à s'asseoir dans le fauteuil roulant.

— Politique de l'hôpital, insista-t-elle. J'ai déjà pris votre rendez-vous de suivi avec le docteur Harland. J'ai noté la date et l'heure sur vos papiers de sortie. Je reviens, je vais les chercher.

Avant qu'Emily ne puisse poser plus de questions sur le rendez-vous, Tiffany tira le fauteuil roulant sur le côté, serra les freins, passa derrière le poste des infirmières et se mit à chercher le dossier.

— Bon sang, Arleen, où est passé le dossier de sortie de ma patiente ? Je l'ai posé ici il y a une minute.

— Nom de la patiente ? demanda l'une des infirmières, apparemment nommée Arleen.

— Emily Warner.

— Je ne l'ai pas ici. Susan vient de prendre une pile de dossiers. Elle l'a peut-être pris accidentellement. Elle est allée dans l'arrière-boutique.

Tiffany laissa échapper un soupir agacé puis partit.

Emily ne pouvait rien faire à part rester assise comme un pot de fleurs. Alors que le bavardage des infirmières se calmait, le son d'une télévision installée sur le mur opposé lui parvint.

— ... Un service commémoratif est en cours de préparation et inclura probablement des dignitaires étrangers et nationaux ainsi que des membres éminents de la société de Washington D.C. Toute l'élite de Washington se demande si les fiançailles annoncées récemment entre la fille du sénateur sortant Puller et le fils de son adversaire primaire Kurt Altman suffiront à réunir pour de bon les deux rivaux acharnés. Restez à l'écoute. Et après la pause publicitaire : Vous ne croirez jamais qui est allé récemment dans la toute nouvelle boîte de nuit SWANK avec son ex !

— Les voilà, dit Tiffany derrière Emily.

Emily détourna son attention de la télévision et attrapa le dossier que Tiffany lui avait mis dans la main.

— Alors, le rendez-vous est fixé à la fin de la semaine prochaine.

— À quelle heure ? J'enseigne jusqu'à...

— Ne vous inquiétez pas ma belle, je me doutais bien que vous diriez ça. Je vous ai pris un rendez-vous en fin d'après-midi.

— Merci. D'ordinaire, ça ne me dérangerait pas... mais j'ai déjà perdu plusieurs jours cette année scolaire, et je ne veux pas léser mes élèves.

Tiffany fit claquer sa langue.

— Il n'y a rien de mal à prendre quelques jours de repos. Une opération comme celle-ci ne doit pas être prise à la légère. Vous avez besoin de beaucoup de repos.

— J'ai un long weekend car il n'y a pas cours lundi. Le docteur Harland a dit que je pouvais reprendre le travail mardi.

— Ma belle, le docteur Harland est un bourreau de travail. Bien sûr qu'il dira que vous pouvez reprendre le travail au bout de trois jours, puisque c'est ce qu'il ferait. Ce que je veux dire, c'est que si vous sentez que vous avez besoin de plus de temps pour vous reposer, alors prenez-le. Et n'oubliez pas de porter des lunettes de soleil pour permettre à vos yeux de s'habituer aux lumières vives. Vous pourriez être gênée au début.

— Je le ferai. C'est promis.

Emily n'avait pas l'intention de mettre en péril son rétablissement. De plus, elle se sentait à l'aise quand elle portait ses lunettes noires. Elles lui avaient servi de mur de défense pendant plus d'une décennie, de bouclier lui permettant de se réfugier lorsque la vie devenait trop accablante. Avec sa canne et son chien d'aveugle Coffee, ces lunettes indiquaient au monde qui l'entourait de s'écarter de son chemin. Aujourd'hui, tout cela allait changer. Et ce changement, bien que bienvenu au-delà de toute imagination, l'effrayait aussi beaucoup.

— Nous y voilà, annonça soudain Tiffany en poussant le fauteuil roulant à travers les portes automatiques de l'entrée principale de l'hôpital. Avant que je ne l'oublie : la pharmacie livrera vos médicaments à votre domicile dans le courant de la journée. Assurez-vous de les prendre tels qu'ils ont été prescrits. Ils feront en sorte que votre corps ne rejette pas les cornées.

— Je sais. Le docteur Harland m'a expliqué avant l'opération.

Il l'avait prévenue que son corps pouvait percevoir le tissu du donneur comme un corps étranger et le rejeter, mais que dans le cas des cornées, un tel rejet était extrêmement rare.

Emily erra du regard. Comparée à lorsqu'elle venait de se réveiller après l'opération, sa vision était désormais un peu plus nette, mais elle avait toujours l'impression de regarder à travers une vitre épaisse qui déformait tout ce qui se trouvait devant elle.

— Elle ressemble à quoi, votre amie ? demanda Tiffany.

— Elle est asiatique, mince, les cheveux foncés.

Si elle le savait, c'est parce que sa voisine Vicky Hong avait décrit son apparence lorsque Emily avait emménagé dans l'immeuble pittoresque du quartier de Columbia Heights à Washington D.C. Elles étaient littéralement entrées en collision lorsque Vicky s'était précipitée hors de son appartement au deuxième étage pendant qu'Emily essayait de déverrouiller la porte de son appartement – ou ce qu'elle pensait être la porte de son appartement. Malheureusement, elle avait mal compté ses pas et s'était arrêtée devant l'appartement de Vicky. Pour une raison qui lui échappait, Vicky s'était immédiatement liée d'amitié avec elle et l'avait prise sous son aile. Emily se doutait qu'au début, Vicky s'était sûrement rapproché d'elle par pitié, et peut-être aussi par curiosité, ravie d'avoir une amie qui était si différente d'elle. Mais, malgré leurs différences flagrantes, ou peut-être à cause d'elles, l'excentrique informaticienne était devenue sa meilleure amie.

Un chien aboya, attirant l'attention d'Emily dans sa direction.

— Coffee !

Elle sentit un sourire courber ses lèvres vers le haut. Vicky avait amené le chien-guide d'Emily.

— Viens, mon garçon !

Un gros labrador brun chocolat se précipita vers elle. Emily tendit la main vers la tête de Coffee, sans parvenir à le toucher. De toute évidence, sa perception de la profondeur n'était pas encore à la hauteur. Mais une seconde plus tard, le nez humide de Coffee se posa sur sa paume, et une langue lécha sa peau, avant qu'il ne niche sa tête sur ses genoux.

— Mon beau toutou, roucoula-t-elle en lui caressant la tête, lui frottant derrière les oreilles, tout en le regardant dans les yeux.

Il était aussi beau qu'elle l'avait imaginé.

Elle leva les yeux lorsqu'une ombre bloqua la lumière devant elle.

— Salut, Vicky.

Son amie était habillée d'une multitude de couleurs vives. Vicky n'avait vraiment pas plaisanté lorsqu'elle avait dit aimer s'habiller pour se faire remarquer.

— Hé, meuf ! s'exclama Vicky tout sourire. Prête pour le début de ta nouvelle vie ?

Emily reposa son regard sur le visage de Vicky et lui sourit également.

— J'espère que tu n'as pas trop attendu.

Vicky fit un mouvement nonchalant de la main.

— J'en ai profité pour rattraper d'anciens collègues au deuxième étage.

— Tu as travaillé ici ? demanda Tiffany derrière le fauteuil roulant.

— Oui, pendant environ sept ans. Administration et autres. Je travaille en free-lance maintenant, je fais des transcriptions médicales et du travail informatique, répondit Vicky.

Ce que Vicky appelait dédaigneusement travail informatique consistait en fait à écrire des programmes informatiques sophistiqués pour des applications et des sites Internet. Vicky pointa du doigt les genoux d'Emily.

— C'est ton dossier de sortie ? Je vais le prendre. Ma voiture est garée juste là, dans la zone rouge.

Elle regarda par-dessus son épaule, puis grommela de mécontentement.

— Oh allez quoi ! s'écria-t-elle en direction de sa voiture garée.

Emily concentra son regard sur l'endroit en question et vit un homme en uniforme se tenir à côté de la vieille Volkswagen Golf déglinguée.

— C'est un parking pour ambulances uniquement, avertit l'agent d'une voix forte et plutôt sévère.

— Je suis venue chercher une patiente, pour l'amour du ciel ! Ayez un peu de compassion. Vous n'allez tout de même pas discriminer une américaine handicapée ! On a des lois. Vous ne voyez pas qu'elle est aveugle ? dit-elle en faisant un geste en direction d'Emily.

Emily réprima un petit rire. Ce n'était pas la première fois qu'elle assistait à une scène de ce type. Même si elle n'y parvenait que rarement, Vicky essayait souvent de faire sauter ses contraventions.

— Je ne suis plus aveugle, chuchota Emily.

Vicky se retourna à moitié et répondit en chuchotant :

— Oui mais lui, *il* ne le sait pas. Tu portes des lunettes noires et tu as un chien avec un gilet qui indique chien-guide, alors joue le jeu. Fais peut-être un peu ton Stevie Wonder, tu sais, comme quand il bouge la tête d'un côté à l'autre.

Emily eut du mal à ne pas éclater de rire, et même Tiffany laissa échapper un petit gloussement.

— Super pote, hein, se plaignit Tiffany sous sa respiration.

— C'est clair, je devais être aveugle quand je t'ai rencontrée.

— Très drôle. Bon, on se bouge, décida Vicky en se dirigeant vers la voiture. On arrive monsieur !

— Coffee, ordonna Emily à son chien. Allez !

Le chien se retourna et marcha à côté du fauteuil roulant pendant que Tiffany la poussait en direction de la voiture de Vicky.

— Excusez-la, monsieur l'agent, dit Emily alors qu'elles atteignaient la voiture, où le policier faisait toujours du surplace. Donnez-moi la contravention, s'il vous plaît. Je vais la payer. Comme c'est moi qu'elle est venue chercher, c'est ma faute.

Elle tendit la main, la déplaçant de gauche à droite, faisant semblant de ne pas savoir où se trouvait le policier.

Le policier secoua la tête.

— Ce n'est pas grave, madame. Pas de contravention pour cette fois.

Mais faîtes en sorte que votre amie ne recommence pas. Sa voiture n'est pas une ambulance, répondit-il en regardant Vicky d'un air narquois.

— Merci, monsieur l'agent, vous êtes bien aimable, dit Emily.

Il hocha la tête avant de se retourner et de partir. Dès qu'il fut hors de portée de voix, Vicky gloussa.

— Tu n'as pas oublié comment faire à ce que je vois !

Quelques instants plus tard, alors qu'Emily était assise sur le siège passager et Coffee étalé sur la banquette arrière, Vicky alluma le moteur et le fit vrombir. De l'autre côté de la rue, l'officier de police se retourna.

Emily posa sa main sur le bras de Vicky.

— Ne l'énerve pas maintenant.

Vicky passa la tête par la fenêtre.

— Désolée, monsieur l'agent, c'est une vieille voiture. Je suis contente qu'elle ne m'ait pas encore lâchée.

Avant qu'il ne puisse répondre quoique ce soit, elle mit fin à son stationnement abusif en s'engageant dans la rue.

— Un de ces jours, commença Emily avant d'être interrompue par son amie.

— Je sais, je sais, mais quand je vois quelqu'un avec un balai dans le cul, je ne peux pas m'en empêcher. Heureusement que j'ai un joker sortie-de-prison.

— Comment ça ?

Pendant une seconde, Vicky quitta des yeux la circulation.

— Une amie aveugle pour susciter la compassion. Ça marche à tous les coups.

— Oui alors à ce propos. Je ne suis plus aveugle, répondit Emily en pointant son visage du doigt.

Un sourire sincère illumina le visage de Vicky.

— Je sais. Je suis tellement heureuse pour toi.

Elle regarda dans le rétroviseur et fit un geste par-dessus son épaule.

— Tu vas dire à Coffee que tu n'as plus besoin de lui ? demanda-t-elle.

Emily secoua la tête.

— J'ai encore besoin de lui. Ma vue n'est pas encore revenue à cent pour cent. En plus, ça fait six ans que je l'ai, je serais bien incapable de m'en séparer. J'imagine qu'il va devoir passer sa retraite avec moi.

— Les chiens d'aveugle prennent leur retraite ?

— Bien sûr que oui. Et il le mérite bien, mon Coffee.

Elle regarda par-dessus son épaule et contempla son chien. Grâce à lui, elle avait joui d'une certaine indépendance. Indépendance que sa canne à elle seule n'avait jamais pu lui procurer. C'était son deuxième chien d'aveugle. Le premier s'était sacrifié en la sauvant d'une collision avec une voiture. Les enseignants de l'école pour aveugles de Baltimore, où elle avait passé plusieurs années, avaient régulièrement mis en garde les élèves sur le fait que le plus important n'était pas de *savoir si* on allait se faire renverser par une voiture, un bus ou un vélo, mais plutôt *quand*. S'ils savaient à quel point ils avaient raison...

— Ça va ? lui demanda Vicky.

Emily hocha la tête par réflexe.

— C'est juste beaucoup de choses à assimiler. Et je me sens encore un peu dans les vapes à cause des sédatifs.

— Tu peux fermer les yeux et faire une petite sieste si tu veux, lui conseilla Vicky, qui n'avait aucun mal à naviguer malgré la circulation dense.

— Je n'ai pas envie de fermer les yeux alors qu'il y a tant de choses à voir, rétorqua-t-elle en montrant les bâtiments passant en trombe devant elles, les piétons dans la rue, et les voitures circulant dans la direction opposée. Par contre, je pensais que Washington était une grande ville...

Pourtant, il y avait peu de grands bâtiments, et tout avait l'air désuet, ce qui lui donnait plutôt l'impression d'être dans une petite ville.

— C'est le cas, mais chaque petit quartier est comme un village en soi. Tu verras, ça va te plaire. On ira explorer tout ça quand tu seras plus en forme.

— Merci pour tout ce que tu fais pour moi.

— Ah, ce n'est rien, ça me permet de sortir de la maison. En plus, conduire dans la circulation de Washington un vendredi, c'est comme un sport de contact pour moi. J'aime les défis.

Emily ne put s'empêcher de glousser.

— T'es trop bizarre.

— En bien ou en mal ?

— Sans commentaire, répondit Emily.

Elle regarda par la fenêtre du côté passager, mais comme la vitesse à laquelle les images défilaient devant elle lui donnait le vertige, elle tourna la tête à gauche pour regarder à travers le pare-brise. C'est mieux, pensa-t-elle. Elle se concentra sur les bâtiments plus loin, observant leurs formes et leurs couleurs. Un bâtiment blanc massif avec une rotonde s'élevait au loin. Elle s'en souvenait grâce à des photos qu'elle avait vues avant de devenir aveugle.

— C'est le Capitole ? demanda Emily en le montrant du doigt.

— Oui.

— C'est plus grand que ce que j'imaginais.

Soudain, quelque chose clignota devant ses yeux, l'aveuglant pendant un court instant. Son cœur battant à mille à l'heure, elle tourna la tête dans la direction de Vicky.

— C'était quoi, ça ?

— Qu'est-ce qui s'est passé ?

Elle pointa le doigt droit devant elle.

— Le flash.

— Il n'y a pas eu de flash, répondit Vicky lentement et avec une bonne dose d'inquiétude dans la voix. Tu veux que je te ramène à l'hôpital ?

— Non, non, pas besoin. Je... euh, je vais bien, vraiment. C'était peut-être juste le reflet du soleil sur une surface brillante, mentit-elle à Vicky, ne voulant pas qu'elle s'inquiète et la reconduise à la clinique.

Pourtant, elle était certaine que ce n'était pas juste un reflet. Elle avait clairement vu le flash d'un appareil photo se déclencher. Autour du flash, il faisait nuit, alors qu'en ce moment même, il faisait jour. C'était donc physiquement impossible. Toutefois, ce qui avait défilé devant ses yeux lui avait semblé aussi réel que de regarder la circulation autour d'elle.

Quelque chose n'allait pas, et cette pensée la fit frissonner malgré la chaleur ambiante. Une sensation désagréable proche de la nausée s'installa dans son estomac, sensation qu'elle ne pouvait pas attribuer aux médicaments qu'elle avait pris aujourd'hui. Non, ce n'était pas une nausée, c'était autre chose.

C'était de l'appréhension.

6

Après avoir ramené Emily à son appartement et l'avoir installée, Vicky partit. Une fois seule, Emily entra dans sa salle de bain. La petite fenêtre laissait passer suffisamment de lumière pour qu'elle n'ait pas besoin d'allumer le plafonnier. À pas hésitants, elle se dirigea vers le lavabo. C'était le seul endroit de son appartement où il y avait un miroir. La petite armoire à pharmacie suspendue au-dessus du lavabo était déjà là lorsqu'elle avait emménagé. Bien qu'elle y ait rangé des médicaments disponibles en vente libre comme de l'aspirine, des pilules contre les allergies et des pommades pour diverses coupures et brûlures, elle n'avait jamais utilisé le miroir qui se trouvait sur sa façade. Il ne lui avait jamais été utile. Jusqu'à aujourd'hui.

Lentement, Emily enleva ses lunettes noires et les posa sur le comptoir à côté de l'évier, où ses produits de beauté et d'hygiène personnelle étaient exposés proprement. Adolescente, elle n'avait pas été très ordonnée, mais après avoir perdu la vue, elle avait dû se résigner à le devenir. Après avoir pris de la crème anti-démangeaison au lieu du dentifrice pour se brosser les dents, elle avait vite compris la leçon. Chaque chose avait une place qui lui était propre.

Emily posa ses mains sur le bord de l'évier, se préparant à affronter la réalité. Elle savait que l'accident avait laissé des cicatrices. Elle pouvait les sentir avec la pulpe de ses doigts, elle pouvait sentir les petites crêtes, les bosses là où la peau avait auparavant été lisse. Dans les mois qui avaient suivi l'accident, elle avait demandé à ses médecins et à ses infirmières à quel point elle avait l'air mal en point. Ils n'avaient pas été honnêtes avec elle, affirmant que les cicatrices étaient à peine visibles. Elle avait donc cessé de poser des questions. Cependant, elle n'avait jamais cessé de *se* poser des questions.

Il était temps qu'elle fasse le constat par elle-même, et qu'elle affronte sa peur d'être laide. Elle savait qu'il était superficiel de s'inquiéter de la beauté physique, mais cela ne l'empêchait pas de se sentir anxieuse. C'était une chose d'être négligée par les hommes parce qu'elle était aveugle, et une toute autre chose d'être rejetée parce qu'elle était laide.

— Allez, il est temps de braver la tempête, se murmura-t-elle à elle-même.

D'un mouvement ample, elle leva la tête et se regarda dans le miroir. Il fallut une seconde ou deux pour que le reflet devienne net. Elle le regarda fixement, absorbant ce qu'elle pouvait. Il n'y avait aucune cicatrice visible, aucune qu'elle n'ait pu voir en tout cas. Ce n'est qu'en se penchant de plus près qu'elle remarqua quelques endroits où sa peau était plus foncée, mais un observateur peu attentif aurait pu penser qu'il s'agissait de taches de rousseur. La peau autour de ses yeux, bien que gonflée et rouge à cause de l'opération, n'était pas abîmée. Ses longs cheveux châtain foncé étaient lisses et encadraient son visage comme un rideau de soie.

Emily sourit à son reflet, soulagée. Elle n'était pas laide. Elle prit un peu de recul pour adopter un autre point de vue. Elle se souvint de ce à quoi elle ressemblait lorsqu'elle était jeune adolescente. Grâce aux exercices de visualisation enseignés à Baltimore, elle avait pu s'accrocher à cette image. Tout comme elle s'était accrochée à d'autres images, mais au fil des années, elles s'étaient quelque peu estompées. Et lorsqu'elle se regardait dans le miroir, elle ne voyait plus la fille qu'elle avait été. Il restait des traces d'elle, mais beaucoup de choses avaient changé. Elle avait mûri.

Ses longs cheveux avaient toujours la même couleur châtain que pendant son enfance, bien que maintenant la couleur semblait encore plus riche. Bien que toujours bruns et toujours aussi discrets, ses iris lui semblaient en même temps différents ; plus curieux, plus réfléchis. *Elle avait* changé. Elle avait grandi, elle était devenue une femme.

Le reflet qu'elle contemplait maintenant n'était pas celui d'une étrangère. C'était celui d'une femme qu'elle connaissait et qu'elle aimait. Elle n'avait pas idée à quel point elle ressemblait maintenant à sa mère lorsqu'elle avait son âge.

— Maman, murmura-t-elle en tendant la main vers le miroir comme pour la toucher.

L'image se brouilla devant ses yeux, et elle se rendit compte que des larmes coulaient sur son visage.

— Tu me manques tellement.

7

───────

dam Yang entra dans la salle de repos du commissariat. À part Cindy, une policière débutante, elle était vide. Cela ne le surprit guère. De nombreux membres du personnel aimaient partir plus tôt le vendredi après-midi si leur charge de travail le leur permettait. Il salua rapidement Cindy et se dirigea vers la machine à café pour se servir une tasse. Ces derniers temps, les après-midi passés à faire de la paperasse avaient nécessité plus d'une dose de caféine pour le maintenir éveillé. Il ne dormait pas bien. Ce n'était pas étonnant. Il fêtait ses six ans de mariage avec un divorce, et celui-ci traînait plus longtemps que son portefeuille ne pouvait le supporter.

Yang versa de la crème dans le café qu'il était en train de remuer lorsqu'il vit Simon Jefferson entrer. Ce dernier s'adressa à lui alors qu'il s'approchait du comptoir.

— Hé, te voilà. Oh, des beignets. Tu devrais en goûter un, c'est Arnold qui les a achetés.

Il s'en empara d'un et en prit une grande bouchée en mâchant. Yang jeta un coup d'œil aux beignets.

— Du sucre frit ? Tu sais que c'est du poison pur, quand même ?

Jefferson haussa les épaules.

— Ça a bon goût.

— Non, merci. Quelle est l'occasion de toute façon ? Ce n'est pas son anniversaire.

La tradition voulait que les policiers achètent des pâtisseries ou d'autres sucreries le jour de leur anniversaire.

— Je ne sais pas, et je m'en fiche, répondit Jefferson entre deux bouchées.

— Bref, tu me cherchais ?

— Oui, d'après ma source, l'ambassade a besoin d'agents de sécurité supplémentaires pour des réceptions à venir. Ça t'intéresse toujours ?

Yang posa sa tasse. C'était une excellente nouvelle. Avec les dizaines de grandes ambassades à Washington D.C., il y avait beaucoup d'emplois disponibles dans le domaine de la sécurité privée. Cependant, seuls ceux qui avaient des relations avaient une chance de décrocher ces contrats lucratifs. Et Jefferson avait des relations là où il fallait.

— Putain, ouais ! s'exclama Yang avant que Jefferson ne puisse proposer l'emploi à quelqu'un d'autre. Je ne dirais pas non à plus d'argent. Les avocats me saignent à blanc.

— Je pensais que tu en aurais fini avec eux depuis le temps. Enfin bon, vous n'avez pas d'enfants, il n'y a pas de raison de se battre.

— Il n'y a pas de quoi se battre ? Dis ça à Barb. En ce moment même, elle se bat contre moi pour ma retraite. Tu te rends compte ? J'ai encore au moins vingt ans devant moi avant de ne serait-ce préparer ma retraite, et elle a déjà mis la main à la poche.

— Elle ne gagnera jamais. Vous n'avez pas été mariés aussi longtemps. Allez, ne stresse pas pour ça.

Yang soupira.

— Oui mais ça m'énerve parfois. Tu penses connaître une personne, puis elle te montre son vrai visage.

— L'histoire de ma vie. C'est plus facile d'être célibataire.

Jefferson prit un deuxième beignet et mordit dedans. Puis il jeta un coup d'œil à la jeune policière qui se leva de sa chaise et se dirigea vers la porte.

— Hé Cindy, comment ça va ?

Cindy marmonna quelque chose d'inintelligible, ses joues rougissant soudainement, avant de s'enfuir de la pièce. Jefferson la suivit des yeux. Puis il se retourna vers Yang, un sourire aux lèvres.

Yang secoua la tête.

— Arrête ! Elle est bien trop jeune pour toi.

— Allez, je plaisante.

— J'espère bien que oui.

Jefferson se tourna vers la porte, lorsqu'il faillit entrer en collision avec le lieutenant Latochia Arnold. De l'avis général, c'était une femme noire très séduisante, à la silhouette galbée et au rire rauque lorsqu'elle n'était pas en service. Mère célibataire de deux fils, tous deux âgés d'une vingtaine d'années, elle avait gravi les échelons du département de la police métropolitaine de Washington à force de persévérance et de travail. Cependant, des rumeurs persistaient sur le fait qu'elle avait fait jouer ses relations au bureau du maire. Yang ne se souciait pas de savoir comment elle était devenue dirigeante. Elle était une dirigeante efficace, point.

— Lieutenant, salua Jefferson en quittant la salle de repos.

— Jefferson, acquiesça-t-elle en se dirigeant vers la machine à café. Yang.

— Lieutenant, répondit-il.

Elle montra sa tasse de café.

— Que diriez-vous d'un beignet avec ça ?

— Vous me connaissez, je ne suis pas très gourmand.

Ce qui n'était pas le cas de la moitié de la brigade criminelle.

— Tant mieux pour vous, dit-elle en versant du café dans sa tasse. J'aimerais pouvoir en dire autant.

Ensuite, elle se tourna vers la boîte de beignets.

Il n'y avait pas de bonne réponse à cette affirmation. Yang était assez intelligent pour ne pas répondre. Arnold luttait constamment contre son corps, même si elle n'avait pas l'air d'être en surpoids.

— Des nouvelles de l'affaire Bolton que les services secrets m'ont arrachée sous le nez ? se contenta de demander Yang.

Elle lui jeta un regard de travers, puis regarda les beignets. Au bout de quelques secondes, elle soupira et se tourna vers lui sans en prendre.

— Pourquoi voulez-vous savoir ?

Yang trouva la question étrange.

— Pourquoi pas ? C'était dans notre juridiction, et s'il y avait un acte criminel, je pense que notre branche s'en occuperait.

— Mais ce n'est pas le cas.

Il ne pouvait pas laisser tomber.

— Parce que... ?

— Comme je l'ai dit il y a trois jours, c'est la décision du chef de la police, dit Arnold qui but une gorgée de son café. Les services secrets sont parfaitement capables d'enquêter sur la mort de madame Bolton. Et il n'y a aucune raison de supposer qu'il y ait eu un acte criminel.

— Une femme de trente-deux ans en bonne santé meurt seule chez elle, et ça ne vous paraît pas suspect ?

— Vous vous êtes penché sur son cas ? demanda Arnold en levant les sourcils.

— Sur mon temps libre, oui, admit rapidement Yang avant qu'elle ne puisse l'accuser de faire perdre du temps à la police. Il y a beaucoup d'informations sur elle dans le domaine public.

— Alors, vous avez sans doute aussi découvert le passé de madame Bolton.

Il acquiesça.

— Expérimenter des drogues au début de la vingtaine ne fait pas vraiment d'elle une toxico. Et puis, c'est du passé, tout ça.

— Vous êtes sûr ? Arnold secoua la tête. Vous ne pouvez pas en être certain.

— Tout comme vous.

Yang entrevit quelque chose dans ses yeux lorsqu'elle serra les lèvres et laissa échapper une lente respiration.

— Vous savez quelque chose, n'est-ce pas ?

— Cette conversation est terminée, déclara Arnold. Et si vous estimez que votre charge de travail n'est pas suffisante, surtout, dites-le moi, je vous donnerai plus de cas.

Il comprit au regard sévère d'Arnold qu'il était allé un peu trop loin.

— Ce ne sera pas nécessaire.

— Très bien, alors.

Elle saisit un beignet et sortit. Yang interpréta cette incapacité à résister aux beignets sucrés comme un signe de frustration face à la situation.

Avait-il cru à l'explication d'Arnold ?

Il secoua la tête. Il n'avait jamais été du genre à prendre les informations pour argent comptant sans en vérifier les faits. Et il savait exactement par où commencer.

De retour dans son bureau, Yang regarda autour de lui. Seule la moitié des agents de la branche des homicides se trouvaient dans leurs bureaux respectifs. Les autres étaient sur le terrain. Il n'aperçut Jefferson nulle part, et son bureau, juxtaposé à côté de celui de Yang, était vide.

Yang décrocha le téléphone et composa le numéro de la centrale. Quelques instants plus tard, une jeune femme enjouée lui répondit.

— C'est Sophie ? Je suis l'inspecteur Yang, annonça-t-il joyeusement.

— Oh, bonjour, inspecteur. Oui, c'est Sophie. Que puis-je faire pour vous ?

— Je voulais juste entrer en contact avec le premier officier à s'être rendu sur les lieux du décès de Madeline Bolton le 23 à Georgetown. Pouvez-vous rechercher cela pour moi s'il vous plaît ?

— Bien sûr, inspecteur.

Il entendit Sophie tapoter sur le clavier.

— Et voilà. Il s'agit de l'officier Cabbot. C'était elle la première sur les lieux.

— Super, je vais lui parler. Merci, Sophie.

— Pas de problème. Mais vous n'obtiendrez aucune info de sa part.

— Pourquoi pas ?

Les services secrets lui avaient-ils interdit de divulguer la moindre information sur la scène pour laquelle elle avait été appelée ?

— Elle est en lune de miel. Elle est partie hier. Tahiti ! Vous y croyez vous ?

Yang se força à s'exclamer joyeusement :

— Waouh, tant mieux pour elle. Ne vous inquiétez pas, ça peut attendre. Merci encore, Sophie.

Il reposa le combiné.

— Qu'est-ce que tu fais ? demanda Jefferson en passant soudainement la tête entre la cloison qui séparait leurs deux box.

Yang ne l'avait pas entendu revenir.

— Qu'est-ce que tu veux dire ?

En chuchotant, Jefferson dit :

— Ne fais pas l'idiot avec moi, Adam. Je t'ai entendu. Arrête de creuser. Ce n'est pas notre affaire.

— Oui, parce que les services secrets nous l'ont prise.

— Je suis sûr qu'ils avaient leurs raisons.

— Tu n'es pas curieux de savoir pourquoi ?

Jefferson secoua la tête.

— Pas le moins du monde. Et tu sais pourquoi ?

— Pourquoi ?

— Parce que je veux avancer dans ce travail. Et tu ne progresses pas si tu commences à énerver les gens au pouvoir. C'est aussi simple que ça.

— Dans ce cas, je resterai inspecteur pour toujours, tandis que tu deviendras un jour mon supérieur.

— Tu es un cas désespéré, mais tu le sais ça, non ?

Yang laissa échapper un rire sans éclat.

— Il n'y a rien de mal à chercher la vérité.

Peu importe ce que la vérité pouvait révéler.

8

____

Le son devint plus fort, plus insistant. La tête d'Emily lui faisait déjà mal, et l'aspirine qu'elle avait prise ne semblait rien faire pour dissiper ce mal sourd. Le docteur Harland avait mentionné qu'il n'était pas rare d'avoir un léger mal de tête les premiers jours après l'opération. Après tout, son cerveau avait beaucoup de choses à assimiler et faisait des heures supplémentaires.

Un coup, beaucoup plus proche cette fois, la fit se redresser. Elle essaya de se repérer et se rendit compte qu'elle s'était allongée sur le canapé. Depuis combien de temps faisait-elle la sieste ? Son regard se porta sur les fenêtres, mais le peu de lumière qui en émanait ne lui disait pas grand-chose sur l'heure de la journée – les stores étaient fermés, et elle se souvenait maintenant que Vicky avait fait cela pour l'aider à se reposer. De plus, même si les stores avaient été ouverts, elle n'avait aucune expérience récente lui permettant de distinguer le soleil de midi de celui de l'après-midi ou du soir.

Coffee se redressa sur son panier, soudainement alerte.

Emily tendit la main vers la table d'appoint à côté du canapé, où une horloge se trouvait à côté d'une lampe grillée qu'elle avait héritée du précédent locataire. Ses doigts trouvèrent immédiatement le bon bouton.

— Quatre heures trente-sept, annonça une voix mécanique.

— Bonjour ?

Coffee se leva d'un bond.

Emily tourna la tête en direction de la voix masculine. Une grande ombre sombre la fit reculer d'un bond et elle se cogna l'arrière des genoux contre le bord de la table basse.

— Aïe !

Mais cette douleur passagère n'était pas là sa véritable préoccupation. Il y avait un intrus dans son appartement. Un cambrioleur en plein jour ? Son cœur battait contre sa cage thoracique à une vitesse qui reflétait sa panique. Comment allait-elle se défendre ? L'intrus bloquait le chemin vers la cuisine. Elle ne pourrait pas atteindre son tiroir à couteaux. Elle ne possédait pas d'arme à feu, ni même de batte de baseball pour repousser un cambrioleur.

— Qu'est-ce que vous voulez ? demanda-t-elle, la voix cassée, les genoux tremblants, prête à céder. Qui êtes-vous ?

Elle se concentra sur l'ombre, inspira rapidement, se prépara à se défendre avec ses poings nus, mais l'ombre disparut soudainement. Elle s'était évanouie dans l'air. Elle prit une inspiration, puis une autre.

— Mademoiselle Warner ? Livraison, indiqua la même voix masculine.

Coffee aboya et se dirigea vers elle. Finalement, Emily comprit d'où venait la voix : de l'extérieur de son appartement.

Elle fit quelques pas vers la porte d'entrée, qu'elle ouvrit. Dehors, dans le couloir, un adolescent longiligne avec une casquette de baseball attendait.

— Vous devez signer ici, indiqua-t-il en montrant un endroit sur son presse-papiers.

— Qu'est-ce que c'est ?

— Livraison de la part de la pharmacie. Je n'ai pas le droit de vous laisser les médicaments sans signature.

Emily vit enfin le sac en papier dans son autre main. Elle avait totalement oublié les médicaments que le docteur Harland avait commandés pour elle.

— Ah, désolée. J'espère que je ne vous ai pas fait attendre trop longtemps.

Il lui tendit un stylo et elle fit de son mieux pour signer là où il l'indiquait. Elle dut fermer les yeux afin de se rappeler comment elle avait appris à signer son nom sans regarder, car voir l'encre former des mots pendant qu'elle dessinait des boucles et des traits ne faisait que l'embrouiller et la perdre.

— Merci, dit-elle après avoir signé.

Le jeune homme lui tendit le sac en papier contenant ses médicaments.

— Je vous en prie.

Il s'avança dans le couloir. Pendant un moment, Emily resta là, à le suivre des yeux jusqu'à ce qu'il disparaisse au coin de la rue. Avec un soupir, elle pivota et se figea instantanément.

À l'autre bout du couloir, à seulement quelques pas d'elle, la silhouette d'un grand homme contrastait avec la lumière provenant de la fenêtre derrière lui.

Son cœur était sur le point d'exploser.

Non, s'il te plaît, non. Il ne faut pas que ça se reproduise. S'il te plaît, cette fois, ne laisse pas les choses se terminer ainsi.

— Mademoiselle Warner, ça va ? Je ne voulais pas vous faire sursauter.

Elle fut envahie par le soulagement quand elle reconnut la voix du concierge.

— Monsieur Oberman ?

— Oui, désolé, je terminais les réparations dans l'appartement voisin du vôtre quand j'ai entendu quelque chose.

— C'était juste le livreur, dit-elle tandis qu'il s'approchait.

Bien qu'elle essayait de paraître calme, elle-même pouvait entendre le stress dans sa voix. L'ombre de tout à l'heure et le flash sur le chemin du retour l'avaient rendue nerveuse.

— Mademoiselle Hong m'a dit qu'elle était venue vous chercher à l'hôpital aujourd'hui. Ça s'est bien passé, on dirait, continua-t-il en montrant son visage du doigt. Vous me regardez droit dans les yeux. Je crois que c'est la première fois que je vous vois sans vos lunettes de soleil, ajouta-t-il avant de se racler la gorge. Désolé, je ne voulais pas vous mettre mal à l'aise.

— Non, ce n'est pas ça, s'empressa-t-elle de dire. C'est juste que tout est si nouveau pour moi.

Il lui fit un sourire.

— Eh bien, n'hésitez pas à me dire si je peux faire quoique ce soit pour vous.

— Merci, monsieur Oberman. Vous êtes trop aimable.

Bien qu'Emily ait apprécié cette offre bien intentionnée, elle était déterminée à ne plus compter sur la gentillesse des étrangers. À partir de maintenant, elle s'efforcerait de devenir vraiment indépendante. Et elle ne laisserait pas ces visions d'ombres inexpliquées l'arrêter. Pas cette fois-ci.

9

---

2 *7 mai*
La semaine avait été stressante. En fait, il n'avait jamais vécu de pire semaine de sa vie.

Le tueur sirota la boisson qui se trouvait devant lui et s'adossa au fauteuil, tout en contemplant les lumières de la ville. Il préférait Washington de nuit plutôt que de jour. La nuit, tout semblait plus beau et plus propre, moins agité. Et plus sombre. C'est ce qu'il aimait le plus dans cette ville.

Il pouvait se glisser dans la nuit sans être vu, sans être reconnu. La nuit rendait ses activités plus agréables. Elle exacerbait ses sens, l'excitait, attisait ses besoins au point qu'il pouvait à peine attendre de les satisfaire. Il aimait tester combien de temps il pouvait se priver de ce qu'il désirait, car il savait que lorsqu'il céderait enfin à ses désirs, la satisfaction serait encore plus douce. C'était toujours le cas.

Malheureusement, il avait abusé de ce plaisir la semaine passée. Il s'était adonné à une frénésie telle qu'il avait perdu toute prudence, négligeant de vérifier que toutes les portes étaient bien verrouillées avant de s'adonner à son jeu favori. Il l'avait payé cher.

Maintenant, quelque part à Washington, quelqu'un connaissait son secret et pouvait le faire tomber. Les premiers jours après l'incident, il avait attendu que la police vienne frapper à sa porte pour le mettre en garde à vue, mais il n'en avait rien été.

Son secret était toujours en sécurité. Mais pour combien de temps ? La personne qui était au courant de ses penchants finirait-elle par trouver le courage d'aller voir la police ? Ou bien la chance serait-elle à nouveau de son côté, comme elle l'avait fait tant de fois au cours des dernières années ? Plus le temps passait, plus il se rendait compte qu'il serait épargné. Après tout, il avait fait le ménage lui-même. La seule personne qui avait été à deux doigts de le dénoncer était morte, et si l'autre manquait toujours à l'appel, il savait qu'elle était trop effrayée pour faire quoi que ce soit. Il s'en était assuré. Cela faisait partie de son jeu. C'était sa manière à lui de montrer qu'il était plus intelligent, supérieur aux autres. Il aimait savoir qu'il était plus malin que tout le monde.

Il vida son verre, le posa, puis il prit ses clés de voiture et quitta l'immeuble. Il était temps de satisfaire ses besoins, s'il ne voulait pas que l'envie en devienne incontrôlable. Il ne pouvait pas se permettre de commettre une autre erreur.

10

———

3 *0 mai*
Le trajet entre son appartement de Columbia Heights et l'école internationale de Georgetown où Emily enseignait la musique n'était pas une mince affaire. Elle devait prendre le métro jusqu'à Shaw-Howard U, puis changer pour une correspondance en bus afin d'arriver au quartier pittoresque qui ressemblait plutôt à un village. Village qu'elle ne connaissait que par ses bruits et ses odeurs. Une courte marche de deux pâtés de maisons la conduisit aux portes de l'école privée exclusive où les filles et les fils d'ambassadeurs côtoyaient les enfants de riches lobbyistes et politiciens.

Au début, Emily avait hésité à postuler pour le poste, pensant qu'elle aurait du mal à s'intégrer, mais lorsque son conseiller d'orientation professionnelle lui avait dit que l'école comptait plusieurs élèves aveugles à aider, elle avait envoyé sa candidature. Elle pensait que tous les enfants aveugles allaient dans une école pour aveugles, comme elle l'avait fait à Baltimore, mais il se trouvait que le district de Columbia n'en comptait pas, et intégrait donc les élèves aveugles dans leurs classes normales. Cette approche lui avait paru intéressante. Après tout, les enfants vivaient dans un monde de voyants, alors pourquoi ne pas les préparer dans des classes de voyants ?

Pendant son long week-end, Emily s'en était tenue aux conseils de son médecin et avait porté ses lunettes noires pour protéger ses yeux d'une trop forte luminosité. De même, elle ne s'était aventurée dehors qu'avec Coffee à ses côtés, sa canne pliable dans son sac à main. Elle n'en avait pas eu besoin. Sa vision était devenue plus nette au fil des jours, même si des ombres apparaissaient de temps en temps. Emily les avait mises sur le compte de l'épuisement puis chassées de son esprit.

Aujourd'hui, elle se sentait reposée et enthousiaste. Elle allait voir ses collègues et ses élèves pour la première fois, sans avoir à se fier uniquement à son sens auditif pour les reconnaître. Elle avait l'impression de revivre son premier jour d'école. Toutefois, anticipant que la journée serait longue et que la fatigue finirait par se faire ressentir, elle était venue avec Coffee, comme elle le faisait chaque jour depuis qu'elle avait commencé à enseigner. Les enfants semblaient apprécier que le chien se couche calmement à côté de son bureau et observe les leçons, même s'ils n'avaient pas le droit de le caresser. Après tout, Coffee était un chien d'assistance, pas un animal de compagnie.

Emily s'arrêta devant la porte de l'école. Elle déplaça son regard vers la cour clôturée d'un côté de l'école primaire, où des enfants de six à douze ans saluaient leurs camarades de classe et échangeaient des nouvelles de leurs aventures pendant le long week-end. Quelques langues étrangères lui parvinrent à l'oreille et elle reconnut la voix de plusieurs de ses élèves. Elle allait enfin pouvoir associer voix et visages.

— Bonjour, Emily.

La voix appartenait à John Gonzalez. Quand elle se retourna, elle le vit descendre de son vélo et y attacher son antivol.

— Bonjour, John.

Derrière ses lunettes noires, elle se concentra sur lui. Il avait les cheveux noirs et courts, un corps trapu et musclé, et portait des vêtements décontractés. Ce style, en plus de bien correspondre au professeur d'éducation physique qu'il était, était tout à fait approprié compte tenu du fait qu'il enseignait également la biologie, où il se salissait souvent les mains.

— Tu es en avance. Je ne pensais pas que tu avais cours aussi tôt le mardi.

Gonzalez décrocha son cartable du porte-bagages du vélo et fit un signe vers elle.

— En fait, je croyais que tu étais en congé toute la semaine, après ton... tu sais. Il désigna ses yeux puis ajouta : Ça n'a pas été annulé, quand même ?

Elle se dirigea vers lui.

— Non, non, tout va bien. Ça a marché, je peux voir. Mais je dois y aller doucement. Elle montra le ciel du doigt et précisa : Pas de lumière vive pendant quelques jours.

Il sourit.

— Eh bien, c'est génial !

Il ouvrit et lui tint la porte. Elle accepta ce geste et entra, la main sur la poignée reliée au harnais de Coffee, qui marchait légèrement devant elle.

— Bonjour, mademoiselle Warner, dit avec un signe de tête l'agent de sécurité qui se tenait dans le hall.

— Bonjour, Todd, répondit-elle au colosse qu'elle regarda droit dans les yeux.

Bien qu'il n'avait pas de veste, son uniforme bleu permettait de l'identifier comme étant un agent de sécurité. Sa chemise à manches courtes exposait ses biceps impressionnants et sa peau brun foncé.

— Bonjour, monsieur Gonzalez, salua Todd à Gonzalez, qui était entré après elle.

Emily se dirigeait déjà vers la salle des professeurs, Coffee la guidant par habitude, ce qui lui permettait de laisser ses yeux vagabonder et de faire connaissance avec le couloir qu'elle empruntait depuis presque trois ans.

Emily ouvrit la porte de la salle des professeurs et entra dans la grande pièce aérée où les professeurs se réfugiaient entre deux cours ou pendant leur temps libre pour boire une tasse de café, corriger des copies, se préparer pour leur prochain cours, ou même suivre les nouvelles diffusées par le vieux téléviseur dans le coin. C'était aussi l'endroit idéal pour se mettre au courant des ragots concernant les élèves, leurs parents ou les autres enseignants. Et compte tenu de l'importance de certains parents, il y avait toujours des potins à échanger.

Plusieurs enseignants se promenaient dans la salle. Certains levèrent les yeux lorsqu'elle entra, d'autres continuèrent ce qu'ils faisaient sans remarquer son arrivée.

— Bonjour, Emily.

Une belle rousse, dont elle reconnut la voix comme étant celle d'Isabelle Treadway, se dirigeait vers elle. Elle n'aurait aucun mal à se souvenir de son visage : sa longue crinière rousse était d'un éclat magnifique et son visage était pâle comme de la porcelaine.

— Bonjour, Isabelle.

Dès qu'Isabelle vit Coffee, elle combla la distance qui les séparait et posa une main sur le bras d'Emily.

— Oh là là, ça ne s'est pas bien passé ? Je suis vraiment désolée.

Emily secoua la tête.

— Non, t'inquiète. Tout s'est bien passé. Mais je suis encore en train de guérir, et jusqu'à ce que ma vision soit parfaite, le docteur m'a dit de porter mes lunettes de soleil et d'avoir Coffee à mes côtés.

Elle montra du doigt ses lunettes de soleil, puis Coffee. Isabelle poussa un soupir de soulagement.

— Ouf ! Tu m'as fait peur pendant un instant.

La cloche sonna une fois. Cinq minutes avant le début de la première heure. Plusieurs enseignants se levèrent de leur siège et rangèrent leurs affaires.

— Je dois y aller. Parlons-en pendant le déjeuner, d'accord ? proposa Isabelle en attrapant sa mallette sur une table voisine.

Sans attendre la réponse d'Emily, elle se dirigeait déjà vers la porte.

Emily pivota pour se diriger vers son endroit préféré, le canapé, lorsqu'elle surprit un homme en train de la dévisager. Il était assis à une table assez proche pour avoir entendu sa conversation avec Isabelle. Sa vision était assez bonne pour reconnaître le rictus sur son visage, mais elle n'avait aucune idée de qui il s'agissait. Il se leva et attrapa ses papiers.

— Tu n'es plus handicapé, hein ? dit-il en jetant un coup d'œil à son chien, qui la dépassait déjà pour se diriger vers la porte. Eh bien, félicitations !

La voix appartenait à Carl Littleton, le professeur d'anglais.

Elle savait qu'il n'était pas sincère. Littleton ne l'avait jamais appréciée, jamais accueillie. Elle avait compris pourquoi quelques mois après avoir commencé à travailler à l'école. Isabelle lui avait révélé le grand secret : la femme de Littleton avait également posé sa candidature pour le poste de professeur de musique, mais elle avait perdu contre Emily. Littleton avait prétendu que la seule raison pour laquelle Emily avait été choisie au détriment de sa femme était le fait qu'Emily était aveugle. Handicapée. Il avait soutenu que sous prétexte de discrimination positive, Emily avait été choisie contre de sa femme qui devait maintenant se rendre dans une école située dans un quartier difficile. Et il lui avait fait sentir cette colère tous les jours.

À un moment donné, Emily en avait parlé à la directrice, Olivia Remmington, non pas pour se plaindre de lui, mais simplement pour demander pourquoi elle avait obtenu le poste et pas la femme de Littleton.

La principale Remmington, une femme d'une soixantaine d'années, lui avait souri.

— Emily, notre but n'est pas de remplir un quota, si c'est ce qui t'inquiète. La loi sur les Américains handicapés n'a rien à voir avec le fait que nous t'ayons embauchée. Mais nous avons cinq étudiants aveugles, et ils ont des difficultés à s'intégrer. Nous nous sommes dit que si nous faisions venir un enseignant aveugle, ils auraient enfin quelqu'un qui les comprendrait. Et d'après ce que je vois, les enfants s'en sortent mieux grâce à toi. Parce que tu les écoutes. Tu étais le meilleur choix pour ces enfants. Alors n'écoute pas ceux qui te disent que tu n'as pas ta place ici.

Une deuxième sonnerie interrompit les souvenirs d'Emily.

Elle soupira et se rendit compte que la salle des professeurs s'était vidée. Elle se dirigea vers le canapé, y déposa son sac et prit place. Coffee s'allongea à ses pieds. De là où elle était, dans le coin, elle pouvait voir toute la salle. Elle se familiarisa visuellement avec elle. Comme toutes les salles des profs, il y régnait un certain chaos, et tout semblait changer en permanence. Elle se souvint des nombreux bleus qu'elle avait reçus dans cette salle, car quelqu'un déplaçait constamment les tables et les chaises pour s'adapter à la réunion qui avait lieu à ce moment-là. Il avait fallu des mois pour que ses collègues se rendent compte que le fait de déplacer les meubles n'importe comment était dangereux pour leur collègue aveugle.

Emily s'installa dans les coussins du canapé et sortit son téléphone portable de son sac. Elle appuya sur un bouton et ordonna :

— Joue « *La fille d'Ipanema* ».

Quelques instants plus tard, la musique d'une beauté envoûtante interprétée par Stan Getz, ainsi qu'Astrud et João Gilberto se fit peu à peu entendre. Elle ferma les yeux et retira ses lunettes, qu'elle posa à côté d'elle sur le canapé. Elle se frotta l'arête du nez et laissa la musique inonder ses sens. La musique avait été son échappatoire pendant la moitié de sa vie et était devenue aussi importante pour elle que la respiration. Enseigner sa beauté à de jeunes esprits impressionnables lui donnait un but, un but qui lui avait évité de descendre plus bas dans le trou sombre où elle s'était retirée après avoir perdu la vue. La musique l'avait élevée, soutenue, et lui avait donné de l'espoir. Elle lui avait permis de voir la beauté avec ses oreilles plutôt qu'avec ses yeux. Elle avait été sa bouée de sauvetage.

Le claquement fort d'une porte la fit sursauter plus que de raison, et elle tourna la tête dans la direction du bruit. Depuis l'intervention visant à lui rendre la vue, elle sentait que quelque chose n'allait pas. Elle n'était pas elle-même. Elle n'était plus la personne posée et rationnelle qu'elle s'était efforcée de devenir au cours de la dernière décennie. Le moindre petit bruit la perturbait, et chaque nouvelle image l'effrayait.

Un concierge muni d'une échelle pénétra dans la pièce. L'échelle heurta une chaise et la retourna. Il poussa un juron. Puis les yeux du concierge se posèrent sur Emily.

— Désolé, je ne savais pas qu'il y avait quelqu'un ici. Il montra le plafond du doigt et poursuivit : Je dois juste changer cette lumière fluorescente. Ça ne vous dérange pas, j'espère ?

— Non, non, allez-y, le rassura Emily en éteignant sa musique.

— Je vous en prie, continuez ce que vous faisiez. Je ne serai plus dans vos pattes en un rien de temps.

Il ne perdit pas de temps, positionna l'échelle sous l'un des plafonniers et posa le pied sur le premier échelon. Il sembla alors s'être souvenu de quelque chose, car il descendit à nouveau, se dirigea vers la porte et actionna l'interrupteur pour éteindre toutes les lumières de la pièce. Il y avait encore suffisamment de lumière provenant des fenêtres.

— Je ne veux pas être électrocuté, expliqua-t-il en jetant un regard en direction d'Emily, avant de poursuivre son travail.

Emily continua à le regarder pendant qu'il se tenait sur la dernière marche et tendait les bras au-dessus de sa tête pour décrocher le boîtier des plafonniers. Il retira la lampe fluorescente brûlée et, une main tenant l'échelle, l'autre saisissant la lampe fluorescente, il redescendit lentement. Tout à coup, son pied bougea comme s'il avait une crampe aux muscles.

Une peur froide s'empara d'elle et ses yeux se dirigèrent vers l'endroit où il allait tomber. Au lieu de la table en bois qui se trouvait à cet endroit un instant plus tôt, se tenait une table plus basse faite d'un lourd verre aux bords tranchants comme des rasoirs. La terreur figea le sang dans ses veines. Le concierge allait se briser le cou.

— Attention !

Emily cria en même temps en sautant du canapé et en fonçant vers l'échelle. Elle ne put l'atteindre à temps. Le verre vola en éclats, le bruit fort faillit lui percer les tympans. Incapable de supporter la vue de cette tragédie ou du sang, elle ferma les yeux.

— Mademoiselle ? Mademoiselle ? Tout va bien ?

Quelqu'un avait saisi son biceps et la secouait.

Emily s'efforça d'ouvrir les yeux et fixa le visage du concierge. Incrédule, elle balaya son regard sur son corps à la recherche de blessures. Elle n'en trouva aucune.

— Je vais bien. Mais l'échelle... Vous êtes tombé.

Elle pointa du doigt l'objet en question. Il lui jeta un regard étrange et secoua la tête.

— Je ne suis pas tombé. Vous êtes sûre que ça va, mademoiselle ?

Il la libéra de son emprise.

Ses yeux se dirigèrent vers l'endroit où la table en verre s'était brisée. Il n'y avait rien. Ni table brisée, ni signe d'accident, juste une table en bois avec plusieurs chaises.

Bien qu'elle ait répondu au concierge qu'elle allait bien, elle savait que ce n'était pas le cas ; elle avait clairement vu le verre se briser sous l'impact d'une personne tombant de l'échelle. Elle avait peur de ce que cela voulait dire. Elle voyait à nouveau des choses. Des choses qui n'existaient pas.

Elle voulait se réfugier dans son placard, la cachette qu'elle avait choisie lorsque tout avait commencé à s'écrouler après son accident, quinze ans plus tôt. Tout comme à l'époque, elle voulait se fermer au monde qui l'entourait, n'étant ni prête ni disposée à affronter ses peurs. Mais cette fois, c'était pire. Autrefois, elle ignorait ce qui l'attendait. Aujourd'hui, elle ne le savait que trop bien.

11

———————

— Tiens, ça devrait t'aider, dit Vicky en lui tendant un verre de vin rouge.

— Je ne bois pas vraiment, protesta Emily.

— Alors ça t'aidera encore plus. Et tu n'en auras pas besoin d'autant. Fais-moi confiance.

Elle pressa le verre dans la main d'Emily, puis attrapa la sienne et prit place à côté d'Emily sur le canapé.

Dès son retour d'école, Emily avait frappé à la porte de Vicky, encore secouée par l'incident survenu dans la salle des professeurs, afin de lui en parler. Elle n'avait aucune idée de comment elle avait fait pour tenir le coup jusqu'à la fin de la journée.

— Peut-être que tu t'es assoupie et que tu as rêvé, suggéra Vicky, cherchant à se convaincre elle-même. C'est sûrement ça. Crois-moi, j'ai fait les rêves les plus fous, et parfois ils me paraissent si réels que je pourrais jurer que ce n'était pas seulement mon imagination.

Avec réticence, Emily prit une petite lichée de son verre de vin.

— Mais je sais que ce n'était pas un rêve. J'ai vu ce que j'ai vu. Quelqu'un s'est écrasé sur la table en verre et l'a brisée.

Vicky soupira.

— La table en verre qui n'était pas là ? Emily, ces derniers jours ont été un énorme changement pour toi. Ce que tu vis est stressant, même si c'est le bon type de stress. Pourquoi ne prendrais-tu pas quelques jours de congé supplémentaires ? Je suis sûr que la proviseure Remmington comprendra.

— Mais ce n'est pas du stress. Je le sais. J'ai de nouveau des hallucinations.

Et cela lui faisait peur, car elle ne se souvenait que trop bien de la façon dont cela s'était terminé la dernière fois. Elle ne pouvait pas revivre cela une deuxième fois.

— Des hallucinations ? Tu es un peu sévère avec toi-même.

— Mais c'est vrai. C'est déjà arrivé.

Elle regarda directement dans les yeux de Vicky.

— Quoi ? Quand ça ?

— La première fois que j'ai subi une greffe de cornée, il y a quinze ans.

Vicky ouvrit la bouche en grand.

— Tu ne m'as jamais dit que tu avais eu une greffe avant.

Emily s'enfonça davantage dans les coussins du canapé et porta le verre à ses lèvres pour la deuxième fois. Cette fois, elle prit une plus longue lichée. Enfin, c'est plutôt une grosse gorgée. Dans le silence qui les séparait, les souvenirs de ce qui s'était passé alors qu'elle n'avait qu'un peu plus de quinze ans revinrent comme un raz-de-marée menaçant de la noyer. Mais elle ne pouvait pas se laisser aller. Elle devait y faire face, même si cela lui faisait peur.

— Peu de temps après l'accident au cours duquel j'ai perdu la vue...

— L'accident qui a tué tes parents ? demanda Vicky.

Emily l'avait mentionné dès le début, lorsque la question de la famille avait été abordée. Elle acquiesça.

— Oui. Quand j'étais encore en rééducation pour mes autres blessures, mon bras et ma jambe, on m'a dit qu'on pouvait me rendre la vue. La greffe a été programmée, et tout s'est bien passé. Du moins, c'est ce qu'ils pensaient.

Elle cligna des yeux, et Vicky posa sa main sur l'avant-bras d'Emily.

— Qu'est-ce qui s'est passé ?

— J'ai commencé à avoir des hallucinations, tu sais, à voir des ombres, des choses qui n'étaient pas là. J'ai cru que je devenais folle. Les médecins pensaient que c'était un effet secondaire des médicaments qu'ils m'avaient donnés pour que je ne rejette pas les cornées. Ou peut-être que c'était le traumatisme que j'avais subi lors de l'accident. Emily secoua la tête et expliqua : Ce n'était ni l'un ni l'autre.

— Alors qu'est-ce que c'était ?

Emily croisa le regard inquiet de son amie. Ce n'était pas facile d'en parler, mais elle avait besoin que ça sorte.

— Je devenais folle. Je ne pouvais plus faire la différence entre la réalité et l'imaginaire. C'est devenu tellement grave qu'ils ont dû me faire hospitaliser...

Elle hésita parce que les mots qu'elle devait dire portaient un stigmate. Un stigmate dont elle ne pouvait pas se défaire. Même après quinze ans.

— Hospitalisée ? Où ça ?

Vicky comprit au silence d'Emily.

— Dans un asile ? Ils t'ont mise chez les fous ?

Emily eut un pincement au cœur. Elle regrettait d'avoir parlé à Vicky de ses démêlés avec la maladie mentale. Mais pouvait-elle vraiment qualifier cette expérience ainsi ? La maladie mentale pouvait-elle vraiment disparaître après quelques années, ou était-ce le signe qu'elle ne l'avait pas surmontée ?

— Appeler ça un asile de fous ne le rend pas moins traumatisant, juste pour que tu le saches.

— Désolé, je ne voulais pas dire ça comme ça. Mais crois-moi, ta place n'est pas dans un... hôpital psychiatrique. Tu es aussi normale que moi.

— Je ne me sentais pas normale. Et ça ne s'est pas amélioré jusqu'à ce que...

Elle laissa échapper une longue respiration, ne sachant pas trop comment continuer. C'est vrai. Elle ne s'était jamais sentie vraiment normale. Elle l'avait dissimulé en faisant bonne figure, en essayant de rester occupée, en trouvant une raison d'être en tant qu'enseignante aveugle. Mais n'avait-elle fait que masquer le problème, le cacher sous le vernis d'une femme bien équilibrée ?

— Je n'en ai jamais parlé, confia-t-elle.

— À moi, tu peux. Meilleures amies pour la vie !

Lentement, Emily tendit la main vers le souvenir qu'elle gardait enfermé avec d'autres parties de son passé.

— Une nuit, je n'en pouvais plus. Les choses que je voyais étaient trop horribles. J'ai quitté ma chambre, et dans le couloir, j'ai vu quelqu'un. J'ai couru, et quelqu'un m'a poursuivie. Je suis arrivée à l'escalier, pour m'échapper, tu sais...

Même maintenant, raconter à nouveau ce qui s'était passé était difficile, même si elle laissait de côté les détails sanglants, incapable de les mettre en mots. Mais elle se souvenait de tout comme si cela venait de se passer. Elle avait vu un homme sombre la poursuivre dans un couloir. Elle avait regardé par-dessus son épaule, essayant de le distancer, mais il était plus rapide. Et il était armé. Le couteau qu'il tenait à la main brillait dans la lumière du couloir faiblement éclairé, et elle avait compris à l'expression du visage de l'homme qu'il n'hésiterait pas à s'en servir, et qu'il prendrait même plaisir à lui faire du mal.

— Ils m'ont trouvé en bas des escaliers quelques heures plus tard.

— As-tu essayé de... Je veux dire...

Elle savait ce que Vicky essayait de demander. Elle ne pouvait pas lui en vouloir. Les médecins avaient soupçonné la même chose. Et Emily elle-même ne pouvait pas affirmer avec certitude qu'elle n'avait pas opté pour la facilité.

— De me tuer ? D'en finir ? Je n'en sais rien. Je me souviens seulement de la sensation d'être poursuivie. Je ne sais pas si c'était réel ou si j'ai tout inventé. Quant à savoir comment c'est vraiment arrivé... Elle haussa les épaules et dit : Je ne sais pas si je me suis jetée dans l'escalier ou si j'ai glissé...

Ou si la personne imaginaire qui l'avait poursuivie l'avait poussée. Elle avait senti une main sur son épaule, et savait que l'homme l'avait rattrapée.

— Quand ils m'ont trouvée, je saignais de la tête... des yeux.... Mon corps rejetait les cornées greffées. Je devenais à nouveau aveugle. Seulement cette fois, c'était pire, car la chute avait causé plus de traumatismes. Elle avait endommagé des parties qui ne pouvaient pas être opérées, pas à l'époque en tout cas. À cause de ça, on ne pouvait pas faire d'autre transplantation. Non pas que j'en aurais voulu, pas après ce que j'avais vécu.

Vicky hocha lentement la tête, la compréhension colorant sa voix, puis conclut :

— Tu as dû attendre que la médecine progresse suffisamment... et que tu sois assez forte pour réessayer.

Emily répondit aux paroles de son amie par un hochement de tête. Elle but une nouvelle gorgée de son verre.

— J'ai peur, Vicky. Et si je n'étais pas censée voir à nouveau ? Et si tout recommençait ?

Vicky lui serra la main.

— Ça ne va pas recommencer, d'accord ?

— Je ne peux pas me contenter d'espérer que ces hallucinations disparaissent.

— Si, c'est exactement ce que tu vas faire. Ne les laisse pas te contrôler. C'est *toi* qui as le contrôle !

— En ce moment, je n'en ai franchement pas l'impression.

Vicky mit ses doigts sous le pied du verre d'Emily pour le pousser vers le haut, jusqu'à ce qu'il atteigne la bouche d'Emily.

— Noyons ces hallucinations.

— C'est ça, ta solution ?

— Crois-moi, ça marche pour plein de choses.

— Et si ça ne marche pas pour moi ?

Vicky passa son bras autour des épaules d'Emily.

— Alors tu m'auras toujours moi pour chasser tes monstres imaginaires.

12

───────

3*1 mai*

L'ambassade d'Argentine était située dans un bâtiment impressionnant à la façade ornée, à seulement un pâté de maisons de Dupont Circle et entourée de nombreuses autres ambassades installées dans des hôtels particuliers tout aussi magnifiques. Emily venait ici depuis plus de deux ans pour donner des cours de piano privés à la fille de l'ambassadeur, Catalina, âgée de dix ans. L'ambassadeur Santiago Pacheco était veuf, charmant par moments, distant et renfermé à d'autres. Il ne devait pas être facile d'exercer les fonctions d'ambassadeur tout en étant le parent unique d'un enfant ayant des besoins particuliers. L'ambassadeur Pacheco aurait pu choisir n'importe quel professeur de musique pour sa fille – l'argent n'était certainement pas un obstacle – mais le fait qu'Emily et Catalina aient quelque chose d'important en commun avait rendu la décision facile pour lui. Catalina était aveugle depuis sa naissance.

Après le décès de sa femme des suites d'un cancer, l'ambassadeur Pacheco avait quitté sa maison dans une banlieue chic de Washington pour s'installer dans la résidence qui occupait le dernier étage de l'ambassade. L'après-midi et le soir, lorsque Catalina rentrait de l'école, il travaillait souvent dans son bureau de la résidence afin de pouvoir garder un œil sur son enfant. Même si la nounou et la femme de ménage s'occupaient des besoins de Catalina, elles ne suffisaient pas à donner à l'enfant ce dont elle avait besoin : un parent qui soit là pour elle.

— C'est l'heure de la leçon de Catalina, mademoiselle Warner ? demanda l'agent de sécurité, qui attrapa son sac et le plaça sur l'appareil de contrôle, tandis qu'Emily passait le détecteur de métaux avec Coffee devant elle.

— Oui, il est temps de rattraper le temps perdu. J'ai manqué une leçon avec elle parce que j'étais en congé maladie.

— J'espère que tout va bien maintenant, dit poliment l'agent de sécurité, mais sans grand intérêt. Profitez de votre après-midi.

— Merci, répondit Emily avant de se diriger vers l'ascenseur.

Elle connaissait la marche à suivre. L'agent de sécurité sélectionnait à distance l'étage auquel l'ascenseur la conduirait, et les portes ne s'ouvraient qu'une fois sur place pour qu'elle ne puisse pas atteindre les étages où le personnel de l'ambassade travaillait et où l'on discutait de choses confidentielles. Au début, l'un des agents de sécurité l'avait toujours escortée jusqu'à la résidence, mais ils avaient fini par arrêter. Elle savait qu'ils avaient vérifié ses antécédents avant de l'autoriser à enseigner à Catalina, mais ils avaient quand même insisté pour la surveiller de près jusqu'à ce qu'ils se rendent compte que, d'une manière ou d'une autre, elle ne représentait pas une menace pour l'ambassadeur et sa fille.

Une fois au dernier étage, les portes de l'ascenseur s'ouvrirent au milieu d'un doux tintement. Emily pénétra dans le petit hall d'entrée qui ne comportait que deux portes. L'une était une sortie de secours menant aux escaliers, l'autre la porte de la résidence. Celle-ci s'ouvrit avant qu'elle ne l'atteigne.

Catalina se tenait dans l'encadrement de la porte, un sourire aux lèvres.

— Mademoiselle Warner ?

— Salut, Catalina.

Elle passa son regard sur la fillette. La jolie petite fille de dix ans aux boucles sombres et à la peau olivâtre ne tenait pas de canne, ayant appris à naviguer dans la résidence de l'ambassadeur tout comme elle l'avait fait dans sa maison précédente. Malgré les épreuves que l'enfant avait traversées, son propre handicap, la maladie et la mort subséquente de sa mère, elle s'était finalement bien adaptée et s'était épanouie, passant d'une fille renfermée et en deuil à une fille heureuse avec une bonne dose de curiosité et d'envie de plaire.

— Vous êtes venue avec Coffee, dit-elle en regardant dans la direction du chien.

Elle l'avait repéré grâce à son sens aigu de l'ouïe. Emily avait dû apprendre cette technique elle-même à l'âge de quinze ans. Catalina, aveugle de naissance, n'avait jamais connu de différence.

— Oui, il n'a pas l'habitude d'être seul à la maison. J'espère que ton père n'y voit pas d'inconvénient... Enfin, même s'il n'est plus vraiment un chien d'assistance...

Emily entra dans la résidence et ferma la porte derrière elle.

— Papa n'y voit pas d'inconvénient. Il a dit que quand je serai un peu plus grande, j'aurai moi aussi un chien-guide.

Avec une précision surprenante, Catalina trouva la tête de Coffee et le caressa. Emily ne s'était jamais opposée à ce qu'elle touche Coffee lorsqu'ils n'étaient pas à l'école où d'autres enfants pouvaient les observer. Coffee n'y voyait pas d'inconvénient non plus. C'était comme s'il savait que Catalina avait autant besoin de lui qu'Emily.

— Qu'est-ce que je t'ai dit à propos des caresses aux chiens d'aveugle, Lina ?

La voix masculine provenait de l'extrémité d'un long couloir à la droite d'Emily.

Emily tourna la tête vers l'ambassadeur et le regarda quitter l'ombre du couloir lambrissé pour entrer dans la lumière du hall d'entrée. Il était plus jeune qu'elle ne l'avait supposé, ses cheveux noirs ne laissant apparaître qu'un peu de gris au niveau des tempes. Il avait l'air d'avoir une quarantaine d'années, ce qui était considéré comme extrêmement jeune pour un homme dans sa position. Sa femme, une interprète américaine, avait été plus jeune que lui, mais il n'était pas difficile d'imaginer pourquoi elle était tombée amoureuse de cet homme beau et grand qui avait l'air d'être le maître du monde. Seules les fines lignes autour de ses yeux laissaient deviner la douleur qu'il avait subie.

— Tu as dit de ne pas le faire, papa, répondit poliment Catalina, tout en continuant à caresser Coffee. Mais comme je te l'ai dit, ce n'est plus un chien d'aveugle. Mademoiselle Warner peut voir maintenant.

Elle désigna Emily du doigt.

Emily avait annoncé la bonne nouvelle à ses élèves le mardi, lorsqu'elle était retournée en classe pour enseigner. Catalina lui avait dit pendant la récré ce jour-là qu'elle était très heureuse pour Emily.

L'ambassadeur Pacheco décocha un sourire désarmant et tendit la main pour atteindre celle d'Emily, la serrant un instant.

— Je suis si heureux pour vous, Mademoiselle Warner.

— Merci, Monsieur l'ambassadeur. J'espère que cela ne vous dérange pas que je l'ai amené, mon médecin m'a recommandé de le garder avec moi jusqu'à ce que je sois complètement guérie, indiqua-t-elle en montrant Coffee.

Il jeta un regard chaleureux à Coffee, mais sans aller jusqu'à le caresser.

— Il ne me pose aucun problème. Faîtes comme bon vous semble. Il posa sa main sur l'épaule de Catalina et lui demanda : Lina, va à la cuisine et dis à Maria d'apporter un bol d'eau à Coffee, il a l'air d'avoir soif.

— D'accord, papa.

Catalina se retourna et partit.

— Mademoiselle Warner ?

L'ambassadeur Pacheco fit un signe vers la droite et Emily le suivit jusqu'au salon, où un grand piano Steinway trônait en bonne place. Pour la première fois, Emily vit l'élégance tranquille avec laquelle la pièce était meublée. C'était exactement comme elle l'avait imaginé. Son regard fut attiré par le portrait au-dessus de la cheminée. La femme portait une longue robe bleu roi et était adossée à un mur, une jambe appuyée contre celui-ci, ses yeux invitant le spectateur à s'approcher. Emily n'avait jamais vu de tableau aussi provocant dans lequel le sujet était entièrement vêtu. Enfin, elle n'était pas allée visiter beaucoup de musées avant de perdre la vue. Les musées l'avaient ennuyée lorsqu'elle était adolescente. À l'époque, elle n'avait jamais imaginé que regarder la beauté, l'art, lui manquerait.

L'ambassadeur Pacheco sembla remarquer qu'Emily regardait fixement le tableau.

— Ma défunte femme aimait le tango. C'est comme ça que nous nous sommes rencontrés.

On aurait dit qu'il voulait dire autre chose, mais il changea de sujet :

— Je voulais vous parler rapidement de Catalina.

— Elle va bien, n'est-ce pas ? Je veux dire...

— Je pense que oui. Mais je voulais simplement que vous sachiez quelque chose. Catalina vous aime beaucoup, et maintenant que vous avez recouvré la vue... eh bien, je ne veux pas être insensible... vous avez tout à fait le droit de choisir ce qui est le mieux pour vous...

— Je ne comprends pas.

Pour la première fois depuis qu'elle avait rencontré l'ambassadeur Pacheco, Emily sentit chez lui une gêne qui ne semblait pas naturelle pour un homme de son rang.

— Aucune opération du monde ne pourra jamais rendre la vue à Catalina. Je sais qu'elle vous posera des questions à ce sujet. Elle voudra savoir...

— Si une opération fonctionnerait dans son cas ?

À la surprise d'Emily, il secoua la tête.

— Non. Elle connaît déjà la réponse. Elle est née sans nerf optique. Et même si je crois savoir que les dommages causés à un nerf optique peuvent maintenant être réparés grâce à un traitement expérimental à base de cellules souches, il n'existe pas encore de moyen de faire pousser un nerf optique entier à partir de cellules souches.

Il laissa échapper un rire amer et poursuivit :

— Pourtant, j'aimerais bien. Pour son bien-être. Mais Catalina est une enfant intelligente, et je ne dis pas ça parce que c'est ma fille. Non, elle se demandera si vous serez toujours son amie, maintenant que vous pouvez voir. Maintenant que vous n'êtes plus comme elle. Catalina a perdu beaucoup de choses en si peu de temps. J'espère qu'elle ne vous perdra pas non plus, finit-il en dérivant le regard vers le portrait de sa femme.

Emily laissa échapper le souffle qu'elle avait retenu.

— Mes amitiés ne dépendent pas du fait que je voie ou ne voie pas. Je sais ce que votre fille traverse chaque jour, les défis qu'elle affronte à chaque pas, même si ces défis sont peut-être terminés pour moi. Je les ai vécus pendant quinze ans, je ne risque pas d'oublier un jour ce que c'est que d'être aveugle.

Comment le pourrait-elle ? La cécité avait éclairé tous ses choix, changé tous ses rêves d'avenir, fait d'elle la personne qu'elle était aujourd'hui. Pour le meilleur et pour le pire.

— Merci, mademoiselle Warner. Je suis désolée d'avoir été aussi directe.

Je crains simplement de ne jamais vraiment comprendre ce que c'est que d'être à la place de Catalina. Me croiriez-vous si je vous disais que pendant une journée, lorsque Catalina était chez sa grand-mère, j'ai porté un bandeau pour imiter sa condition, et qu'à la fin de la journée, j'étais tellement frustré par la difficulté des choses que ma seule hâte, c'était d'arracher ce fichu bandeau ?

— Je ne connais pas beaucoup de parents qui seraient allés jusque-là.

Il laissa échapper un rire sans éclat.

— Ma femme était plus douée pour ces choses-là. Il marqua une pause, puis la regarda droit dans les yeux : Catalina a besoin de vous. Elle peut vous parler car elle sait que vous la comprendrez.

Emily acquiesça. Il y avait dans l'air une lourdeur à laquelle elle ne s'attendait pas. Elle n'avait jamais réalisé à quel point l'ambassadeur comprenait qu'elle n'était pas seulement la professeure particulière de piano de Catalina, mais aussi sa confidente. Elle sentit ses yeux s'humidifier et mit cela sur le compte de la fatigue.

Avant qu'elle ne trouve quelque chose à dire, elle entendit quelqu'un juste derrière la porte ouverte du salon. L'ambassadeur Pacheco regarda devant elle et Emily se retourna. Un jeune homme en costume d'affaires les regardait.

— Oui, Juan ?

— Désolé de vous déranger Señor. Mademoiselle Warner, dit-il avec un lourd accent espagnol. Mais je dois répondre à l'ambassadeur suédois au sujet de son prochain bal. Y assisterez-vous et emmènerez-vous un invité ?

— Dis à l'ambassadeur Ingwaldsson que je viendrai, mais seul. Merci, Juan.

Le secrétaire particulier de l'ambassadeur acquiesça et disparut. L'ambassadeur Pacheco gloussa.

— La musique du bal sera épouvantable, comme d'habitude. Et ce n'est pas que Sven ne le sache pas. Je n'arrête pas de lui dire d'engager un orchestre qui joue un tango décent, mais il insiste pour jouer ABBA.

— Je ne pense pas du tout qu'ABBA soit mauvais, riposta Emily, surprise de l'ouverture d'esprit de l'ambassadeur.

— Ça l'est quand il chante par-dessus.

Emily ne put s'empêcher de rire elle-aussi.

— Vous lui avez vraiment dit ça ?

— Oh, oui, et pas qu'une fois.

Quand Emily haussa les sourcils, il ajouta :

— Nous jouons au golf ensemble. Ce n'est pas un mauvais bougre, et il sait boire, comme tous les Suédois, mais il n'a pas d'oreille pour la musique. Peut-être que je pourrais vous demander de lui jouer un tango un jour, pour qu'il se rende compte de ce qu'il manque, dit-il en désignant le piano.

Emily rit, sachant bien qu'elle n'aurait jamais l'occasion de jouer pour l'ambassadeur suédois.

À ce moment-là, Catalina apparut dans l'embrasure de la porte, tenant un bol d'eau à moitié rempli. Lorsque son père tenta de s'approcher d'elle pour l'aider avec le bol, Emily secoua rapidement la tête et fit un non silencieux.

— Merci Catalina, dit plutôt Emily, sachant que la jeune fille ne voulait pas d'aide.

Elle la regarda s'avancer vers elle avec le bol et lui indiqua :

— Coffee est déjà assis à gauche de ton siège au piano.

13

———

Un peu plus d'une heure plus tard, Emily quitta l'ambassade et parcourut le petit pâté de maisons qui la séparait du métro à Dupont Circle pour rentrer chez elle. Passer une heure avec Catalina, qui avait manifestement répété ses gammes et le morceau qu'elle était en train d'apprendre, l'avait mise de bonne humeur. La main sur le guidon qui prolongeait le harnais de Coffee, elle regardait autour d'elle et s'imprégnait de l'atmosphère. Un Starbucks à un coin de rue, quelques petits magasins à un autre, une grande pharmacie de l'autre côté de la place. Et la place elle-même, ronde avec un espace herbeux, quelques arbres et des bancs, ainsi qu'une statue au milieu. Dix rues aboutissaient ici. La circulation semblait plus dense que d'habitude, et tout le monde sur les trottoirs ou les passages piétons se pressait. Seule Emily prenait son temps. Elle voulait mémoriser visuellement le trajet entre l'ambassade et la station de métro.

Son téléphone portable sonna.

— Vicky Hong à l'appareil, annonça la voix automatisée.

Bientôt, elle n'aurait plus besoin de cette fonction.

— Repose-toi, Coffee, ordonna-t-elle, puis elle répondit au téléphone.

— Salut, Vicky.

— Salut, répondit Vicky. Tu es sur le chemin de la maison ?

— Oui, pourquoi ?

— Je me disais qu'on pourrait passer la soirée ensemble. Tu n'es pas occupée, n'est-ce pas ?

— Non, je n'ai rien de prévu.

— Super. Alors à toute !

— À bientôt.

— Avant de raccrocher, ça te dérangerait de passer au chinois ?

Emily ferma les yeux un instant. Elle aurait dû se douter que Vicky avait une idée derrière la tête.

— Celui en chemin ?

— Oui, tu prends la ligne rouge jusqu'à Gallery Place, n'est-ce pas ? Chow's n'est qu'à un pâté de maisons de là. C'est le meilleur resto chinois. Je peux les appeler.

Emily gloussa.

— Tu as de la chance, moi aussi j'ai faim.

— Parfait ! Je vais nous commander un festin pour qu'on se goinfre ce soir. À tout à l'heure.

Emily remit le téléphone portable dans sa poche et tourna la tête vers Coffee.

— Je suppose que nous allons chez Chow's, mon garçon. En avant.

Prendre le métro de Dupont Circle à Gallery Place où elle changeait normalement pour prendre la ligne verte ou la ligne jaune jusqu'à Columbia Heights où se trouvait son appartement, n'était pas un problème. Elle l'avait fait presque tous les jours au cours des trois dernières années. Mais l'expérience était différente. Les gens se bousculaient, se poussaient et se bousculaient, et elle était heureuse d'avoir encore Coffee avec elle et de porter ses lunettes noires. Si elle n'avait pas eu ces accessoires, Emily aurait certainement été piétinée. Heureusement, les gens faisaient attention s'ils apercevaient une personne non-voyante Mais un jour ou l'autre, apprendre à naviguer dans le métro et ses foules sans ces protections ne serait plus une option. La perspective lui semblait décourageante, mais elle savait qu'elle maîtriserait cela aussi. Après tout, des millions de personnes le faisaient chaque jour.

Une fois de nouveau en surface à Gallery Place, qui se trouvait au milieu de Chinatown, elle utilisa son smartphone pour trouver Chow's.

Bien sûr, elle était déjà venue ici, plusieurs fois en fait, mais toujours avec Vicky, raison pour laquelle elle n'avait jamais pris la peine d'apprendre l'itinéraire.

Chow's était un petit restaurant avec beaucoup de décorations colorées, majoritairement rouges et jaunes. La salle à manger était bondée, et plusieurs personnes attendaient dans le hall d'entrée pour prendre des plats à emporter.

Emily se dirigea vers la table de l'hôtesse. Avant qu'elle ne puisse demander le plat à emporter que Vicky avait commandé, l'hôtesse aboya :

— Pas de chiens dans le restaurant.

— Oh, euh, commença Emily afin d'attirer sur elle le regard de la femme qui s'était fixé sur Coffee.

Ce n'est que maintenant que la femme sembla voir ses lunettes noires et comprendre ce qu'elles signifiaient. Elle resta un moment à la fixer, puis grimaça.

— Bon, j'ai rien dit. Sur place ou à emporter ?

— Un plat à emporter pour Vicky Hong.

L'hôtesse regarda l'écran de son ordinateur, puis annonça :

— Quinze minutes.

Emily se retourna et se dirigea vers les chaises du foyer, en trouva une vide et s'assit. L'hôtesse disparut dans le restaurant et, un instant plus tard, un jeune Chinois prit son poste.

Emily attendit patiemment, Coffee à ses pieds.

En face d'elle, deux femmes étaient en train de bavarder. Elle n'avait pas l'intention d'écouter, mais l'écoute faisait tellement partie intégrante de sa vie qu'elle ne pouvait pas s'en empêcher. De plus, les deux femmes parlaient assez fort pour être entendues par-dessus le vacarme du restaurant. Et si elles n'avaient pas voulu être entendues, elles auraient sûrement chuchoté.

— T'as vu ? demanda la femme aux longs cheveux noirs en se penchant plus près de son amie.

La femme aux courts cheveux bruns fit un mouvement dédaigneux de la main.

— Encore une théorie du complot. Ils n'ont rien d'autre à dire.

— Mais tu ne trouves pas ça bizarre qu'elle soit morte seule à la maison ?

— Qu'est-ce qu'il y a de si étrange ? Même les gens riches meurent. Elle a peut-être eu une attaque cérébrale ou une crise cardiaque. Les journaux n'ont pas encore donné beaucoup de détails.

La femme aux cheveux noirs secoua la tête.

— Elle était en parfaite santé. En pleine forme.

La femme aux cheveux courts fit la grimace.

— À t'entendre, c'est comme si tu la connaissais. Ce qui n'est pas le cas.

— Nous avons travaillé au même endroit. Donc je la connaissais pratiquement.

— Ce n'est pas parce que tu y fais du bénévolat quelques fois par mois que tu la connaissais.

— Ça ne veut pas dire que je ne me soucie pas de ce qui lui est arrivé. Il aurait pu s'agir d'un suicide. Sinon, pourquoi les journaux ne donneraient-ils pas la cause réelle du décès et diraient-ils que les autorités essaient de cacher quelque chose ?

Une fois de plus, son amie secoua la tête.

— Journaux ? Au pluriel ? *Un* tabloïd vomit des théories du complot. Ça ne veut rien dire. Le même tabloïd a aussi affirmé que le président de la Chambre des Représentants était un extraterrestre venu de l'espace.

L'autre femme leva la main.

— Ah, d'ailleurs, as-tu entendu dire que l'attachée de presse du vice-président a été vue sortant de chez tu-sais-qui très tôt un mardi matin ? dit-elle en gloussant.

— Noooon ! Alors elle était avec ce type de... ?

Le jeune Chinois qui prononça un nom qu'Emily n'avait pas saisi empêcha la femme de terminer sa phrase. Les deux se levèrent d'un bond de leur chaise, et l'une d'elles lui arracha la commande des mains. Emily les suivit des yeux alors qu'elles ouvraient la porte pour partir.

— Non, ce n'est pas un *homme*. C'est une *femme* !

Emily les entendit s'exclamer avant que la porte ne se referme derrière elles. Elle ne put s'empêcher de rire intérieurement. Washington D.C. était un chaudron plein de ragots. Compte tenu du nombre de personnes importantes, dont beaucoup avaient des relations politiques et de l'argent, voire les deux, il n'était pas étonnant que tout le monde spécule sur ce que les autres faisaient. Emily n'aimait pas les ragots. Mais elle en avait quand même régulièrement sa dose, car Vicky lisait à peu près toutes les rubriques de potins publiées dans la capitale.

— Vicky ? appela l'employé.

Emily se leva d'un bond et prit le sac en plastique contenant la nourriture.

— C'est combien ?

Il lui jeta un regard étrange.

— Vous avez déjà payé par carte de crédit.

— Ah euh, super, merci.

Emily quitta le restaurant et se dirigea vers la station de métro. Elle réussit à monter dans le prochain train bondé à destination de Columbia Heights. Une femme d'âge moyen lui céda une place dans le train, et bien qu'Emily refusa d'abord, la femme insista. Emily murmura un merci et s'assit. Le grondement rythmique du train la fit somnoler un instant, quand elle entendit soudain Coffee grogner. Elle se réveilla en sursaut.

— Coffee ? Qu'est-ce qui ne va pas ?

Elle suivit le regard de son chien, et son regard se posa sur un sans-abri qui se frayait un chemin à travers la foule des passagers, un « Une pièce s'il vous plaît » roulant sur ses lèvres comme un disque rayé, sa main sale tendue. Tout le monde s'écarta de son chemin, ne voulant manifestement pas que sa puanteur se transfère sur leurs vêtements. Emily le sentait aussi, et l'odeur désagréable d'urine et de vomi s'intensifia lorsque l'homme s'arrêta juste devant elle.

— Vous avez de la monnaie, mademoiselle ?

Il lui tendit le bras, mais avant qu'il ne puisse la toucher, Coffee se cabra et poussa un grognement vicieux, avertissant l'homme qu'il paierait cher s'il essayait d'accoster Emily. Le sans-abri sauta pratiquement en arrière, s'écrasant contre la femme qui avait offert son siège à Emily.

— Laissez-moi ! lui cria la femme.

Avant que le sans-abri ne puisse faire plus de mal, deux jeunes Noirs intervinrent et l'attrapèrent. Le train ralentissait déjà en direction de la prochaine gare.

— Foutez le camp d'ici, prévint l'un d'eux, tandis que le type se débattait pour se libérer.

Un moment plus tard, le train s'arrêta et les portes s'ouvrirent. Plusieurs passagers descendirent et laissèrent la place aux deux adolescents pour expulser le sans-abri du train. Ensuite, ils sautèrent à nouveau à l'intérieur et les portes se refermèrent derrière eux.

— Ne nous remerciez pas tous en même temps, dit l'un d'eux d'un ton sarcastique.

— Merci, dit Emily.

Quelqu'un commença à applaudir, puis une deuxième personne fit de même. L'instant d'après, tout le train applaudissait les deux jeunes hommes.

La femme qui avait offert son siège à Emily lui dit :

— Vous avez un bon chien.

Emily acquiesça.

— Il me protège bien. Bon toutou, Coffee, bon toutou ! le félicita-t-elle en lui caressant la tête.

Peu après, Emily sortit de la station de métro Columbia Heights et s'orienta. Elle passa devant plusieurs magasins et fast-foods, et traversa la place de Columbia Heights Civic Plaza où plusieurs stands proposaient des produits comme du café bio et de l'artisanat local, et où un groupe jouait du rock.

Normalement, elle se serait arrêtée pour écouter un peu, mais sachant que Vicky attendait le plat à emporter, elle continua son chemin vers la maison. Le pâté de maisons suivant était bordé d'autres commerces, et Emily jeta un coup d'œil rapide aux vitrines. Une veste attira son attention et elle la regarda de plus près. Elle était jolie, mais elle avait aussi l'air chère. De toute façon, elle n'avait pas besoin d'une nouvelle veste.

Emily laissa son regard balayer les autres objets de la vitrine, lorsqu'un reflet dans la vitre la fit sursauter. Un homme en costume d'affaires se tenait juste derrière elle, regardant par-dessus son épaule droite. Il faisait trente centimètres de plus qu'Emily, avait les cheveux blonds et courts et des yeux d'un bleu saisissant. Il lui lança un regard furieux, semblant vouloir l'attaquer. Un violent frisson lui parcourut l'échine, tandis que l'homme se rapprochait encore plus. Il leva l'une de ses mains comme pour la frapper.

Prête à se défendre, Emily se retourna et se figea. Il n'y avait personne derrière elle. En fait, la personne la plus proche, un homme âgé avec une canne, se trouvait à au moins trois mètres d'elle. Où l'homme blond avait-il bien pu aller si rapidement ?

Son cœur s'affolait dans sa gorge.

— Coffee ?

Le chien se tenait calmement à son talon, ne montrant aucun signe d'inconfort ou de menace perçue. Aucun signe que quelqu'un ne se soit approché de sa maîtresse, sinon il aurait grogné pour l'alerter, comme il l'avait fait dans le métro.

Elle en était alors certaine – l'homme blond en costume était une autre hallucination, un autre tour que ses yeux lui jouaient. Ses tripes se remplirent d'effroi et, pendant un instant, elle crut qu'elle allait éclater en sanglots, mais elle s'efforça de rester calme. Elle devait être plus forte cette fois-ci. Elle n'était plus adolescente. De toute évidence, essayer d'ignorer ces hallucinations ne fonctionnait pas. Elle devait y faire face, sinon elle subirait le même sort que quinze ans plus tôt. Elle ne pouvait pas laisser cela se produire.

Lorsqu'elle sentit soudain un picotement sur sa nuque, elle tourna la tête vers la place, mais aucun des acheteurs qui s'y trouvaient ne regardait dans sa direction. Pourtant, elle aurait juré que quelqu'un l'observait.

14

---

2 *juin*

Lorsque la sonnette retentit en fin d'après-midi, Rita Bolton voulut d'abord l'ignorer. Sa femme de ménage était partie faire une course, son mari passait des coups de fil et sa fille aînée, Natalie, était déjà partie pour retourner chez elle après avoir aidé à organiser la cérémonie commémorative.

Tout ce que Rita voulait faire maintenant, c'était s'enfouir sous une couverture chaude et pleurer jusqu'à ce qu'il ne lui reste plus de larmes. Son chagrin ne connaissait aucune limite. Aucune mère ne devrait jamais avoir à enterrer son enfant. Sa propre chair et son propre sang. Sa petite fille, sa Maddie, le bébé qu'elle avait désiré depuis aussi longtemps qu'elle ne s'en souvienne. Pendant des années, Eric et elle avaient essayé d'avoir un enfant, et pendant des années, ils avaient échoué. Après sa deuxième fausse couche, Rita s'était finalement mise d'accord avec Eric pour adopter. Natalie était entrée dans leur vie à l'âge de deux ans, marchant et babillant déjà. Elle avait comblé un vide que Rita avait ressenti pendant très longtemps. Trois ans plus tard, elle s'était finalement retrouvée à nouveau enceinte. Sauf que cette fois, elle avait accouché à terme.

Lorsque l'infirmière avait finalement posé Madeline sur sa poitrine et que le petit bébé s'était blotti contre elle, Rita était tombée amoureuse de cette créature vulnérable et s'était juré de toujours la protéger. Elle l'avait comblée d'amour. Peut-on vraiment lui reprocher d'aimer Maddie plus que Natalie ? Elle avait essayé de les aimer toutes les deux de la même façon, mais en vérité, Maddie avait toujours été sa préférée. Et maintenant, elle n'était plus là.

La sonnette de la porte retentit de nouveau. Elle soupira. Peut-être s'agissait-il simplement d'une livraison qui nécessitait une signature. Lentement, ses pieds la portèrent dans le couloir de l'énorme maison jusqu'à la porte d'entrée. Elle l'ouvrit, prête à recevoir un colis ou un courrier important. Mais la personne qui se tenait sur le pas de sa porte n'était pas un chauffeur UPS ou FedEx.

— Caleb ?

Le beau jeune homme aux cheveux bruns et à la silhouette athlétique portait un costume d'affaires. Aujourd'hui, son sourire habituellement naturel était absent de son visage. Il lui tendit la main.

— Madame Bolton, je voulais venir dès que mon père m'a parlé de Maddie, mais j'ai changé d'avis... Je savais que vous ne seriez pas prête à me recevoir...

Ses yeux se remplirent de larmes.

— ...Mais Maddie était aussi mon amie. Je voulais que vous sachiez à quel point elle comptait pour moi et pour tout le monde à l'association caritative.

Incapable de parler, Rita jeta ses bras autour de Caleb Faulkner, le fils de Mike Faulkner, et laissa les larmes couler, sachant qu'elle pouvait être elle-même avec lui. Il avait toujours fait partie de la famille, avait passé de nombreux étés avec eux lorsqu'il était enfant. Madeline et lui avaient pratiquement grandi ensemble. Et Natalie aussi, compléta-t-elle tardivement.

Rita renifla et se retira de l'étreinte.

— C'est si gentil de ta part d'être venue. Entre, s'il te plaît, ajouta-t-elle en faisant un signe vers le couloir.

— Merci, madame Bolton.

Il s'adressait toujours à elle de manière soutenue. Pourtant, elle lui avait dit de l'appeler Rita lorsqu'il deviendrait adulte ; il avait refusé, disant que cela lui ferait bizarre s'il l'appelait soudainement par son prénom. L'appeler Mme Bolton était un signe de respect.

Rita conduisit Caleb dans le salon.

— Tu veux boire quelque chose ?

— Avec plaisir, répondit-il.

Lorsqu'elle fit un mouvement pour se diriger vers le meuble où se trouvait l'alcool, il l'arrêta avec ce sourire charmant qui était devenu sa marque de fabrique. Mais aujourd'hui, il n'était pas aussi joyeux que d'habitude. Il était empreint de tristesse. Lui aussi était en train de faire le deuil de Maddie.

— Je sais où tout se trouve. Je vous en prépare un aussi ?

Elle acquiesça.

— Un sherry.

Elle avait beaucoup trop bu ces derniers jours, mais c'était le seul moyen pour elle de surmonter cette tragédie. L'engourdissement que lui procurait l'alcool l'aidait à noyer le chagrin et la douleur.

Caleb lui servit un verre de sherry, se prépara un verre de whisky, puis s'assit à côté d'elle sur le canapé.

— À Maddie, murmura Caleb. La personne la plus compatissante que j'aie jamais connue.

— À Maddie, dit Rita la voix brisée, elle prit une gorgée et avala. Oui, elle avait beaucoup de compassion, hein ? J'étais vraiment contente quand elle a commencé à s'impliquer dans l'association caritative. Je sais que les gens pensaient qu'elle ne le faisait que pour les bals et les ventes aux enchères de charité, mais elle aimait vraiment aider ces enfants. Elle voulait changer le monde, tu ne crois pas ?

Elle regarda Caleb prendre une grande gorgée de son verre.

— Oui, et nous ne saurons jamais à quel point. Elle était comme un chien avec un os quand il s'agissait de ces enfants. Elle n'abandonnait jamais, quel que soit l'obstacle. Elle était trop gentille pour ce monde.

Rita étouffa ses larmes en entendant Caleb faire l'éloge de sa fille.

— Nous devons vous remercier, toi et ton père, pour cela. Si ton père ne lui avait pas demandé de rejoindre *No Child Abandoned* après sa démission et que tu avais pris sa place, elle n'aurait peut-être jamais trouvé sa passion.

Caleb acquiesça.

— Oui, ça a changé sa vie, n'est-ce pas ?

— Elle semblait enfin satisfaite de son rôle dans la vie. Et maintenant...

Rita ne put continuer, ses yeux se remplissant à nouveau de larmes. Elle prit une gorgée de son sherry et changea de sujet.

— Est-ce que ton père et toi viendrez à la cérémonie commémorative le week-end prochain ?

— Oui, bien sûr, s'empressa-t-il de répondre. Et si vous voulez que je vous aide pour quoi que ce soit, n'hésitez pas à me le faire savoir.

Elle lui sourit et hocha la tête.

— Je suis sérieux, insista-t-il. Vous pouvez me prendre au mot. Vous et votre mari ne devriez pas avoir à porter ce fardeau tout seuls.

Rita lui serra la main.

— Tu es si gentil. Mais ton père a déjà tellement aidé. Nous n'avons pas eu à nous occuper de la police qui aurait pu traîner les pieds dans l'enquête. C'était tellement important pour nous... pour Maddie... Nous voulions respecter sa volonté...

— C'est tragique, tout ça. Mon père m'a dit qu'ils ont essayé de sauver Maddie aux urgences, et que son père était là à la fin. A-t-il au moins eu l'occasion de lui dire au revoir ? demanda-t-il en regardant dans son verre. Je suis désolé, ce ne sont pas mes affaires. C'est juste que... je ne peux qu'imaginer à quel point ça a dû être dévastateur d'être là et...

Rita posa sa main sur son avant-bras.

— Non... Maddie n'a jamais repris conscience.

Caleb soupira.

— Je suis vraiment désolé.

Rita se sentit légèrement étourdie tout d'un coup et perdit quelque peu l'équilibre en posant son verre sur la table basse.

— Ça va ? demanda Caleb plein d'inquiétude.

Elle fit un signe vers le verre de sherry vide.

— Oui, Caleb, ça va. C'est juste que chaque jour me semble interminable en ce moment.

Caleb acquiesça.

— C'est compréhensible. Vous devez être fatiguée, dit-il en se levant. Je devrais y aller et vous laisser vous reposer. Je voulais juste que vous sachiez que vous n'êtes pas seule.

Rita se leva elle aussi.

— Merci, Caleb.

Il l'arrêta lorsqu'elle commença à s'avancer vers la porte.

— Pas besoin de me raccompagner.

— Au revoir, Caleb.

Elle le suivit des yeux et sentit son cœur se serrer. Peut-être que si Maddie n'avait pas vécu seule, si elle avait eu un homme comme Caleb dans sa vie et non ce don Juan bon à rien qu'elle fréquentait, l'accident n'aurait jamais eu lieu.

Un sanglot s'échappa de sa poitrine. Tous les scénarios possibles se répétaient dans sa tête, comme une boucle sans fin. Elle avait besoin de noyer ces hypothèses qui ne menaient nulle part. Elle se dirigea vers l'armoire à pharmacie et l'ouvrit. Il lui fallait quelque chose de plus fort que du sherry.

15

Le docteur Harland releva le miroir frontal puis se retourna, toujours assis sur son tabouret. Aujourd'hui, une semaine entière après la procédure de transplantation d'Emily, il portait une simple blouse blanche par-dessus sa chemise et son pantalon, son nom brodé au-dessus de la poche de poitrine.

— Tout a l'air d'aller bien. Il n'y a aucun signe de tissu cicatriciel.

Emily s'avança sur la large chaise en faux cuir sur laquelle elle s'était assise pour l'examen.

— Vous êtes sûr qu'il n'y a rien d'anormal ?

Le chirurgien plissa le front.

— Ça n'a pas l'air de vous convaincre. Quelque chose ne va pas ?

Elle s'agita un instant, perdant tout courage. Peut-être qu'elle ne devrait pas en parler. Si son médecin disait que l'intervention avait été un succès, alors peut-être qu'elle avait tort. De plus, si elle lui racontait ce qui lui arrivait, il la prendrait sûrement pour une folle. Pourtant, c'était un expert qui pourrait peut-être trouver une raison logique à ses hallucinations ; peu importe comment elle devait les appeler.

— Mademoiselle Warner ? Que se passe-t-il ? Avez-vous des problèmes de vue ?

Elle ravala son hésitation.

— Je vois des choses.

— Eh bien, oui, vous êtes censé voir. C'est là tout l'intérêt.

— Je veux dire que je vois des ombres...

Elle continua après avoir remarqué son changement d'expression :

— Je vois des choses qui s'avèrent ne pas être là.

— Hmm. Il se rapprocha davantage. Décrivez-moi ce que vous voyez.

Elle ne savait pas par où commencer. Comment devait-elle s'y prendre ?

— C'est difficile à décrire. C'est toujours quelque chose de différent. Au début, c'était juste l'ombre d'une personne que je croyais être là, mais qui ne l'était pas... Comme une Fata Morgana, dit-elle en cherchant ses mots, et comme elle se doutait qu'elle avait l'air bête, elle ajouta : Une fois, j'ai vu quelque chose qui ressemblait au flash d'un appareil photo, sauf que j'étais dans la voiture avec ma voisine et qu'il n'y avait aucun d'appareil photo nulle part. Je ne sais pas... ça me perturbe.

Ce n'était pas peu dire. Néanmoins, elle ne voulait pas influencer le jugement du médecin.

— Je pense savoir de quoi vous parlez. C'est en fait assez courant chez les patients qui recouvrent la vue après de nombreuses années de cécité.

— Ah oui ?

Elle s'accrocha à l'espoir qu'il y avait dans ses mots.

Il acquiesça.

— Comment puis-je expliquer cela avec des termes simples ? En fait, pendant très longtemps, votre cerveau n'a traité aucun stimulus visuel. Cette partie de votre cerveau, ces synapses qui transportent les impulsions électriques, sont donc restées en sommeil. Maintenant, elles redémarrent, et ce qui arrive parfois, c'est qu'il y a des retards.

— Des retards ? Comment ça ?

— Eh bien, l'impulsion est envoyée lorsque vos yeux perçoivent quelque chose, mais le cerveau ne la traduit pas immédiatement en quelque chose que vous pouvez comprendre, ou voir. Considérez cela comme un arriéré dans votre cerveau. Et une fois qu'il a traité cet arriéré, votre cerveau vous envoie des images que vous avez vues plus tôt.

Dans une certaine mesure, c'était logique. Mais ça n'expliquait pas tout ce qu'elle avait vu.

— Ok, donc si je vois l'ombre d'une personne, alors peut-être que c'est parce que j'ai vu cette personne plus tôt ?

— C'est tout à fait ça.

Il sourit, visiblement satisfait de voir que son explication avait eu l'effet escompté.

— Mais qu'en est-il des autres choses ? J'ai vu quelqu'un briser une table en verre. Et je sais avec certitude que rien de tout cela ne s'est produit depuis l'opération.

Pendant un moment, le médecin sembla méditer sur les paroles d'Emily.

— Je pense que ce qui se passe, c'est que votre cerveau mélange peut-être des choses que vous voyez à la télévision ou dans un magazine, plutôt que ce que vous vivez vous-même. Il ne peut pas encore faire la distinction entre les deux, dit-il enfin.

Elle y réfléchit un instant. Elle avait allumé la télé quelques fois pour avoir un bruit de fond, et aussi, quand elle traînait avec Vicky, elle tournait en permanence, bien qu'à faible volume.

Elle voulait y croire.

— Peut-être... Mais combien de temps cela prendra-t-il, jusqu'à ce que ces, je ne sais pas comment je devrais les appeler, des visions peut-être, disparaissent ?

— Cela pourrait prendre quelques semaines, mais j'ai constaté avec d'autres patients que c'est parfois le patient qui résiste au changement.

— Résister au fait d'être soudainement capable de voir ? Pourquoi ferais-je cela ?

— Ce n'est pas un choix conscient. Mais le changement est stressant, même si c'est un bon changement.

Il se tourna vers son bureau et tapa quelque chose sur son ordinateur, tout en continuant :

— Je vais vous recommander au docteur Ian Sutherland. C'est un très bon psychiatre, qui pourra vous aider à vaincre cette résistance et à gérer le stress. Vous verrez...

— Mais je ne suis pas folle. Je n'ai pas besoin d'un psychiatre.

Le mot à lui seul évoqua des souvenirs de ses précédents démêlés avec ce domaine particulier de la médecine. Cela reviendrait à accepter le fait qu'elle était en train de devenir folle.

— Personne n'a dit que vous étiez folle. Mais nous sommes tous stressés à un moment ou à un autre, expliqua-t-il en la regardant avec bienveillance.

— Je vais bien.

Même si elle savait que ce n'était pas le cas.

— Je ne dis pas ça pour vous forcer à aller le voir. Je vous oriente simplement vers lui, au cas où vous décideriez que vous avez besoin d'un peu plus d'aide. Qu'en pensez-vous ?

Elle acquiesça, ne voulant pas se le mettre à dos.

— D'accord.

— Je vous revois dans trois semaines, déclara-t-il en se levant. Vous pouvez commencer à aller dehors sans lunettes de soleil. Ne les utilisez que lorsqu'il fait vraiment clair dehors. Par temps nuageux, le matin ou en fin d'après-midi, laissez vos yeux s'habituer à la lumière.

— Merci, docteur Harland.

Il était déjà en train d'ouvrir la porte.

— Je vais envoyer Jennifer pour décider de votre prochain rendez-vous.

Lorsque la porte se referma derrière lui, Emily continua de la fixer du regard. Était-ce si simple ? Un retard de traitement dans son cerveau ? Elle espérait que le docteur Harland avait raison. Elle voulait vraiment le croire, car l'alternative lui paraissait insoutenable.

16

---

6 *juin*
        Adam Yang ouvrit la porte vitrée du réfrigérateur et attrapa un pack de six bières avant de se diriger vers la caisse de la supérette. C'était le début de la soirée, et il était le seul client du Patel's Market. Il posa le pack sur le comptoir.

— Bonsoir, salua l'homme originaire d'Asie du Sud-Est portant un badge indiquant le prénom Sanjay.

— Bonsoir. Et un paquet de quatre piles AA s'il vous plaît, répondit Yang après avoir désigné le mur derrière l'employé.

Sanjay se retourna, sélectionna l'article, le scanna et fit de même avec la bière.

— Autre chose ?

— Oui.

Yang fouilla dans sa poche pour en sortir son portefeuille, quand quelqu'un arracha la porte. Instinctivement, Yang porta la main à son étui d'épaule, où il avait toujours son arme de service. Il n'était pas en service – même si un policier pouvait difficilement ne pas l'être – mais il était toujours armé. Il était en chemin pour regarder un match de boxe chez lui avec ses voisins, mais il s'était souvenu que la télécommande était en panne et qu'il était à court de bière.

Yang ne sortit pas son arme. La jeune femme qui s'était précipitée dans le magasin ne brandissait pas de pistolet ou d'autre type d'arme.

— Au secours ! S'il vous plaît, aidez-nous ! Appelez la police ! cria-t-elle en gesticulant vers la rue. Quelqu'un se fait poignarder !

Yang fut immédiatement en état d'alerte.

— Où ça ?

— Dans la ruelle ! Appelez la police ! répéta-t-elle en désignant la gauche avant d'ajouter : Je n'ai pas mon téléphone avec moi.

— Je suis flic, lui indiqua Yang. Appelez la police pour avoir des renforts, commanda-t-il à Sanjay.

Sans attendre de confirmation, Yang se précipita à l'extérieur, la main déjà agrippée à la poignée de son arme. À l'angle de la ruelle que la femme lui avait indiqué, il s'arrêta, puis jeta un coup d'œil autour, attentif à ne pas tomber dans un piège. Une grosse benne à ordures lui bloquait partiellement la vue. Il tendit l'oreille à la recherche de bruits de bagarre, mais hormis le bruit de la circulation de la rue derrière lui, il ne distinguait aucun son de ce type. Le coupable s'est-il déjà enfui ?

Son arme pointée vers l'avant, Yang fit le tour du conteneur à ordures, s'attendant au pire, comme à un cadavre, mais espérant aussi le meilleur, comme quelqu'un qui n'aurait été blessé que superficiellement. Il ne s'attendait pas à ne rien trouver du tout. Pas d'agression au couteau en cours, pas de corps, pas de blessé. À quelques mètres de là, il remarqua une porte. Il essaya de tourner la poignée, mais elle était fermée à clé.

— Qu'est-ce que..., maugréa-t-il, lorsqu'il entendit des pas derrière lui.

Il se retourna, prêt à tirer. Il laissa échapper un souffle de surprise, puis baissa son arme. La femme qui avait fait irruption dans le Patel's Market s'était arrêtée à quelques mètres de lui.

— Il est mort ? demanda-t-elle à bout de souffle en désignant un endroit derrière le conteneur à ordures, les yeux remplis d'horreur.

Yang secoua la tête.

— Vous êtes sûre que c'était bien ici ?

La femme hocha la tête avec insistance et s'approcha, jetant un coup d'œil derrière lui.

— Ils étaient juste là. Deux blancs, un grand poignardant un plus petit. Je les ai vus. Et ils m'ont vue.

Pour la première fois, Yang regarda la femme de haut en bas, l'évaluant comme il le faisait avec toute personne témoin d'un crime. Elle avait entre vingt et trente ans, elle n'était pas belle au sens commun du terme, mais elle était séduisante. Ses cheveux châtains touchaient ses épaules, elle était athlétique sans être maigre. Elle portait un jean avec un ensemble pull et gilet bleu pâle qui correspondait plutôt à ce que porterait quelqu'un de doux et fragile. Ce qui n'allait pas tout à fait avec son visage. Il y avait des lignes dures autour de sa bouche et de ses yeux, comme si elle n'était pas du genre à rire souvent et facilement. Il reconnaissait ce regard, il l'avait vu assez souvent chez les membres de la famille des victimes de meurtres.

— Vous devez me croire. Je les ai vus, dit-elle, l'interrompant dans ses réflexions.

— D'accord. Vous vous appelez comment ?

— Emily Warner.

— D'accord, mademoiselle Warner, dit-il en remettant son arme dans son étui. Voyons s'ils ont laissé des preuves.

Il fouilla le mur et le sol autour de la benne à ordures à la recherche d'éclaboussures de sang indiquant qu'une agression à l'arme blanche avait eu lieu, utilisant la lumière de son téléphone portable pour s'assurer que rien n'échappait à sa vue. Au bout d'une minute, il secoua la tête.

— Pas de sang, conclut-il en croisant son regard.

— Ce n'est pas possible, insista-t-elle.

Elle avait l'air sincère. Il ne put déceler aucune trace de tromperie dans ses yeux bruns. Et il se considérait comme un bon juge de caractère. C'était la raison pour laquelle il était doué dans son travail : il savait quand croire ou ne pas croire un témoin. Si Emily Warner s'était présentée au poste de police pour signaler une agression à l'arme blanche, il n'aurait pas hésité à la croire. Tout chez elle était synonyme de vérité.

— Mademoiselle Warner, dit-il en jetant un coup d'œil devant elle, quand il remarqua soudain une caméra de sécurité fixée à l'angle du bâtiment qui abritait le Patel's Market. Il la montra du doigt, puis échangea un regard avec elle : Venez avec moi, ordonna-t-il.

Ils entrèrent rapidement dans le magasin.

— Vous les avez eus, monsieur l'agent ? demanda Sanjay.

Yang secoua la tête.

— Est-ce que la caméra de sécurité dans l'allée est à vous ?

— Tout à fait, confirma-t-il en montrant le petit écran derrière le comptoir.

— Pouvez-vous rembobiner la cassette pour que nous puissions voir ce qui s'est passé là-bas ?

— Bien sûr.

Quelques instants plus tard, Yang, Emily et Sanjay regardèrent l'écran. L'angle de la caméra montrait une grande partie de la ruelle, et était monté de façon à couvrir la benne à ordures ainsi que la porte.

— C'est la porte arrière du magasin, expliqua Sanjay.

Yang regarda par-dessus son épaule vers l'endroit où une porte menait à la zone du magasin réservée aux employés.

— Vous la gardez fermée à clé pendant la journée ?

— Oui.

— Il y a quelqu'un derrière ?

— Non. Seulement moi.

Yang acquiesça et regarda les images de sécurité. Il vit un mouvement, une ombre. Un instant plus tard, Emily Warner apparut devant la caméra. Elle regarda près de la benne à ordures et recula soudainement, se figeant sur place pendant une seconde, avant de partir en courant et de disparaître de la vue de la caméra.

Yang se retourna pour la regarder.

— Mais c'est vrai, balbutia-t-elle. J'ai vu ces hommes.

Pourtant, l'enregistrement ne montrait personne d'autre qu'Emily Warner s'enfuyant d'une scène de crime imaginaire. Elle lui avait menti. Yang sortit son téléphone portable de sa poche et sélectionna un numéro.

— Authentification, demanda la femme à l'autre bout du fil.

Il lui donna son nom et son numéro de badge, puis lui dit d'appeler la voiture de police qui était en route pour le magasin.

— Fausse alerte. Merci.

Il mit fin à l'appel.

Un silence inconfortable s'installa entre eux, que Sanjay brisa.

— C'est aussi bien. Nous avons déjà eu une agression à l'arme blanche là-bas il y a un mois. C'est pourquoi nous avons installé la caméra.

— Il y a un mois ?

Emily fit écho, l'air désemparé, anéanti même.

Yang ne savait pas quoi penser de sa réaction. Son regard s'était détourné, fixé sur quelque chose au loin. On aurait dit qu'elle se souvenait de quelque chose, ou qu'elle essayait de se souvenir de quelque chose. Pendant un instant, il se demanda si elle n'était pas sous l'influence de drogues. Elle ne sentait pas l'alcool, mais elle avait l'air d'avoir du mal à se concentrer.

— Je suis désolée, murmura-t-elle. Je suis vraiment désolée, monsieur l'agent.

Son visage rougit sous l'effet du regret et d'un véritable embarras.

— Ça va, Mademoiselle Warner ?

Yang ne savait pas trop pourquoi il s'inquiétait pour la femme qui avait faussement déclaré avoir été témoin d'une attaque au couteau.

— Je suis désolée, répéta-t-elle, avant de se retourner et de se précipiter vers la porte, manquant de trébucher sur ses propres pieds pour quitter le magasin.

— Je n'aurais jamais cru qu'elle était folle, dit Sanjay lorsque la porte se referme derrière elle. Ils portent normalement des chapeaux en aluminium.

Yang soupira.

— Je suppose qu'on ne peut pas juger les gens sur leur apparence.

Et Emily Warner lui avait paru normale et saine d'esprit.

— Bon... reprit-il en désignant les piles.

Sanjay encaissa les articles et Yang paya avec sa carte de crédit. Pendant que l'employé mettait les articles dans un sac, Yang pensa à quelque chose.

— Ah, vous avez toujours la vidéo de surveillance de l'agression au couteau d'il y a un mois ?

— Je suis désolé, mais je n'ai installé la caméra qu'après l'attaque.

— Tant pis. Si cette femme se présente à nouveau avec ses conneries, passez-moi un coup de fil.

Yang sortit sa carte de visite et la fit glisser sur le comptoir. Sanjay s'en empara.

— Bien sûr. Inspecteur Yang, ajouta-t-il en haussant les sourcils.

Ses achats en main, Yang partit. Il n'avait pas l'habitude de donner sa carte autrement que lorsqu'il travaillait sur un homicide, mais pour une raison ou une autre, il l'avait fait ce soir, même s'il ne savait pas exactement pourquoi. C'était juste une intuition. C'était l'autre raison pour laquelle il faisait bien son travail. Il suivait ses intuitions. Parfois, elles s'avéraient justes. Parfois, ce n'était pas le cas.

17

Tremblante comme une feuille, Emily accepta la boisson que son amie lui avait servie. Elle était assise sur le canapé de Vicky, Coffee à ses pieds, et Merlin, le chat de Vicky, se blottissant contre lui. Le chien la regarda, sachant instinctivement que sa maman à deux pattes n'allait pas bien. Il la connaissait mieux que quiconque, peut-être même mieux qu'elle ne se connaissait elle-même.

Emily était en train de préparer un repas pour Vicky et elle-même, lorsqu'elle s'était rendu compte qu'elle n'avait plus de crème. Elle avait quitté l'appartement sans Coffee qui s'était assoupi. Malheureusement, le magasin du coin où elle se rendait habituellement avait fermé plus tôt que prévu en raison d'une urgence familiale, et elle avait donc été obligée de marcher plus loin pour aller dans un autre magasin. C'est là qu'elle avait vu l'agression au couteau.

— Ça avait l'air tellement réel, répéta Emily à Vicky. Ce n'était pas comme les autres choses que j'ai vues, pas comme le flash de l'appareil photo, ni comme le reflet de cet homme enragé dans la vitrine de la boutique. Pas même comme la table en verre qui se brise. Non, c'était... réel, tu vois ? Je les ai vues aussi clairement que je te vois maintenant.

Vicky s'était assise à côté d'elle sur le canapé, s'appuyant sur l'accoudoir pour la regarder.

— Je suis vraiment désolée.

Emily but une gorgée de la boisson forte. Des larmes lui montèrent aux yeux, mais elle lutta contre elles.

— Le policier m'a regardée comme si j'étais folle. Parce que je *suis* folle. Je deviens folle.

Encore une fois.

— Non, pas du tout ! Arrête de penser comme ça, ça ne t'aide en rien.

— Je le sais bien. Ça ne m'a pas aidée la dernière fois non plus.

Elle respira par le nez, faisant un bruit peu digne d'une dame.

— Mais je suis foutue si je ne me bats pas cette fois. Je ne suis plus une gosse.

— Voilà, c'est l'attitude à adopter. Vas-y, meuf ! la félicita Vicky.

— Je suis sincère. Cette fois, j'ai besoin de connaître la vérité. Je dois savoir ce qui provoque ces visions.

Emily regarda dans son verre.

— Ton chirurgien n'a-t-il pas dit que dans les premières semaines qui suivent l'intervention, il est assez fréquent de voir des choses qui ne sont pas là ?

Emily secoua la tête.

— Pas comme ça. Des ombres, oui, des flashs rapides de quelque chose de flou peut-être, mais pas des bobines entières de scènes qui se déroulent comme un film.

Parce que c'est ce qu'elle avait ressenti, comme un film dans lequel elle jouait un rôle.

— Mon médecin n'a pas de réponse, reprit-elle.

— Alors qu'est-ce que tu suggères ? Le...

Elle fit un mouvement circulaire avec son doigt.

— Le psychiatre ? Bon sang, non. Si ça n'a pas marché quand j'étais une ado impressionnable de quinze ans, ça ne marchera pas maintenant.

Si elle disait à un psychiatre ce qu'elle voyait, il la mettrait sous médicament et deviendrait un zombie. Non, elle ne voulait pas qu'on la drogue.

— D'accord ? dit Vicky en haussant les épaules. Et ensuite ?

— Je dois découvrir qui est mon donneur.

— Ton donneur ?

Pendant un instant, Vicky la regarda avec confusion. Puis, elle eut un déclic :

— Tu veux dire ton donneur de cornées ?

— Oui.

— Mais en quoi cela t'aiderait-il à comprendre pourquoi tu as ces visions ?

Emily hésita.

— Tu vas sûrement trouver ça bête, mais...

Et c'était probablement stupide, mais elle se raccrochait à ce qu'elle pouvait, parce que suivre le même chemin qu'après sa première greffe de cornée n'était pas une option. Elle reprit :

— J'ai lu cet article il y a quelques mois... sur les greffes d'organes... tu sais que je voulais me préparer à la procédure. J'ai lu toutes les choses qui pouvaient mal tourner...

— Bonjour, docteur Google.

— Ne te moque pas. Tu aurais fait la même chose dans ma situation.

— C'est vrai.

— Eh bien, comme je l'ai dit, j'ai lu des articles sur les greffes d'organes et sur la façon dont certains receveurs de greffes pouvaient soudainement faire des choses que leurs donneurs d'organes avaient l'habitude de faire, comme jouer d'un instrument par exemple. Ils appellent ça la mémoire cellulaire.

— Et tu penses que tu as hérité d'une sorte de mémoire cellulaire de ton donneur ? Allons, Emily, je pense que c'est un peu tiré par les cheveux. Ce n'est même pas de la science. C'est comme acheter de l'huile de serpent à un vendeur de voitures.

— Tu mélanges les métaphores, interrompit Emily.

Vicky roula des yeux.

— Je ne cherchais pas à faire une métaphore. J'essayais simplement de te montrer à quel point cette hypothèse est ridicule.

— Peu importe, je dois découvrir qui m'a fait don de ces cornées.

— Je suppose que tu pourrais appeler ton médecin et lui demander ces informations. Ça doit être écrit dans ton dossier médical. Et si ce n'est pas le cas, tu peux toujours écrire au *Réseau uni pour le partage d'organes* pour qu'ils contactent la famille du donneur.

Emily força un sourire.

— Oui alors, pas vraiment. La famille voulait rester anonyme, et même si j'écrivais à cette organisation, je doute que la famille réponde. De plus, même s'ils le faisaient, cela pourrait prendre des semaines. Je ne peux pas attendre aussi longtemps.

Vicky fit un geste résigné.

— Si c'est le cas, s'ils veulent rester anonymes, alors tu n'as plus d'options. Ce n'est pas comme si tu pouvais pirater le réseau et chercher les informations de ton donneur.

Emily se racla la gorge.

— Non, tu as raison. Je n'ai pas ces compétences. Je peux crocheter une serrure, mais mes compétences en informatique sont limitées. Alors j'ai pensé...

— Attends un peu ! Est-ce que tu viens de dire que tu sais crocheter une serrure ?

Vicky semblait stupéfaite.

— Euh, ouais ?

— Depuis quand ?!

— Eh bien, ça fait un moment, j'ai appris quand j'étais ado.

— Tu as lu Crochetage pour les nuls, ou bien ils appelaient ça Cambriolage pour les nuls ?

Emily souffla.

— Non, bien sûr que non. Rien à voir. Je ne volais rien du tout. Mon père avait une entreprise de serrurerie, et je passais souvent l'après-midi dans son atelier pour faire mes devoirs. La plupart du temps, je m'ennuyais, alors je le regardais travailler. Et de temps en temps, il me montrait quelques tours. J'apprends vite, conclut-elle avec un clin d'œil.

Vicky secoua la tête, étonnée.

— Ce n'est pas rien pour un père d'apprendre à sa fille à crocheter une serrure. C'est un père plutôt cool, je dirais.

Emily ignora le dernier commentaire de Vicky. Son père avait été tout sauf cool.

— Ce n'est pas si difficile que ça si tu sais ce que tu fais, si tu as des doigts agiles et les bons outils.

— Je parie que tu étais populaire à l'école. J'aurais bien eu besoin d'une pote comme ça à l'époque, qui s'introduisait dans les bureaux des professeurs pour regarder les examens à l'avance.

— Tu es trop intelligente pour ça. Je doute que tu aies déjà eu besoin d'aide pour obtenir un bon résultat à un examen. D'ailleurs, je n'ai jamais dit à personne au lycée que je savais crocheter les serrures.

— Pourquoi pas ?

— Tu imagines si un professeur l'avait découvert ? Mes parents auraient eu des problèmes.

— Dommage ! dit Vicky. Crocheter une serrure aurait été utile.

Emily sourit.

— Je n'ai pas dit que je n'avais jamais utilisé ce talent à mes propres fins, juste que je ne l'avais pas dit aux autres élèves. Je n'étais pas très douée en physique, mais l'année après avoir appris à crocheter une serrure, mes notes ont remonté.

— T'es marrante toi ! J'aurais aimé te connaître à l'époque, dit Vicky en souriant.

— Oui, j'aurais aimé avoir une amie comme toi à l'époque, renchérit-elle en souriant. Mieux vaut tard que jamais, n'est-ce pas ?

Elle soupira.

— Je vais boire à ça, déclara Vicky en faisant tinter son verre dans celui d'Emily.

Elles burent ensemble.

— Alors hypothétiquement, si *tu* avais une greffe d'organe, comment ferais-tu pour chercher ton donneur ? demanda Emily.

Vicky serra les lèvres l'une contre l'autre, puis soupira.

— Pour ta gouverne, ce n'est pas franchement simple. Mais l'utilisation de l'informatique a facilité les choses.

— Comment ?

— Depuis quelques années, tous les organes se voient attribuer un code-barres à partir du moment où ils sont prélevés jusqu'à ce qu'ils soient transplantés. Donc si tu as le code-barres, tu peux théoriquement remonter jusqu'à son origine.

— Comment sais-tu tout ça ? demanda Emily.

Vicky sourit.

— Peut-être que je connais un type qui travaillait au *Réseau uni pour le partage des organes*.

Emily rit.

— Tu veux dire que tu as couché avec lui ?

Vicky fit un clin d'œil.

— Oui, une ou deux fois.

Lorsque Emily pencha la tête d'un côté et lui jeta un regard du type « *tu te fous de moi* », Vicky ajouta :

— D'accord, c'était chaud et tout, et Terry voulait continuer, mais il était un peu trop collant pour moi. Il m'écrit encore des cartes d'anniversaire et de Noël.

Cette information donna immédiatement une idée à Emily.

— Alors tu es toujours amie avec lui...

Vicky la regarda fixement, et peu à peu, elle comprit là où elle voulait en venir. En secouant la tête, elle s'exclama :

— Oh non, mademoiselle ! Hors de question.

Emily pencha la tête sur le côté.

— Allez. Je suis sûre que s'il a toujours envie de toi, il te rendra service si tu le lui demandes.

— Bien sûr. Pourquoi n'y ai-je pas pensé ?

Vicky marqua une pause pour faire de l'effet, puis leva le doigt sur sa tempe :

— Ah oui, c'est vrai, parce que ça ne m'intéresse pas de lui rendre visite en prison.

— Il est en prison ?

Vicky roula des yeux.

— C'est là où il finira, s'il se fait prendre à me donner des informations confidentielles.

Emily prit conscience de ce qu'elle venait de lui demander de faire, et eut soudain honte d'avoir suggéré de se servir de Terry pour obtenir des informations.

— Alors tu l'aimes toujours ?

— Assez pour ne pas ruiner sa vie.

— Je suis désolée, dit Emily en le pensant vraiment. Je trouverai autre chose.

Vicky la regarda fixement.

— Non Emily, s'il te plaît, arrête toi là.

Mais sa décision était prise. Elle devait retrouver son donneur par tous les moyens.

— Je connais ce regard, dit Vicky. Tu ne vas rien lâcher, n'est-ce pas ?

— Ne t'inquiète pas, je ne t'entraînerai pas là-dedans.

Vicky secoua la tête.

— Tu sais peut-être crocheter une serrure, mais cela ne veut pas dire que tu sais comment trouver des infos sur ton donneur. Tu as besoin de mon aide.

En fronçant le front, Emily riposta :

— Mais tu viens de dire que tu ne voulais pas demander de faveur à Terry.

— Et je ne le ferai pas.

18

Eric Bolton s'assit à son bureau avec vue sur le jardin luxuriant. Il avait toujours trouvé que les riches boiseries donnaient un air douillet et accueillant, mais maintenant elles lui paraissaient oppressantes. Il étouffait avec ces tons sombres qui engloutissaient toute la lumière. Il ne s'était jamais senti aussi seul.

Des pas résonnèrent à l'extérieur, dans le couloir, des talons hauts qui ressemblaient à ceux de Maddie. Pendant un court instant, il s'autorisa à penser que tout cela n'était qu'un terrible cauchemar, ou même qu'il était dans le coma et que rien de tout cela n'était réel. Mais il n'avait jamais été du type à passer son temps à échafauder des fantasmes qui ne ressemblaient en rien à la réalité. Il savait à qui appartenaient les pas qu'il avait entendus. Et ce n'était pas ceux de Maddie.

— Natalie ? appela-t-il.

Quelques secondes plus tard, sa fille Natalie apparut dans l'encadrement de la porte, vêtue d'une veste légère, son sac à main en bandoulière, ses clés de voiture à la main.

— Salut, papa.

Elle était aux antipodes de Maddie. Alors que Maddie avait une crinière de boucles blond doré, Natalie avait les cheveux noirs et raides. Elle les gardait courts, comme la princesse Diana. Cela lui allait bien. Alors que le visage de Natalie était d'une symétrie classique et qu'elle était considérée comme une belle femme, la beauté de Maddie était d'un autre calibre. Maddie avait hérité des yeux verts de Rita. Ce sont ces yeux qui avaient attiré d'innombrables hommes vers elle. Mais c'est son sourire chaleureux et accueillant qui les avait fascinés.

— Tu t'en vas ?

Natalie acquiesça.

— Paul vient d'appeler. Finalement, il rentrera un peu plus tôt que d'habitude. Il a travaillé tard le soir ces derniers mois. Son dîner d'affaires a été annulé, alors je dois aller chercher quelque chose pour le dîner en rentrant.

Bolton n'avait jamais aimé Paul Sullivan, le mari de Natalie depuis seulement deux ans, mais il essayait de ne pas le montrer. Il ne considérait pas Sullivan comme un honnête homme, après tout, il avait trompé sa première femme – avec Natalie. Natalie avait été la maîtresse de Sullivan pendant trois ans, avant qu'il ne divorce de sa femme. Combien de temps faudrait-il pour que Natalie connaisse le même sort que la première femme de Sullivan ? Combien de temps avant qu'il ne trompe Natalie ? Combien de temps avant qu'il ne lui fasse du mal ?

Maddie n'avait jamais aimé Sullivan non plus. En fait, ils ne pouvaient pas se voir. Il y avait à peine un mois, ils s'étaient disputés dans l'entrée d'un restaurant après avoir assisté tous les deux au dîner d'anniversaire de Rita. Lorsque Bolton avait demandé à Maddie le lendemain pourquoi Sullivan et elle s'étaient de nouveau affrontés, Maddie avait prétendu ne pas se souvenir pas de l'élément déclencheur. Mais Bolton soupçonnait Sullivan d'avoir reproché à Maddie d'avoir fait boire Natalie lors d'une soirée entre filles où les sœurs avaient fait la tournée des boîtes de nuit avec deux copines. Le quatuor s'était beaucoup trop amusé au goût de Sullivan. Le mari de Natalie avait été furieux lorsque des photos de Natalie en train de danser de façon provocante avaient été publiées dans les tabloïds.

Bolton essaya de chasser ces pensées de son esprit. Natalie avait fait son choix, et il ne pouvait rien faire pour changer ce fait.

— Ta mère sera déçue que tu ne puisses pas rester pour le dîner, dit-il.

— Je sais, mais j'ai passé presque toutes mes journées ici, depuis...

Elle ne termina pas sa phrase, ce n'était pas la peine.

— Je sais. Ça a fait vraiment plaisir à ta mère.

— T'es sûr ?

Pris au dépourvu par le ton abrupt de Natalie, Bolton fronça les sourcils.

— Quelque chose ne va pas, chérie ? Vous vous êtes disputées ?

Natalie souffla.

— Disputées ? Non, bien sûr que non, répondit-elle d'un air moqueur. Elle est beaucoup plus subtile que ça. Mais j'ai l'habitude d'être comparée à Maddie. Même maintenant qu'elle est partie, je ne peux rien faire de bien aux yeux de maman.

Bolton se leva et fit quelques pas vers elle.

— Elle est juste en deuil. Nous le sommes tous. Ne le prends pas personnellement.

— Ne le prends pas personnellement ? Papa, elle ne me voit même pas ! Je suis invisible pour elle. Je pourrais tout aussi bien être la bonne. Quelle que soit la suggestion que je fasse, que ce soit les fleurs pour le service commémoratif ou le type de cercueil, c'est toujours : « Maddie n'aimerait pas ceci, et elle n'aimerait pas cela. »

La colère et la frustration se lisaient sur Natalie. Bolton ne l'avait jamais vue dans cet état.

— S'il te plaît, Natalie, ne fais pas ça. Ta mère t'aime. Elle traverse juste une période très difficile.

— Tu crois que je ne le sais pas ? Tu crois que je ne sais pas que Maddie était la préférée de tout le monde, la sienne et la tienne ? Que je jouais toujours les seconds rôles ? Peut-être que tu aurais dû me renvoyer quand Maddie est née.

Elle pivota, prête à partir.

Bolton était en état de choc. Il lui attrapa le bras et l'obligea à se retourner pour lui faire face.

— Natalie, nous t'aimons. Nous te voulions.

— Arrête de mentir, papa. J'étais une remplaçante jusqu'à ce que maman tombe enceinte de Maddie. Et maintenant que Maddie est partie, soudain tu m'aimes ?

Elle le fixa, les yeux remplis de déception.

Bolton secoua la tête en pensant à la révélation de Natalie. Voilà donc ce qu'elle avait ressenti pendant toutes ces années. Avait-il vraiment été si évident que lui et sa femme aimaient Maddie plus que leur fille adoptive ? Il avait toujours essayé de partager équitablement son affection pour ses filles. Avait-il échoué ?

— Je suis désolé de t'avoir fait du mal, dit-il. Ce n'était pas mon intention. Tu es ma fille, et ce n'est pas parce que tu n'es pas ma chair et mon sang que cela change quoi que ce soit. S'il t'arrivait quelque chose, cela me briserait le cœur autant que la perte de Maddie me brise le cœur.

Il prit Natalie dans ses bras, mais elle n'eut aucune réaction.

— S'il te plaît, sois patiente avec ta mère. Sache que je suis là pour toi. Pour toujours.

Elle mit enfin ses bras autour de lui.

— Je t'aime, papa.

Le soulagement l'envahit. Il avait besoin de l'amour de Natalie plus qu'elle n'avait besoin du sien. Elle était plus forte que lui ne pourrait jamais l'être. Natalie était maintenant l'épaule sur laquelle il pouvait pleurer, parce qu'à lui tout seul, il devait être le roc de Rita. Hors, sa force avait ses limites.

19

***

Mike Faulkner éteignit l'ordinateur dans son bureau de l'aile ouest. La plupart des employés étaient déjà partis pour la soirée, et il était enfin prêt à partir lui aussi. Il fourra quelques dossiers dans sa mallette, lorsqu'il entendit un bruit à la porte. Il leva les yeux.

— Vous avez une minute, monsieur ? demanda l'agent des services secrets Mitchell.

Faulkner acquiesça et lui fit signe d'entrer. Mitchell referma la porte derrière lui et s'arrêta devant le bureau de Faulkner. Mitchell était un homme noir grand et musclé d'une quarantaine d'années. Il avait été affecté à la protection personnelle du président au cours de la première année de l'administration de Langford avant d'être transféré à la branche des enquêtes des services secrets, mais Faulkner connaissait Mitchell depuis bien plus longtemps.

Leurs chemins s'étaient croisés vingt ans plus tôt, lorsque Mitchell, un marine revenant d'une mission en Afghanistan, avait été accusé du viol d'une jeune fille de quinze ans, un crime qu'il n'avait pas commis. Faulkner avait joué le rôle d'avocat de la défense – à titre gracieux – et avait réussi à démasquer le véritable violeur, ce qui avait permis à Mitchell d'obtenir un verdict de non-culpabilité. En retour, Faulkner pouvait toujours compter sur la loyauté et la discrétion de Mitchell.

— Mitchell, vous avez des nouvelles ?

— Oui, monsieur. À propos de l'affaire Bolton. Nous avons conclu qu'il n'y avait pas eu d'effraction ; rien n'a disparu ou n'a été dérangé, donc nous excluons la possibilité d'un cambriolage. Nous avons interrogé les voisins et les connaissances, ainsi que la femme de ménage. Personne n'a rien vu d'inhabituel avant la mort de mademoiselle Bolton. Sa blessure à la tête correspond à une chute où sa tête a heurté le coin de la table en verre. Nous attendons toujours le rapport toxicologique. Comme vous le savez, les services secrets n'ont pas pour habitude d'enquêter sur les décès et ne sont donc pas équipés pour effectuer des autopsies et des tests toxicologiques. Nous avons dû sous-traiter tout cela. D'où le retard.

— Je comprends, déclara Faulkner.

— Nous nous attendons à un taux d'alcoolémie élevé, étant donné que la femme de ménage a déclaré avoir trouvé une bouteille de vin vide.

— Hmm. Vous pensez qu'elle était ivre ?

— Je ne suis pas sûr de savoir combien elle buvait quotidiennement, mais même si elle avait une bonne tolérance à l'alcool, je dirais qu'elle était au moins pompette. C'est tout à fait cohérent avec l'hypothèse selon laquelle elle aurait perdu l'équilibre et serait tombée de l'échelle en changeant une ampoule. Mais...

Mitchell hésita.

— Vous n'y croyez pas ?

Mitchell déposa une enveloppe volumineuse sur le bureau de Faulkner.

— Nous avons récupéré le téléphone portable de mademoiselle Bolton et nous avons pu y accéder.

Faulkner leva un sourcil.

— Pas de mot de passe ? C'est inhabituel.

— Nous avons trouvé son code PIN sur une liste de tous ses mots de passe dans son sac à main. D'après la femme de ménage, mademoiselle Bolton avait du mal à mémoriser les mots de passe et les codes PIN, alors elle les notait.

— Vous avez remarqué quelque chose sur son portable ?

Il attrapa l'enveloppe et l'ouvrit. Mitchell hocha la tête d'un air sinistre.

— Nous avons découvert qu'elle avait parlé à quelqu'un de l'ambassade de Russie la veille de sa mort.

Faulkner fixa Mitchell du regard.

— Qui donc ?

— Le numéro est enregistré au nom de Serguei Petrov, l'attaché culturel.

Faulkner savait ce que cela signifiait : Petrov pourrait être un espion russe.

— En avez-vous parlé à quelqu'un ?

— Non, monsieur. J'ai pensé qu'il valait mieux ne pas ébruiter l'affaire. J'ai vérifié auprès de mes sources au FBI et à la CIA pour savoir si Petrov était sous surveillance.

— Et ? demanda Faulkner d'un air impatient.

— Je crains que ce ne soit pas le cas. Il était sous surveillance lorsqu'il a rejoint l'ambassade il y a trois ans, mais comme ils n'ont rien décelé qui indiquerait qu'il soit un agent étranger, la surveillance a été abandonnée au bout de neuf mois. Il semble qu'il ne soit vraiment qu'un attaché culturel.

Faulkner sortit le téléphone portable de l'enveloppe et saisit le code PIN sur le post-it qui l'accompagnait. Il ouvrit l'application du téléphone et trouva instantanément le nom de Petrov : c'était le dernier appel que Maddie avait passé avant sa mort.

— Étant donné que Petrov bénéficie de l'immunité diplomatique, comment souhaitez-vous que je procède ? demanda Mitchell.

Faulkner vérifia la durée de l'appel. Il avait duré moins d'une minute. De quoi Maddie aurait-elle pu discuter avec l'attaché culturel russe en moins d'une minute ? Rien de substantiel, à moins que l'appel ne soit une prise de rendez-vous.

— Laissez-le moi. Je vais réfléchir à comment gérer cela. Nous ne pouvons pas nous permettre de provoquer un incident avec un diplomate russe dans la situation tendue où nous sommes avec les Russes en ce moment. La moindre petite chose pourrait les mettre en colère et mettre fin aux négociations concernant leur découverte d'un gisement de minéraux de terres rares en Sibérie. Nous ne sommes pas le seul pays à souhaiter un approvisionnement régulier.

— J'en suis parfaitement conscient, monsieur Faulkner. C'est pourquoi vous et moi sommes les seuls à être au courant.

— Bon travail, Mitchell.

— Merci, monsieur.

Mitchell quitta le bureau.

Faulkner s'adossa à sa chaise et fixa le téléphone qu'il avait entre les mains. Il fit défiler la liste des appels et des messages récents.

20

7 *juin*

— Tu es sûre de toi ? Emily jeta un long regard à Vicky. Tu peux encore faire marche arrière.

— Et quoi ? Te faire sortir de prison quand tu te feras prendre ? Vicky secoua la tête. Je n'en ai pas les moyens. Et toi non plus.

Toutes deux étaient vêtues de blouses d'hôpital et portaient des cordons avec de fausses cartes d'identité de l'hôpital. Techniquement, seule la carte d'Emily était fausse, celle de Vicky ayant expiré des années plus tôt. Elle ne pouvait plus ouvrir aucune porte, puisque les droits d'accès intégrés dans la bande magnétique au dos avaient été révoqués, mais personne ne pouvait s'en rendre compte en regardant la carte. Vicky l'avait utilisée comme modèle pour imprimer une fausse carte d'identité pour Emily et l'avait plastifiée. Elle ne résisterait pas à un examen approfondi, mais elle était suffisamment bonne à distance.

Vicky regarda sa montre-bracelet.

— Prépare-toi. Ils devraient sortir d'un moment à l'autre.

Emily regarda autour d'elle. C'était le début de la matinée, et elles regardaient une porte sur laquelle un panneau indiquait « *Personnel seulement* ». C'était l'une des entrées de l'hôpital où Emily avait reçu sa greffe. La seule façon d'ouvrir la porte était d'utiliser une carte d'accès. Il n'y avait pas de serrure à crocheter.

— T'en es sûre ? demanda Emily.

— Ne t'inquiète pas. C'est l'heure du changement d'équipe.

— Pourquoi ne pourrions-nous pas passer par l'entrée principale ?

— Parce qu'il y a la sécurité à l'entrée principale à cette heure de la journée, et qu'ils vérifient les cartes d'identité. Chut.

Emily entendit la porte grincer, et un instant plus tard, celle-ci s'ouvrit et un homme et une femme en blouse en sortirent. Les deux hommes regardèrent à peine Emily et Vicky en passant. La porte se refermait déjà, mais Vicky la rattrapa en coinçant son pied entre la porte et le cadre. Emily jeta un coup d'œil en arrière vers les deux employés, mais ils ne regardaient pas par-dessus leur épaule.

Rapidement, Emily rejoignit Vicky, et elles entrèrent ensemble. Dans le couloir, plusieurs autres membres du personnel médical passèrent devant elles, certains parlant sur leur téléphone, d'autres discutant, d'autres encore bâillant après avoir travaillé la nuit. Comme Vicky l'avait prédit, personne ne s'attarda sur elles.

Arrivée à un croisement de couloirs, Emily entendit un petit bruit métallique venant de la gauche. Pourtant, Vicky tournait déjà à droite.

— Les ascenseurs sont dans l'autre sens, dit Emily en s'arrêtant.

Vicky regarda par-dessus son épaule.

— Nous ne prendrons pas les ascenseurs.

Quand Emily se retourna pour marcher à ses côtés, Vicky expliqua :

— Dans un ascenseur, nous sommes des cibles faciles. Les gens pourraient regarder nos cartes d'identité et se rendre compte que nous ne travaillons pas ici.

Un instant plus tard, elle ouvrit une porte.

— Prenons les escaliers.

Emily suivit Vicky dans la cage d'escalier. Rapidement, elles montèrent au cinquième étage. Vicky ouvrit la porte du couloir lentement, de quelques centimètres seulement, et jeta un coup d'œil par l'interstice, avant d'ouvrir complètement la porte et de faire signe à Emily de la suivre.

Le couloir était vide.

Emily était heureuse que Vicky soit avec elle. Sans Vicky, elle n'aurait peut-être jamais trouvé aussi facilement le cabinet de son chirurgien ophtalmologiste. Devant la porte, Vicky s'arrêta et Emily lut le panneau à côté de la porte. Le docteur Harland était l'un des quatre médecins inscrits sur la liste.

— Maintenant, fais ton truc, murmura Vicky en désignant la serrure.

Emily sortit ses outils de son sac à main et s'approcha d'un pas de la porte.

— Ça a l'air pro, commenta Vicky. T'as trouvé ça où ?

Emily sourit.

— Amazon Prime.

— Tu te fous de ma gueule !

— Non.

— Il faut que je m'en achète aussi.

Avec des doigts agiles, Emily se mit au travail, tandis que Vicky se retourna pour surveiller le couloir. Emily se concentra sur sa tâche, essayant de se rappeler comment utiliser les différents outils pour inciter la serrure à s'ouvrir. Elle commença à transpirer, inquiète d'avoir oublié comment crocheter une serrure. Après tout, cela faisait longtemps qu'elle n'avait pas fait ça.

— Qu'est-ce qui te prend autant de temps ? demanda Vicky sous sa respiration.

— Tu ne m'aides pas, là, dit Emily en serrant les dents.

Elle prit une grande inspiration, se détendit les épaules, puis elle réessaya. Finalement, elle entendit un clic. Elle tourna la poignée de la porte et celle-ci s'ouvrit.

— C'est bon.

Vicky lui lança un regard approbateur, tandis qu'elles entraient toutes les deux à l'intérieur et fermaient la porte derrière elles.

C'était un grand bureau. Derrière un comptoir situé au fond de la salle d'attente, il y avait plusieurs postes informatiques pour les différents assistants médicaux travaillant dans la clinique. À leur droite, un couloir menait aux bureaux des médecins et aux salles d'examen. Emily s'était rendue dans l'une des salles d'examen il n'y a pas très longtemps, lors de son rendez-vous de suivi avec le docteur Harland. À ce moment-là, il y avait eu beaucoup de monde, alors que maintenant, la clinique était déserte. Bien que la clinique ne reçoive pas de patients avant huit heures, les assistantes prenaient leur poste à sept heures et demie pour s'occuper du téléphone et préparer les salles d'examen.

— D'accord, allons-y, dit Vicky, qui se dirigea vers les postes de travail des assistants.

Elle toucha et agita la souris de chaque poste pour réveiller les moniteurs. Les quatre postes s'illuminèrent avec l'écran de connexion, confirmant que personne n'avait oublié de se déconnecter. Vicky haussa les épaules.

— Ça aurait été trop facile.

Elle commença à fouiller dans les bureaux.

— Qu'est-ce qu'on cherche ? demanda Emily.

— Les identifiants de connexion. Vérifie s'il y a des post-it ou autres.

Emily commença par un poste de travail.

— Tu crois vraiment qu'ils sont assez négligents pour laisser traîner leurs mots de passe ?

— Je ne pense pas. Je sais.

Lorsque Emily lui jeta un regard dubitatif, Vicky précisa :

— La politique de l'hôpital est de changer les mots de passe tous les mois ou presque. Tu crois vraiment que tout le monde peut mémoriser un nouveau mot de passe aussi souvent ? Enfin, réfléchis-y. Il nous faut un mot de passe pour tout. Et la plupart du temps, il doit être compliqué : une lettre majuscule, un symbole, un caractère spécial, au moins un chiffre, un minimum de huit lettres, et ainsi de suite. Qui peut se souvenir de tout cela ? Les gens l'écrivent.

— Si tu le dis.

Emily continua à tout retourner sur le poste de travail qu'elle fouillait.

— Bingo, s'exclama Vicky.

Emily se tourna vers elle et la vit décoller un post-it du dessous d'un clavier.

Quelques instants plus tard, Vicky réveilla l'ordinateur et se connecta. Diverses icônes apparurent sur le bureau et Vicky cliqua sur l'une d'entre elles. Une fenêtre s'ouvrit.

— Tu as le numéro de ton dossier médical ?

Emily acquiesça et sortit le morceau de papier de son sac à main, où elle avait recopié le numéro de sa dernière facture médicale.

— Tiens.

Vicky le tapa puis le dossier médical d'Emily apparut à l'écran. Vicky semblait avoir l'habitude, car avant même qu'Emily ait pu comprendre ce qu'elle regardait, Vicky sélectionnait déjà une ligne pour révéler l'information sous-jacente.

— Bon, voici les informations sur la transplantation. Date de la transplantation, etc. etc. Et ici – elle pointa une longue série de chiffres – c'est le code-barres de l'organe du donneur. Voyons maintenant à qui il appartient.

Elle cliqua dessus. Un petit bip retentit en même temps qu'une petite fenêtre s'ouvrait.

— Oh putain ! s'exclama Vicky.

Emily se pencha et tenta de lire le message, mais Vicky avait été plus rapide.

— Accès refusé. Vous n'avez pas les droits suffisants pour accéder à ces informations. Contactez un administrateur.

— Oh merde, dit Emily. Et maintenant ?

Vicky regarda par-dessus son épaule.

— C'est l'heure du service d'assistance.

— Le service d'assistance ?

Vicky regarda sa montre.

— Nous pourrions bien avoir assez de temps. Le service d'assistance n'a pas de personnel avant sept heures. Cela nous laisse une demi-heure.

Confuse, Emily fronça les sourcils, tandis que Vicky était déjà en train de se déconnecter.

— Mais si le service d'assistance n'ouvre pas avant une demi-heure, comment vont-ils nous aider ?

— Ce n'est pas ça. On va s'aider nous-même. Viens. Dépêche-toi.

Vicky ne donna pas plus d'explications, et Emily dut se contenter de croire que son amie savait ce qu'elle faisait. Quelques minutes plus tard, elles atteignirent une porte au deuxième étage, à l'autre bout de l'hôpital.

— C'est le service informatique. Sors tes crochets de serrure, dit Vicky en faisant signe au sac à main d'Emily.

Cette fois, Emily avait plus confiance en ses compétences et elle put crocheter la serrure beaucoup plus rapidement.

— C'est fait.

Quelques instants plus tard, Vicky ferma la porte derrière eux. Elles se trouvaient à l'intérieur d'un grand bureau en open space comprenant au moins dix postes de travail. À leur gauche, une porte ouverte révélait une petite cuisine ou salle de repos, et à l'extrémité de l'entrée, deux autres portes menaient à des pièces vitrées. L'ensemble des bureaux était vide.

— Et maintenant ? demanda Emily.

— La même chose qu'avant. Nous devons trouver le mot de passe de quelqu'un pour entrer. Les informaticiens ont accès à presque tout. Vicky pointa du doigt une cabine : Je commence ici. Toi, tu commences à l'autre bout. Regarde partout : sous le clavier, le tapis de souris, le support du moniteur, dans les tiroirs, sous les tiroirs... Tu connais la chanson maintenant.

Sans un mot, Emily se mit au travail, et Vicky fit de même. Seuls le bruissement du papier et le cliquetis des objets qu'on soulevait puis qu'on posait sur un bureau se faisaient entendre. Emily travaillait aussi vite qu'elle le pouvait. Elle ne laissait aucun objet intact, mais son premier box était un échec. Il en était de même pour Vicky. L'heure tournait. Emily ne trouva pas non plus de mot de passe dans la deuxième cabine qu'elle avait fouillée. Emily regarda la grande horloge sur le mur de la pièce. Il était sept heures moins quinze. Son cœur se mit à battre plus vite. Elle pouvait sentir le pouls le long du tambour de son cou comme s'il s'agissait d'un compte à rebours. Et c'était peut-être le cas. Le temps était compté.

— C'est bon ! annonça Vicky derrière Emily.

Emily se retourna et vit Vicky poser une grande tasse de café sur le bureau.

— Dans la tasse ? demanda Emily.

— En dessous. Plutôt malin, d'autant plus que le mug contient encore le café d'hier. Beurk !

Vicky s'assit au bureau et se connecta à l'ordinateur. Les identifiants fonctionnaient, et elle cherchait la bonne application, en cliquant sur divers dossiers, puis en les refermant.

En jetant un coup d'œil à l'horloge sur le mur, qui indiquait maintenant qu'il ne leur restait plus que sept minutes, Emily demanda :

— Qu'est-ce qui te prend autant de temps ?

— Tu ne m'aides pas, là, répondit Vicky, en répétant les propres mots d'Emily de tout à l'heure.

Emily comprenait, mais avait du mal à être patiente.

— D'accord, je suis dans le bon système.

Vicky regarda le morceau de papier sur lequel elle avait noté le numéro de code-barres qu'elle avait trouvé dans le dossier médical.

Le claquement du clavier résonnait dans la pièce. Emily remarqua que c'était le seul son qu'elle pouvait entendre. Vicky et elle retenaient leur souffle.

— Sésame, ouvre-toi, murmura Vicky.

Un document s'afficha à l'écran.

Emily tourna la tête en direction de la porte. Les années passées à affiner son ouïe pour compenser sa cécité l'avaient rendue hyper vigilante aux sons. Il n'y avait aucun doute.

— Il y a quelqu'un à la porte.

Elle pouvait entendre le doux frottement d'une clé contre du métal.

— Merde ! s'exclama Vicky. Encore une seconde, j'imprime, déclara-t-elle en appuyant sur une touche du clavier.

Quelque part dans la pièce, une imprimante se mit à vrombir. Emily se pencha. Où diable était cette imprimante ?

— Là !

Vicky pointa du doigt une zone proche des deux bureaux vitrés. Emily la vit aussi. L'imprimante sortit deux pages, puis s'arrêta.

La porte s'ouvrit en grinçant. Vicky et Emily se jetèrent immédiatement par terre. Elles entendirent des bruits de pas, puis la porte se referma derrière la personne qui était entrée. Paniquée, Emily regarda Vicky. Son amie passa son doigt sur ses lèvres, puis rampa jusqu'au bord du box. Le cœur d'Emily battit à cent à l'heure quand elle vit Vicky regarder au-delà de la cloison.

En regardant par-dessus son épaule, Vicky fit un signe d'approbation, puis rampa en direction de l'imprimante. Emily voulait la secouer pour qu'elle revienne, lorsqu'elle entendit des bruits venant de la cuisine. L'informaticien était en train de faire du café. Maintenant, elle comprenait Vicky. Il leur restait au mieux une minute avant que la personne ne quitte la cuisine.

Vicky atteignit l'imprimante, arracha les deux feuilles qui s'y trouvaient et se dépêcha de revenir. En gardant le haut du corps accroupi, Emily et Vicky se précipitèrent le long des cloisons qui les empêchaient d'être vues de la cuisine. Lorsqu'elles arrivèrent au bout des cabines, Emily jeta un coup d'œil rapide à la porte ouverte de la cuisine. Un homme leur tournait le dos et remplissait la machine à café de café moulu.

Vicky arriva à la sortie en premier et ouvrit la porte sans bruit. Emily se précipita vers elle et la suivit dans le couloir, tandis que Vicky refermait discrètement la porte.

— On l'a échappé belle, dit Vicky.

— Ah oui, tu crois ?!

Le cœur d'Emily battait encore comme un marteau-piqueur. Lui faisant déjà signe vers la cage d'escalier, Vicky plia l'imprimé et le glissa dans l'une de ses poches sans le regarder.

Deux minutes plus tard, elles étaient dehors. Ce ne fut qu'à ce moment-là que le cœur d'Emily sembla retrouver son rythme normal.

Lorsqu'elles arrivèrent à la voiture, Emily ne put contenir sa curiosité plus longtemps.

— Est-ce que le nom de mon donneur y figure ?

Vicky déplia le papier et le lut. Puis elle releva la tête, les yeux écarquillés.

— Oui.

— Qui est-ce ?

— Tu ne vas jamais le croire.

21

La limousine du président, affectueusement appelée la Bête, roulait dans les rues animées, deux agents des services secrets sur les sièges avant, le président Robert Langford et son chef de cabinet, Mike Faulkner, à l'arrière. Alors que les deux agents portaient l'ensemble habituel costume sombre, chemise et cravate, Langford et Faulkner étaient tous deux habillés de façon décontractée. Cela n'arrivait pas souvent, mais c'était justifié aujourd'hui. Le nouveau premier ministre du Japon était un passionné de golf et serait plus facilement convaincu d'accepter la proposition commerciale du président Langford si les deux se rencontraient dans un environnement plus détendu.

— J'espère que tu as raison à ce sujet, Mike, dit Langford en jetant un coup d'œil à Faulkner. C'*était* ton idée.

Faulkner leva la main.

— Oui, et tu pourras me le reprocher si ça se retourne contre toi. Ce qui ne sera pas le cas. Je sais de source sûre que le premier ministre ferait à peu près n'importe quoi pour une bonne partie de golf.

Langford gloussa.

— S'il gagne, je suppose ?

Faulkner haussa rapidement les épaules.

— Oui, mais s'il te plaît, ne le fais pas trop remarquer. Je suis sûr que son équipe lui a dit quel est ton handicap, alors il vaut mieux que tu ne perdes pas de beaucoup. Juste assez pour que ce soit un défi pour lui.

— Si tu le dis, Mike. Pendant un moment, le président se tut et regarda par la fenêtre. Comment va Eric ?

Faulkner soupira.

— Comme on peut s'y attendre pour un accident aussi tragique.

Le président tourna à nouveau son visage vers son chef de cabinet.

— On a donc conclu qu'il s'agissait d'un accident ?

— Ce n'est qu'une formalité.

Il n'était pas nécessaire de parler au président de l'appel entre Maddie et Sergei Petrov. Il avait suffisamment de soucis à se faire. Il reprit :

— Il ne reste plus que quelques détails à régler. Mais d'après ce qui se passe actuellement, il s'agit très probablement d'un accident. Il n'y avait aucun signe indiquant le contraire, pas d'effraction, rien de volé. Enfin bon, nous connaissions tous les deux Maddie...

Langford soupira.

— Oui, en effet. Tant de promesses, mais elle n'a jamais pu se débarrasser de cette sauvagerie. Je suppose que nous avons tous nos démons.

— Certains plus que d'autres.

Même Faulkner en avait. Cependant il n'aimait pas s'attarder sur ce sujet. Au lieu de cela, il se concentra à nouveau sur Madeline Bolton :

— D'après la gouvernante, Maddie avait bu ce soir-là. Nous en aurons la certitude quand le rapport toxicologique sera rendu, mais elle a dû perdre l'équilibre quand elle était sur l'échelle pour changer une ampoule. Le choc lorsqu'elle est tombée sur la table en verre a provoqué une hémorragie cérébrale.

Langford expira par les narines.

— C'est bizarre, tu sais... J'ai du mal à imaginer Madeline faire quelque chose d'aussi banal que de changer une ampoule.

— C'est vrai, ses parents l'ont élevée comme une princesse, à la mettre sur un piédestal. Elle ne pouvait que les décevoir. D'une certaine façon, je comprends pourquoi elle s'est rebellée en prenant des drogues... et des amants.

—- Mais je pensais que ces dernières années, elle avait changé, non ?

Quand elle a commencé à s'impliquer dans *No Child Abandoned*... il y a de ça, quoi... deux, trois ans ?

— Elle avait l'air plus satisfaite. Pourtant... soupira Faulkner. Nous ne saurons jamais ce qui se passe dans la tête des gens. Même ceux dont nous sommes si proches.

— Qu'as-tu dit à Eric à propos de l'enquête des services secrets ?

— La vérité.

Bien qu'il n'ait pas non plus mentionné Petrov à Bolton. Il continua :

— Mais je lui ai promis que les détails resteraient confidentiels. Personne n'a besoin de savoir qu'elle avait bu. C'est pourquoi j'ai insisté pour que les services secrets enquêtent sur l'incident plutôt que la police de Washington. Ce qui ne veut pas dire que les médias ne spéculent pas.

— Ça finira par se calmer. Quand aura lieu la commémoration ?

— Ce week-end.

— J'aimerais pouvoir être là, déclara Langford, mais ma présence ne fera qu'attirer davantage de médias et faire de la commémoration un cirque. Personne ne mérite cela, et encore moins Eric et Rita. Tu pourras leur dire ça de ma part ?

— Bien sûr.

— As-tu l'intention d'y assister ?

Faulkner acquiesça.

— L'un de nous doit le faire. D'ailleurs, je suis sûr que Caleb veut y assister aussi. Maddie et lui ont été amis pendant longtemps.

Langford sourit.

— Je me souviens que tu m'avais dit, quand ils étaient enfants, que tu espérais qu'ils seraient ensemble un jour.

Faulkner gloussa en repensant à ce souvenir.

— Les choses ne se passent pas toujours comme les parents l'avaient prévu. Au moins, ils ont pu passer beaucoup de temps ensemble à l'association caritative.

— Tu peux être fier de ton fils, qui consacre son temps à une cause aussi noble.

— Oui, oui, bien sûr. Après tout, j'ai dû démissionner après que tu m'aies proposé ce poste.

— Est-ce que tu le regrettes ?

Regrettait-il d'être l'un des hommes les plus puissants de la politique ?

— Non, Monsieur le Président, je ne le regrette pas.

Langford s'esclaffa.

— Je ne pense pas pouvoir m'habituer à ce que tu m'appelles monsieur le président. À l'université, tu avais toute une ribambelle de noms pour moi. Est-ce qu'il t'arrive de repenser à cette époque ?

Faulkner sourit.

— Oui, avec tendresse même. Tout était plus simple à l'époque. On nous appelait les trois mousquetaires. Un pour tous, tous pour un.

Langford acquiesça.

— Et regarde-nous maintenant. Nous sommes toujours les trois mousquetaires, bien qu'un peu plus âgés et un peu plus gris.

Il désigna ses propres cheveux grisonnants. Faulkner secoua la tête.

— J'aimerais que ce ne soit que l'âge et les cheveux.

— Elle te manque encore, n'est-ce pas ?

— Je pense toujours à Georgina. Aucune autre femme ne lui arrive à la cheville.

Peut-être que si sa femme était encore en vie, tout serait différent. Mais elle n'était plus là, et ce, depuis longtemps.

22

———————

— **M**adeline Bolton, dit Emily avec étonnement.

Elle et Vicky étaient rentrées ensemble à l'appartement de Vicky quelques minutes plus tôt, où Vicky avait préparé du café, puis démarré son ordinateur.

— Tout le monde l'appelait Maddie. Elle est assez célèbre pour quelqu'un qui n'est pas mannequin ou actrice, tu sais, dit Vicky. À Washington, tout du moins.

— J'avais entendu dire qu'elle était morte, mais je ne suis pas comme les autres, à m'intéresser aux potins.

— Aïe ! s'exclama Vicky en feignant d'être blessée par ces propos.

Vicky consommait rumeurs et ragots comme une junkie consommerait poudre et herbe.

— Alors, accouche, s'impatienta Emily. Que sais-tu d'elle ?

Vicky rayonna fièrement.

— Beaucoup de choses. Elle vient d'une famille très riche.

— Oui bon ça, j'avais deviné.

Même Emily avait déjà entendu le nom de Bolton.

— Elle avait à peu près ton âge, peut-être un an ou deux de plus, et elle était assez gâtée. La rumeur dit que son père n'a jamais pu refuser quoi que ce soit à sa fille, alors elle a toujours eu tout ce qu'elle voulait.

Pendant un instant, Emily envia Maddie Bolton. Elle ne pouvait qu'imaginer ce que c'était que d'être adorée par son père. Mais cela n'avait pas sauvé Maddie. Elle était morte, et la mort n'a rien d'enviable.

— Bien sûr, sa vie n'a pas été toute rose non plus. Il y a eu des rumeurs de consommation de drogue à la fin de son adolescence, et au début de sa vingtaine, mais quand tu as autant d'argent que les Bolton, tu peux te permettre de payer ce qu'il faut pour sortir ta progéniture rebelle de n'importe quelle situation. Alors après avoir expérimenté les drogues, le sexe était la prochaine étape. Oh là là ! Si j'avais une carte du monde et que je plantais une épingle dans la moitié des pays d'où viennent ses amants, je serais à court d'épingles.

Vicky gloussa pour elle-même.

— Tu plaisantes ! Enfin, il doit y avoir environ 200 pays dans le monde.

— Cent quatre-vingt-quinze, corrigea Vicky.

— Tu ne vas pas aller dire que Maddie a eu une centaine d'amants quand même !

Aucune femme n'aurait pu coucher avec autant d'hommes. Sa propre liste était bien plus courte. De beaucoup. En fait, elle pouvait compter les hommes avec lesquels elle avait couché sur les doigts d'une main.

— D'accord, j'exagère peut-être un peu, mais elle en a eu au moins cinquante, concéda Vicky en faisant un mouvement dédaigneux de la main. Ce que j'essaie de dire, c'est qu'elle connaissait tout le monde : les diplomates de différents pays, les hommes politiques, les célébrités, tous ceux d'importance. Et avouons-le, elle était très belle.

Emily regarda l'écran de l'ordinateur, où Vicky montra une photo de Maddie. De magnifiques yeux verts comme ceux d'un chat, des boucles blondes débordant sur ses épaules, une peau claire, des lèvres pleines, Maddie avait tout pour elle.

— Oui, c'est vrai. Belle. Riche. Elle soupira et ajouta : Et morte.

— C'est pas tout, poursuivit Vicky. On pourrait s'attendre à ce qu'elle soit superficielle et arrogante. Mais ce n'est pas le cas. Tout ce que j'ai lu sur elle confirme qu'elle avait un grand cœur. Elle était chaleureuse et compatissante. Elle consacrait beaucoup de temps à cette association caritative, comment elle s'appelle déjà ? Quelque chose en rapport avec le sauvetage d'enfants victimes de trafic d'êtres humains.

— Oh oui, j'en ai entendu parler. C'est *No Child Abandoned*, non ?

— C'est ça.

— Je pense qu'elle organisait des ventes aux enchères de charité pour eux ou quelque chose comme ça, dit Emily, se souvenant d'un reportage datant de plusieurs mois. Que sais-tu d'autre sur sa vie ?

Vicky soupira.

— Eh bien, c'est à peu près tout. Sauf pour ce qui est de la façon dont elle est morte. Ils n'ont pas dit grand-chose à ce sujet, seulement que c'est sa femme de ménage qui l'a trouvée un matin. Mais apparemment, il était déjà trop tard, et elle est morte à l'hôpital. Les autorités enquêtent toujours sur ce qui s'est réellement passé, mais d'après les rumeurs, il s'agirait d'un accident domestique.

Emily fronça les sourcils.

— Ils enquêtent toujours ? Mais alors comment ai-je pu obtenir ses cornées ? Je veux dire qu'ils ont probablement fait une autopsie qui a duré un certain temps. Et quand quelqu'un est mort pendant un certain temps, les organes deviennent inutilisables.

Elle avait fait beaucoup de recherches sur le don d'organes lorsqu'elle avait envisagé de subir une autre greffe.

— C'est vrai, mais je sais de source sûre – elle fit un clin d'œil et Emily comprit qu'elle parlait de contacts datant de l'époque où elle travaillait à l'hôpital – que parce qu'elle est morte à l'hôpital et qu'elle était enregistrée comme donneuse d'organes, ils ont prélevé les organes avant même d'avoir appris qu'il y aurait une autopsie.

— Ils ont le droit de faire ça ? Est-ce légal au moins ?

Vicky haussa les épaules.

— Ça arrive. Je suppose que ça aurait été différent si elle était déjà morte quand sa femme de ménage l'a trouvée. De toute façon, tu peux encore faire une autopsie après le prélèvement des organes. Il y a encore beaucoup de sang et de tissus qui peuvent être examinés et testés, et tout le tralala.

Emily essaya de se débarrasser de l'image du corps de Madeline découpé en morceaux.

— C'est vraiment horrible qu'elle soit morte.

— Au moins, elle n'est pas morte pour rien. Des malades ont reçu ses organes pour pouvoir vivre. Et tu peux voir à nouveau.

Vicky sourit.

— Je sais. Et j'en suis reconnaissante. Mais...

— Mais quoi ?

— Et s'il y avait un prix ?

— Un prix pour quoi ?

— Pour ma vue.

Emily pointa du doigt l'image de Maddie sur le moniteur :

— Et si elle me tendait la main ? Et si les visions que j'ai sont dues à une affaire inachevée de Maddie ?

— Si je ne te connaissais pas mieux, je dirais que tu regardes trop de séries télévisées paranormales. Maddie n'est pas un fantôme.

— Je ne dis pas que c'est le cas, précisa Emily. Mais si c'était la mémoire cellulaire ?

Vicky plissa les yeux puis secoua la tête.

— Encore ça ? T'es sérieuse ?

— Comme je te l'ai déjà dit, il existe une hypothèse selon laquelle les cellules humaines ont une sorte de mémoire, et que les personnes qui ont reçu des dons d'organes jouissent soudain d'une compétence que possédait leur donneur, comme par exemple jouer d'un instrument. J'ai lu sur Internet que la théorie veut que les souvenirs ne soient pas seulement stockés dans le cerveau mais aussi dans d'autres tissus. Par exemple, et si certaines des choses que Maddie avait vues avaient laissé une empreinte sur ses cornées, et que maintenant je voyais ces mêmes choses ?

Vicky roula des yeux.

— Tu ne crois pas à ce genre de conneries, quand même ? Ce n'est pas parce que c'est sur Internet que c'est vrai. En fait, la plupart de ce qu'on lit sur Internet est faux.

— Mais cela expliquerait mes visions. Cela expliquerait aussi pourquoi j'ai vu des choses étranges après ma première greffe. Et si mon donneur de l'époque avait voulu me montrer quelque chose ? Et si Maddie voulait me montrer quelque chose maintenant ?

Vicky soupira.

— Je sais que tu veux obtenir des réponses, mais je pense que ton médecin a raison. Ton cerveau ne traite pas encore toutes les images correctement. Sois patiente. Ne tombe pas dans ce puits sans fond. Je n'aurais jamais dû t'aider à découvrir qui est ton donneur. C'était une erreur. Regarde ce que ça te fait.

Vicky secoua la tête. Emily prit la main de son amie et la serra.

— Non, tu as fait ce qu'il fallait. J'avais besoin de savoir. Et maintenant que j'en sais plus, je sais que ce que je vis est lié d'une manière ou d'une autre à Madeline Bolton. Je le sens.

— Emily, s'il te plaît...

— Je peux le prouver.

Elle eut soudain une idée. Elle avait un moyen de prouver à Vicky et à elle-même que ses visions étaient les souvenirs de Maddie.

— Et si tu ne peux pas ?

— Alors je n'en parlerai plus jamais et tu pourras me dire « tu vois, je te l'avais bien dit ».

— Marché conclu.

23

Comme Yang ne pouvait pas parler à l'agent Cabbot, qui avait été la première sur les lieux de la mort de Madeline Bolton, il décida d'emprunter un autre chemin pour obtenir les informations qu'il pensait devoir rechercher afin de satisfaire son inexplicable curiosité pour l'affaire. Il ne lui fallut pas longtemps pour découvrir qui étaient les ambulanciers qui s'étaient occupés de Madeline Bolton lors de son transport à l'hôpital. Selon leur superviseur, ils faisaient une petite pause-café près du parc riverain de Georgetown.

Yang vit l'ambulance garée, se gara derrière elle et sortit de sa voiture. Deux ambulanciers, un homme et une femme, étaient assis à l'arrière de l'ambulance ouverte, les pieds ballants dans le vide. Yang s'approcha d'eux et sortit sa plaque de sa poche.

— Adam Yang, brigade criminelle, se présenta-t-il. Êtes-vous bien Xavier Pabst et Keiko Takai ?

Les deux acquiescèrent.

— Oui, qu'est-ce qui vous amène ? demanda Pabst.

Yang remit son badge dans la poche de sa veste.

— Juste un petit suivi. Vous avez été appelés tous les deux chez Madeline Bolton à Georgetown le 23. C'est bien ça ?

— Oui, tout à fait, répondit Pabst en échangeant un regard avec son collègue.

— Une vraie tragédie, ajouta Takai, une jolie Japonaise d'une trentaine d'années.

— Alors, homicide, hein ? demanda Pabst. Pas un accident ?

— Eh bien, on n'en est pas encore tout à fait sûr, dit Yang d'un ton décontracté et amical, sachant que c'était avec cette attitude qu'il pouvait faire parler les gens. C'est pourquoi je voulais faire le point sur certaines choses avec vous. Puisque vous avez été les premiers sur les lieux.

— En fait, une policière nous a devancés d'une minute, précisa Pabst.

— Vous avez raison. J'ai déjà parlé à l'officier, mentit-il, mais je me suis dit que trois paires d'yeux valaient mieux qu'une, non ? Alors, pouvez-vous me décrire la scène, s'il vous plaît ? N'omettez rien. Le moindre détail pourrait être vital.

Les deux ambulanciers se regardèrent et haussèrent les épaules.

— Bien sûr, répondit Takai. La victime se trouvait dans le salon. Un endroit plutôt chic, joliment meublé aussi.

Pabst roula des yeux.

— Keiko, je ne pense pas que ton avis sur le papier peint intéresse l'inspecteur.

Takai secoua la tête en le regardant.

— Mais non ! Tu dois planter le décor, les détails, les antécédents, tu sais. Puis elle regarda Yang : N'est-ce pas ?

Yang griffonna dans son carnet.

— Continuez, s'il vous plaît. Qu'avez-vous vu dans le salon ?

— Nous l'avons trouvée par terre, allongée sur un tas de verre brisé.

— Provenant de la table basse en verre, interrompit Pabst.

— C'est vrai. Elle était sur le dos et regardait le plafond. Ses jambes formaient un drôle d'angle.

Pabst acquiesça.

— Et un escabeau gisait en travers de ses jambes, vous savez, comme s'il lui était tombé dessus quand elle en est tombée.

— Hmm, murmura Yang. On dirait donc qu'elle a utilisé l'échelle pour quelque chose. Avez-vous une idée de ce qu'elle cherchait à faire ?

— Elle a sûrement voulu changer une ampoule, commença Pabst.

— J'ai vu une ampoule brisée dans sa main, ajouta Takai.

— Oui, moi aussi, s'empressa d'ajouter Pabst, mais je ne suis pas sûr de savoir comment elle comptait s'y prendre pour changer l'ampoule.

— Ah oui ? demanda Yang.

— L'escabeau n'était pas très grand et elle non plus. Vous voyez, je doute qu'elle ait pu atteindre le luminaire, avec le plafond qui est à quasi trois mètres de haut, déclara Pabst.

— C'était une vieille maison totalement rénovée, mais les plafonds étaient aussi hauts que les maisons construites au début du siècle, expliqua Takai.

— Comme j'étais en train de dire, poursuivit Pabst, elle a dû s'étirer pour atteindre le luminaire, et a probablement perdu l'équilibre, spécula-t-il en haussant les épaules. C'est vraiment tragique.

— Effectivement, confirma Yang. Et à quoi ressemblait-elle ? Y avait-il beaucoup de sang ? Quel genre de blessures avez-vous vu ?

Takai se chargea de cette question.

— Il n'y avait pas beaucoup de sang, juste quelques coupures. C'est plutôt sa tête qui en a fait les frais ; il y avait du sang provenant d'une blessure à la tête. Quand nous l'avons mise sur la civière, on pouvait voir que le sang avait imprégné la moquette. Franchement, on était surpris qu'elle soit encore en vie. Pourtant, elle a dû attendre qu'on la trouve pendant des heures au moins.

— Oui, nous travaillons toujours sur la chronologie entre le moment où elle est rentrée chez elle la veille et celui où elle a été retrouvée, dit Yang comme s'il était impliqué dans l'enquête. Pouvez-vous me dire ce qu'elle portait ?

— Style business, dit Pabst, vous savez, un beau chemisier et une belle jupe.

— Le chemisier était rouge et la jupe noire, déclara Takai. D'une très bonne qualité. C'était pas du bon marché.

— Est-ce que vous avez vu si ses vêtements étaient froissés ou dérangés ?

— Vous voulez dire comme si quelqu'un avait essayé de la déshabiller ? demanda Pabst.

— Pas nécessairement. À défaut d'avoir une photo de Mademoiselle

Bolton sur les lieux, j'essaie juste de me faire une idée de ce à quoi elle ressemblait.

Pabst et Takai échangèrent un regard. Tous deux haussèrent les épaules, puis Pabst dit :

— Elle avait l'air impeccable. Comme si elle était prête à aller au bureau.

— Ou comme si elle en revenait, déclara Takai. Je suppose que cela ne vous aide pas vraiment à déterminer l'heure où elle est tombée de l'échelle.

Yang lui sourit.

— Vous pouvez me croire, tous ces détails m'aident à me faire une meilleure idée de ce qui a pu se passer.

Takai soupira.

— C'est vraiment dommage. J'ai lu des choses sur elle. Je l'ai reconnue dès que nous sommes arrivés chez elle. Elle était comme dans les tabloïds, magnifique. Et à la mode.

— Ça c'est bien le genre de choses que tu remarques, dit Pabst à Takai. Les vêtements et les chaussures.

— Bon, ce ne sont que des détails, ajouta Takai. De plus, c'était les chaussures Jimmy Choo ! Elle portait des chaussures à six cents dollars !

Yang la regarda fixement.

— Des chaussures ? Quel genre de chaussures ?

— De la marque Jimmy Choo.

— A quoi ressemblent-elles ?

Takai sortit son téléphone portable, y tapa quelque chose, puis tourna l'écran vers Yang pour qu'il puisse voir ce qu'elle avait trouvé.

Yang fixa la paire d'élégants escarpins à talons hauts qui mesuraient au moins huit centimètres. Il ne comprenait absolument pas comment une femme pouvait marcher avec ça.

— Elle portait ça ?

— Eh bien, une en tout cas, déclara Takai. L'autre a dû glisser de son pied quand elle est tombée. Je l'ai vu sur le tapis.

— En êtes-vous certaine ? demanda Yang.

— Bien sûr, je connais bien les chaussures de Jimmy Choo.

— Je veux dire, êtes-vous absolument certaine que mademoiselle Bolton portait encore l'un de ses talons hauts ?

— Elle a raison, inspecteur, j'ai vu la même chose. Elle en portait encore un, c'est certain.

Yang referma son carnet et le rangea, ainsi que son stylo.

— Je vous remercie beaucoup pour le temps que vous m'avez consacré. Vous m'avez été d'une grande aide.

— Pas de souci, répondirent-ils en cœur.

Yang se retourna vers sa voiture et monta à bord. Keiko Takai lui avait fourni des informations capitales qui lui permettaient de croire que la mort de Madeline n'était pas un accident. La question était maintenant de savoir si les services secrets parviendraient à la même conclusion et s'ils traiteraient la mort de Madeline Bolton comme un homicide plutôt que comme un accident domestique ? Ou bien allaient-ils cacher la poussière sous le tapis ?

24

Emily n'avait pas pu retourner au Patel's Market juste après sa conversation avec Vicky ce matin-là. Elle devait enseigner pour le reste de la journée, et ces heures lui semblaient plus longues qu'elles ne l'avaient jamais été auparavant. Elle avait hâte que la dernière cloche sonne, qu'elle emballe ses affaires et qu'elle quitte l'école, Coffee à ses côtés.

Lorsqu'elle entra dans la supérette, elle reconnut l'employé derrière le comptoir. C'était celui de la veille. Elle jeta un coup d'œil à son badge pour s'en assurer et fut surprise de pouvoir le lire. De toute évidence, sa vue s'améliorait, comme l'avait promis le docteur Harland. Néanmoins, elle était fermement décidée à découvrir pourquoi elle avait des visions étranges et si elles étaient liées à son donneur.

Sanjay attendait patiemment pendant qu'une femme plus âgée comptait les pièces pour payer son achat. Il ne leva même pas les yeux pour voir qui était entré dans le magasin pendant qu'il s'occupait de la cliente. Emily parcourait l'une des étagères à proximité, essayant de cacher son impatience, bien que Coffee sembla sentir sa nervosité, toujours à l'écoute de ses émotions.

Lorsque la femme plus âgée se dirigea enfin vers la porte, le sac en plastique contenant ses courses à la main, Emily se rapprocha du comptoir de la caisse. Au moment où Sanjay l'aperçut, elle comprit qu'il l'avait reconnue. Elle se demanda comment il l'appelait dans son esprit. La folle ? La délirante ? Peu importe. Tout ce qu'elle voulait, c'était des informations qu'il pourrait, avec un peu de chance, lui fournir.

Néanmoins, elle sentit ses joues chauffer, sans doute à cause de son embarras de la veille. Avant de perdre tout son courage, elle dit :

— Bonjour, je suis venue ici hier soir.

Bien sûr, il le savait déjà, mais elle devait entamer la conversation d'une manière ou d'une autre.

Il acquiesça.

— Oui, mademoiselle, que puis-je vous faire pour vous ?

Se sentant mal de n'être pas venue acheter quoi que ce soit, Emily jeta un coup d'œil aux articles conservés sur les étagères derrière la caisse.

— Je prendrais, euh... un paquet de piles AA, s'il vous plaît.

C'était quelque chose qu'elle pourrait toujours utiliser, et cela lui permettrait de se sentir mieux après l'agitation qu'elle avait causée la nuit précédente.

Il attrapa les piles et les posa sur le comptoir.

— Ce sera tout ?

C'était l'occasion de se lancer.

— En fait... J'ai une question.

Il haussa les sourcils, sans rien dire.

— Vous avez dit hier soir qu'il y avait eu une agression à l'arme blanche dans la ruelle voisine il y a environ un mois ?

— Tout à fait. Et donc ?

— Y avait-il un témoin ? Est-ce que quelqu'un a vu la scène ?

Pendant un moment, Sanjay hésita, comme s'il essayait de se souvenir de l'incident. Puis il confia :

— En fait, il y avait une femme qui a tout vu et qui a donné une description de l'auteur du crime à la police.

Le cœur d'Emily se mit à battre la chamade.

— Savez-vous de qui il s'agissait ? Vous souvenez-vous de son nom, par hasard ?

Il lui jeta un regard curieux, l'observant de haut en bas, quand son regard traîna jusqu'à Coffee. On aurait dit qu'il venait seulement de remarquer le chien. Coffee portait son harnais, sur lequel était inscrit *chien-guide*. Il la regarda ensuite dans les yeux.

— En fait, oui, je me souviens de cette femme.

Il fit un geste vers le présentoir de journaux et de magazines à côté de lui, en tira un tabloïd et le posa sur le comptoir. Il pointa du doigt la photo avec son titre et dit :

— C'était elle.

Emily fixa le journal. Il lui fallut un moment pour concentrer ses yeux.

— C'est vraiment dommage ce qui est arrivé à Madeline Bolton, poursuit Sanjay avant qu'elle ne puisse lire le titre. Elle était aussi très gentille. Elle a attendu ici, dans mon magasin, pendant que la police et l'ambulance s'occupaient de la victime du coup de couteau.

Emily sentit les battements excités de son cœur. Elle pouvait pratiquement entendre le bruit que faisait son sang en se précipitant dans ses veines. Le soulagement inonda chaque cellule de son corps. Ce qu'elle avait vu dans la ruelle la nuit précédente n'était pas une hallucination. Il s'agissait d'un des souvenirs de Maddie. Cela signifiait plusieurs choses : un, la greffe n'avait pas été un échec et deux, elle n'était pas folle. En somme, elle n'était pas malade mentalement et n'était pas en train de succomber à des hallucinations.

Emily se souvint des événements qui avaient conduit à l'échec de sa première greffe de cornée. Elle avait essayé d'ignorer les choses qu'elle avait vues à l'époque. Mais aujourd'hui, elle se rendait compte que les visions inhabituelles qu'elle avait eues étaient des souvenirs du donneur d'organes. Elle les avait ignorées et en avait payé le prix : perdre la vue une seconde fois.

Cette fois-ci, elle ne commettrait pas la même erreur. Elle n'ignorerait pas les souvenirs de Maddie, car si elle le faisait, le même sort l'attendrait, elle en était certaine. Et cette fois-ci, elle n'allait pas laisser cela se produire.

Maddie essayait de lui dire quelque chose. Elle lui avait fait don de la vue, et le moins qu'Emily puisse faire, c'était d'accepter les visions que Maddie lui envoyait. Peu importe où cela la mènerait et ce que cela lui coûterait.

25

———

8 *juin*

Adam Yang entra dans le département des homicides, qui se trouvait dans un bâtiment en briques rouges de trois étages dans le sud-ouest de Washington. De l'extérieur, le bâtiment avait l'air pittoresque. Il avait presque le charme d'une petite ville si l'on oubliait qu'à l'intérieur, des inspecteurs de police étaient en train de résoudre des enquêtes de meurtres. Il ne savait pas vraiment ce qui l'avait poussé à faire carrière dans ce domaine. Personne dans sa famille n'avait jamais été victime de crimes violents, et encore moins d'un meurtre. Pourtant, il avait toujours aimé résoudre des énigmes, et pour lui, un meurtre était l'énigme ultime.

Le *latte* d'un café chic – qui était bien meilleur que le jus de chaussettes qu'ils appelaient café dans la salle de pause – à la main, il se dirigea vers son bureau. Avant qu'il ne l'atteigne, Jefferson lui faisait déjà signe, son téléphone collé à l'oreille.

Yang s'approcha et entendit la fin de la conversation de son partenaire.

— Oui, Yang et moi serons là dans un quart d'heure.

Jefferson raccrocha.

— Qu'est-ce qu'il y a, Simon ?

Jefferson se leva de sa chaise et enfila sa veste.

— Un promeneur de chien a trouvé un cadavre dans le parc de Fort Dupont.

— Allons-y, dit Yang alors qu'ils sortaient tous deux du bâtiment.

— C'est moi qui conduis.

Yang ne fit aucune objection et ils montèrent dans la voiture de Jefferson.

Le parc de Fort Dupont était un parc boisé de près de cent soixante deux hectares géré par le Service des parcs nationaux. Il se trouvait à l'est de la rivière Anacostia, à seulement quinze minutes en voiture du département des homicides sur M Street. Il offrait aux habitants de la ville une dizaine de kilomètres de sentiers de randonnée et accueillait de nombreux concerts et programmes éducatifs. Il était populaire auprès des joggeurs et des habitants qui promenaient leur chien.

— Que savons-nous d'autre ? demanda Yang alors qu'ils étaient en train de sortir du parking.

— Pas grand-chose. Juste que le corps est celui d'une femme nue.

— Ah, putain, maugréa Yang.

— Comme tu dis...

Ils savaient tous deux ce que cela pouvait signifier : viol et meurtre. Et les chances de trouver le tueur : pratiquement nulles. Pourtant, ils se turent. Ils feraient tous deux de leur mieux pour résoudre l'affaire, quelles qu'en soient les circonstances sous-jacentes.

— La police scientifique est déjà là, ajouta Jefferson.

— Bien.

Yang prit la dernière gorgée de son café puis plaça son contenant dans le porte-gobelet. Jefferson lui fit signe.

— T'as plutôt intérêt à jeter ça à la poubelle plus tard.

— Ne te mets pas dans tous tes états. Je sais bien que tu aimes que ta voiture soit propre.

Avant que Jefferson ne puisse répondre, un téléphone portable se mit à sonner.

— C'est le mien, dit Yang en reconnaissant la sonnerie, et en y répondant. Inspecteur Yang.

— Inspecteur, c'est Sanjay Patel.

— Qui ?

Il ne reconnut pas le nom tout de suite.

— Patel's Market !

C'est à ce moment-là qu'il comprit.

— Ah oui, bien sûr. Que puis-je faire pour vous, monsieur Patel ?

— Vous m'aviez dit de vous appeler si la femme bizarre revenait.

— Emily Warner ? La femme qui certifie avoir vu une agression au couteau ?

— Je ne connais pas son nom, mais oui, elle est revenue hier soir. Je voulais vous appeler tout de suite, mais j'ai eu du monde au magasin et j'ai oublié. Je vous appelle donc maintenant. J'espère que ça ne vous dérange pas.

— Non, non, bien sûr que non. Que s'est-il passé ? Qu'a-t-elle encore raconté ?

— Rien. Mais elle m'a posé des questions sur l'agression au couteau qui s'est produite un mois plus tôt. Celle que j'ai mentionnée et dont nous avons parlé hier.

— Je m'en souviens.

— Eh bien, elle m'a demandé s'il y avait un témoin de cette agression, donc je lui ai tout dit. Il y eut une pause, durant Yang commença à perdre patience. Je lui ai même montré la photo de la femme qui a vu l'attaque au couteau à l'époque. C'est celle qui est morte récemment. Madeline Bolton. C'était dans tous les journaux.

Pendant un moment, Yang resta assis, stupéfait. Jefferson lui lança un regard curieux et articula silencieusement : « quoi ? ».

— Vous êtes en train de me dire que Madeline Bolton était témoin de l'agression au couteau d'il y a un mois ?

— Oui, inspecteur. Et la femme d'il y a deux jours a eu un regard vraiment étrange quand je le lui ai dit. Comme si elle avait vu un fantôme ou quelque chose comme ça. J'espère que j'ai bien fait de vous appeler. Enfin, comme vous avez dit...

— Oui, monsieur Patel. Merci beaucoup pour ces informations. Je vais me renseigner sur cette femme pour m'assurer qu'elle ne vous causera pas d'ennuis.

— Elle n'a pas fait d'histoires. Peut-être qu'elle n'a pas toute sa tête. Ah oui, il y avait autre chose de bizarre.

— Quoi ?

— Quand elle est venue au magasin cette fois, elle n'était pas seule. Elle avait un chien-guide avec elle, vous savez, comme ont les aveugles. C'est ce qui était indiqué sur le harnais du chien.

La surprise et la perplexité s'emparèrent de Yang. Quelque chose ne collait manifestement pas. Il dit à Patel :

— Merci encore. S'il y a quoi que ce soit d'autre, n'hésitez pas à m'appeler, monsieur Patel.

Puis il coupa la communication.

Jefferson lui jeta un rapide regard puis se concentra à nouveau sur la circulation.

— De quoi s'agit-il ? Tu es toujours obsédé par l'affaire Maddie Bolton ? Je croyais que tu avais laissé tomber.

Yang soupira, ne voulant pas dire à Jefferson qu'il se penchait toujours sur l'affaire.

— Il vient de se passer quelque chose de bizarre.

Il relata sa rencontre avec Emily Warner et le commerçant Sanjay Patel d'il y a deux jours, ainsi que la conversation qu'il venait d'avoir avec Patel. Yang se nota mentalement de se renseigner sur l'agression à l'arme blanche dont Madeline Bolton a été témoin. Peut-être qu'Emily Warner était au courant de l'incident au préalable et faisait semblant de l'avoir vu elle-même. Certains fous étaient prêts à tout pour attirer l'attention.

— C'est un peu bizarre, je te l'accorde, concéda Jefferson. Mais ça pourrait être une totale coïncidence. Après tout, Washington est comme une petite ville.

Yang inclina la tête sur le côté et jeta un coup d'œil à son partenaire.

— Oui, enfin, pas *si* petite que ça.

— Laisse tomber, Adam. Si le lieutenant découvre que tu cherches quelque chose en rapport avec Maddie Bolton, elle va piquer une crise. Les services secrets sont sur le coup, et s'il y a un lien à faire entre l'affaire et cette folle, ils le feront.

— Peut-être que oui, peut-être que non.

Il y a eu un moment de silence entre eux, puis Jefferson dit :

— Tu vas quand même aller voir, n'est-ce pas ?

— Juste pour ma tranquillité d'esprit.

— Il ne faut surtout pas qu'Arnold ne l'apprenne.

— Tant que tu ne me dénonces pas, elle n'en saura rien.

— Motus et bouche cousue.

Quelques instants plus tard, ils arrivèrent au parc, où étaient garées plusieurs voitures de police ainsi qu'une camionnette appartenant à l'équipe médico-légale. Un officier en uniforme conduisit Yang et Jefferson à l'endroit où le corps avait été trouvé. La zone était boisée et comportait de nombreux sous-bois qu'un joggeur ordinaire n'aurait pas pu voir. Cependant, si un habitant avait laissé son chien courir sans laisse, ce qui n'était pas permis dans le parc, le chien aurait été attiré par l'odeur du corps en décomposition.

Lorsque Yang et Jefferson atteignirent l'endroit, ils s'arrêtèrent pour observer le corps.

Son visage était couvert de terre et de feuilles, mais on pouvait deviner de longs cheveux noirs autour. Elle était blanche, petite et mince. Et complètement nue. Elle ne portait pas le moindre vêtement. Yang se força à étudier le corps. Les tissus mous de la victime présentaient des traces de décomposition. Il ne pouvait pas voir dans quel état se trouvait le visage de la morte, et c'était tant mieux, car le corps était déjà en train de se décomposer. Outre les marques rouges autour de ses poignets et de son cou, elle présentait d'autres blessures. Certaines, devina Yang, avaient été infligées avant sa mort : des coupures autour de ses seins et de son abdomen. D'autres, qui ressemblaient à des morsures, pouvaient provenir d'animaux qui avaient été attirés par le corps en raison de son odeur. Cette femme avait beaucoup souffert, il n'en doutait pas. Yang avala la bile qui montait, mais il n'avait pas la possibilité de détourner le regard. S'il était ici, c'était pour récolter autant d'informations que possible afin de déterminer la meilleure façon d'aborder l'affaire.

Une spécialiste de la police scientifique, qui s'était accroupie à côté de la victime, se leva et se tourna vers eux. Yang et Jefferson avaient déjà travaillé avec elle à de nombreuses reprises.

— Inspecteurs, salua Lupe Serrano.

Cette Portoricaine brune de trente-quatre ans avait une silhouette qui avait fait se retourner plus d'un homme au département de la police. Malheureusement, personne n'avait réussi à attirer l'attention de Lupe.

Yang savait par expérience que Lupe ne s'intéressait qu'aux femmes, un fait qu'elle ne rendait pas public. Non pas parce qu'elle en avait honte, mais parce que cela ne regardait personne, avait-elle dit à Yang. Cela avait rendu le rejet plus facile à digérer pour Yang, qui venait de se séparer de sa femme à l'époque.

Jefferson fit un geste vers le corps.

— Lupe, je vois que tu t'occupes toujours des affaires macabres.

Elle haussa les épaules.

— Y en a-t-il qui ne le sont pas ?

— Tu marques un point, répondit Jefferson.

— Alors, commença Yang, que peux-tu nous dire pour l'instant ?

Lupe montra la victime.

— Une femme blanche, des marques de ligature autour de ses poignets et de ses chevilles. On dirait qu'elle a été attachée pendant une longue période. Je ne peux pas encore dire si elle a été violée, l'autopsie le révélera, mais à mon avis ? Probablement.

— Cause de la mort ? demanda Yang.

— Aucune des marques de couteau n'est assez profonde pour être la cause de la mort, et il n'y a pas de blessure par balle... Ma meilleure hypothèse est la strangulation.

Yang regarda les contusions sur son cou et acquiesça. Si Lupe avait raison, il s'agissait d'une affaire personnelle. La strangulation l'était toujours. Ce qui pouvait être une bonne chose, car cela suggérait que la victime connaissait son meurtrier. Cela leur donnerait un point de départ – à condition qu'ils puissent identifier la victime.

— Tu as trouvé une pièce d'identité ? demanda Jefferson, qui pensait manifestement la même chose que Yang.

Lupe secoua la tête.

— Pas la moindre trace. Elle a des blessures défensives sur les mains et les avant-bras, indiqua-t-elle en pointant du doigt les mains de la victime. Nous allons relever ses empreintes digitales et voir si elle est dans le système. Nous vérifierons ses dents, pour voir si nous pouvons déterminer quelque chose à partir de ses soins dentaires, si elle en a fait faire. L'ADN ne sera pas un problème. Mais elle a l'air très jeune, elle est peut-être même mineure. Il est peu probable que son profil figure dans une base de données ADN, à moins qu'elle n'ait un casier judiciaire.

Yang sentit un frisson lui parcourir l'échine. Elle était si jeune. Et quelqu'un avait écourté sa vie. Ses parents la cherchaient-ils ?

— Quand pourras-tu faire faire l'autopsie ? demanda Yang.

— Un jour ou deux ? dit Lupe. Au moins les préliminaires. L'examen toxicologique prendra plus de temps.

— Merci, Lupe, le plus tôt sera le mieux.

Parce qu'elle devait avoir une famille qui s'inquiétait.

Et plus vite ils pourraient l'identifier, plus vite ils pourraient trouver son assassin. Sans identification, ils n'avaient rien pour avancer.

26

Pendant sa pause déjeuner le même jour, Yang se connecta au système pour se renseigner sur l'agression au couteau dont Madeline Bolton avait été témoin un mois avant sa mort. Après avoir cherché un peu, il trouva le rapport qu'il cherchait. Il ne lui a pas fallu longtemps pour le lire. Les faits étaient assez simples.

Le coupable, un certain Roy Wozniak, dont les antécédents étaient plus longs que le bras de Yang, avait agressé un touriste dans la ruelle à côté du Patel's Market. L'homme, Clay Kinsky, originaire de Pittsburgh, n'avait pas voulu se séparer de ses biens. C'est alors que Wozniak avait utilisé le couteau sur lui, le poignardant dans le ventre.

Madeline Bolton venait de quitter le bureau de son comptable situé à un demi-pâté de maisons et se dirigeait vers sa voiture garée, lorsqu'elle était tombée sur l'agression. Elle avait immédiatement crié à l'aide, ce qui avait alerté Wozniak.

Wozniak s'était enfui avec le portefeuille et la montre du touriste, tandis que Madeline Bolton avait appelé la police et aidé le blessé. Une fois l'ambulance arrivée pour s'occuper de Kinsky, Madeline était restée sur place pour être interrogée par la police.

Lorsque Wozniak avait été appréhendé, il s'était déjà débarrassé du portefeuille et de la montre, ainsi que du couteau ensanglanté et des vêtements qu'il portait lors du crime. Le touriste était trop traumatisé pour pouvoir identifier Wozniak avec certitude. Seule Madeline était sûre à cent pour cent que Wozniak était le coupable.

Yang se demandait si Wozniak, qui risquait un nouveau séjour en prison, avait décidé d'éliminer Madeline pour qu'elle ne puisse pas témoigner contre lui lors de son prochain procès. C'était tout à fait possible.

Yang poursuivit sa lecture. Wozniak n'avait pas pu payer sa caution, et avait donc été maintenu en prison jusqu'à son procès. Il n'avait donc pas pu tuer Madeline lui-même. Néanmoins, un homme comme Wozniak connaissait suffisamment d'autres ex-détenus qui pouvaient faire le travail à sa place.

Cependant, deux éléments rendaient très improbable l'hypothèse selon laquelle Madeline avait été tuée afin qu'elle ne puisse pas témoigner contre Wozniak. Ce dernier n'était pas assez sophistiqué pour mettre en scène un accident comme celui de Madeline. C'était un criminel du genre à s'emparer de tout et de rien. La deuxième raison était encore plus solide. Sur la liste des preuves contre Wozniak, une ressortait : Madeline avait pris une photo avec son téléphone portable de Wozniak en pleine action. Donc même si Madeline mourrait, Wozniak serait quand même condamné. Il n'aurait rien gagné à tuer Madeline.

L'ensemble du dossier ne faisait aucune mention d'autres témoins, ce qui rendait peu probable le fait qu'Emily Warner ait vu la même agression au couteau. Pourtant, elle aurait pu facilement en prendre connaissance dans les journaux. Cependant, il ne comprenait pas pourquoi elle prétendait avoir vu l'agression au couteau deux jours plus tôt alors qu'il était facile de vérifier avec les images de vidéosurveillance qu'il n'y avait pas eu d'agression au couteau ce jour-là. Il ne pouvait qu'en conclure qu'Emily Warner était folle.

27

9 *juin*

L'église épiscopalienne de Saint Paul était une église historique située dans la paroisse de Rock Creek, au nord-ouest de Washington D.C. L'église avait été construite en 1775 puis reconstruite et restaurée plusieurs fois au cours des siècles suivants. Autour de l'église et au milieu d'un paysage vallonné se trouvait le cimetière de Rock Creek. C'était une journée chaude et ensoleillée. Un grand dais blanc avait été érigé pour protéger les invités – dont beaucoup étaient vêtus de noir – des rayons du soleil. Malgré les rangées de chaises installées à l'ombre, de nombreuses personnes se tenaient à l'arrière et sur les côtés pour assister à la cérémonie, faute de place.

Bien que la popularité de Maddie ne puisse être niée, Eric Bolton soupçonnait que certaines des personnes dont il ne reconnaissait pas le visage n'étaient que des curieux ainsi que des journalistes travaillant pour les tabloïds. Certes, aucun n'était équipé de gros appareils photo, mais il vit certains d'entre eux lever leur smartphone pour prendre des photos. Il ne faisait aucun doute que demain, lorsque tout serait terminé, les proches de la défunte se retrouveraient tous en photo dans les journaux et que les spéculations sur la mort de Maddie se poursuivraient.

Le cercueil de Maddie était drapé de lys blancs et d'un bouquet solitaire de myosotis (*forget-me-not*). Bolton savait qu'il serait fidèle à la promesse des fleurs. Il n'oublierait jamais Maddie, ne laisserait jamais passer un jour sans se souvenir de sa petite fille. Et à chaque fois, son cœur se briserait de nouveau. Il n'avait aucune idée de la façon dont il pourrait passer la cérémonie commémorative sans s'effondrer. En tant que père, il avait écrit un éloge funèbre, mais il était devenu évident qu'il serait incapable de le prononcer. Natalie s'en était rendu compte elle aussi et avait proposé de lire ses mots et ceux de Rita depuis le podium qui se trouvait devant les rangées de chaises.

Lorsque Natalie monta sur l'estrade qui était surélevée d'environ trente centimètres pour que tous les invités puissent la voir, les murmures de la foule se calmèrent et tout le monde se tut. Vêtue d'une robe noire qui mettait en valeur sa silhouette mince, elle regarda les personnes en deuil, se rapprocha du micro de son visage et prit la parole.

— Les mots que je prononce sont ceux de mon père et de ma mère, mais ils pourraient tout aussi bien être les miens, car ils reflètent mes propres sentiments, mon propre chagrin...

Elle regarda ses parents et renifla, avant de poursuivre :

— Madeline n'était peut-être pas de mon sang, mais nous formions une famille, et je l'aimais.

Bolton sentit ses yeux se remplir de larmes. Il était fier de Natalie, fier qu'elle représente la famille alors que ni lui ni sa femme ne pouvaient le faire. Elle continua à parler de Maddie et de ce qu'elle représentait pour tout le monde, elle parla de l'amour de Maddie pour ses parents et raconta des histoires de leur enfance ensemble. Natalie passa sous silence les difficultés que Maddie avait rencontrées à l'adolescence ainsi qu'au début de la vingtaine et mit l'accent sur sa joie de vivre et ses rêves. Bolton se perdit dans les bons souvenirs en ignorant tous les autres.

À côté de lui, Rita pleurait en silence, les yeux cachés derrière de grandes lunettes de soleil sombres. Elle se pencha sur lui quand Bolton lui prit et serra la main. Il passa son bras autour d'elle et la serra contre lui. Il souffrait de voir sa femme dans cet état. Ne pouvant rien faire pour atténuer son chagrin, il se sentait impuissant.

L'éloge funèbre de Natalie fut suivi par celui de Mike Faulkner, chef de cabinet et parrain de Maddie. Il parla des accomplissements de Madeline et de sa vivacité d'esprit, relatant des anecdotes de sa vie qui firent rire le public en deuil malgré l'occasion solennelle. À la fin, Faulkner transmit le message de condoléances du président Langford. Bolton savait que son vieil ami Robert Langford voulait assister à la cérémonie, mais il savait aussi que sa présence attirerait encore plus de journalistes, sans parler des nombreux habitants et touristes qui se présenteraient pour apercevoir le président.

Le dernier intervenant était le prêtre. Il invita l'assemblée à prier.

— Le Seigneur est mon berger...

Bolton n'était pas un homme religieux, mais il espérait qu'il y avait une vie après la mort, car si c'était le cas, il pourrait espérer revoir Maddie un jour. Un jour, leur famille serait réunie.

Après la prière, trois femmes noires vêtues de robes blanches qui descendaient jusqu'au sol commencèrent à chanter. Bolton avait laissé à Natalie le soin de choisir les hymnes. Elle connaissait la musique et allait régulièrement à l'église, contrairement au reste des Bolton. Il s'attendait à un hymne religieux et fut surpris d'entendre une chanson d'un musicien populaire.

— *Would you know my name if I saw you in heaven* ? chantèrent les femmes a cappella.

Lorsqu'il entendit les premiers mots, Bolton réprima un sanglot. La chanson d'Eric Clapton « *Tears in Heaven* », un hommage à son fils Conor, qui avait fait une chute mortelle alors qu'il n'avait que quatre ans, était la chanson parfaite pour dire au revoir à Madeline. Bolton regarda Natalie et croisa son regard. Il parvint à lui dire « merci », avant que les larmes n'obstruent sa vue.

Le reste de la cérémonie se déroula dans le flou pour Bolton. Le cercueil fut descendu dans la tombe, et il resta là, serrant dans ses bras Rita, qui semblait plus fragile que jamais. De l'autre côté, Natalie lui avait pris le bras, soutenant sa mère dans ce moment difficile. Paul Sullivan, le mari de Natalie, se tenait à côté d'elle et, à la surprise de Bolton, même lui avait les larmes aux yeux, alors que Maddie et lui ne s'étaient jamais vraiment entendus. Mais après tout, il faisait partie de la famille.

Bolton regarda les nombreux visages qui passaient devant la tombe. Les personnes en deuil jetèrent des pétales de fleurs sur le cercueil. Un trou dans la terre, pensa Bolton, un trou qui abriterait à jamais les restes de son enfant bien-aimé. Aussi magnifique soit-elle, aucune fleur ne pourrait dissimuler le fait que c'était la fin d'une vie qu'on avait brutalement interrompue.

Une fois que tout le monde fut passé, le prêtre s'approcha de Bolton et de sa famille, prononça quelques mots de réconfort et leur serra la main avant de s'éloigner avec les trois chanteurs. D'autres partirent aussi, mais beaucoup restèrent, se rassemblant en petits groupes pour parler. La plupart des personnes présentes se connaissaient, soit parce qu'elles avaient participé à des activités sociales, soit parce qu'elles avaient des relations professionnelles, ou encore parce qu'elles étaient liées d'une manière ou d'une autre les unes aux autres.

Bolton repéra Faulkner et attira son attention. Il fit un signe à son gendre Paul et celui-ci s'approcha pour prendre le bras de Rita, pendant que Bolton rencontrait Faulkner. Il serra la main de son vieil ami.

— Merci, Mike. Nous te sommes tous très reconnaissants d'avoir parlé de Maddie.

Faulkner acquiesça.

— Je n'arrive même pas à imaginer ce que tu dois ressentir.

Derrière lui, Caleb apparut, puis s'approcha.

— Ah, Caleb, le salua Bolton. Merci d'être venu.

Caleb, fidèle à son image d'élégant jeune célibataire, était vêtu d'un costume noir qui mettait en valeur ses cheveux bruns et sa peau claire. Caleb tendit la main à Bolton et la serra.

— Nous sommes tous peinés par la perte de Maddie. Nous l'aimions tous. Tout le monde de l'association caritative est venu présenter ses respects, indiqua-t-il en montrant un groupe de personnes qui se tenaient plus loin.

Bolton se força à sourire malgré la souffrance qu'il ressentait.

— Tu leur diras que Rita et moi apprécions leur gentillesse, d'accord ?

Il avait vu la couronne que les employés de l'association caritative avaient achetée.

— Bien sûr, comptez sur moi, dit Caleb d'un ton calme.

Puis il s'adressa à son père :

— J'attendrai près de la voiture.

Faulkner acquiesça.

— J'arrive tout de suite.

Caleb se dirigea vers le groupe d'employés de l'association caritative et s'y arrêta pour discuter. Quant à Bolton, il tourna à nouveau son regard vers Faulkner, lorsqu'il vit un homme s'approcher de l'autre côté. Bolton rétrécit les yeux.

— Comment ose-t-il venir ici ? marmonna Bolton sous sa respiration.

— Qui ?

Faulkner regarda par-dessus son épaule, vit qui marchait vers eux et posa une main sur l'avant-bras de Bolton :

— Vas-y doucement. La dernière chose dont tu as besoin, c'est d'une scène avec lui.

Faulkner avait raison, il ne voulait pas d'une scène avec Diego Sanchez. Mais ce dont il ne voulait pas non plus, c'était que le lobbyiste philanthrope qui était sorti avec Maddie vienne souiller cette journée.

Peut-être qu'une scène était inévitable. Diego Sanchez se dirigeait vers Bolton. Il était plus âgé que Maddie de presque dix ans, ce qui était la première chose qu'il avait contre lui. La deuxième était qu'il était connu pour jongler avec les femmes comme un barman avec les bouteilles. S'il y avait un beau parleur au charme indéniable, c'était lui. Il avait aussi le physique de l'emploi : grand, cheveux noirs, peau olivâtre. En somme, un séducteur latino typique. Apparemment, les femmes aimaient ce type d'hommes, mais tout ce que Bolton voyait chez lui, c'était sa prétention et sa malhonnêteté.

Il avait encore autre chose contre lui. Il avait séduit Maddie et l'avait poussée à rompre ses fiançailles avec un homme qui la vénérait. C'était la seule chose que Bolton ne pouvait pas lui pardonner. Il avait espéré que Maddie quitterait Sanchez une fois qu'elle se serait rendu compte de l'erreur qu'elle avait commise, mais malgré les crises de jalousie que faisait Sanchez, que ce soit en public ou en privé, Maddie était toujours revenue vers lui. Ils se séparaient et se remettaient sans cesse ensemble, ce dont les tabloïds raffolaient. En d'autres termes, Diego Sanchez n'apportait rien de bon.

Vêtu d'un coûteux costume noir de créateur et d'une cravate violette, Diego Sanchez s'arrêta devant Bolton. Il lui tendit la main.

— Mes plus sincères condoléances, monsieur Bolton.

Bolton ignora la main qui lui était tendue.

— Tu n'aurais pas dû venir.

Sanchez retira sa main.

— Je l'aimais. Elle aurait voulu que je sois là.

Bolton renifla.

— J'en doute fort. Parce que si tu l'avais aimée, tu l'aurais traitée correctement.

Il sentit son cœur se contracter douloureusement. Son interlocuteur sembla serrer la mâchoire lorsqu'il répondit :

— Maddie et moi avions une relation compliquée, mais nous nous aimions, et je la pleure autant que vous et votre femme. J'ai le cœur brisé, car je ne pourrai plus jamais lui dire à quel point je l'aimais. Vous n'êtes pas le seul à l'avoir perdue.

Sa voix prenait de l'ampleur, attirant sur lui les regards de plusieurs invités.

— Hors de ma vue ! s'écria Bolton, bien conscient que les journalistes parmi la foule prenaient des photos de l'échange.

— Monsieur Sanchez, je pense qu'il serait préférable que vous partiez, trancha calmement Faulkner, qui s'était interposé entre Bolton et Sanchez.

Les deux s'étaient croisés à plusieurs reprises et se connaissaient. Sanchez acquiesça.

— Si vous voulez bien transmettre mes condoléances à madame Bolton, s'il vous plaît, dit-il avant de se retourner.

Sanchez faillit percuter un des autres invités, Lars Nielson. Bolton remarqua que les deux s'étaient figés, se regardant fixement. Pendant un instant, il se demanda si Lars allait profiter de l'occasion pour frapper Diego, mais il savait que cela n'arriverait pas. Lars n'était pas comme ça. Il n'avait pas une once de violence en lui. Le grand blond au sourire chaleureux, aux yeux bleus et à l'attitude douce était aux antipodes du latino fougueux qui lui avait volé sa fiancée sans scrupule. Lars avait supplié Maddie de revenir vers lui, lui avait même proposé de pardonner son aventure avec Diego, mais Maddie ne l'avait pas écouté. Lars aurait dû devenir le gendre de Bolton ; d'ailleurs, le mariage aurait dû avoir lieu ce mois-ci, mais plutôt qu'un mariage, sa famille avait dû organiser un enterrement.

— Lars, dit Bolton.

Avec un regard de mépris dirigé vers Sanchez, Lars passa devant lui pour saluer Bolton.

— Eric, je suis vraiment désolé. Vous et Rita devez avoir le cœur brisé.

Bolton prit sa main tendue et la serra, puis posa sa main sur l'épaule du jeune Suédois et l'attira contre lui.

— C'est très gentil à toi d'être venu. Rita espérait te voir.

Par-dessus l'épaule de Lars, Bolton vit Sanchez partir. Il espérait qu'il n'aurait plus jamais à revoir cet homme.

28

———

— C'est qui l'homme qui enlace le père de Madeline ? demanda Emily à bout de souffle.

Emily avait convaincu Vicky de l'accompagner au service commémoratif de Madeline Bolton. Lorsqu'elle avait appris qu'il s'agissait d'un événement en plein air, elle s'était dit qu'il serait très difficile pour la famille d'en contrôler l'accès. Il y aurait sûrement beaucoup de curieux, ainsi que des personnes qui connaissaient à peine la famille endeuillée, si bien qu'Emily et Vicky ne sortiraient pas du lot. Elle avait vu juste. Pendant les éloges funèbres, Vicky et Emily étaient restées en marge, comme beaucoup d'autres personnes pour lesquelles il n'y avait pas assez de places sous l'auvent.

Emily portait une robe noire sans manches avec un cardigan noir ainsi que des lunettes de soleil. Vicky avait également opté pour des lunettes noires, ainsi qu'un ensemble bleu marine qu'Emily avait dû lui prêter, puisque Vicky ne possédait rien qui ne soit un tant soit peu discret. Si Vicky avait porté l'un de ses vêtements colorés, elle aurait sans aucun doute attiré l'attention sur elle, ce qu'Emily voulait éviter par-dessus tout. Elle était ici pour observer, pour apprendre à connaître Maddie, sa famille et ses amis. Elle ne s'attendait pas à connaître qui que ce soit ici. C'était la raison pour laquelle elle avait emmené Vicky : elle savait qui était qui. Emily apprenait encore à reconnaître les visages des gens. Mais il y a un visage qu'elle reconnut immédiatement.

— Le beau gosse blond ?

— Oui.

— C'est Lars Nielson, répondit Vicky en chuchotant. C'est un diplomate de l'ambassade de Suède, un attaché ou quelque chose comme ça, je ne suis pas sûre. Mais Maddie et lui étaient fiancés. D'après les tabloïds, c'est elle qui a rompu avec lui.

— Ah oui ? Pourquoi ?

— À cause du type là-bas.

Vicky désigna un homme hispanique qui s'éloignait de Bolton. Il semblait que les deux s'étaient disputés juste avant que Nielson ne les rejoigne.

— Qui est-ce ?

— Diego Sanchez. Apparemment, Maddie a quitté ce beau gosse pour ce beau gosse, expliqua-t-elle en désignant tantôt le Suédois blond, tantôt Diego Sanchez. Elle haussa les épaules avant d'ajouter : Franchement, j'aurais du mal à choisir aussi. Les deux sont plutôt mignons.

— Je l'ai déjà vu, dit Emily.

— Qui ?

— Lars Nielson.

— Où ça ?

Emily jeta un coup d'œil autour d'elle pour s'assurer qu'aucune des personnes en deuil n'était assez proche pour l'entendre.

— Dans une de mes visions, Lars Nielson était l'homme en colère que j'ai vu dans le reflet d'une vitrine. Maddie me l'a montré. Je crois qu'elle veut me dire quelque chose.

C'était du moins sa théorie.

— Te dire quoi ?

— Je ne sais pas. Il doit y avoir une raison pour laquelle il avait l'air de vouloir faire du mal à quelqu'un. Je pense que je dois lui parler.

— Et lui dire quoi ? Hé, le beau gosse, je t'ai vu avec les yeux de Maddie ? dit Vicky pleine de sarcasme.

Emily ne pouvait pas lui en vouloir, car elle devait bien admettre que ça avait l'air complètement fou. Mais d'une manière ou d'une autre, elle devait lui parler. Peut-être que cela l'aiderait à comprendre pourquoi elle voyait ce que Maddie avait vu. Il devait bien y avoir une raison à tout cela.

— Je ne sais pas quoi dire. Maddie a peut-être un message pour lui. Peut-être qu'elle veut s'excuser, tu sais, vu qu'elle l'a largué ? Elle a peut-être encore des choses à régler.

Vicky soupira. Emily lui avait dit que Maddie avait été témoin de l'agression au couteau dans la ruelle à côté du magasin, la même agression qu'Emily avait vu dans une vision. À contrecœur, Vicky avait convenu qu'il était étrange que Maddie ait été témoin de l'incident et qu'Emily en ait eu une vision exactement au même endroit.

— Très bien, dit Vicky. Allons lui parler.

Elles attendirent que Lars fasse ses adieux à la famille Bolton. Pendant ce temps, Emily laissait ses yeux se promener, tandis que Vicky pointait du doigt telle ou telle personne qu'elle reconnaissait dans les tabloïds. De toute évidence, Madeline avait été populaire et sa famille connaissait tout le monde à Washington D.C., toutefois ses relations et sa popularité ne l'avaient pas sauvée de son destin. Pendant un instant, Emily se souvint qu'elle avait elle-même frôlé la mort. Elle s'estimait heureuse d'avoir survécu, même si les quinze dernières années n'avaient pas toujours été faciles. Avant de plonger davantage dans le passé, Emily donna un coup de coude à Vicky.

— Je crois qu'il s'en va.

Ensemble, elles se dirigèrent vers Lars Nielson, bien qu'Emily n'ait toujours aucune idée de ce qu'il fallait lui dire ou même de comment entamer la conversation. Ses inquiétudes s'avérèrent inutiles, car à quelques mètres de Nielson, un homme en costume sombre se mit en travers de leur chemin.

— Puis-je vous aider, mesdames ? demanda l'homme avec sévérité.

Emily comprit tout de suite qu'il ne disait pas ça pour les draguer. Cet homme n'était là pour dire adieu à la défunte. Il était chargé de la sécurité.

— Euh, nous voulions juste dire bonjour à un ami, dit Vicky en pointant le doigt en direction de Nielson.

— Mais bien sûr, dit l'homme. Bien essayé, mais monsieur Nielson ne parle pas aux journalistes.

— Nous ne sommes pas journalistes, protesta Emily.

Elle jeta un œil par-dessus l'épaule de l'homme de la sécurité et remarqua que Nielson se dirigeait déjà vers une voiture qui l'attendait. L'occasion de parler à l'ex-fiancé de Maddie était en train de lui filer entre les doigts.

Mais le gars de la sécurité ne bougeait pas. Il plissa les yeux.

— Mesdames, je vous suggère de laisser les gens ici tranquilles, dit-il d'un ton glacial.

Vicky posa sa main sur le bras d'Emily.

— Vous êtes franchement désagréable, rétorqua-t-elle en levant la tête. Viens Emily, on s'en va.

À contrecœur, Emily laissa son amie l'emmener. Elle devrait trouver un autre moyen de parler à Lars Nielson.

29

Yang avait fait ses devoirs et recherché qui assisterait aux funérailles de Madeline Bolton afin de reconnaître leur visage. Il était ici sur son temps libre. Quelque chose le dérangeait encore dans la mort de Madeline Bolton, et il n'était pas prêt à passer à autre chose. Il était venu pour observer la foule, voir qui interagissait avec qui, qui pleurait et qui ne pleurait pas, qui faisait une scène et qui restait dans l'ombre.

Yang avait revêtu un costume gris foncé pour se fondre dans la foule. Il y avait beaucoup de monde à l'enterrement, des amis, des membres de la famille, des connaissances et des gens que la défunte connaissait probablement par son implication dans une association caritative pour les enfants. Yang avait assisté à l'altercation entre Eric Bolton et Diego Sanchez, et avait remarqué que le chef de cabinet du président, Mike Faulkner, était intervenu pour éviter que la situation ne dégénère. Il avait également reconnu plusieurs dignitaires étrangers parmi les proches de la défunte, l'ex-fiancé suédois de Maddie, ainsi que quelques hommes qui travaillaient pour l'ambassade de Russie, bien qu'il ne connaisse pas leurs noms. Il y avait davantage de dignitaires étrangers dans la foule, comme en témoignait la présence d'un grand nombre de membres du personnel de sécurité. Bien que ceux-ci ne portaient pas d'uniforme, Yang pouvait les repérer à un kilomètre à la ronde. Ils se déplaçaient différemment des gens normaux et leurs yeux se promenaient, toujours en alerte.

La personne qu'il ne s'attendait pas à voir ici était Emily Warner. Il avait dû s'y reprendre à deux fois lorsqu'il l'avait vue se faire arrêter par la garde rapprochée de Nielson. Elle avait même amené des renforts cette fois-ci. La jolie Asiatique l'éloignait maintenant de l'agent de sécurité. Était-elle aussi folle qu'Emily Warner ? Ou se pourrait-il qu'elle soit son auxiliaire de vie ? Quoi qu'il en soit, Emily Warner et son acolyte n'avaient rien à faire ici.

Le service de sécurité de Nielson avait pris la bonne décision en l'empêchant d'approcher le diplomate. Yang aurait fait de même. Elle présentait tous les signes d'une harceleuse. C'était vraiment dommage, car s'il l'avait rencontrée dans d'autres circonstances, il l'aurait trouvée attirante. Mais il en avait fini avec les femmes qui s'avéraient être folles. Barb, sa future ex-femme, avait transformé sa vie en un merdier pas possible avec ses affirmations farfelues sur ce que Yang lui avait soi-disant promis lorsqu'ils s'étaient mariés. Elle en était même à utiliser ses SMS amoureux contre lui pendant la procédure de divorce. C'est pourquoi sa tolérance à l'égard des folles était au plus bas.

Il ne cessa d'observer Emily et son accompagnatrice alors qu'elles s'éloignaient du rassemblement. Il y avait quelque chose chez Emily. Il comprit à l'expression de son visage qu'elle était clairement déçue de ne pas avoir pu parler à Nielson. Elle ne cachait pas ses sentiments. Elle semblait vraiment triste, comme si elle avait échoué à accomplir la tâche qu'elle s'était fixée. Bizarre, pensa-t-il. Elle n'avait pas l'air d'être folle à lier.

Pourtant, elle assistait aux funérailles de Madeline Bolton comme si elles avaient été amies. Sauf que si elles l'avaient vraiment été, elle serait sûrement allée saluer la famille de Madeline et aurait exprimé ses condoléances tout comme les autres personnes présentes. Le fait qu'Emily n'ait même pas essayé de parler aux Bolton lui donnait une autre raison de penser qu'elle n'avait rien à faire là.

Yang détourna son regard juste à temps semblait-il, car il repéra deux hommes noirs qu'il avait reconnus : les agents des services secrets Banning et Mitchell.

— Merde, jura-t-il tout bas sous sa respiration.

Il n'était pas inhabituel pour les forces de l'ordre d'assister aux funérailles de ceux pour qui une enquête avait été ouverte. Contrairement à Yang, ces deux agents avaient tout à fait le droit d'être ici. Il risquait gros s'il se faisait repérer, car ses supérieurs apprendraient qu'il était venu ici sans autorisation et surtout malgré l'interdiction du lieutenant Arnold de s'occuper de l'affaire Madeline Bolton.

Il se dépêcha de baisser la tête et de se cacher derrière un groupe de personnes, puis tourna dans l'autre sens, avant qu'un bosquet d'arbres ne lui serve d'abri. À bonne distance, il jeta un coup d'œil au groupe et aperçut à nouveau Banning et Mitchell. Ils regardaient dans sa direction, mais leurs regards se baladaient, et Yang était certain qu'ils ne l'avaient pas vu.

Toujours derrière les arbres, il sentit son téléphone portable vibrer. Il le sortit de sa poche et vérifia l'identité de l'appelant.

— Salut, Simon, répondit-il.

— Où es-tu, Adam ? lui demanda Jefferson.

— Je fais des courses, mentit-il. Qu'est-ce qu'il y a ?

— L'autopsie de notre inconnue est terminée.

— Je te retrouve chez le médecin légiste dans une demi-heure.

— On se voit là-bas.

30

———————

Simon Jefferson attendait déjà à l'extérieur du grand bâtiment vitré de la rue E qui abritait le bureau du médecin légiste en chef lorsque Yang arriva. Il était sur son téléphone portable, en train de mettre fin à un appel.

Jefferson le regarda de haut en bas, rangea son téléphone portable dans sa poche et fit signe au costume de Yang.

— Quelqu'un est mort ?

— J'ai eu une réunion avec mon avocat, mentit Yang.

Dans le hall d'entrée, ils montrèrent leur badge, inscrivirent leur nom sur le registre, et se dirigèrent vers l'une des salles d'autopsie. Lupe Serrano, vêtue d'une blouse, les attendait. Elle aurait pu envoyer le rapport d'autopsie à leur bureau, mais elle savait que Yang préférait revoir le corps et obtenir un compte rendu verbal de tous les points pertinents trouvés pendant l'autopsie.

Après une brève salutation, Lupe leur fit signe de s'approcher du corps de la femme sur la table en acier inoxydable, un drap blanc recouvrant tout ce qui se trouvait en dessous des épaules. Le corps avait été nettoyé, y compris le visage, que Yang voyait pour la première fois. Celui-ci avait été endommagé par les éléments et des parties de chair semblaient avoir été enlevées, exposant des parties du crâne.

Lupe remarqua que Yang et Jefferson fixaient du regard le visage de la victime.

— Des marques de morsure d'un animal sauvage. Très probablement un raton laveur, expliqua-t-elle. De plus, l'été précoce et chaud a accéléré la décomposition. Il semble que son corps ait été à peine recouvert de quoi que ce soit, la laissant exposée aux éléments. Cela va rendre la reconnaissance faciale plus difficile.

Elle était très factuelle, sa voix ne trahissant aucune émotion. Dans le cadre du travail qu'elle occupait, c'était un mécanisme de protection. Sinon, côtoyer la mort au quotidien pouvait se transformer en montagnes russes émotionnelles.

— Depuis combien de temps est-elle morte ? demanda Jefferson.

— Au moins un mois, peut-être plus. Comme son corps n'était pas recouvert de façon adéquate, je crois que celui qui l'a déposée là était pressé. Il n'a pas pris le temps de creuser une tombe, s'est contenté de la déposer dans un fossé peu profond et de jeter de la végétation et des broussailles sur elle. L'entomologie nous aidera à déterminer la date du décès avec plus de précision.

— Les insectes ? demanda Yang.

— Et les œufs qu'ils pondent dans les cadavres. Selon l'état dans lequel se trouvent les larves, on peut estimer...

— Ai-je précisé que je viens de déjeuner ? l'interrompit Jefferson. On se passera des détails.

Yang était on ne peut plus d'accord. Lui non plus n'était pas trop fan des insectes et de leurs larves.

Lupe secoua la tête et soupira. Puis elle pointa du doigt la mâchoire de la victime.

— Ses dents sont intactes. Et avec ça, je peux déterminer son âge.

— De quelle façon ? s'enquit Yang.

— Eh bien, les deux premières incisives permanentes et les molaires permanentes apparaissent entre six et huit ans, la plupart des autres dents permanentes entre dix et douze ans. Mais les dents de sagesse n'apparaissent que vers l'âge de dix-huit ans. Les radiographies ont montré que les dents de sagesse de la victime ne se sont pas encore complètement formées. Ce qui suggère qu'elle n'a pas encore dix-huit ans.

— Femme caucasienne de moins de dix-huit ans .... Penses-tu pouvoir en savoir plus ? questionna Yang en échangeant un regard avec Jefferson. Sans plus d'infos, NamUS nous donnera une liste de noms beaucoup trop importante.

NamUS était le système national des personnes disparues et non identifiées.

— Je n'ai pas fini, déclara Lupe en levant la main.

— Désolé.

— J'ai examiné ses organes reproducteurs et son bassin. Il est probable que cette fille n'avait pas encore ses règles. De nos jours, l'âge moyen des règles est de douze ans, même s'il peut varier de dix à quinze ans. Malheureusement, les tests de recherche d'œstrogènes n'ont pas été concluants en raison du niveau de décomposition. Cependant, en regardant le développement de ses seins, qui sont plutôt petits pour sa taille, je penche également pour un âge plus jeune. À mon avis, elle a entre onze et treize ans.

— Une enfant, murmura Yang pour lui-même.

Lupe acquiesça.

— Oui, et à qui on a brutalement fait perdre son innocence.

Ni Yang ni Jefferson n'eurent à demander ce que cela signifiait.

— Ses parties génitales ont subi des dommages importants. Elle a été violée, et pas qu'une fois. J'ai fait un prélèvement pour trouver du sperme, mais étant donné l'état de décomposition, je ne suis pas sûre que nous puissions obtenir le profil ADN du violeur à partir de celui-ci. Si l'on considère qu'elle était également attachée par les mains et les pieds – elle souleva le drap de la jeune fille pour montrer les marques de ligature sur ses poignets et ses chevilles – je pense qu'elle a été retenue en captivité quelque part. Elle a donc dû avoir beaucoup de contacts avec l'agresseur. Il se peut que nous puissions trouver de l'ADN tactile, mais là encore, les éléments ainsi que les animaux sauvages pourraient en avoir détruit toute trace.

— Merde. Et la cause du décès ? demanda Yang en s'efforçant de rester calme, même s'il ne l'était pas du tout.

Il était furieux. Quelqu'un avait kidnappé, violé et tué une enfant.

Lupe pointa du doigt le cou de la jeune fille.

— Strangulation.

— Avec une corde ?

— Non, aucune ligature n'a été utilisée. Le criminel s'est servi de ses mains. Il faut être un tueur d'un genre particulier pour arracher la vie à un enfant en regardant sa victime dans les yeux. Elle a des blessures défensives sur les mains et les bras. Elle s'est battue contre lui.

— Un psychopathe, cracha Jefferson.

— À vous d'en juger, inspecteurs, dit Lupe. J'essaie juste de vous en dire le plus possible sur cette fille afin que vous puissiez l'identifier. Ce qui m'amène aux empreintes digitales. Nous les avons déjà passées dans le FAED. Aucun résultat, ce qui ne m'a pas surprise.

Cela ne surprenait pas Yang non plus. À moins qu'elle n'ait un casier judiciaire, le *fichier automatisé des empreintes digitales* ne contiendrait pas celles d'une fille de douze ou treize ans.

— Toutefois, ajouta rapidement Lupe, nous avons trouvé de la peau et des cellules sanguines sous plusieurs de ses ongles. Elles pourraient provenir de son agresseur. Je les ai envoyées pour un test ADN.

— Voilà qui est prometteur, déclara Yang. Au moins une bonne nouvelle.

— Y a-t-il d'autres marques sur elle ? Des tatouages ? demanda Jefferson avec impatience.

Lupe secoua la tête.

— Non. Malgré les coupures qu'elle a sur le torse, qui ont très probablement été infligées dans le mois qui a précédé sa mort, je n'ai pas trouvé d'anciennes cicatrices. Et elle a toujours son appendice. Une radiographie a aussi confirmé qu'elle ne s'était jamais cassé un os.

Le fait que la jeune fille n'ait apparemment pas subi d'opération rendait impossible le recoupement des résultats du registre des personnes disparues avec les dossiers de l'hôpital local. Ils avaient besoin de plus d'informations.

— Taille ? Poids ? questionna Yang, en quête de la moindre bribe qui pourrait être utile.

— Entre un mètre quarante-neuf et un mètre cinquante-deux, pesant entre quarante et quarante-trois kilos.

Yang pointa du doigt les cheveux de la jeune fille.

— C'est sa couleur de cheveux naturelle ?

— Oui, d'un brun très foncé, presque noir. Ses yeux sont d'un bleu très clair, bien que la décomposition des globes oculaires ait déjà opacifié ses cristallins.

Elle tendit la main pour soulever les paupières de la jeune fille.

— Ce ne sera pas nécessaire, s'empressa de dire Jefferson pour l'arrêter.

Yang comprenait parfaitement ce sentiment. C'était une chose de regarder un cadavre, c'en était une autre de fixer les yeux morts d'une victime.

Lupe les défia du regard.

— Je ne vous pensais pas aussi délicats, tous les deux.

— Je viens de manger, d'accord ? rétorqua Jefferson.

— D'accord, alors je vous enverrai le rapport d'autopsie officiel dès que j'aurai reçu les résultats des analyses toxicologiques et de l'ADN, conclut Lupe.

— Parfait, répondit Yang. Appelle-nous dès le retour des analyses ADN – j'ai très envie de savoir si nous avons l'ADN du tueur.

Si le tueur avait déjà commis un crime ou été emprisonné, alors le CODIS l'aurait en stock. Il s'agissait du système d'indexation ADN combiné géré par le FBI, qui contenait les profils ADN fournis par les laboratoires médico-légaux fédéraux, étatiques et locaux participants.

— Pas de problème.

— En attendant, nous ferions mieux de nous pencher sur les personnes disparues, déclara Jefferson.

— Mettons-nous au travail, acquiesça Yang.

1 *o juin*

Si Emily n'avait pas fait part de son plan à Vicky, c'est parce qu'elle savait qu'elle l'aurait traitée de folle. Habillée de façon décontractée, et armée de ses lunettes de soleil noires, Emily, accompagnée de Coffee, appuya sur la sonnette de la petite maison mitoyenne dans le quartier d'Anacostia, à Washington D.C. C'était le début de la soirée, mais il faisait encore jour. Les jours rallongeaient, et Emily s'en réjouissait, car elle adorait se promener maintenant qu'elle pouvait admirer les sites de la ville de ses propres yeux.

La porte s'ouvrit sur une femme d'une quarantaine d'années :

— Oui ?

Emily la reconnut grâce à l'un des articles de journaux que Vicky avait mis de côté pour elle. Il s'agissait de Lucia Garcia, la gouvernante qui avait trouvé Maddie Bolton et appelé la police. Du fait de sa position, Emily espérait qu'elle pourrait l'aider à comprendre Maddie et à combler les vides afin de savoir ce qui lui était arrivé. Il lui avait fallu un peu de temps pour trouver où vivait Lucia, mais elle avait fini par trouver l'adresse.

— Lucia Garcia ? demanda Emily, sans regarder directement la femme.

Elle devait jouer correctement son rôle si elle voulait qu'elle lui parle. En effet, elle avait constaté que les gens étaient beaucoup moins enclins à claquer la porte au nez d'une personne handicapée – ce qui était aussi la raison pour laquelle elle avait amené Coffee ; il complétait le tableau.

— Oui, c'est moi.

— Je suis Emily Warner, se présenta-t-elle. Je suis désolée de vous déranger, madame, mais je suis bénévole pour un podcast destiné aux aveugles, et nos auditeurs aimeraient en savoir plus sur Madeline Bolton.

Elle soupira et ajouta :

— C'est tellement tragique ce qui lui est arrivé. Cela doit être très dur pour vous, de l'avoir trouvée... Je suis désolée, vous n'êtes probablement pas à l'aise pour parler d'elle à une inconnue.

Emily fit mine de se détourner d'elle comme si elle avait l'intention de partir.

— Non, s'il vous plaît, restez. Voulez-vous entrer ?

— Vous êtes bien aimable.

— Attention, il y a une marche au-dessus, indiqua Lucia.

Emily demanda à Coffee de la conduire dans la maison, et Lucia lui donna des instructions verbales pour qu'elle se rende à la cuisine.

Une fois qu'ils furent assises, Lucia demanda :

— Voulez-vous quelque chose à boire ?

Emily secoua la tête.

— Non, je vous remercie. Cela vous dérange-t-il si j'utilise mon téléphone pour nous enregistrer ? Malheureusement, pour moi, prendre des notes, c'est...

— Pas de problème, interrompit Lucia.

Emily sortit son téléphone portable de sa poche et parla dedans :

— Commence l'enregistrement vocal.

— C'est la classe, commenta Lucia.

— Ça m'aide beaucoup, que ce soit pour m'orienter ou autre.

Tout en disant cela, elle se sentait coupable de mentir à cette femme. Elle avait l'air d'être une bonne âme, très attentionnée et douce. Mais Emily savait aussi qu'elle ne faisait pas cela pour faire du mal à qui que ce soit. Tout ce qu'elle voulait, c'était découvrir ce que Maddie voulait lui dire, savoir ce qui lui restait à régler.

— D'après les journaux, c'est vous qui avez trouvé mademoiselle Bolton en arrivant au travail ce matin-là. Cela a dû être terrible.

— Absolument. C'était une femme tellement gentille, tellement aimable avec moi. Elle me payait bien. Elle n'aimait ni cuisiner ni faire le ménage.

Elle gloussa pour elle-même avant de poursuivre :

— Comme je ne travaillais pas le weekend, je lui préparais toujours quelque chose que je mettais au réfrigérateur pour qu'elle puisse le réchauffer le soir ou le week-end. Et maintenant... dit-elle en reniflant.

Emily ressentit le chagrin de cette femme.

— On dirait que vous étiez comme sa famille.

Lucia acquiesça.

— Oh, j'adorais cette fille. Vous savez, je travaillais pour ses parents quand Maddie était plus jeune, et puis quand elle a décidé de partir vivre seule, madame Bolton m'a dit qu'elle ne m'en voudrait pas si j'allais travailler pour Maddie.

Elle sourit comme si elle se souvenait de quelque chose :

— Je pense que cela rassurait madame Bolton de savoir que je m'occuperais de sa fille.

— Comme n'importe quelle mère, murmura Emily, se rappelant à ce moment-là à quel point sa propre mère lui manquait.

— Oui, et Maddie n'était pas douée pour les tâches ménagères. Si je n'étais pas allée faire les courses pour elle deux fois par semaine, je suis sûre qu'elle n'aurait rien mangé.

— Vous avez bien pris soin d'elle.

Encore une fois, Lucia hocha la tête.

— C'est pour ça que c'était si terrible. La trouver comme ça...

— Les journaux n'ont pas dit grand-chose sur ce qui lui est réellement arrivé, si ce n'est qu'il s'agissait d'un accident domestique.

— Cela n'aurait pas dû arriver.

Lucia renifla, cette fois un peu plus fort. Elle fouilla dans sa poche et en sortit un mouchoir froissé afin de se moucher.

— Excusez-moi. En fait, je ne savais même pas qu'elle savait où je gardais les ampoules de rechange, reprit-elle.

— Les ampoules ?

— Oui, elle essayait de changer une lumière dans le salon et elle est tombée de l'escabeau.

Les yeux de Lucia se bordèrent de larmes et un sanglot étouffa sa voix :

— Elle s'est cogné la tête sur la table en verre. Il y avait des éclats partout... Pourquoi ne m'a-t-elle pas attendue ? Je l'aurais fait à sa place.

Une table en verre brisée. Emily réprima un souffle. La vision lui avait montré comment Maddie était morte. Emily attendit, laissant la femme en deuil prendre quelques respirations.

— C'était une intellectuelle, vous savez. Quand il s'agissait d'apprendre des livres et tout ça, elle était vraiment brillante, mais dès qu'il était question de faire des choses à la maison... Elle n'avait pas été élevée pour faire les choses par elle-même. Il y avait toujours quelqu'un pour tout faire à sa place... Mais pourquoi elle n'aurait pas enlevé ses chaussures en montant sur l'échelle, ça, je ne le saurai jamais.

Emily retint son souffle.

— Ses chaussures ?

— Oui, celles qui coûtaient très cher avec les talons hauts. Je ne sais pas comment elle a pu marcher avec. Mais monter sur une échelle avec des talons hauts, qui fait ça ?

En effet, qui ferait ça ? Malgré son incapacité à accomplir ses tâches ménagères, même une femme comme Madeline Bolton aurait su enlever ses talons hauts avant de monter sur une échelle, ou même sur un escabeau. Le risque de perdre l'équilibre était grandement multiplié sans une assise stable.

— Êtes-vous sûre qu'elle est tombée d'une échelle ?

— Oui. Elle était juste là, posée sur ses jambes. Elle a dû basculer quand elle est tombée.

— C'est terrible, dit Emily avec compassion.

Elle ressentait un lien avec Maddie, comme celui qui relierait deux sœurs. Néanmoins, étant fille unique, elle ne s'y connaissait pas vraiment sur ce sujet.

— Elle a bu du vin et a dû perdre l'équilibre, pourtant, elle tenait l'alcool.

Lucia porta la main à sa bouche et fixa le téléphone portable, qui enregistrait toujours :

— S'il vous plaît, ne racontez pas ça à vos auditeurs. Ce n'était pas une ivrogne, elle appréciait juste un verre ou deux le soir.

— Bien sûr, je ne mentionnerai rien à ce sujet. Je ne prendrai que des bribes de cet enregistrement pour donner à mes auditeurs une bonne impression de mademoiselle Bolton. Personne ne veut traîner son image dans la boue.

— Merci.

Emily se sentait mal de devoir continuer à jouer la comédie, mais la ruse avait délié la langue de Lucia et révélé quelque chose de crucial : soit Madeline avait été totalement négligente en portant des talons hauts sur une échelle, soit quelqu'un avait fait croire à un accident mais n'avait pas remarqué les chaussures. Un homme, pensa-t-elle, parce qu'une femme remarquerait ces détails sur une autre femme. Et il n'y avait qu'une seule raison pour laquelle quelqu'un mettrait en scène un accident : pour dissimuler un meurtre.

Était-ce cela que Maddie voulait qu'elle voie ? Était-ce ainsi que se résumaient ses comptes à régler ? Obtenir justice pour sa mort prématurée ? Était-ce pour cette raison qu'Emily avait des visions ?

Il n'y avait qu'une seule façon de le savoir. Elle devait continuer à creuser. Et Lars Nielson était le premier homme à qui elle devait parler. Maddie avait annulé leur mariage à cause d'un autre homme. Comment Nielson l'avait-il pris ? Avait-il décidé que s'il ne pouvait pas avoir Maddie, aucun autre homme ne pourrait l'avoir non plus ? Est-ce pour cela qu'il avait l'air si furieux dans sa vision ?

Une autre question restait en suspens : comment devait-elle s'y prendre pour aborder Nielson et lui parler ?

32

Yang et Jefferson avaient passé de nombreuses heures à examiner les résultats de la base de données sur les enfants disparus dans la région de Washington D.C.. Ils avaient pris soin d'écarter les cas qui ne correspondaient pas aux critères que Lupe Serrano leur avait donnés la veille au sujet du corps qui avait été retrouvé. Après avoir défini ceux-ci, ils purent obtenir une liste de trois filles qui correspondaient toutes en termes de race, d'âge, de taille, de couleur des yeux et des cheveux.

Yang et Jefferson étaient sur le point de partir rendre visite aux familles des trois filles, lorsqu'ils reçurent un appel de Lupe Serrano.

Yang mit le haut-parleur.

— Lupe, tu as quelque chose pour nous ? demanda Yang, espérant une bonne nouvelle.

— Nous avons eu de la chance. Les cellules de sang et de peau sous les ongles de notre inconnue ne lui appartiennent pas. Nous avons pu obtenir un profil ADN complet. Je l'ai déjà téléchargé dans le CODIS. On devrait recevoir les résultats sous peu. Je vous les enverrai par mail dès que je les aurai reçus.

— Merci, Lupe, c'est super, déclara Yang.

Le système du fichier combiné des empreintes génétiques permettait aux laboratoires médico-légaux d'échanger et de comparer des profils d'ADN par voie électronique. Ainsi, même si l'auteur de l'infraction se trouvait en dehors de l'État, il était possible d'obtenir une correspondance, à condition qu'il figure dans le système. Cependant, s'il n'avait jamais été arrêté auparavant, ils n'avaient pas de chance et devaient d'abord identifier la victime et trouver un suspect de la bonne vieille façon : en examinant la vie de la jeune fille, sa famille, ses amis et ses habitudes.

— Ah oui, ajouta Lupe, j'ai passé l'ADN de la fille dans le système ce matin, et comme je m'en doutais, il n'y avait aucune correspondance, même partielle.

Yang fit un signe de tête à Jefferson.

— Alors, aucun de ses proches n'est dans le système non plus ? demanda Jefferson.

— Non, désolée.

— Merci Lupe, dit Jefferson.

Yang raccrocha.

— Tu ne t'attendais pas vraiment à ce que son ADN soit dans le système ? demanda Jefferson en haussant les sourcils.

— De temps en temps, j'aime être surpris, répondit-il en grimaçant. Allons voir si nous pouvons donner un vrai nom à notre inconnue. Nous avons trois filles disparues qui correspondent à sa description.

Olga et James Zimmerman vivaient au deuxième étage d'un duplex à Mount Pleasant, un quartier de classe moyenne au nord-ouest de la ville. Leur appartement était petit mais avait de hauts plafonds ce qui lui donnait un air agréable et aéré. Les rayons du soleil de fin d'après-midi entraient à flots par de grandes fenêtres.

Après avoir montré leurs badges et demandé à leur parler de l'avis de disparition qu'ils avaient déposé, Olga Zimmerman les invita à entrer dans la cuisine, où son mari les rejoignit. Le mari et la femme semblaient avoir la quarantaine. Alors que la femme avait un fort accent étranger, son mari parlait un anglais américain impeccable.

— Je vais faire du thé, déclara Olga en attrapant la bouilloire.

Son mari fit signe aux chaises autour de la table de la cuisine, et les inspecteurs s'assirent.

— Alors vous avez des nouvelles de Tatjana ? demanda Zimmerman avec impatience, en jetant un coup d'œil à sa femme, qui les avait maintenant rejoints.

Elle était assise à côté de son mari, en lui serrant la main.

— Vous l'avez trouvée ? demanda-t-elle avec une lueur d'espoir dans les yeux.

Yang déglutit. Ce type de conversation n'était jamais facile.

— Vous avez signalé la disparition de votre fille Tatjana il y a six semaines ?

Olga hocha la tête.

— Ce n'est pas notre fille, interrompit Zimmerman.

Yang baissa les yeux sur ses notes.

— C'est écrit ici...

— Ce qu'il veut dire, c'est ce n'est pas notre vraie fille. Comment ça s'appelle déjà ? demanda-t-elle en regardant son mari.

Zimmerman serra la main de sa femme.

— Nous sommes famille d'accueil.

— Pourquoi ne pas commencer par le début ? suggéra Jefferson. Depuis quand vivait-elle avec vous ?

— Depuis environ huit mois, commença Zimmerman. Olga – il regarda sa femme – est originaire de Russie, et il y avait un besoin de parents d'accueil russophones. Nous en avons donc parlé. Je ne parle pas beaucoup russe, mais Olga m'apprend, pour que je puisse mieux communiquer avec Tatjana.

— Alors Tatjana est russe ? Il est dit ici qu'elle a treize ans, dit Yang en montrant du doigt ses notes.

Olga soupira.

— Une fille adorable, mais difficile. Elle a traversé tellement de choses.

Yang acquiesça. Les enfants placés en famille d'accueil étaient souvent trimballés d'une famille à l'autre, d'une mauvaise situation à l'autre.

— Alors elle est dans le système d'accueil depuis longtemps ?

— Ah non, contesta Zimmerman. Nous sommes sa première famille d'accueil. Elle a fait l'objet d'un trafic, puis a été sauvée par une organisation qui a ensuite travaillé avec le système de placement familial pour trouver un foyer temporaire pour elle et les autres filles jusqu'à ce que les parents biologiques puissent être trouvés.

— En Russie, précisa Olga. Nous savions qu'elle n'allait pas rester avec nous pour toujours, mais nous voulions l'aider. C'est horrible ce qu'ils leur font subir. C'est pourquoi l'asso voulait quelqu'un qui parle au moins leur langue.

Yang échangea un regard avec Jefferson, qui soupira.

— C'est très admirable de votre part de l'accueillir et de vous occuper d'elle. Alors, que s'est-il passé il y a six semaines ?

— Oui, ajouta Yang, comment Tatjana a-t-elle disparu ?

Zimmerman regarda sa femme, puis soupira.

— C'est ma faute. Je devais aller la chercher à sa séance hebdomadaire de thérapie de groupe, mais j'ai été retardé au travail, et le temps que j'arrive, elle était partie. Nous ne l'avons trouvée nulle part.

— Et vous avez signalé sa disparition le même jour ? demanda Jefferson.

— Bien sûr, confirma Olga. Une fille de son âge ne devrait pas sortir seule la nuit. C'est trop dangereux. Elle est trop jeune.

Bien que Yang ait vu la photo de Tatjana sur son registre des personnes disparues, il demanda :

— Avez-vous une photo récente de Tatjana ?

Olga sortit son téléphone portable, et un instant plus tard, elle le posa devant Yang et Jefferson.

— La voici.

Yang et Jefferson regardèrent la photo. L'image correspondait à la photo de la fille dans le dossier. Mais était-ce bien la fille qu'ils avaient trouvée quelques jours plus tôt ? Il y avait certainement des similitudes, mais il était impossible de l'identifier avec certitude. Ils avaient besoin de plus d'informations.

— Inspecteurs, dit Zimmerman en brisant le silence, vous l'avez trouvée, n'est-ce pas ?

Yang croisa son regard.

— Nous avons trouvé une fille correspondant à sa description, mais nous ne pouvons pas dire avec certitude que c'est elle.

Olga mit la main sur sa bouche, se forçant à retenir un sanglot.

— Non, pas Tatjana.

Les larmes faisaient briller ses yeux. Elle s'était attachée à la jeune fille.

— C'est la raison pour laquelle nous sommes ici. Pouvez-vous nous dire si elle avait quelque chose qui pourrait nous aider à l'identifier ?

— Le jour de sa disparition, elle portait un T-shirt rose avec un T comme Tatjana cousu sur le devant, déclara Olga.

Yang secoua lentement la tête.

— Elle n'était pas...

Il n'eut pas besoin de terminer sa phrase. L'expression peinée d'Olga lui indiqua qu'elle avait compris que la fille qu'ils avaient trouvée était nue.

— Des cicatrices, un tatouage, une tache de naissance ou même un grain de beauté ? suggéra Jefferson.

Zimmerman secoua la tête, mais sa femme le contredit.

— Elle avait une cicatrice. Ici, indiqua-t-elle en pointant du doigt son ventre. Mon mari ne le saurait pas, car il ne l'a pas vue se déshabiller, contrairement à moi. On lui a enlevé l'appendice, elle me l'a dit.

Yang se souvint des paroles de Lupe selon lesquelles la jeune fille morte n'avait aucune cicatrice visible, et certainement pas une cicatrice de chirurgie comme celle que Olga Zimmerman décrivait.

Yang la regarda et lui adressa un sourire rassurant.

— La fille que nous avons trouvée n'a pas de cicatrice. Ce n'est pas Tatjana.

Olga laissa échapper un souffle, et un sanglot de soulagement lui échappa.

— Oh, merci, merci beaucoup.

— Vous allez continuer à la chercher, n'est-ce pas ? demanda Zimmerman en regardant sa femme. Elle nous manque.

Yang n'eut pas le courage de leur dire que si la fille n'avait pas été retrouvée au bout de six semaines, il y avait de fortes chances qu'elle ne le soit jamais.

— Nous ferons tout notre possible, répondit-il en se levant.

Ce n'était pas un mensonge. Mais ce n'était pas non plus la vérité, parce qu'il ne pouvait rien faire.

De retour dans la voiture, Jefferson dit :

— Ça a l'air d'être des gens bien.

— Oui. Mais cette fille, Tatjana, c'est vraiment tragique. D'abord, elle est victime de trafic, puis elle disparaît d'une bonne famille qui visiblement s'occupait bien d'elle. Parle de malchance...

— Tu ne penses pas qu'elle s'est enfuie ?

— Mon instinct me dit que non.

Et son instinct se trompait rarement, néanmoins découvrir ce qui était arrivé à Tatjana n'était pas de son ressort. Il espérait que cela en resterait ainsi, car le contraire signifierait qu'elle était morte. Mais sans corps, il s'agissait d'un cas de personne disparue, qui serait bientôt classé sans suite.

33

Le soleil était bas quand Emily quitta la maison de Lucia Garcia. La femme était devenue très bavarde et avait donné à Emily une bonne image de ce qu'était vraiment Maddie. Ce n'était pas la mondaine tape-à-l'œil qui portait des robes coûteuses et allait faire la fête avec les riches, les célébrités et les m'as-tu vus. Maddie avait une autre facette, que très peu de gens avaient pu voir.

Elle se souciait des enfants exploités et des animaux maltraités, et elle avait toujours de l'argent liquide dans les poches de sa veste et de son pantalon. Lucia avait posé des questions à Maddie à propos de l'argent lorsqu'elle avait accidentellement lavé ses vêtements sans vérifier les poches et avait ensuite trouvé les billets dans la machine à laver. Maddie lui avait répondu qu'elle faisait en sorte d'avoir toujours de l'argent sur elle pour le donner aux sans-abri qu'elle rencontrait. Elle avait fait jurer à Lucia de ne pas en parler à ses parents, parce qu'ils n'approuvaient pas le fait de donner de l'argent à quelqu'un qui risquait de l'utiliser pour acheter de l'alcool ou de la drogue plutôt que de la nourriture. Maddie, elle, ne jugeait pas.

Elle faisait également des dons à de nombreuses causes, mais en restant majoritairement anonyme. Elle ne les faisait pas pour que le public sache à quel point elle était généreuse, mais parce qu'elle se sentait concernée et qu'elle voulait aider. Elle avait dit un jour à Lucia qu'elle n'avait pas beaucoup de compétences utiles pour changer les choses, mais qu'au moins elle avait de l'argent, et que si elle pouvait changer la vie de quelqu'un pour le mieux avec son argent, alors au moins elle avait fait quelque chose de bien.

Lucia avait également donné des détails sur les autres habitudes de Maddie, sur le fait qu'elle voulait toujours que la chambre d'amis soit décorée et prête en permanence, et qu'elle aimait avoir des baies dans le réfrigérateur et de la glace au café dans le congélateur.

La sonnerie de son téléphone portable arracha Emily à ses réflexions sur sa conversation avec Lucia. Elle avait récemment modifié les paramètres de son téléphone pour qu'il sonne plutôt que d'annoncer verbalement le nom de l'appelant.

— Coffee, au repos, ordonna-t-elle à son chien.

Elle sortit son téléphone de son sac à main et regarda l'écran.

— Catalina ?

— Non, c'est son père.

— Ambassadeur Pacheco.

— J'espère que je ne vous dérange pas, mais je dois modifier l'heure de la leçon de Catalina avec vous.

En arrière-plan, elle entendit une musique de tango.

— La leçon de mercredi ?

— Oui, est-ce que ça vous dérangerait de la décaler au jeudi à la même heure ? Je sais que c'est un peu à la dernière minute, mais j'avais oublié que Catalina avait un rendez-vous chez le dentiste.

— Bien sûr, ce n'est pas un problème. Je viendrai jeudi alors.

— Merci, mademoiselle Warner. Bonne nuit.

— Bonne nuit, monsieur l'ambassadeur.

Elle remit son téléphone dans son sac à main et leva les yeux. Coffee attendait toujours patiemment qu'elle lui ordonne d'avancer. Elle remarqua soudain qu'elle portait encore ses lunettes noires. Elle les enleva et les fourra dans son sac à main, avant de dire à Coffee :

— Allez.

En continuant son chemin vers la station de métro, elle se souvint de l'air qui passait en fond sonore lorsque l'ambassadeur Pacheco avait pris la parole. Elle eut un déclic et une idée illumina son esprit.

Avant d'oublier, elle sortit de nouveau son téléphone portable de sa poche et appela Vicky, qui décrocha après la deuxième sonnerie.

— Oui ? dit Vicky en mâchant quelque chose.

— Hé, je suis sur le chemin du retour, et je viens d'avoir une idée pour parler à Lars Nielson.

Vicky soupira et déglutit.

— D'accord, dis-moi tout.

— Je te le dirai quand je rentrerai. Viens à la maison, on mangera une glace ensemble. J'en prendrai en chemin.

— Caramel salé ?

— Oui.

— Marché conclu.

Emily raccrocha. Après avoir remis son téléphone portable dans son sac à main, elle regarda autour d'elle. Elle n'était pas loin de la station de métro, mais depuis qu'elle avait quitté la maison de Lucia Garcia, le soleil avait disparu derrière des nuages bas et le temps s'était assombri. Dans le crépuscule, le quartier n'avait plus l'air aussi accueillant que tout à l'heure. En fait, les ombres qui tombaient sur les maisons et les voitures lui donnaient un air sinistre. Elle eut froid dans le dos. Son rythme cardiaque s'accéléra.

Il y avait peu de voitures dans la rue, et encore moins de gens. Ceux qu'elle voyait passaient devant elle en vitesse pour se rendre là où ils devaient aller avant la tombée de la nuit, ou bien ils se tapissaient près de l'entrée d'une ruelle ou d'un bâtiment, fumant, attendant peut-être qu'il se passe quelque chose.

Se sentant mal à l'aise, Emily poussa Coffee à marcher plus vite. Lorsqu'elle était aveugle, elle n'avait jamais ressenti cela. Elle n'avait jamais vu les dangers qui l'entouraient, elle avait simplement fait confiance à Coffee pour assurer sa sécurité, mais maintenant qu'elle pouvait voir des silhouettes douteuses rôder dans les environs, elle sentait la peur monter en elle et faire frissonner ses os. Elle était peut-être paranoïaque, mais elle sentait que quelqu'un la regardait, alors que lorsqu'elle jetait un coup d'œil par-dessus son épaule, elle ne voyait personne. Pourtant, le sentiment ne s'était pas dissipé. Elle se demanda si ce qu'elle ressentait était lié à Maddie. Avait-elle une autre vision causée par les souvenirs de son donneur ?

Emily savait qu'elle était proche de la station de métro. Elle regarda Coffee. Ses sourcils étaient dressés. Lui aussi sentait quelque chose. Ce n'est pas une vision cette fois-ci. Son cœur se mit à battre encore plus vite. Elle le sentait tambouriner dans sa gorge, si fort qu'elle n'était pas sûre d'avoir entendu des pas derrière elle. L'un des hommes qu'elle avait vu rôder avait-il décidé qu'elle était une proie facile ? Elle serra son sac à main plus fort contre son corps et s'accrocha au harnais de Coffee, sentant que ses mains étaient moites.

Elle repéra enfin le panneau indiquant la station de métro.

— J'y suis presque, se murmure-t-elle à elle-même.

Quelques pas de plus, et les bruits de pas semblaient se rapprocher. De leur propre chef, ses pieds se déplacèrent plus rapidement, tombant dans un jogging lent. Coffee suivait le rythme, mais les bruits de pas derrière elle aussi. Sa respiration devint saccadée, preuve de son manque d'exercice et de sa peur.

Encore quelques secondes, s'encouragea-t-elle. *Tu y es presque.*

Quelques instants plus tard, elle arriva à la station, où elle jeta encore un coup d'œil rapide par-dessus son épaule, ne sachant pas trop quoi faire si elle était confrontée à un agresseur. Mais à sa grande surprise, personne ne la suivait. Le trottoir était vide. Elle aurait juré avoir entendu des pas qui la suivaient, accélérant quand elle accélérait. Mais peut-être s'était-elle trompée. Ces bruits n'étaient-ils pas simplement l'écho de ses propres pas ? Était-elle en train de devenir paranoïaque, voyant des dangers là où il n'y en avait pas ?

34

———————

Dimitry et Irina Fedorov vivaient dans une petite maison au sud-est de Washington D.C. La propriété avait l'air bien entretenue et des géraniums colorés arboraient la petite cour d'entrée. Yang et Jefferson descendirent de la voiture.

— Ils sont russes ? demanda Jefferson.

— Du moins de nom. Leur fille a douze ans. Sasha, indiqua Yang.

Il avait étudié l'imprimé de NamUS pendant que Jefferson conduisait.

— Joli nom, dit Jefferson.

Yang acquiesça.

— C'est le diminutif d'Alexandra. D'Europe de l'Est, je crois.

— Eh bien, voyons ce qu'ils ont à dire, répondit Jefferson, qui sonna à la porte.

Quelques instants plus tard, ils entendirent le bruit d'une chaîne, puis une femme répondit à la porte, qui ne s'ouvrait que de quelques centimètres à cause de la chaîne.

— Madame Fedorov ? demanda Jefferson.

Elle leur jeta un regard suspicieux.

— Oui ?

Yang et Jefferson montrèrent tous deux leur badge.

— Police métropolitaine, pouvons-nous nous entretenir avec vous et votre mari ?

Ses yeux brillaient de peur. Elle se détourna et dit quelque chose dans une langue étrangère. Yang reconnut qu'il s'agissait de russe. Quelques secondes plus tard, la porte se referma, puis on entendit le bruit d'une chaîne que l'on enlevait. La porte fut ouverte, plus largement cette fois, par un homme d'une cinquantaine d'années. Il avait des cheveux blonds et des yeux bruns.

— Monsieur Fedorov ? demanda Yang.

— Oui, c'est moi.

Il avait un accent fort, certainement russe ou d'Europe de l'Est.

— Nous aimerions vous parler de votre fille Sasha. Pouvons-nous entrer ? demanda Yang.

L'homme regarda d'abord Yang, puis Jefferson, avant de hocher la tête et de les laisser entrer dans le foyer. Sa femme se tenait à l'entrée du salon, la bloquant comme si elle ne voulait pas qu'ils entrent. C'était une femme corpulente, de petite taille, aux cheveux blond foncé et aux yeux gris. Elle semblait plus âgée que son mari, ou peut-être que sa vie avait été plus dure que la sienne, et cela se voyait sur les rides de son visage.

— De quoi s'agit-il ? demanda Dimitry Fedorov en affichant le même air réservé que sa femme.

Yang échangea un regard avec Jefferson, et son partenaire acquiesça. Ils travaillaient ensemble depuis suffisamment longtemps pour savoir quelle approche l'autre suggérait. Et compte tenu du comportement méfiant du couple, Yang savait qu'il devait rester sur ses gardes.

— Votre fille a disparu le 15 avril. Nous donnons suite à votre avis de disparition.

Irina Fedorov murmura quelque chose en russe. Son mari la regarda, puis se retourna vers Yang et Jefferson.

— Sasha est revenue. Elle s'était enfuie, vous voyez, après une dispute. Mais elle est revenue.

Yang et Jefferson haussèrent les sourcils.

— Vous n'avez pas signalé son retour. Le dossier est toujours en cours, déclara Jefferson.

— Désolé. On était content qu'elle soit revenue. Nous avons oublié de le dire à la police, s'empressa de répondre Fedorov.

— Pouvons-nous parler à Sasha, s'il vous plaît ? demanda Jefferson.

Madame Fedorov prit cette fois-ci la parole :

— Elle est avec son amie de l'école. Pour étudier.

— D'accord, dit Jefferson d'un ton hésitant, mais vous devez signaler à la police que Sasha est revenue, afin que l'affaire soit classée.

Fedorov et sa femme acquiescèrent rapidement. Yang les regarda côte à côte, comparant leurs cheveux clairs et leur teint clair, puis il porta son regard sur l'imprimé de NamUS. La fille, Sasha, ne ressemblait en rien à ses parents. Ses cheveux étaient presque noirs et ses yeux d'un bleu saisissant. Il n'y avait aucun air de famille.

Jefferson se tournait déjà vers la porte, mais Yang hésita.

— Une dernière question, dit-il. Sasha est-elle votre fille biologique ?

Les deux hommes se regardèrent, puis M. Fedorov répondit :

— C'est une enfant placée.

Jefferson s'arrêta à la porte et se retourna, échangea un regard avec Yang et poursuivit :

— A-t-elle été sauvée des trafiquants ?

— Des trafiquants ? demanda Fedorov. Je ne connais pas ce mot.

— Ce que mon collègue cherche à savoir, c'est si on a fait entrer Sasha clandestinement dans ce pays dans le but d'avoir des relations sexuelles, précisa Yang.

Fedorov acquiesça.

— Oui. Elle vient de Russie. Nous l'avons recueillie quand nous avons appris que cette association recherchait des personnes parlant russe.

Yang échangea un regard complice avec Jefferson. C'était la deuxième fille de leur liste qui s'avérait être une enfant placée de Russie.

— Quel est le nom de l'association caritative avec laquelle vous collaborez ?

— *No Child Abandoned*, déclara Fedorov.

Le nom lui disait quelque chose, mais Yang ne parvenait pas à resituer où il l'avait déjà entendu.

— Je vous remercie. Je crois que nous avons ce qu'il nous faut. Passez une bonne soirée.

Il sortit avec Jefferson. Dans la voiture, ils se regardèrent.

— Comment as-tu su que Sasha n'était pas leur vraie fille ?

Yang tapota la feuille de papier qu'il tenait dans la main.

— Cette fille ne ressemble en rien aux Fedorov. Ses cheveux sont presque noirs, ses yeux bleus et les traits de son visage sont totalement différents.

— Quel œil de lynx, dit Jefferson. As-tu eu l'impression qu'ils ne voulaient pas nous parler ?

— Oui. Tu ne trouves pas bizarre que deux des trois filles qui correspondent à notre inconnue soient russes ? Et des enfants en famille d'accueil ?

— Il y a anguille sous roche. Je pense que nous devrions revenir une autre fois, quand la fille sera à la maison, et lui parler.

— Je suis d'accord, consentit Yang. Allons voir la famille Veselak.

— Ils ont l'air russe, eux aussi.

— Ça me fait regretter de ne jamais avoir appris le russe à l'école.

— Au moins, tu parles une langue étrangère.

Jefferson démarra la voiture et s'engagea dans la circulation.

— Au grand dam de ma mère, mon chinois n'est pas tout à fait à la hauteur. Je sais juste le parler, pas l'écrire.

Jefferson jeta un coup d'œil à l'horloge du tableau de bord.

— Oh, putain, il est tard. Allons rendre visite aux Veselak demain.

— Allez, il n'est pas si tard que ça. Tu ne veux pas d'heures supplémentaires ?

Il fit un clin d'œil à Yang.

— J'ai un rendez-vous. Elle est sexy et...

Yang leva la main.

— Épargne-moi tes détails. J'en sais déjà beaucoup trop sur ta vie amoureuse.

35

Emily enleva le harnais de Coffee et le mit de côté, heureuse d'être en sécurité chez elle. Elle se sentait mieux maintenant, et un peu bête d'avoir été si paranoïaque plus tôt.

— Bon garçon, dit-elle en félicitant Coffee. T'as faim ?

Il remua la queue avec excitation. Il savait ce que « faim » voulait dire et se dirigea vers sa gamelle, posa sa patte dessus et leva les yeux vers elle. Emily prit la gamelle et prépara son dîner : des croquettes, du blanc de poulet frais sorti du réfrigérateur et un peu de bouillon d'os.

On frappa à la porte.

— Emily, c'est moi.

— Entre, Vicky, c'est ouvert.

Pendant que Vicky entrait et refermait la porte derrière elle, Emily posa la gamelle devant Coffee et passa une main sur sa tête. Un instant plus tard, il commença à engloutir sa nourriture.

— Hé, le voyant de ta messagerie clignote, indiqua Vicky en pointant du doigt le téléphone fixe d'Emily.

— Oh, je ne l'avais pas remarqué.

Elle appuya sur le bouton et écouta le message.

« *Bonjour Emily, je suis Kate Rosenstein. Je ne sais pas si vous vous souvenez de moi, mais j'étais votre avocate il y a quinze ans. Quoi qu'il en soit, je me suis dis que je devais vous faire savoir que votre père est en liberté conditionnelle. Il est sorti de prison il y a trois mois. J'étais en congé sabbatique, et apparemment personne d'autre au bureau ne vous a transmis le message. Je suis désolée. Si vous voulez en parler, appelez-moi. »*

Elle laissa son numéro, mais Emily avait cessé d'écouter. Tout ce qu'elle savait, c'est que son père était sorti. Il était libre. Elle resta plantée là, bombardée par des souvenirs qu'elle avait refoulés pendant toutes ces années. Des souvenirs qu'elle avait poussés dans les recoins les plus sombres de son esprit où ils pouvaient mourir à petit feu. Ils refaisaient surface maintenant, accompagnés de toute la douleur qu'elle avait endurée.

Tout à coup, la peur monta en elle et lui coupa la respiration.

— Tu m'as dit que tes parents étaient morts tous les deux, dit Vicky dans le silence.

Emily ne savait pas combien de temps elle était restée là, sans rien dire.

— Je t'ai dit que j'avais perdu mes parents. C'est la vérité. Je les ai perdus tous les deux. Ma mère est morte dans l'accident de voiture, et mon père est allé en prison pour cela.

— Quoi ? Vicky la fixa les yeux écarquillés, la bouche ouverte, comme si son corps s'était transformé en point d'interrogation. Pour un accident ?

Emily secoua la tête.

— Ce n'était pas un accident.

— Attends, l'arrêta Vicky en levant la main. Je crois qu'il va me falloir un verre.

— Pareil pour moi.

Quelques minutes plus tard, après que Vicky ait apporté une bouteille de vin de son appartement et versé deux verres, Emily prit une grande inspiration. Après le procès, elle n'avait plus jamais parlé de la nuit où elle avait perdu sa mère et sa vue.

Vicky posa une main sur le bras d'Emily.

— Dis-moi ce qui s'est passé.

— Ma mère voulait quitter mon père. Il l'avait accusée d'avoir une liaison, mais je ne sais pas si c'est vrai. Cela n'a pas d'importance que ce soit vrai ou non. Maman ne voulait tout simplement plus vivre avec lui. Elle disait que nous serions bien plus heureuses sans lui. Il était tout le temps jaloux et en colère. Quand quelque chose n'allait pas dans son entreprise, il s'en prenait toujours à maman. Il ne l'a jamais frappée, mais maman était une femme douce et sensible, la violence verbale lui faisait autant de mal que s'il l'avait sauvagement battue, expliqua Emily les yeux mouillés.

— Je suis désolée... murmura Vicky.

— Je ne sais pas quand elle lui a dit qu'elle allait divorcer, mais une semaine après mon anniversaire, il m'a dit que le cadeau qu'il voulait m'offrir était enfin là. Nous devions juste aller le chercher, et il voulait que maman et moi venions avec lui. Je lui ai demandé ce que c'était, mais il m'a dit que c'était une surprise. Alors maman et moi sommes montées dans la voiture.

Si seulement elle lui avait dit qu'elle ne voulait pas de cadeau, qu'elle n'aimait pas les surprises. Mais comme toute jeune fille de quinze ans, elle avait cru que son père l'aimait encore, même si sa mère et lui n'allaient pas rester ensemble.

— Il conduisait vite, il était imprudent. Maman et lui se disputaient. Maman le suppliait d'arrêter. Elle voulait sortir, mais il ne s'est pas arrêté. Le feu de l'intersection était rouge. Et même moi, je pouvais voir les phares de la voiture qui venait de la droite.

Emily frissonna à ce souvenir. Elle dut poser ses mains sur ses genoux pour les empêcher de trembler.

— Ton père a grillé un feu rouge ?

— Oui. Le choc latéral a tué ma mère sur le coup. Les pompiers ont dû me sortir de la voiture. Mon père ne s'est cassé que deux trois côtes et a eu quelques coupures et contusions. Rien qui ne puisse guérir en quelques semaines. Il a été condamné à vingt ans de prison.

— Vingt ans pour conduite imprudente et homicide involontaire ? demanda Vicky. Je n'aurais jamais cru que... Il était ivre ?

Emily secoua la tête.

— Alors pourquoi a-t-il été condamné à vingt ans de prison ? Enfin... je n'ai jamais entendu dire que quelqu'un avait été condamné à une peine aussi longue pour un homicide involontaire.

— Il a été condamné pour meurtre.

Vicky la regarda fixement.

— Pour meurtre ?

Emily acquiesça lentement.

— Parce que j'ai survécu et que j'ai pu témoigner contre lui.

Vicky ne dit rien, et se contenta d'attendre patiemment qu'Emily continue.

— J'ai raconté à la police ce que papa disait pendant qu'il conduisait.

Sa gorge devenant sèche, elle but une gorgée de son verre.

— Il a dit à maman qu'il ne l'autoriserait jamais à le quitter. Elle lui a répondu qu'il n'avait pas son mot à dire, qu'elle le quitterait et qu'elle m'emmènerait avec elle. Ce à quoi il a répondu : *Personne n'ira plus jamais nulle part, parce que ce soir, nous allons tous mourir.*

— Oh mon Dieu, s'exclama Vicky en sursautant. Il l'a fait exprès.

Elle saisit la main d'Emily, qui hocha la tête, les larmes débordant de ses yeux.

— Il avait tout planifié. Il nous a fait monter dans la voiture en usant d'une ruse. Il voulait que nous mourions tous ensemble. Mais il a survécu. Et moi aussi...

Elle essaya de ravaler la douleur, sans y parvenir.

— J'ai témoigné contre lui. Je leur ai dit ce qu'il avait dit à maman dans la voiture. Je leur ai dit qu'il m'avait tout pris : ma mère et ma vue. Le jury a mis moins d'une heure pour rendre son verdict. Quand j'ai entendu le président du jury dire qu'il était *coupable* de tous les chefs d'accusation, j'ai pleuré de soulagement.

Vicky posa son verre sur la table et prit Emily dans ses bras. C'est alors qu'elle se rendit compte qu'elle pleurait, comme quinze ans plus tôt, lorsque le jury avait condamné son père pour meurtre avec préméditation et tentative de meurtre.

— C'est fini, ma puce, c'est fini, rassura Vicky d'une voix apaisante. Tu n'es plus cette enfant. Tu as survécu. Et ça t'a rendue plus forte.

Emily serra son amie dans ses bras.

— Merci. Merci de m'avoir écoutée.

Elle renifla. Vicky la libéra de son emprise et la regarda.

— Ça va ?

— Mieux, répondit-elle en ravalant les larmes qui lui restaient. Mais maintenant, il est sorti. Il sait qu'il s'en serait sorti si je n'avais pas témoigné. Je l'ai fait payer pour avoir tué ma mère et pour m'avoir privé de ma vue. Et maintenant, il est de retour. Il me fera payer pour avoir témoigné contre lui.

Cette pensée lui fit froid dans le dos.

— Il ne peut rien te faire. Je connais des gens comme ça. Ce sont des lâches. Tu lui as montré que tu ne te laisserais pas intimider. Tu lui as tenu tête. Il n'osera plus te faire de mal.

— Mais s'il est ici ? Et s'il était de retour pour finir ce qu'il a commencé il y a quinze ans ?

— Non ! Tu penses qu'il est ici à Washington D.C. ? Pourquoi tu penses ça ?

— Ces derniers temps, j'ai l'impression que quelqu'un m'observe, qu'on me suit.

— Du style ?

— Ce soir, j'ai entendu des pas qui me suivaient. Je n'ai vu personne, mais j'ai eu un sentiment bizarre. Et si c'était lui ? Et si mon père me surveillait ? Et s'il essayait de trouver une occasion de me tuer ?

— J'en doute fort. Quinze ans se sont écoulés. La prison change les gens.

— Ce n'est pas pour le mieux. Je n'ai jamais ressenti cela auparavant. Mais après être allée parler à la gouvernante de Maddie à Anacostia, j'ai senti...

— Anacostia ? Tu as perdu la tête ? s'écria Vicky. Ne vas pas dans ce quartier la nuit. Bien sûr que tu as été suivie ! Par une bande de délinquants. Ce n'est pas sûr là-bas, pas la nuit !

— J'avais Coffee avec moi.

Coffee releva la tête en entendant son nom, puis se recoucha sur le tapis.

— Oui, enfin Coffee n'est pas vraiment un chien d'attaque. Il ne fait pas le poids face aux criminels qui rôdent dans le coin la nuit. Je t'ai dit quoi sur ce quartier ?

Emily ouvrit la bouche pour protester, mais Vicky continua :

— Et qu'est-ce que tu faisais à parler à la gouvernante de Maddie ? Comment t'as fait pour savoir où elle habite ?

Emily pointa du doigt l'ordinateur.

— Internet ? C'est toi qui me l'a appris.

— Pas pour que tu puisses jouer les détectives amateurs !

— Mais il fallait que je lui parle. Elle m'a beaucoup aidée. Et avant que tu ne dises quoi que ce soit d'autre, je pense que je suis sur une piste. Je pense que Maddie Bolton a été assassinée.

36

1 *1 juin*

Très tôt le lendemain, Yang rejoignit Jefferson dans son quartier, Columbia Heights, où vivaient les parents de la troisième fille disparue qui correspondait à leur inconnue décédée. Emil et Mila Veselak vivaient dans un grand immeuble.

Après s'être identifiés par le biais de l'interphone, Yang et Jefferson entrèrent dans l'immeuble et prirent l'ascenseur jusqu'au dernier étage. Une femme séduisante d'une trentaine d'années/début de la quarantaine, les attendait à la porte de l'appartement.

— Je suis désolée, inspecteurs, mais mon mari est déjà parti au travail, annonça-t-elle dans un bon anglais bien que ses mots soient colorés d'un accent d'Europe de l'Est. Je m'appelle Mila Veselak.

Yang et Jefferson montrèrent leurs badges et la suivirent dans l'appartement, où elle leur fit signe de s'asseoir dans le salon.

— Êtes-vous russe, madame Veselak ? demanda Yang.

Étant donné que les familles des deux autres filles étaient russes, il avait un pressentiment.

Elle secoua la tête.

— Non, je suis tchèque comme mon mari. Mais nous nous sommes rencontrés ici, aux États-Unis. J'ai étudié ici, et Emil est venu avec un visa de travail.

Yang acquiesça.

— C'est ma faute. J'imagine que je suis partie du principe que vous étiez russe à cause d'Annika.

Une expression triste se dessina sur son visage.

— Ah, Annika. Oui, elle est russe.

— Elle n'est pas votre fille biologique ? demanda Jefferson.

— Non, je crains de ne pas pouvoir avoir d'enfants, se lamenta Mila Veselak avec un sourire triste. Nous sommes la famille d'accueil d'Annika. Nous espérions pouvoir l'adopter si ses parents ne pouvaient pas être retrouvés. Mais ensuite... elle a disparu. Cela fait déjà dix semaines...

Jefferson jeta à Yang un regard pour lui signifier qu'il trouvait ça bizarre. Trois filles disparues, toutes russes, toutes placées en famille d'accueil. Les chances de gagner une petite fortune à la loterie étaient plus élevées que celles de ce scénario. Yang ne pouvait prendre qu'un nombre limité de coïncidences pour argent comptant.

— Madame Veselak, commença Yang, comment était l'anglais d'Annika ?

— Pas très bon. C'est pourquoi nous avons été choisis pour l'accueillir. Mon mari et moi parlons tous les deux le russe. Cela a facilité les choses pour Annika. Elle avait traversé beaucoup de choses, vous savez.

— Dîtes-nous en plus, manda Jefferson.

— Eh bien, d'après ce que nous avons compris, elle est tombée dans les mains de personnes malfaisantes en Russie. Elles l'ont vendue à un réseau sexuel et l'ont emmenée aux États-Unis. Elle a été sauvée et une organisation caritative s'est chargée de la placer, pendant qu'ils recherchaient ses parents. Nous en avons entendu parler dans notre église, alors Emil et moi avons décidé d'aider.

— C'est très admirable de votre part, déclara Yang. Quel type d'organisation ?

— C'est une association caritative. Ça s'appelle... euh, quelque chose en rapport avec l'abandon.

— *No Child Abandoned ?* proposa Yang en regardant Jefferson.

— Oui, tout à fait.

Vu l'expression du visage de Jefferson, Yang comprit que son partenaire s'attendait à la même chose. Yang prit note d'appeler les Zimmerman pour savoir de quelle organisation venait Tatjana.

Madame Veselak releva soudain la tête, comme si elle se préparait à recevoir de mauvaises nouvelles.

— Mais vous n'êtes pas venus pour me demander d'où vient Annika.

Yang acquiesça lentement.

— En effet.

Il hésita, observant sa réaction. Elle avait l'air inquiète. Il reprit :

— Nous avons trouvé le corps d'une fille...

Elle sursauta et porta la main à sa bouche.

— Nous n'avons pas encore pu l'identifier, s'empressa d'ajouter Jefferson. Mais elle correspond à la description générale d'Annika en ce qui concerne l'âge, la taille, la couleur des yeux et des cheveux.

— Ce que mon collègue essaie de dire, c'est que nous avons besoin d'un élément permettant de l'identifier, soit pour confirmer que c'est elle, soit pour écarter cette hypothèse.

Mila Veselak hocha la tête avec raideur.

— Je comprends.

— Est-ce qu'Annika a des cicatrices, des tatouages, quelque chose qui pourrait nous aider ?

Mila secoua la tête.

— Pas de cicatrices, pas de tatouages. Elle a de très beaux yeux.

Yang échangea un regard avec Jefferson. Aucun des deux n'avait envie d'emmener Mila Veselak à la morgue pour lui demander de regarder le visage sans vie d'une jeune fille qui avait été violentée au point d'en rendre l'identification presque impossible. S'il s'agissait bien d'Annika, madame Veselak ne devrait pas avoir à la voir comme ça. Elle devrait se souvenir d'elle vivante.

— C'est elle, n'est-ce pas ? dit madame Veselak, la voix tremblante.

— C'est possible, concéda Yang, mais nous ne pouvons pas en être sûrs tant que nous n'avons pas fait correspondre son ADN. Pouvez-vous nous montrer sa chambre, s'il vous plaît ?

Elle se leva d'un bond, et les inspecteurs la suivirent. La chambre de la jeune fille était lumineuse et confortable.

— Voici la chambre d'Annika.

— Est-ce qu'elle partageait la salle de bain avec vous et votre mari ? demanda Jefferson. Nous aurons besoin d'une brosse à dents, d'une brosse à cheveux ou de tout autre objet qu'elle seule utilisait.

Madame Veselak pointa du doigt une commode.

— La brosse à cheveux d'Annika est dans le tiroir du haut, et je peux vous apporter sa brosse à dents. Nous n'avons qu'une seule salle de bains.

Afin d'éviter toute contamination de la brosse à dents, Yang sortit un sac à mise en scellés puis la suivit, pendant que Jefferson rassemblait les indices dans la chambre.

— Si vous pouvez la désigner sans la toucher, s'il vous plaît.

— Bien sûr.

Elle le regarda prendre la brosse à dents avec un mouchoir propre et la déposer dans le sac de preuves, avant de le sceller.

Il remarqua qu'elle fixait le sac et croisa son regard. Elle avait vraiment l'air vulnérable en cet instant.

— Madame Veselak, dit Yang, cherchant quelque chose à dire pour la consoler.

Mais rien ne sortit. À ce moment-là, leurs espoirs étaient aux antipodes les uns des autres : Yang voulait que l'ADN identifie la jeune fille, madame Veselak voulait que les preuves l'écartent pour pouvoir continuer à espérer qu'Annika était vivante et qu'elle reviendrait.

— Quand aurez-vous les résultats ? demanda-t-elle.

— Dans quelques jours.

Jefferson sortit de la chambre.

— J'ai tout ce dont nous avons besoin.

Il souleva le sac de preuves contenant la brosse à cheveux.

— Merci, Madame Veselak. Nous vous tiendrons au courant, conclut-il en se dirigeant vers la porte.

Se tournant lui-aussi déjà en direction de la porte, Yang sentit une main sur son bras. Il regarda par-dessus son épaule.

— Dîtes-moi dès que vous en savez plus, s'il vous plaît. Peu importe les résultats, d'accord ?

Il hocha la tête.

— C'est promis.

Une fois dans la voiture, Jefferson les conduisit au commissariat, tandis que Yang passa un appel aux Zimmerman. Il demanda à James Zimmerman, qui répondit au téléphone, quelle était l'organisation qui avait placé Tatjana chez eux. Lorsqu'il obtint la réponse, il le remercia puis raccrocha.

— Et donc ? demanda Jefferson.

— *No Child Abandoned*, déclara Yang. Tu sais ce que je pense ?

— Que nous devons parler à quelqu'un de cette asso, répondit Jefferson.

— Exactement.

— Peux-tu y aller seul ? Je dois aller au tribunal pour témoigner dans l'affaire Hernandez cet après-midi.

— Pas de problème. Je peux m'en occuper.

Bien qu'il n'en fit pas part à son partenaire, Yang se souvint d'autre chose concernant *No Child Abandoned* : Madeline Bolton avait travaillé pour l'organisation caritative, mais il ne savait pas exactement à quel titre. Était-ce une autre coïncidence ?

37

Plus tard le même jour, Yang montra son badge à la réceptionniste et demanda à parler à la personne responsable de *No Child Abandoned*. La jolie femme d'une vingtaine d'années aux longs cheveux raides eut l'air surpris et le pria de s'asseoir à l'accueil, tandis qu'elle composait un numéro et parlait à voix basse.

Yang observa ses alentours. Pour une association à but non lucratif, l'endroit était plutôt chic, ce qui le poussa à se demander quelle part des dons de charité reçus par *No Child Abandoned* servait réellement à aider les enfants, et quelle part était gaspillée dans les bureaux situés dans un quartier huppé de Washington D.C. Le mobilier était classe et élégant, ce qui n'était pas ce à quoi il s'attendait de la part d'une association caritative qui avait pour but de sauver des enfants en danger et victimes de la traite des êtres humains. Mais peut-être que le fait d'avoir une façade chic permettait de recevoir des dons importants de la haute société de la capitale. Peut-être ne voulaient-ils pas envoyer leurs gros chèques en direction d'un quartier mal famé. Mais bon, que savait Yang des associations caritatives ou de la haute société ?

Plusieurs minutes s'écoulèrent jusqu'à ce qu'un homme sorte de l'un des bureaux et s'approche de Yang, la main tendue en guise de salut.

— Inspecteur Yang ? Je suis Caleb Faulkner, le PDG.

Yang le reconnut immédiatement. Il l'avait vu aux funérailles de Madeline Bolton et savait qu'il était le fils du chef de cabinet du président, Mike Faulkner. Il savait que Caleb Faulkner dirigeait l'association caritative, mais Yang n'avait pas eu le temps d'approfondir ses recherches à ce sujet. Il prit note de le faire plus tard, une fois de retour au commissariat.

— Monsieur Faulkner, ravi de vous rencontrer, répondit Yang tandis que Caleb le dirigeait vers le bureau dont il venait de sortir.

Une fois installé à l'intérieur du bureau, Caleb derrière le grand bureau et Yang dans le fauteuil confortable qui se trouvait devant, Yang sortit son carnet ainsi que son stylo.

— Mes excuses pour ne pas avoir pris rendez-vous, dit Yang sans le penser.

Il ne prenait jamais de rendez-vous lorsqu'il était sur une affaire.

— Je vous en prie, inspecteur. Comment puis-je vous aider ?

Caleb Faulkner était amical et ouvert. Yang pouvait imaginer qu'il se débrouillait bien avec les riches donateurs, qu'il les charmait pour leur soutirer leur argent – dans le bon sens du terme, bien sûr. Pourtant, il avait aussi l'impression que Caleb était superficiel et gâté, ce qui s'expliquait probablement par le fait que son père était un homme important dans le monde de la politique.

— Alors, commença-t-il en regardant son carnet où il avait noté toutes les informations pertinentes. Je travaille sur une affaire impliquant trois jeunes filles russes. Soit dit en passant, toutes les trois vivaient avec des familles d'accueil et avaient été placées dans des familles russophones par votre association caritative.

Caleb acquiesça.

— Ah, oui, nous avons souvent affaire à des enfants russes ici. D'autres aussi, mais l'écrasante majorité des enfants que nous sauvons viennent de Russie.

— J'essaie juste de vérifier certaines des informations que les familles des trois filles m'ont données. Des informations de base pour m'assurer que nous avons tous les détails pertinents. J'ai les noms juste ici, dit Yang en désignant son carnet de notes.

— Bien sûr. Allez-y, donnez-moi les noms. Je peux sortir leurs dossiers sur mon ordinateur.

Caleb se rapprocha de l'ordinateur posé sur son bureau, ses mains planant déjà sur le clavier.

— La famille Zimmerman a recueilli une fille nommée Tatjana.

Caleb tapa quelque chose, puis hocha la tête.

— J'ai le fichier. Ensuite ?

Yang lui donna les noms des familles dans lesquelles Sasha et Annika avaient été placés. Il omit de dire que Sasha était revenue chez les Fedorov, et ne divulgua pas non plus le fait qu'on avait trouvé le corps d'une jeune fille et qu'il soupçonnait qu'une de ces jeunes filles pouvait être le cadavre. Il n'était pas nécessaire que Caleb Faulkner soit au courant. De plus, Yang avait besoin d'informations sur les trois filles. Il cherchait tout ce qu'elles avaient en commun.

— Alors, puis-je vous demander dans quoi ces trois filles sont impliquées ? Ont-elles eu des ennuis ? demanda Caleb en levant les yeux de l'écran.

— On peut dire ça. Elles ont disparu.

Caleb haussa les sourcils et fixa l'écran, lisant quelque chose.

— Ah, oui, je vois ça, dit-il en pointant l'écran du doigt. Les trois dossiers ont une note ici indiquant que les filles ont été portées disparues après avoir été placées dans les familles.

— Oui, mon partenaire et moi avons parlé aux familles.

Caleb soupira.

— Ce n'est pas facile pour ces enfants. Ils viennent souvent de familles brisées, ou ont été victimes de trafic... C'est tragique. Nous faisons tout pour les aider à s'adapter, expliqua-t-il en haussant les épaules, l'expression sérieuse. Mais il arrive qu'ils s'enfuient, car ils ont du mal à s'adapter.

— Je comprends. Est-ce que l'association caritative reste en contact avec les familles chez qui les enfants sont placés ?

— Bien sûr. Nous avons des employés qui effectuent des contrôles sociaux pour s'assurer que les enfants vont bien. Nous exigeons même qu'ils suivent régulièrement des séances de psychothérapie, en groupe ou individuelles, payées par l'association caritative.

— Hmm. Intéressant. Les familles vous ont donc prévenu de la disparition de ces trois filles ?

— Pas moi, en soi, mais oui, ils l'ont tous signalé à leur assistante sociale, et nous nous sommes assurés que la police était également préve-nue. C'est une procédure normale. Et comme je l'ai dit, cela arrive avec les enfants à risque. Certains sont très perturbés. Je suppose que c'est la raison de votre présence ici, inspecteur ?

— Oui, en effet. Et ces trois filles, avez-vous trouvé qu'elles étaient parti-culièrement, euh, faute d'un meilleur mot, perturbées ?

— Eh bien, je ne suis pas sûr de les avoir rencontrés personnellement. En fait, je travaille surtout avec les donateurs, je leur fais la cour, si vous voulez, pour qu'ils continuent de nous envoyer de l'argent, afin que nous puissions nous occuper de ces enfants, essayer de retrouver leurs parents... si leurs parents veulent être retrouvés.

Yang leva un sourcil.

— Comment ça ?

Caleb soupira.

— Nous avons eu des cas où des enfants ont été vendus à des réseaux sexuels, parce que la famille était endettée auprès de personnes peu scru-puleuses. En Russie, nous avons vu des cas particulièrement flagrants. Et souvent, quand un enfant doit faire face au fait que sa famille ne souhaite pas le récupérer, c'est un coup dur pour son psychisme.

— D'où la psychothérapie ?

Caleb acquiesça.

— Nous avons un contrat avec un psychiatre dont l'objectif est d'aider les enfants.

— Les trois familles m'ont dit que les filles parlaient à peine l'anglais. Est-ce exact ?

Caleb regarda l'écran et, au bout d'un moment, confirma :

— Oui. C'est exact.

— Comment communiquent-elles avec le psychiatre ?

— Oh, il est bilingue. Il parle russe. Nous avons beaucoup de chance de l'avoir.

— Comment s'appelle-t-il ?

— Dr. Yuri Sokolov.

— Savons-nous de quoi le Dr Sokolov parlait avec les filles ?

— Hmm. Ce qui se dit entre un patient et son médecin est confidentiel, donc c'est plutôt au psychiatre à qui vous devriez parler. Néanmoins je peux vous imprimer les dossiers que nous avons. Est-ce que ça pourrait vous aider ?

Surprise par l'offre de Caleb, Yang acquiesça. Il était satisfait de pouvoir accéder à ces informations sans avoir à obtenir d'ordonnance de la part du tribunal.

— Merci. Ce serait super.

Derrière Caleb, une imprimante se réveilla et commença à sortir des pages. Pendant ce temps, Caleb regarda à nouveau l'écran et bougea sa souris, puis s'arrêta, interloqué.

— C'est bizarre.

Yang se pencha en avant.

— Y a-t-il un problème ?

— Je ne suis pas sûr. Euh... – Caleb hésita mais continua de regarder le moniteur. C'est juste que je vois ici que les trois filles ont été vues pour la dernière fois à l'une des séances du docteur Sokolov. Si vous ne m'aviez pas posé de questions sur le docteur Sokolov, je ne l'aurais peut-être même pas remarqué, finit-il en regardant Yang en face.

C'était un détail intéressant, exactement le genre que Yang recherchait. Il ne s'attendait pas à trouver une telle mine d'or. Avant qu'il ne puisse demander quoi que ce soit d'autre, le téléphone sonna. Caleb le regarda, puis dit :

— Désolé, je dois répondre. Un instant s'il vous plaît.

Caleb répondit au téléphone, mais Yang ne comprenait pas ce qu'il disait. Caleb prononça quelques mots dans une langue étrangère, avant de reposer le combiné.

— Excusez-moi.

— Vous parlez russe ? demanda Yang, surpris.

Caleb gloussa.

— Plus si bien que ça. Je parlais assez couramment lorsque je vivais à Moscou pendant mon adolescence.

— Cela a dû être une sacrée aventure. Vous étiez en échange linguistique ?

— Non, c'était différent. Mon père était l'ambassadeur des États-Unis en Russie. Nous avons vécu là-bas pendant deux ans.

— Ah, très intéressant. Quelle opportunité !

— Hmm. J'imagine. C'était peu de temps après la mort de ma mère. Je ne pense pas que j'ai pu vraiment en profiter au début, et le temps que je m'adapte à Moscou, nous partions déjà, expliqua-t-il en forçant un sourire, comme pour repousser des souvenirs douloureux. Êtes-vous déjà allé à Moscou ?

— Hélas, non.

L'imprimante s'arrêta, et Caleb se retourna pour attraper la pile, qu'il tendit ensuite à Yang.

— Je dois aller à une réunion, dit Caleb en regardant sa montre, mais si vous avez besoin d'autre chose, de quoi que ce soit, n'hésitez pas à m'appeler.

Faisant un geste vers les papiers qu'il tenait en main, Yang répondit :

— Vous m'avez déjà été d'une grande aide. Je vais me débrouiller tout seul.

Yang décida de rendre visite au docteur Sokolov immédiatement après sa visite à l'association caritative. Lorsqu'il arriva au Logan Ambulatory Care Building sur NW P Street, où le psychiatre avait son bureau, la réceptionniste lui dit que le Dr Sokolov était parti deux jours plus tôt pour faire une randonnée dans les Alpes italiennes pendant une semaine, et qu'il n'était pas joignable. Yang nota sur son agenda de prendre contact avec le psychiatre à son retour.

38

1 *2 juin*

Emily n'aimait pas se servir de Catalina pour ses propres fins, mais elle estimait qu'elle n'avait pas d'autre moyen d'accéder à Lars Nielson, le diplomate suédois avec lequel Maddie s'était fiancée. Ce n'était pas gagné d'avance, mais elle savait que l'ambassadeur Pacheco ne pouvait rien refuser à sa fille. Surtout quand il savait que cela rendrait Catalina heureuse. Elle devait saisir sa chance.

Emily arriva à l'ambassade d'Argentine comme d'habitude et commença sa leçon avec Catalina pendant que Coffee était allongé à côté du piano, la tête posée sur ses pattes, les yeux presque fermés. Il semblait apprécier les vibrations de l'instrument.

Plus tôt durant l'année scolaire, Emily avait initié ses élèves à la musique folklorique populaire de plusieurs pays différents, reflétant ainsi l'héritage des nombreux élèves étrangers de sa classe. Elle n'avait jamais imaginé que cette matière lui serait utile d'une manière inattendue. Tous les élèves d'Emily appréciaient les chansons et participaient avec enthousiasme. Plusieurs d'entre eux, dont Catalina, avait fait preuve d'un réel talent, leur voix s'accordant parfaitement à l'esprit de la musique.

Emily avait fait germer une idée dans la tête de Catalina la veille à l'école, et c'était maintenant à la jeune fille de la mettre à exécution. Emily savait que Catalina avait déjà parlé à son père la veille au soir, ce qu'elle lui avait rapporté le matin, mais il ne lui avait pas donné de réponse définitive. Cela la stressait un peu car l'exécution de son plan était tributaire du temps : le weekend arrivait à grands pas.

Les dernières notes du morceau que Catalina jouait au piano retentirent.

— Bravo, Lina.

Des applaudissements se firent entendre depuis l'entrée du salon.

Emily vit l'ambassadeur Pacheco debout, appuyé nonchalamment contre le cadre de la porte. Emily ne savait pas depuis combien de temps il se tenait là. Mais il semblait satisfait des progrès de sa fille.

— Merci, papa !

— Tu as très bien joué aujourd'hui, la félicita Emily. Je vois que tu t'es beaucoup entraînée.

Catalina se leva du banc, l'air rayonnant, et se dirigea vers son père.

— Papa ?

— Je suis là, répondit-il pour indiquer où il se trouvait.

Lorsqu'elle le rejoignit, il lui prit la main, tandis qu'Emily avait déjà mis son sac en bandoulière et attrapé le harnais de Coffee.

— On peut le faire, papa ? supplia Catalina. J'ai déjà demandé aux autres élèves, et il y en a déjà huit qui veulent.

L'ambassadeur Pacheco regarda sa fille.

— Pourquoi ne me laisses-tu pas parler à mademoiselle Warner un instant ?

— D'accord.

Elle se retourna et prit la direction de la cuisine.

Une fois Catalina hors de portée de voix, il s'approcha d'Emily. Elle sentit les battements de son cœur s'accélérer. Allait-il lui dire qu'il en était hors de question ? Avait-il éloigné Catalina pour pouvoir rejeter son idée plus facilement ?

— Mademoiselle Warner, Catalina est venue me parler d'une idée hier soir.

— Oui ?

Il soupira.

— Elle m'a dit qu'elle avait beaucoup aimé les chansons folkloriques que vous avez enseignées à votre classe plus tôt dans l'année, et qu'elle adorerait avoir l'occasion de les interpréter, avec certains de ses camarades de classe... Mais il ne semble pas vraiment y avoir d'événement prévu à l'école...

Emily acquiesça.

— Oui, malheureusement l'auditorium de l'école est en cours de rénovation, donc tous les spectacles scolaires ont été reportés.

— Oui, Catalina me l'a dit, et elle a aussi dit que vous dirigiez vos élèves si seulement il y avait un autre endroit où se produire. Alors je me demandais...

Il fit un geste avec ses mains et poursuivit :

— Et bien sûr, vous pouvez dire non, mais je connais un endroit où une audition comme celle-ci serait très appréciée.

— Vous connaissez une autre école qui pourrait nous prêter son auditorium ?

Il secoua la tête.

— Pas une école. Une ambassade.

Emily ouvrit la bouche.

— Ici ?

Il secoua la tête à nouveau.

— Non, mais ce week-end, l'ambassade de Suède organise un événement. Et les enfants pourraient y interpréter les chansons folkloriques. Catalina m'a dit qu'il y avait une chanson suédoise parmi celles-ci.

— Oh, alors ce serait merveilleux, mais pensez-vous que l'ambassadeur suédois appréciera l'idée ? Je veux dire, c'est un peu à la dernière minute.

— Vous voulez dire que les enfants ne sont peut-être pas prêts ?

— Non, non, pas du tout. Ils sont prêts à se produire à tout moment. Mais qu'en est-il de l'ambassadeur ?

Le sourire qu'il arbora le fit paraître quinze ans plus jeune, et surtout, beaucoup plus heureux.

— Il a déjà accepté.

Le cœur d'Emily fit un bond.

— Tout ce dont nous avons besoin, ce sont les noms des élèves qui se produiront, et peut-être d'un ou deux chaperons, qui devront également être inspectés. Vous avez déjà votre autorisation, donc c'est facile. Si vous pouvez obtenir la permission des parents des enfants, je peux m'occuper du reste.

— Oh mon Dieu, c'est tellement merveilleux. Les enfants seront super contents ! s'exclama Emily d'un air rayonnant.

— Du moment que ça peut faire plaisir à Catalina.

Emily pouvait le voir dans ses yeux. Voir Catalina heureuse le rendait heureux. Et même si Emily avait manipulé Catalina pour obtenir une invitation à la fête de l'ambassade de Suède, personne n'en souffrirait. Catalina et ses camarades de classe s'amuseraient comme des petits fous.

L'ambassadeur Pacheco lui fit un clin d'œil.

— Et peut-être qu'après le spectacle des enfants, vous pourriez me jouer un tango ? suggéra-t-il en promenant ses yeux ailleurs.

Emily n'avait pas besoin de suivre son regard pour savoir qu'il regardait le tableau de sa défunte femme, se souvenant des nombreux tangos qu'il avait dansés avec elle.

— Oui, un tango rien que pour vous.

C'était le moins qu'elle puisse faire.

39

———————

Lucia renifla à nouveau, ses yeux rouges et gonflés témoignant du fait qu'elle aussi était en deuil de Maddie. Bolton n'avait jamais douté de sa loyauté envers sa fille, mais la douleur qu'il voyait dans les yeux de Lucia révélait qu'elle avait aimé Maddie comme son propre enfant.

Bolton était venu à la maison de ville de Maddie pour passer en revue les effets personnels de sa fille et prendre des décisions sur ce qu'il fallait garder et ce dont il fallait se débarrasser. Lucia avait insisté pour l'aider, et il lui en était reconnaissant. Sa présence l'empêchait de se complaire dans son chagrin chaque fois qu'il voyait un objet qui avait compté pour lui et sa fille. Et ces objets étaient nombreux : photos, cadeaux et autres souvenirs. Même les vêtements de Maddie lui rappelaient les événements où elle les avait portés. Mais il ne se permettait pas de s'attarder trop longtemps sur quoi que ce soit.

Pour un homme, il s'était permis de verser beaucoup trop de larmes, la plupart d'entre elles étant lorsqu'il était enfermé dans son bureau ou dans sa voiture, loin des regards indiscrets, loin de Rita, pour ne pas déclencher une nouvelle vague de larmes chez elle. Il devait être fort pour elle. C'est pourquoi il avait insisté pour vider la maison de Maddie sans elle. Elle avait besoin de se reposer. Et il avait besoin d'un projet, de quelque chose pour s'occuper.

— Monsieur Bolton ?

La voix de Lucia se fit entendre derrière lui et il se retourna vers elle.

— Oui ?

— J'ai trouvé la clé.

Elle tenait une petite clé dans sa main et la souleva pour qu'il la voie.

— Pour quoi faire ?

Elle le fixa d'un regard inquiet.

— Pour la boîte à bijoux de Maddie. Comme je vous l'ai dit tout à l'heure.

Bolton acquiesça rapidement.

— Bien sûr. Je suis désolé, Lucia, j'ai du mal à me concentrer.

Lucia lui lança un doux sourire et pressa la clé dans sa paume.

— Je comprends. Ce n'est pas facile. Si vous voulez rentrer chez vous, je peux continuer seule. Je peux tout trier et m'assurer de mettre les choses importantes dans des boîtes pour vous et votre femme...

Bolton serra la main de Lucia.

— Non, non, je vais rester. C'est mon devoir. Je ne peux pas vous laisser faire tout le travail. Vous en avez déjà fait beaucoup.

Il montra d'un geste les boîtes que Lucia avait étiquetées pour distinguer les papiers importants, les objets à donner à des associations caritatives, les objets ayant une valeur sentimentale, et le reste.

— Vous avez fait du bon travail. Vous la connaissiez si bien, poursuit-il.

Lucia renifla de nouveau.

— Si seulement j'étais venue plus tôt ce matin-là. Peut-être qu'elle s'en serait sortie.

— Non, s'il vous plaît, ne commencez pas à vous en vouloir. Ce n'est pas de votre faute, vous...

Le bruit de la sonnette l'interrompit.

— J'y vais, dit rapidement Lucia en se dirigeant vers le couloir.

Bolton entendit la porte s'ouvrir.

— Monsieur Faulkner, salua Lucia.

Bolton entra dans le couloir et vit Mike Faulkner entrer.

— Merci Lucia, j'espère que je ne dérange pas, déclara Faulkner en regardant derrière elle. Rita m'a dit que tu étais là, dit-il à Bolton. J'étais dans le coin, alors je me suis dit que j'allais passer un coup.

Bolton lui fit signe d'entrer.

— Entre donc.

Faulkner passa devant Lucia et saisit la main de Bolton.

— Comment tu tiens le coup ?

Bolton haussa les épaules et montra les cartons.

— Comme on peut dans cette situation.

Alors qu'ils pénétrèrent dans le salon, Lucia demanda depuis la porte :

— Monsieur Faulkner, voulez-vous boire quelque chose ? Il reste des...

Faulkner se tourna vers elle avec un sourire.

— Non, merci. Ne vous dérangez pas. Je ne vais pas rester longtemps.

Faulkner se retourna vers Bolton, fouilla dans la poche de sa veste et en sortit un petit sac en plastique. À l'intérieur se trouvait un téléphone portable.

— Je suis juste venu t'apporter le téléphone de Maddie.

Bolton le prit et l'observa. Un post-it était attaché à l'avant du téléphone.

— Les services secrets ont écrit son code d'accès pour que tu puisses l'ouvrir. Ils ont déjà pris tout ce dont ils avaient besoin.

— Est-ce qu'ils ont trouvé quelque chose d'utile ? demanda Bolton.

— Ils sont encore en train de travailler sur toutes les données qu'ils ont téléchargées dessus, mais pour l'instant, rien d'utile. Je suis désolé.

La sonnette retentit pour la deuxième fois. Bolton regarda Lucia pour lui demander de vérifier qui arrivait, mais celle-ci l'avait devancé et ouvrait déjà la porte.

— Oh, monsieur Sullivan, entendit-il Lucia dire.

Le gendre de Bolton parla à voix basse lorsqu'il salua Lucia.

— Lucia, vous feriez mieux de vite fermer la porte, conseilla Sullivan depuis le couloir, ou le journaliste qui me suivait va entrer. On ne peut aller nulle part ces jours-ci sans qu'ils nous accostent.

— Mais vous pourriez juste leur dire que Maddie était une femme bien, non ? demanda Lucia.

Bolton et Faulkner pénétrèrent dans le couloir.

Sullivan reconnut leur présence, mais répondit à la question de Lucia.

— Bien sûr que je pourrais, mais les journalistes détourneraient mes propos pour en faire une histoire juteuse. N'est-ce pas, Eric ? demanda-t-il en inclinant le menton en direction de son beau-père.

Lucia réfléchit à quelque chose en regardant Sullivan et Bolton, les rides de son front s'accentuant.

— Je ne pense pas que tous les journalistes soient comme ça. La femme qui est venue me voir était très gentille et très respectueuse.

— Une journaliste vous a interviewée ? À propos de Maddie ? interrogea Bolton.

— Elle n'était pas vraiment journaliste, enfin, pas pour un journal...

Lucia avait l'air gênée.

— Comment ça ?

— Eh bien, elle était aveugle, elle avait son chien d'aveugle et des lunettes noires. C'était pour un podcast destiné aux aveugles. Ils ne peuvent pas lire les journaux, alors cette femme fait des podcasts.

Bolton soupira. Tout le monde voulait connaître les dessous de la vie de Maddie.

— Lucia... dit-il en secouant la tête. Qu'est-ce qu'elle voulait ?

— Elle m'a juste demandé comment était Maddie à la maison, vous voyez, comme ce qu'elle mangeait et des choses comme ça. Je lui ai dit qu'elle était gentille avec les sans-abri... – sa voix se brisa. Vous ne pensez tout de même pas qu'elle pourrait utiliser mes paroles pour dire du mal de Maddie ?

Bolton échangea un regard avec Faulkner, puis regarda Lucia. C'était une bonne âme, mais beaucoup trop naïve.

— Elle vous a donné sa carte ?

— Non, mais elle m'a dit son nom. Emily Warner. Je l'ai noté après son départ pour que je puisse retrouver le podcast. Mais jusqu'à présent, je ne l'ai pas trouvé.

Bolton respira un bon coup. Combien de personnes écouteraient un podcast destiné aux aveugles ? Il doutait que l'audience du podcast soit suffisamment importante pour faire du bruit dans les grands médias.

— Ne vous inquiétez pas, Lucia. La prochaine fois, rappelez-vous simplement de faire attention à ce que vous dîtes aux autres à propos de

Maddie. Il y a beaucoup de gens qui veulent traîner son nom dans la boue. Nous ne voulons pas leur donner du grain à moudre.

— Oui, je suis désolée, monsieur Bolton.

Elle renifla et ses yeux redevinrent humides.

— Je ne voulais rien faire de mal. Ça m'a fait du bien de parler de Maddie, reprit-elle.

Un sanglot s'échappa de sa poitrine.

— Bien, bien, dit Bolton, pourquoi ne prendriez-vous pas une minute pour sécher ces larmes, et peut-être prendre une tasse de thé ou de café, avant de continuer, hum ?

Lucia acquiesça et se dirigea vers la salle de bain, mais comme deux lourds cartons bloquaient la porte, elle dut monter à l'étage.

Lorsqu'elle fut hors de portée de voix, Bolton fit signe à Sullivan et à Mike de se rendre dans le salon.

— Elle est dans un sale état.

— On ne peut pas lui en vouloir, répondit Sullivan. Trouver Maddie... comme ça... ça a dû être un choc.

Bolton acquiesça. Il ne voulait pas imaginer la scène. C'était déjà assez pénible de devoir regarder la tache de sang sur le tapis, là où elle était tombée.

— Alors, qu'est-ce qui t'amène ici ? demanda Bolton à Sullivan.

— Je suis à la recherche des dossiers d'audit de l'association caritative que Maddie a emportés chez elle la semaine avant de... – Il s'arrêta là, et Bolton lui en fut reconnaissant – elle était censée les examiner avant que le conseil d'administration ne les vote. Nous avons dû retarder le vote...

— Il y a des documents dans le buffet ici, mais je pense qu'ils ne sont pas liés à l'association caritative. Peut-être à l'étage ? Jetons un coup d'œil.

— Je ne veux pas vous interrompre. Je peux aller voir à l'étage, dit Sullivan.

— Ce sera plus rapide si je t'aide, répondit Bolton en s'engageant dans le couloir.

Il était déjà dans l'escalier, lorsqu'il entendit deux cadences de pas derrière lui. Sur le palier, il se tourna vers la chambre de Maddie. Mais une fois devant la porte, il hésita. En entrant, il avait l'impression de violer son intimité.

Faulkner et Sullivan s'arrêtèrent à côté de lui.

— Ça va ? demanda Faulkner en posant une main sur son épaule.

Bolton tourna la tête vers son ami.

— Je m'attends encore à ce qu'elle sorte de la salle de bain et me gronde pour être entré sans frapper.

— Je comprends, déclara Faulkner. Je suis passé par là. Avec Georgina.

Soudain, la porte de la salle de bains des invités s'ouvrit derrière lui. Bolton se retourna, la gorge serrée, le souffle coupé. C'était Lucia.

Elle regarda les trois hommes avant de faire signe à la porte ouverte de la chambre d'amis.

— Est-ce que je peux enlever les draps du lit ? La police m'a demandé de les laisser comme je les avais trouvés ce matin-là.

Bolton regarda dans la chambre d'amis. Le lit n'était pas fait. Il connaissait la discipline de Lucia. Elle ne laissait pas un lit défait plus d'une journée.

— Est-ce que Maddie a eu un invité la nuit avant son... avant qu'elle...

— Je ne sais pas, répondit Lucia. C'était mon jour de congé. Mais j'ai trouvé le lit comme ça. Je l'ai dit aux services secrets. Et ils m'ont dit de ne rien déranger.

Bolton acquiesça et regarda par-dessus son épaule dans la pièce d'en face, la chambre de Maddie. Son lit était fait, ce qui, il le savait, indiquait que la chute de Maddie s'était produite la nuit, et non le matin, alors qu'elle était sur le point de partir au travail. Mais il ne savait pas que la chambre d'amis avait été utilisée.

Il échangea un regard avec Faulkner.

— Les services secrets ont-ils cherché à savoir si Maddie avait un invité pour la nuit ?

— Oui. Ils ont trouvé des empreintes digitales qui n'appartiennent ni à Maddie ni à Lucia, déclara Faulkner.

Lucia acquiesça.

— Ils ont pris mes empreintes digitales. Ah, c'est la machine, excusez-moi, s'interrompit-elle lorsqu'un petit bruit se fit entendre.

Elle se précipita en bas.

— Les services secrets ont passé les empreintes qu'ils ont trouvées dans la chambre dans le système, mais il n'y aucune correspondance, ajouta

Faulkner. Nous n'avons aucune idée de l'ancienneté des empreintes. Elles pourraient provenir de n'importe quel visiteur de l'année dernière. Mon équipe a également interrogé les voisins, mais personne n'a vu quelqu'un d'autre que Maddie entrer dans la maison au cours des deux nuits précédentes...

— Ça ne veut pas dire qu'elle n'avait pas d'invité, contesta Bolton.

— C'est vrai, concéda Faulkner. Mais nous n'avons aucune confirmation dans un sens ou dans l'autre.

— Ont-ils regardé dans son journal ou son calendrier pour voir si elle attendait quelqu'un ? demanda Sullivan en entrant dans la chambre de Maddie et en tirant les tiroirs de son bureau.

Faulkner le suivit.

— Fais-moi confiance. Les agents chargés de l'enquête sont minutieux. Ils n'ont trouvé nulle part la mention d'un invité pour la nuit.

— Ah, voilà le dossier, s'exclama Sullivan en sortant une enveloppe en papier kraft du tiroir.

Faulkner haussa les épaules puis regarda vers la porte ouverte et baissa un peu la voix.

— Peut-être que Lucia a oublié de faire le lit après le départ d'un invité venu bien avant. Ça arrive.

Bolton ne contredit pas Faulkner, mais il connaissait bien Lucia. Elle était disciplinée. Elle n'aurait jamais laissé le lit défait après le départ d'un invité, ce qui signifiait que quelqu'un avait dormi dans ce lit avant la mort de Maddie.

40

1 *4 juin*

Les applaudissements retentirent dans la grande salle de bal de l'ambassade de Suède tandis qu'une douzaine d'enfants de onze et douze ans s'inclinaient devant le public, le visage rayonnant de joie. Emily se tenait à côté du piano et laissa son regard errer sur la foule. Elle avait enfilé une robe de cocktail noire achetée à la dernière minute pour ne pas faire tache. Pourtant, elle ne se sentait pas assez habillée. Les autres femmes portaient de superbes robes de soirée de toutes les couleurs de l'arc-en-ciel et les hommes des smokings.

L'ambassadeur Pacheco les avait accueillis, elle et les enfants, lorsqu'ils étaient arrivés avec deux chaperons, et les avait conduits dans une pièce plus petite pour qu'ils puissent préparer leurs morceaux. Lorsqu'elle remarqua qu'il regardait sa fille, qui était toute excitée, Emily se rendit compte à quel point l'ambassadeur Pacheco aimait voir sa fille heureuse. Il avait l'air heureux, lui aussi.

Lorsque les enfants firent leur dernier salut, les deux enseignantes qui avaient servi de chaperons, Isabelle Treadway et Olivia Remmington, la directrice de l'école, s'approchèrent des élèves et les félicitèrent pour leur performance.

Les enfants parlaient avec enthousiasme, tandis que la musique était diffusée par les haut-parleurs. L'ambassadeur Pacheco avait raison : l'ambassadeur suédois adorait ABBA. Et à en juger par leur peau claire, leurs yeux bleus et leurs cheveux blonds, les diplomates suédois aimaient la musique et s'étaient mis à danser.

— C'était vraiment une merveilleuse idée, s'exclama Olivia Remmington à l'intention d'Emily. Comment tu t'y es pris ?

Emily sourit.

— C'était l'idée de Catalina.

La directrice rit et se pencha.

— C'est la première fois que j'assiste à une fête d'ambassade. J'aimerais que nous puissions rester plus longtemps, mais les enfants doivent rentrer chez eux, sinon nous aurons des problèmes avec leurs parents. On a dépassé l'heure du coucher, déclara-t-elle en regardant sa montre.

— Est-ce que je peux rentrer chez moi à partir d'ici, plutôt que de monter dans le car avec eux ? Mon appartement est tout près d'ici, et je suis un peu fatiguée, dit Emily, même si ce n'était pas pour cette raison qu'elle ne voulait pas partir avec les enfants.

— Bien sûr, Emily ! Ne t'inquiète pas, Isabelle et moi allons ramener les enfants à la maison. Tu en as fait assez. Repose-toi bien !

Elle fit signe à Isabelle, qui prenait des photos avec les enfants.

Emily remarqua l'ambassadeur Pacheco en train de serrer sa fille dans ses bras, avant qu'un autre homme ne l'entraîne dans la foule. Il fallut encore quelques minutes pour que les enfants soient prêts à partir. Emily les accompagna dans le couloir, faisant semblant de partir elle aussi.

— Je ferais mieux de faire un tour aux toilettes, déclara-t-elle à Isabelle et à la directrice. On se voit toutes lundi.

— Bonne nuit, mademoiselle Warner, dirent quelques enfants en cœur.

— Bonne nuit, les enfants, répondit Emily.

Elle se retourna en direction des toilettes pour dames, mais avant de les atteindre, elle changea de nouveau de direction. Les enfants et leurs deux accompagnateurs avaient atteint la sortie et passaient devant la sécurité.

Voyant que ni les enfants ni les deux chaperons ne regardaient dans sa direction, Emily retourna dans la salle de bal. Elle avait aperçu Lars Nielson brièvement avant l'audition, elle savait donc qu'il était présent, mais il avait quitté la salle avant le début du spectacle. Elle devait essayer de le retrouver. Emily saisit une coupe de champagne sur le plateau qu'un serveur lui tendait, sans vraiment avoir envie de la boire. Néanmoins elle savait qu'elle devait donner l'impression d'avoir une raison d'être ici.

— Une si belle performance, lui dit une femme vêtue d'une longue robe argentée en lui souriant.

— Oh, merci, répondit Emily. Les enfants se sont amusés comme des petits fous.

La femme acquiesça, puis se retourna vers les deux hommes à qui elle parlait, et Emily passa devant elle, gardant les yeux ouverts afin de repérer le grand homme blond. Mais comme il s'agissait de l'ambassade de Suède, il y avait beaucoup d'hommes qui correspondaient à ce profil. Et comme tous les hommes étaient habillés à peu près de la même façon, elle n'avait pas d'autre indice pour se repérer.

Elle se promena dans la pièce, ne restant jamais trop longtemps dans la même position, afin d'éviter que les gens ne se rendent compte qu'elle ne connaissait personne ici. L'ambassadeur Pacheco avait disparu, probablement entraîné dans une conversation d'affaires par un autre diplomate, ou fumant un cigare dans une autre partie du bâtiment. Quelque part elle s'en réjouissait, car elle ne voulait pas qu'il apprenne qu'elle n'était pas partie avec les enfants, et donc qu'elle avait une autre idée derrière la tête. Elle ne voulait surtout pas qu'il sache qu'elle s'était servie de lui et de sa gentillesse. C'était important pour elle, et après tout, en amour comme à la guerre, tous les coups étaient permis. Mais il ne s'agissait ni d'amour ni de guerre. Il s'agissait de préserver sa propre santé mentale. Elle devait le faire pour Maddie et pour elle-même, pour que Maddie puisse reposer en paix et qu'Emily puisse vivre libérée de ses visions.

Emily sentait ses yeux se fatiguer. Il y avait trop de lumières, trop de gens qui tourbillonnaient. Elle jeta un coup d'œil vers la piste de danse, où plusieurs couples tournoyaient si vite qu'Emily eut soudain l'impression que le sol bougeait sous ses pieds. Elle s'empressa de fermer les yeux et respira, avant de se détourner du spectacle et de regarder en direction de l'entrée principale de la salle de bal.

C'est alors qu'elle aperçut Lars Nielson, l'ex-fiancé de Maddie, se tenant là, un verre à la main. Il était seul. C'était l'occasion. Sans plus attendre, elle fendit la foule. Elle avait de la chance : Nielson n'avait pas bougé de sa place près de la porte.

— Monsieur Nielson, s'empressa de dire Emily avant que son courage ne l'abandonne. Je suis Emily Warner.

Il hocha la tête poliment et répondit :

— Je ne crois pas que nous nous soyons déjà rencontrés, ou si c'est le cas, veuillez accepter mes excuses pour avoir oublié votre nom.

Ses paroles étaient excessivement polies et soutenues, mais étant donné qu'il était clairement ici pour représenter le gouvernement suédois, c'était compréhensible.

— Non, nous ne nous sommes pas rencontrés.

— Ouf, je suis soulagé de ne pas avoir fait de faux-pas alors.

Il lui adressa un sourire charmant, et Emily comprit pourquoi une femme comme Maddie serait attirée par lui.

— Je suis ici en tant qu'invitée de l'ambassadeur Pacheco d'Ar...

— D'Argentine, oui, je le connais bien, l'interrompit-il avant de la jauger des yeux. Et vous êtes... son... euh, son amie ?

Elle secoua la tête. Cette drôle d'idée lui sembla presque farfelue.

— Je suis la prof de sa fille. Sa prof de piano.

Nielson sourit et se pencha en avant.

— Bien évidemment. Eh bien, si je peux me permettre, il les prend au berceau, ce coquin.

Emily rougit. De toute évidence, Nielson pensait qu'elle couchait avec l'ambassadeur, ce qui était pour le moins grotesque. Cependant, peut-être que cette hypothèse l'aiderait à amener Nielson à lui parler de Maddie.

— C'est un homme très gentil, répondit-elle en souriant.

— Très gentil, et très triste.

Elle décida de profiter de ce commentaire pour entamer la conversation.

— Je voulais vous présenter mes condoléances. Ce qui est arrivé à Madeline... c'est insensé.

Il changea d'attitude et but une gorgée de son verre.

— Je n'arrive pas à m'y faire. La connaissiez-vous ?

— Oui et non.

Nielson haussa les sourcils.

— Voilà une réponse bien étrange à une question pourtant très simple.

— Je ne l'ai jamais rencontrée personnellement... mais je lui suis reconnaissante... pour ce qu'elle m'a donné.

Elle ne savait pas si elle devait lui parler du fait qu'elle avait reçu les cornées de Maddie ou non. C'était peut-être bête d'en révéler trop. Elle passerait pour une folle si elle lui disait la vérité.

— C'était une personne très généreuse, conclut-elle.

— Absolument.

— Je sais que ça ne me regarde pas, mais quand elle a rompu avec vous... pensez-vous qu'elle l'a regretté ?

Il fronça les sourcils.

— Enfin, vous quitter seulement quelques mois avant la date du mariage... ça....

— Où avez-vous entendu ça ? Encore un mensonge des tabloïds ? demanda-t-il avant de secouer la tête. Notre séparation s'est faite à l'amiable. Nous avons pris la décision ensemble.

Elle baissa la tête.

— Mais votre dispute...

Vicky lui avait raconté ce qu'elle avait lu dans la presse des mois plus tôt. Cela correspondait à la vision qu'elle avait eue, dans laquelle Nielson avait l'air totalement enragé.

— C'était une dispute entre amis, répondit-il en se moquant. Il crispa le menton et reprit : Je lui ai dit de faire attention à cet abruti... Diego Sanchez. Il est plus que louche. Mais elle n'a pas voulu écouter, n'est-ce pas ?

Il avait désormais l'air en colère. Il prit une grande gorgée de son verre, qu'il vida.

— Et vous avez raison, ça ne vous regarde pas, conclut-il avant de s'éloigner d'un pas raide.

Toutefois, au lieu de la salle de bal, il se rendit dans le couloir et se dirigea vers l'entrée principale de l'ambassade.

Emily soupira. Elle l'avait mis en colère, ce qui n'était pas son intention. Néanmoins, elle avait découvert quelque chose : Maddie n'avait pas largué Nielson. Si leur rupture était vraiment d'un commun accord, alors il n'y avait aucune raison pour que Maddie ait besoin d'Emily pour régler ses comptes avec lui. Cependant, les paroles de Nielson à propos de Diego Sanchez avaient attiré son attention. Et si Maddie essayait de lui montrer que Diego Sanchez avait quelque chose à voir avec sa mort ? Était-ce pour cela qu'elle avait montré à Emily une vision de Nielson, afin que ce dernier lui parle de Sanchez ? C'était tout à fait possible.

— Mademoiselle ? énonça une voix masculine derrière elle.

Elle pivota et se retrouva face à un homme qu'elle reconnut immédiatement, bien qu'il soit vêtu d'un costume noir aujourd'hui. Autour de son cou pendait un cordon avec un badge qui permettait de l'identifier comme étant de la sécurité. Il portait également une oreillette.

— Veuillez me suivre sans faire de scène.

41

Adam Yang ne croyait pas aux coïncidences. Lars Nielson l'avait abordé et lui avait demandé de vérifier si la femme à qui il avait parlé était une journaliste qui avait infiltré la fête de l'ambassade dans le but de le cuisiner au sujet de sa relation avec Madeline Bolton.

Yang venait de relever un agent de sécurité qui travaillait à l'entrée principale de l'ambassade, et avait immédiatement vérifié la liste des invités. Le nom d'Emily Warner n'y figurait pas. D'une manière ou d'une autre, elle s'était invitée à la fête. Comment, il n'en avait aucune idée. Il ne l'avait pas considérée comme étant très intelligente, mais elle avait manifestement trouvé un moyen de s'introduire dans l'événement pourtant bien surveillé. Il avait remarqué qu'elle avait parlé à Lars Nielson après en avoir été empêchée à l'enterrement de Madeline Bolton.

C'était la troisième fois que Yang rencontrait Emily Warner, la troisième fois que sa présence était liée d'une manière ou d'une autre à Madeline Bolton. Elle s'était d'abord montrée au Patel's Market, où Madeline Bolton avait été témoin d'un crime un mois plus tôt. Quelques jours plus tard, elle était venue faire un tour – il en était certain – aux funérailles de Madeline Bolton. Et maintenant, la voilà qui s'était infiltrée dans la soirée de l'ambassade de Suède pour importuner l'ex-fiancé de Madeline Bolton. Mais dans quel but ?

— Veuillez me suivre sans faire de scène, ordonna-t-il.

Emily Warner le regarda bouche bée.

— Vous êtes le policier...

— Inspecteur Yang, dit-il sèchement en lui saisissant le bas. Allons-y.

— Mais je n'ai rien fait de mal.

— Je ne sais pas comment vous avez pu rentrer, mais vous n'étiez pas invitée, mademoiselle Warner. Ou dois-je chercher un autre nom sur la liste des invités ?

— J'ai été invitée ! protesta-t-elle, l'air outré. Je suis venue avec l'ambassadeur Pacheco.

— Mais bien sûr, dit-il sans parvenir à cacher le sarcasme de sa voix. Et où est-il maintenant ?

Elle regarda par-dessus son épaule.

— Il était là il y a un instant.

Yang l'éloigna de la porte ouverte de la salle de bal, afin d'éviter qu'on ne l'entende si elle devenait hystérique.

— Pourquoi embêtiez-vous monsieur Nielson ?

— Je ne l'embêtais pas.

— Vous lui avez posé des questions sur Madeline Bolton.

Elle eut au moins la décence de prendre un air penaud.

— Je faisais juste la conversation.

— C'est comme ça que vous vous y prenez pour vos histoires juteuses de tabloïds ?

— Tabloïds ? souffla-t-elle. Vous pensez que je suis journaliste ?

— Pourquoi auriez-vous abordé monsieur Nielson pour lui poser des questions sur son ex-fiancée sinon ?

— Je ne suis pas journaliste ! rétorqua-t-elle en crachant presque le dernier mot.

Si c'était la vérité, alors elle ne pouvait être qu'une harceleuse, ce qui la rendait encore plus dangereuse. Et folle.

— Écoutez, mademoiselle Warner, dit-il calmement, ne voulant pas l'énerver encore plus, laissez-moi vous donner un conseil. Infiltrer un événement organisé par un gouvernement étranger pourrait vous attirer de gros ennuis...

— Mais je n'ai pas infiltré la fête ! répondit-elle exaspérée. J'ai été invitée à me produire avec mes élèves. Ils ont chanté des chansons folkloriques et je les ai accompagnés au piano.

Il soupira.

— Tout à l'heure, vous avez dit être venue avec l'ambassadeur Pacheco.

— Oui, et c'est vrai. C'est lui qui a organisé le spectacle pour que mes élèves et moi puissions y assister. Sa fille est l'une de mes élèves.

Yang secoua la tête. Cette femme était de plus en plus agitée, et elle ne tarderait pas à attirer l'attention des invités.

— S'il vous plaît, Mademoiselle Warner, allons-y discrètement.

Il réussit à la guider le long du couloir qui menait à l'entrée principale.

— Pourquoi ne me croyez-vous pas ? demanda-t-elle, sa voix tremblant soudain.

Lorsqu'il jeta un coup d'œil sur son visage, il remarqua que des larmes perlaient dans ses yeux. Pendant un instant, il se dit qu'elle racontait peut-être la vérité, avant de chasser cette idée. Trop de choses chez cette femme ne collaient pas. Si elle n'était pas une journaliste en quête de scoop sur l'ex-fiancé d'une femme morte, alors elle était probablement malade mentale, dérangée ou tout simplement folle. C'était vraiment dommage. Elle semblait délicate et élégante dans sa robe noire. Elle était à peine maquillée, et pourtant elle était plus jolie que la plupart des autres invitées qu'il avait aidées à sortir de leur limousine à leur arrivée.

Ne voulant pas la faire pleurer, Yang lui proposa :

— Je vais commander un Uber pour vous ramener chez vous, d'accord ?

Arrivé à la porte d'entrée, il la raccompagna à l'extérieur.

— J'ai besoin de voir votre permis de conduire.

Il sortit son téléphone portable de sa poche et ouvrit l'application Uber. Il voulait s'assurer qu'elle ne lui donnerait pas une fausse adresse.

— Je n'en ai pas.

Il croisa son regard.

— Vous voulez dire que vous ne l'avez pas sur vous ?

Elle secoua la tête.

— Je n'ai pas de permis de conduire.

Lui mentait-elle ? Il n'arrivait pas à le savoir. Il était d'habitude assez doué pour dire si quelqu'un lui mentait, mais avec cette femme, il en était incapable. Ce qui le déstabilisait énormément.

— Très bien, dit-il. Quelle est votre adresse ?

— Je peux commander un Uber toute seule.

— J'insiste.

Elle soupira, puis dicta une adresse à Columbia Heights, pas très loin du Patel's Market et de l'appartement de Yang. Il entra l'adresse dans l'appli et attendit quelques instants.

— L'Uber devrait être là dans quelques minutes, dit-il en levant les yeux.

Mais Emily Warner n'avait pas l'air de l'avoir entendu. Elle regardait au loin, les yeux écarquillés, la bouche béante. Yang regarda par-dessus son épaule pour voir ce qu'elle regardait, s'attendant à voir quelqu'un. Mais il n'y avait personne, juste une grande jardinière avec des fleurs.

— Mademoiselle Warner ?

42

Alors qu'elle parlait avec l'inspecteur Yang, la vue d'Emily se brouilla soudainement. L'espace d'un instant, elle se dit que son corps rejetait les cornées, mais elle se trompait. Il s'agissait d'une autre vision, d'un autre souvenir de la vie de Maddie.

Des mains parfaitement manucurées firent défiler la liste des contacts d'un téléphone, puis sélectionnèrent un nom. Emily eut à peine le temps de lire le prénom de la personne : Sergei. Ensuite, le reflet d'un visage apparut dans une armoire brillante : Maddie, qui porta le téléphone à son oreille. Emily ne pouvait pas entendre ce qu'elle disait, ni si Serguei répondait ou ce qu'il disait. L'appel ne dura que quelques secondes. Maddie rangea le téléphone portable puis se retourna.

C'est alors qu'Emily se rendit compte que Maddie n'était pas seule. La fille qui se tenait dans une élégante maison, qu'elle supposa être celle de Maddie, ne devait pas avoir plus de treize ans. Elle portait un pantalon de yoga et un gros sweat-shirt. Ses pieds étaient nus, ses longs cheveux noirs humides comme si elle venait de prendre une douche. Ses yeux bleus débordaient de larmes. Son visage et son cou étaient couverts d'ecchymoses. Ses poignets étaient rouges, à vif, comme si quelque chose avait irrité sa peau. Emily essaya de les observer de plus près, mais le regard de

Maddie se dirigea vers le haut, loin des mains de la jeune fille, et se posa sur son visage.

Plus Maddie la fixait, plus Emily se rendait compte que la jeune fille était morte de peur. Elle tremblait, les épaules voûtées en avant, la poitrine frémissante de sanglots. Lorsque Maddie posa sa main sur le bras de la fillette, visiblement dans l'intention de la rassurer, la fillette recula. Elle ne voulait pas qu'on la touche. Elle ne faisait confiance à personne. Emily n'avait pas besoin d'entendre les paroles de Maddie ou de la fillette pour comprendre que quelqu'un avait fait du mal à la fillette et que Maddie essayait de l'aider d'une façon ou d'une autre.

Sous les bleus et les larmes, la fille était jolie. Emily n'avait jamais vu des yeux comme les siens. Ils étaient captivants, attirants, envoûtants. Dans quelques années, la jeune fille deviendrait une belle femme – si elle pouvait survivre à l'enfer qu'elle avait traversé et au danger qu'elle courait. Pour Emily, il ne faisait aucun doute que la jeune fille fuyait quelque chose ou quelqu'un.

Emily regarda la main de Maddie faire signe à la jeune fille de la suivre à l'étage, où elle ouvrit la porte d'une chambre à coucher. C'était une pièce confortable, richement meublée, avec un grand lit, une commode ancienne et un fauteuil à bascule ainsi qu'une lampe de lecture dans un coin. Les stores étaient déjà tirés.

Maddie échangea de nouveau quelques mots avec la jeune fille, mais Emily ne pouvait pas entendre leur conversation, seulement voir ce que Maddie avait vu.

Lorsque Maddie se retourna et quitta la pièce, la vision s'interrompit soudainement, et Emily se retrouva à fixer une jardinière avec des fleurs. Pendant un instant, elle ne savait pas où elle se trouvait.

— Mademoiselle Warner ? Ça va ? Avez-vous besoin d'un médecin ?

Emily tourna la tête en direction de la voix masculine, mais le mouvement soudain la fit vaciller. Une main ferme saisit son coude pour l'aider à retrouver son équilibre. Elle cligna des yeux et vit l'inspecteur Yang lui lancer un regard inquiet.

— Oui, ça va. Trop d'alcool, prétendit-elle alors qu'elle n'avait pas bu une seule gorgée de champagne.

Il valait mieux que Yang pense qu'elle était pompette plutôt que folle.

— Eh bien, dans ce cas, allons-y. L'Uber est là, dit-il d'une voix beaucoup plus douce que lorsqu'il l'avait accusée de s'être incrustée à la fête de l'ambassade.

— Merci.

Elle n'avait pas besoin de rester plus longtemps à la fête. Elle avait parlé à Lars Nielson. Elle ne savait pas si elle le croyait quand il lui avait dit que sa séparation avec Maddie s'était faite à l'amiable. Cependant, Emily était surprise que Maddie et lui aient été ensemble dès le départ. Nielson ne lui semblait pas assez fougueux pour sortir avec Maddie. Diego Sanchez était-il différent ? Était-il le genre d'homme capable de piquer une crise de jalousie d'un moment à l'autre ? Elle aurait dû interroger la gouvernante sur la relation que Maddie entretenait avec lui. Mais l'examen de Diego Sanchez devait attendre. Après ce que cette dernière vision avait révélé, il était plus important de découvrir qui était la fille, et comment un homme nommé Sergei était impliqué.

— Et mademoiselle Warner ? commença l'inspecteur Yang en lui ouvrant la portière de la voiture.

— Oui ?

Elle monta à l'arrière de l'Uber et croisa son regard.

Il sembla hésiter. Puis il fouilla dans sa poche et en sortit une carte qu'il lui tendit.

— La prochaine fois que vous voudrez infiltrer une réception, appelez-moi pour que je puisse vous en dissuader.

— Je ne me suis pas infiltrée...

— C'est ce que vous n'arrêtez pas de dire.

— Si vous pensez vraiment que je suis là pour espionner, alors pourquoi ne m'arrêtez-vous pas ? Après tout, vous êtes vraiment policier, pas juste un agent de sécurité.

Qu'est-ce qui lui prenait ? Était-il bien raisonnable de tenter le diable ?

— Ne me tentez pas, mademoiselle Warner. Bonne nuit.

Il ferma la porte de la voiture, et le chauffeur Uber démarra. Emily tourna la tête pour regarder à nouveau l'inspecteur Yang et remarqua qu'il suivait la voiture des yeux. Elle regarda ensuite la carte qu'il lui avait donnée, mais il faisait trop sombre dans la voiture pour la lire. À la place, elle la rangea dans son sac à main et s'adossa au siège.

Elle était fatiguée. Trop fatiguée pour se demander pourquoi l'inspecteur lui avait donné sa carte. Cela n'avait pas d'importance. Après tout, elle n'avait pas infiltré la réception de l'ambassade, et elle n'avait certainement pas l'intention de tenter l'aventure un jour. L'inspecteur Yang n'avait donc pas besoin de l'en dissuader.

43

1 *5 juin*

En milieu de matinée, Jefferson se gara aux alentours de la maison de Dimitry et Irina Fedorov puis coupa le moteur.

— Tu as fait quoi ?

Yang haussa les épaules.

— Qu'est-ce que tu aurais fait ? Tu l'aurais arrêtée ? N'oublie pas que je n'étais pas là en tant qu'inspecteur. Je n'étais pas en service.

— Ça veut dire que dalle ça, rétorqua Jefferson en lui lançant un regard impassible. Il y a clairement quelque chose qui ne tourne pas rond chez cette femme. Elle a quelque chose à voir avec Madeline Bolton. Tu l'as vue déjà deux fois.

— Trois fois, corrigea Yang avant de pouvoir s'arrêter.

— Quoi ? Pas seulement à l'épicerie et à l'ambassade ?

Yang serra les lèvres l'une contre l'autre.

— Accouche, ordonna Jefferson.

Sachant que Jefferson ne lâcherait rien, Yang soupira.

— Elle s'est aussi présentée à l'enterrement de Madeline Bolton avec une amie.

La bouche béante, Jefferson secoua la tête.

— Qu'est-ce que tu foutais à cet enterrement ? Et si le lieutenant Arnold l'apprenait ?

— Ça n'arrivera pas. A moins que tu ne le lui dises.

Jefferson tapa de la main sur le volant.

— Je vais me gêner ! Comment as-tu fait pour devenir inspecteur ?

— Tout comme toi, en ne prenant rien au pied de la lettre et en suivant mon instinct.

Pendant un moment, Jefferson resta silencieux.

— Ok, *strike*.

Yang sourit.

— Et moi qui pensais que tu ne parlais pas de langue étrangère.

Jefferson roula des yeux.

— Laisse-moi en dehors de ça. Si quelqu'un découvre que tu t'intéresses à la mort de Madeline Bolton, je nierai que nous ayons jamais eu cette conversation.

— Ça marche pour moi, dit Yang en sortant de la voiture.

Jefferson fit de même.

— Nous aurions dû venir avec un traducteur cette fois-ci.

Yang haussa les épaules.

— Si la fille sait quelque chose, on lui demandera de venir au poste et on fera en sorte d'avoir un traducteur à ce moment-là.

Ils marchèrent jusqu'à la maison des Fedorov et sonnèrent à la porte. Il y a eu des bruits de pas, puis la porte s'ouvrit. C'était Dimitry Fedorov.

— Vous vous souvenez de nous ? demanda Jefferson.

Fedorov acquiesça. Sa femme se trouvait derrière lui. Elle avait l'air effrayée.

— Nous aimerions parler à Sasha pour voir si elle peut nous dire quelque chose à propos des deux autres filles qui ont disparu, déclara Yang.

Il n'y avait pas de doute sur le regard que le couple échangea. Yang avait déjà vu ce regard chez de nombreux potentiels suspects, lorsqu'il les avait surpris en train de mentir.

— Où est-elle ? Il n'y a pas école aujourd'hui, ajouta-t-il en pointant sa montre du doigt.

— Ne nous obligez pas à utiliser la force, ajouta Jefferson.

Madame Fedorov éclata soudainement en sanglots, et son mari la prit dans ses bras, tout en jetant un regard suppliant à Jefferson et Yang.

— S'il vous plaît, ne nous faîtes pas de mal.

La main de Yang se dirigea instinctivement vers son arme de service. Ses sens en éveil, il scruta le couloir derrière le couple.

— Il y a quelqu'un d'autre dans la maison ?

— Non, répondit Fedorov rapidement. Non, juste moi et ma femme.

— Ça vous dérange si on entre ? demanda Yang.

Lorsque Fedorov fit un mouvement pour les inviter, Yang fit un signe de tête à Jefferson, avant qu'ils n'entrent tous les deux.

Yang vérifia rapidement chaque pièce du premier étage, tandis que Jefferson fit de même au deuxième étage.

— Ils sont seuls, confirma Jefferson lorsqu'il redescendit les rejoindre dans le salon.

— Qu'est-ce qui se passe ? demanda Yang au couple. Où est Sasha ? Et ne dîtes pas qu'elle étudie avec une amie.

Avec Madame Fedorov toujours en pleurs, c'est son mari qui répondit :

— Sasha n'est pas là. Elle n'est pas revenue.

Yang échangea un regard avec son partenaire.

— Elle a encore disparu ?

Fedorov secoua la tête.

— Elle n'est pas revenue. Elle est toujours portée disparue.

Il avait l'air craintif, comme s'il s'attendait à être puni.

— Vous nous avez menti ? Pourquoi ?

— Vous êtes police. Nous voulons pas de problème. Si nous avons problèmes avec police, immigration ne donne pas la carte verte.

— Putain, maugréa Yang.

Jefferson secoua la tête.

— Bon sang ! Si vous pensiez avoir des ennuis en admettant que Sasha n'était pas revenue, laissez-moi vous dire que c'est parce que vous nous avez menti que vous en avez maintenant.

Jefferson élevait de plus en plus la voix. Les Fedorov reculèrent tous les deux, visiblement effrayés.

Yang posa sa main sur le bras de son partenaire.

— Arrête, je les comprends. La Russie n'est pas vraiment connue pour son éthique policière.

Puis il s'adressa à Fedorov :

— Vous aviez peur qu'on dise à l'immigration qu'une fille a disparu sous votre garde, et vous pensiez que vous seriez punis pour ça ?

Fedorov acquiesça.

— Mais alors pourquoi avoir signalé sa disparition dès le départ si vous avez si peur de la police ? demanda Jefferson.

— C'était l'école, déclara Fedorov. L'école a fait rapport. Nous étions obligés parler à police.

Yang acquiesça et comprit. Avaient-ils vécu dans la peur pendant tout ce temps, attendant que l'immigration frappe à leur porte ?

— D'accord, j'ai compris, répondit Yang. Mais vous devez nous aider maintenant.

Les yeux du couple s'écarquillèrent.

— J'ai besoin que vous veniez au poste avec nous pour donner un échantillon d'ADN, monsieur Fedorov.

Puis il fit signe à Madame Fedorov :

— Et nous devons prélever l'ADN de Sasha. À partir de sa brosse à dents ou de sa brosse à cheveux. Vous avez ça ?

Fedorov dit quelque chose en russe à sa femme. Elle hocha la tête et fit un signe vers le plafond.

— En haut.

— Je vous accompagne, décida Jefferson.

À contrecœur, la femme se dirigea vers la porte, puis Jefferson la suivit.

Lorsqu'ils furent hors de portée de voix, Yang fit un pas plus près de Fedorov.

— Je veux que vous compreniez quelque chose, monsieur Fedorov. Personne ne vous fera de mal, à vous ou à votre femme, ni ne mettra en péril votre statut d'immigré, si vous n'avez rien à voir avec la disparition de Sasha. Dans le cas contraire, je ne resterais pas les bras croisés et je vous ferais payer. Vous comprenez ?

Fedorov hocha la tête, tremblant de tout son corps.

— Bien, dit Yang. Alors viendrez-vous au poste de votre plein gré ?

— Oui, inspecteur. Je donne mon ADN. Et vous verrez que j'ai pas fait de mal à Sasha.

Yang étudia le visage de l'homme. La peur sur le visage de ce dernier l'empêchait de déterminer s'il mentait ou s'il disait la vérité. Il devrait s'en remettre à la science pour trouver la réponse à cette question.

44

———————

Emily ne tenait pas en place. C'était peut-être une mauvaise idée. Qu'espérait-elle découvrir ? N'était-elle pas en train d'attirer l'attention sur elle en étant ici ? Et qu'est-ce qu'elle pourrait bien dire ? Peut-être aurait-elle dû au moins en discuter avec Vicky. Mais d'un autre côté, si elle avait dit à Vicky ce qu'elle prévoyait, son amie l'aurait sans doute dissuadée de passer à l'action.

— Oui, je peux vous aider ?

La femme qui avait ouvert la porte s'essuya les mains sur son tablier. Ce n'était pas madame Bolton. De toute évidence, les gens comme les Bolton avaient du personnel de maison.

Emily se racla la gorge.

— Euh, oui, je... euh. Je suis ici pour voir madame Bolton.

Suspicieuse, la gouvernante la regarda de haut en bas.

— Avez-vous un rendez-vous ?

— Euh, non, mais...

La femme à l'allure fougueuse posa les mains sur ses hanches et releva le menton.

— Madame Bolton ne doit être dérangée sous aucun prétexte.

— Mais, je dois lui parler...

— Vous ne voulez pas, vous les journalistes, laisser cette femme tranquille ? Elle est en deuil !

De toute évidence, la gouvernante était loyale envers son employeur et protectrice à son égard. Cependant, Emily ne pouvait pas abandonner maintenant.

— Je ne suis pas journaliste ! Maddie m'a offert un cadeau, s'empressa d'ajouter Emily. Je veux donc remercier madame Bolton.

— Partez ! s'écria la femme d'une voix forte, prête à claquer la porte au nez d'Emily.

— Qu'est-ce qui se passe, Trudy ?

La voix venait de derrière la gouvernante, qui s'était retournée, révélant ainsi l'arrivée de Mme Bolton. Emily l'avait reconnue lors de l'enterrement. Elle était petite et semblait fragile dans sa robe noire. Ses cheveux étaient parfaitement coiffés en chignon bas, son maquillage impeccable, mais ils ne parvenaient pas à dissimuler la pâleur de son visage et le creux de ses yeux. Voilà à quoi ressemblait donc une mère en deuil.

— Madame Bolton, dit rapidement Emily, j'aimerais vous remercier pour ce que Maddie m'a donné.

— Je m'en occupe, madame, déclara la gouvernante. Cette journaliste ne vous dérangera plus, je vous le promets.

Mais madame Bolton regarda au-delà de son employée et fixa Emily. Leurs regards se croisèrent pendant une longue seconde.

— Et Maddie ? Qu'est-ce qu'elle vous a donné ?

— Ma vue, dit Emily, en soutenant toujours le regard de Mme Bolton. Elle m'a fait don de ses cornées.

Les lèvres de madame Bolton commencèrent à trembler. Trudy se tut.

— Entrez, s'il vous plaît, Mademoiselle ... ? proposa Mme Bolton après ce qui lui sembla durer une éternité.

— Warner, Emily Warner.

Quelques instants plus tard, Emily s'assit sur le canapé de l'élégant salon, tandis que madame Bolton prenait place sur le fauteuil situé en face.

Trudy se tenait devant la porte, hésitant à quitter son employeur.

— Madame ?

— Laisse-nous, Trudy.

Grommelant quelque chose d'inintelligible, Trudy partit, sans fermer la porte derrière elle.

— Je suis désolée de m'imposer ainsi, dit Emily.

Madame Bolton acquiesça.

— Je savais que Maddie était donneuse d'organes, mais je pensais que mon mari s'était assuré que son nom ne soit pas divulgué...

— Erreur d'écriture, mentit Emily.

Elle se sentait mal d'avoir à mentir à cette femme qui avait traversé tant d'épreuves.

Encore une fois, Mme Bolton hocha la tête, mais ne dit rien.

— J'ai été aveugle pendant quinze ans et jamais je n'aurais pensé que je pourrais voir de nouveau. Mais le don de votre fille...

Pouvant physiquement ressentir le chagrin de madame Bolton, Emily sentit ses yeux s'humidifier. Elle se sentait mal de la déranger en cette période de chagrin.

— J'aimerais pouvoir dire que je suis heureuse que quelque chose de bien en soit sorti... C'est vrai... dit madame Bolton en s'efforçant de sourire. Mais je ne peux pas... J'aimerais juste retrouver ma fille.

— Je comprends. J'ai perdu ma mère il y a quinze ans, dans le même accident qui m'a privé de la vue... répondit-elle avant de renifler. Je la pleure encore aujourd'hui, et je la pleurerai toujours. Mais je prie pour ne jamais avoir à pleurer un enfant... pour ne jamais avoir à ressentir la douleur que vous ressentez.

Une larme solitaire sortit de l'œil de madame Bolton et coula sur sa joue. Elle ne prit pas la peine de l'essuyer.

— Merci, mademoiselle... mademoiselle Warner. J'apprécie vos paroles. Des centaines de personnes ont exprimé leurs condoléances à moi et à ma famille, mais ce n'étaient que des mots, des mots creux. Mais vous, une étrangère, vous semblez comprendre ce que je traverse...

Emily déglutit difficilement.

— Je ressens un lien...

Madame Bolton fronça les sourcils, accentuant ses rides.

— Je ne suis pas sûre de vous suivre.

— Je sais que cela peut paraître étrange. Je ne comprends pas très bien moi-même, mais depuis la greffe, je vois des choses...

Elle prit une grande inspiration et ajouta :

— Des souvenirs... des souvenirs qui ne sont pas les miens.

Les rides sur le front de madame Bolton s'accentuèrent davantage.

— Je vois ce que votre fille a vu et fait.

Madame Bolton secoua la tête.

— Non, non, ce n'est pas possible.

Elle comprenait sa réaction. Si quelqu'un était venu lui dire la même chose, elle ne l'aurait pas cru non plus. Elle aurait préféré ne pas avoir à sonder davantage et à créer de nouvelles blessures, mais elle devait découvrir ce que signifiaient les flashs de la vie de Maddie.

— C'est ce que je pensais au début, mais je n'arrive pas à me débarrasser de ces souvenirs. C'est comme si Maddie me demandait de faire quelque chose pour elle... Je sais que ça paraît fou.

Madame Bolton se leva de sa chaise, le corps rigide.

— Parce que c'est de la folie. Si vous essayez de me soutirer de l'argent...

— Je ne suis pas là pour l'argent, interrompit Emily qui se leva à son tour.

Elle n'avait pas l'intention de contrarier la femme en deuil. Pendant un instant, elle envisagea de partir avant de contrarier encore plus la mère de Maddie. Mais elle ne pouvait pas partir. Elle devait aller au fond des choses. Et elle réalisa aussi qu'il ne lui restait que quelques instants avant que madame Bolton ne la mette à la porte.

— Je suis ici parce que je pense que Maddie a été assassinée et qu'elle veut que je l'aide à trouver son meurtrier.

Madame Bolton sursauta.

— Elle me montre des choses à travers ses cornées qui, je pense, ont un rapport avec sa mort. Je dois faire ça pour elle. Pour qu'elle puisse reposer en paix.

Et pour qu'Emily puisse elle aussi être en paix.

— Je ne comprends pas, mademoiselle Warner. Pourquoi me faites-vous cela ?

— Parce que nous avons toutes les deux besoin de réponses. La mort de Maddie n'était pas un accident. Je le sens. Pourquoi Maddie serait-elle montée sur une échelle avec des talons de huit centimètres ?

— Comment savez-vous cela ? Je ne savais même pas... Personne ne m'a parlé des chaussures...

Emily entendit des voix provenant d'un autre coin de la maison.

— Maddie veut que je découvre qui lui a fait ça. J'ai besoin de votre aide. S'il vous plaît, Maddie a besoin de votre aide. Elle m'a montré quelqu'un. Un homme. Elle lui a parlé avant de mourir. Je pense qu'il est impliqué, ou alors qu'il sait quelque chose.

Emily devina qu'il s'agissait plutôt de la deuxième option et que cela avait un rapport avec la fille meurtrie, mais elle ne voulait pas contrarier encore plus Mme Bolton. Elle n'avait pas besoin de savoir pour la fille. Pas encore en tout cas.

— Diego ? Il y avait une lueur dans les yeux de Mme Bolton. Je ne l'ai jamais aimé, il n'était pas fait pour elle.

— Ce n'était pas Diego. Et ce n'était pas non plus Lars. Elle l'a appelé Sergei. Je pense qu'elle avait besoin de le voir. Et c'était urgent.

C'était sa meilleure théorie, même si Emily n'avait pas entendu la conversation.

— Sergei ? Mais pourquoi Sergei...

— Vous connaissez un Sergei ?

Elle acquiesça.

— Sergei Petrov de l'ambassade russe. Mais lui et Maddie ne se fréquentaient pas.

— En êtes-vous sûre ?

— Il est gay. Il ne faisait pas partie de ses amants. Ils se connaissaient à peine. Je ne vois pas pourquoi elle lui parlerait.

— Mais...

— Qui êtes-vous ?

Emily se retourna vers la voix féminine qui provenait de la porte. Elle reconnut la jeune femme aux cheveux noire et à la silhouette élancée. Elle l'avait vue à l'enterrement : Natalie, la grande sœur de Maddie.

— Je suis juste là pour...

Mais la femme se dirigea vers elle, une expression de colère sur le visage.

— Laissez ma mère tranquille ! Vous n'avez rien de mieux à faire que d'embêter les autres en plein deuil. Si vous ne sortez pas d'ici tout de suite, j'appelle la police !

— Natalie, dit sa mère.

— Vous ne voyez donc pas que ma mère n'est pas en état de parler à qui que ce soit ?

Natalie continua et lança un regard furieux à Emily :

— Trudy ?

La gouvernante, qui avait manifestement attendu qu'on l'appelle, apparut à la porte.

— Faîtes sortir cette femme !

Puis Natalie rétrécit les yeux en direction d'Emily et déclara :

— Si vous vous approchez encore une fois de ma famille, je vous ferai arrêter.

Emily n'eut pas d'autre choix que de partir.

— Je suis désolée, dit-elle en jetant un dernier regard à Mme Bolton qui avait maintenant l'air désemparée.

Elle était sincère. Elle était désolée d'avoir bouleversé la mère de Maddie, mais Emily savait qu'elle faisait cela pour Maddie, et en fin de compte pour Mme Bolton. Car une fois qu'Emily aurait trouvé le responsable de la mort de Maddie, sa mère pourrait enfin tourner la page. Tout comme Emily.

45

L’après-midi était déjà bien avancé lorsque Yang et Jefferson durent rendre une nouvelle visite à l'un des parents d'accueil.

— C'est la partie de mon travail que je déteste le plus, déclara Yang.

Jefferson, qui se tenait dans l'ascenseur à côté de lui, hocha la tête.

— Idem.

La cloche de l’ascenseur retentit et les portes s’ouvrirent sur le dernier étage. Ils étaient déjà venus ici quatre jours plus tôt. Yang avait la boule au ventre. Il détestait être le porteur de mauvaises nouvelles, mais il n'y avait pas moyen de faire autrement.

La porte de l'appartement était déjà ouverte. Mila Veselak se tenait là. Cette fois, elle n'était pas seule. Son mari, Emil, se tenait à côté d'elle, un bras autour de sa taille, comme s'il devinait la raison pour laquelle Yang et Jefferson étaient de retour. Elle avait le regard empreint d'inquiétude.

Ils entrèrent après un rapide salut et de brèves présentations à destination d’Emil Veselak.

Une fois dans le salon, Jefferson fit signe au couple en direction du canapé.

— Vous devriez vous asseoir.

Un sanglot s'échappa de la poitrine de Mme Veselak.

— C'est Annika, n'est-ce pas ?

Yang soupira.

— Je suis désolée. Nous avons reçu les résultats de l'analyse ADN. Ils correspondent aux échantillons que nous avons prélevés sur la brosse à dents et la brosse à cheveux d'Annika.

Madame Veselak éclata en sanglots, puis son mari la prit dans ses bras, la laissant pleurer sur son épaule.

Il regarda Yang et Jefferson.

— Nous voulions l'adopter... dans le cas où on aurait pas pu retrouver ses parents.

Sa voix se brisa. Il se racla la gorge.

Yang observa son langage corporel et écouta le ton de sa voix. C'était l'heure pour son talent de faire ses preuves. En effet, maintenant que la victime avait été identifiée avec certitude, Yang et Jefferson pouvaient se pencher sur les suspects. Et compte tenu de ses connaissances au sujet des viols et meurtres, il savait qui venait de devenir le principal suspect : le père d'accueil d'Annika. Peu importe qu'il ait l'air presque aussi accablé de chagrin que sa femme. De nombreux criminels étaient des menteurs et des acteurs doués. Yang manquerait à son devoir s'il ne considérait pas Emil Veselak comme un potentiel suspect et ne prenait pas les mesures appropriées.

Yang échangea un regard avec Jefferson. Ils en avaient discuté en chemin et s'étaient préparés à ce qu'ils devaient faire.

— Nous avons besoin de vous poser quelques questions. Pouvons-nous nous asseoir ? demanda Jefferson.

Mila Veselak se dégagea de l'étreinte de son mari et essuya ses larmes sur la manche de son chemisier, apparemment peu soucieuse de froisser la soie.

— S'il vous plaît, excusez-moi, allez-y inspecteurs, asseyez-vous.

Lorsqu'ils furent tous assis, Jefferson sortit un petit bloc-notes et un stylo.

— Dîtes-moi comment elle est morte, dit Mila Veselak, la voix brisée.

Son mari attrapa sa main pour la serrer.

— Elle a été étranglée, déclara Yang.

La lèvre inférieure de Mila frémit à cette nouvelle.

— Elle a dû mourir en regardant le visage de son assassin... oh mon Dieu... combien de temps a-t-elle lutté.... ma fille... Annika...

— Ne t'inflige pas ça, Mila, recommanda son mari.

Elle secoua la tête et regarda Yang.

— Il n'a pas fait que ça, n'est-ce pas ?

Yang soutint son regard et attendit la réponse de Jefferson.

— Il semblerait qu'elle ait été ligotée et retenue quelque part. Elle a été violée.

Un autre sanglot s'échappa de la gorge de Mila.

— Plusieurs fois, ajouta Jefferson. Nous avons de l'ADN qui, selon nous, provient de l'auteur des faits.

— Alors vous pouvez le retrouver, dit Mila en relevant le menton. Et le punir.

Yang acquiesça.

— Il n'y avait pas de correspondance dans la base de données nationale.

— Mais il faut que vous le retrouviez, insista Mila.

— Nous en avons bien l'intention. Et maintenant que nous avons identifié le c... la victime, maintenant que nous savons qu'il s'agit d'Annika, nous collectons l'ADN de tous les hommes avec lesquels elle a été en contact.

Lentement, Emil lâcha la main de sa femme et tourna son regard vers Yang et Jefferson. Il déglutit.

— Vous parlez de moi.

Mila se tourna pour regarder son mari, puis fit de nouveau face à Yang et Jefferson.

— Vous n'êtes pas sérieux. Emil ne toucherait jamais Annika. Jamais.

Emil prit les mains de sa femme et lui dit :

— Arrête, Mila. Ils ne font que leur travail. N'est-ce pas, inspecteurs ?

— Nous pouvons procéder de deux façons, proposa Jefferson. Si vous êtes prêt à nous donner un échantillon d'ADN tout de suite, il ne sera pas nécessaire que vous veniez au poste, du moins pas maintenant. Mais si vous refusez, nous obtiendrons un mandat...

Emil leva une main.

— Ce ne sera pas nécessaire. Je ne veux pas que vous perdiez votre temps à enquêter sur moi alors que vous pourriez être en train de chercher le tueur.

Il jeta un rapide coup d'œil à sa femme puis continua :

— Qu'est-ce qu'il vous faut ? Du sang ?

Yang secoua la tête et fouilla dans la poche intérieure de sa veste. Il en sortit un sac à mise sous scellé.

— Un simple prélèvement fait à l'intérieur de votre joue.

Emil hocha la tête.

Yang enfila des gants pour ne pas contaminer l'échantillon d'ADN. Il se servit du long coton-tige qui se trouvait dans le sac à mise sous scellé et le frotta plusieurs fois contre l'intérieur de la joue d'Emil pour s'assurer d'obtenir un échantillon suffisant, avant de déposer le coton-tige dans un flacon, de le fermer et de le déposer dans le sac, qu'il scella ensuite avec une étiquette, où il écrit le nom d'Emil Veselak dessus et la date du jour.

Il tendit le stylo à Emil.

— Signez en travers de l'étiquette pour confirmer qu'il s'agit bien de votre échantillon.

Emil fit ce qu'on lui demandait, avant de tout rendre.

— Et maintenant ?

Jefferson répondit à la place de Yang.

— Nous resterons en contact.

— Combien de temps cela va-t-il prendre ? demanda Emil en montrant l'échantillon d'ADN que Yang tenait dans sa main.

— Quelques jours, répondit Jefferson. Et vous devrez tous les deux répondre à d'autres questions sur les circonstances de la disparition d'Annika.

— Je peux la voir ? demanda Mila.

Yang soupira.

— Je ne pense pas que ce soit une bonne idée pour l'instant.

Les yeux de Mila se remplirent à nouveau de larmes.

— À quel point est-ce que...

Elle ne put aller au bout de sa question.

— Donnez-vous quelques jours, Madame Veselak... dans votre propre intérêt, dit Yang.

Il comprenait qu'elle veuille voir le corps pour tourner la page, mais il craignait que cela ne fasse qu'aggraver sa douleur. Pourtant, en fin de compte, ce n'était pas à Yang de choisir.

Dans l'ascenseur, Jefferson se tourna vers Yang.

— Demandons à un agent de garder l'œil sur Emil Veselak, en attendant les résultats de l'analyse ADN.

— Tu penses qu'il est impliqué dans le meurtre d'Annika ?

— C'est possible. La femme est vraiment désemparée, ce serait difficile pour elle de faire semblant. Elle aimait cette fille. Mais lui ? commença Jefferson en haussant les épaules. Je me suis assis en face de tueurs sans pitié qui avaient l'air plus honnêtes que Mère Teresa. Bien sûr, il avait l'air triste, et il était prêt à nous donner l'échantillon d'ADN volontairement, mais ça ne veut rien dire. Il pourrait être en train de faire ses valises en ce moment même et se préparer à quitter le pays...

— Je suis d'accord. Faisons venir un officier ici tout de suite pour le surveiller, dit Yang en sortant son téléphone.

46

———————

Eric Bolton rentra précipitamment chez lui en soirée. Il avait été en réunion tout l'après-midi, tandis que Natalie avait essayé de le joindre. Lorsqu'il avait enfin pu la rappeler, elle lui avait dit que Rita avait reçu la visite d'une personne qui l'avait mise dans tous ses états.

Bolton trouva sa femme dans le salon. Une bouteille de scotch trônait sur la table basse. Rita tenait un verre presque vide dans sa main, tout en regardant au loin. Il connaissait ce regard et savait qu'il devait la tirer du trou sombre dans lequel elle était tombée.

— Rita.

Il s'assit à côté d'elle et lui prit délicatement le verre qu'elle avait entre les mains. Elle tourna la tête dans sa direction.

— Eric...

Elle posa sa tête contre son épaule, et un sanglot s'échappa de sa gorge.

— Maddie a été assassinée. Notre bébé a été assassiné.

— Quoi ? s'exclama Bolton qui saisit sa femme par les épaules pour la regarder. C'est cette femme qui a dit ça ?

Elle hocha la tête, en larmes.

— Elle a dit qu'elle avait reçu les cornées de Maddie lors d'une greffe, et que maintenant elle pouvait voir ce que Maddie voyait.

— C'est ridicule !

— Mais alors comment pourrait-elle savoir des choses que je ne savais même pas ? se lamenta–t-elle. Elle a vu Maddie parler à Sergei Petrov de l'ambassade russe.

— Sergei Petrov ?

— Oui, juste avant sa mort.

— Impossible. Je ne sais même pas qui c'est.

— Elle le connaissait. Ils se sont rencontrés lors d'événements au cours des derniers mois.

— Qui est cette femme qui t'a raconté toutes ces conneries ?

— Elle a dit qu'elle s'appelait Emily Warner. Et elle a été aveugle pendant quinze ans avant de recevoir les cornées de Maddie.

La fureur s'empara de Bolton.

— Le don d'organes a été fait de façon anonyme. Cette femme ne sait même pas si elle a reçu les cornées de Maddie ou celles de quelqu'un d'autre.

Rita secoua la tête.

— Elle a dit qu'il y avait eu une erreur d'écriture et que c'est pour ça qu'elle savait.

Il serra la mâchoire.

— C'est vraiment n'importe quoi. Ça doit être une arnaque pour nous soutirer de l'argent. Cette femme est sûrement une fausse médium qui essaie de te faire tomber dans le panneau ! C'est inadmissible d'essayer d'exploiter ton chagrin.

— Et si elle avait raison ? Et si elle avait vu ce que Maddie a vu ? Et si elle savait qui est le tueur ?

— Personne n'a dit que Maddie a été tuée. Les équipes de Mike continuent d'enquêter. Et ils n'ont encore rien trouvé qui indique un meurtre. Je suis désolé chérie, mais cette femme essayait juste de t'escroquer. Je veillerai à ce qu'elle ne recommence jamais ce genre de choses.

Rita le fixa, la peur dans les yeux.

— Qu'est-ce que tu vas faire ?

Il sortit son téléphone portable.

— J'appelle Mike. Il va s'en occuper.

Il sélectionna le numéro de Mike Faulkner et laissa sonner. Ce dernier décrocha à la troisième sonnerie.

— Hé, Eric, quoi de neuf ?

— Il y a eu un incident.

— Attends, laisse-moi te mettre sur haut-parleur., je suis en train de m'habiller pour un dîner à la Maison Blanche.

Bolton entendit des bruits de fond, puis Faulkner dit :

— D'accord, dis-moi ce qui s'est passé.

Le téléphone portable était posé sur la commode de sa chambre dans la maison de ville de Washington où il vivait depuis deux ans, c'est-à-dire depuis qu'il était devenu chef de cabinet. Faulkner attrapa ses boutons de manchette et continua à s'habiller pour l'événement officiel auquel le président lui avait demandé d'assister.

— Une femme est venue voir Rita aujourd'hui. Elle soutient avoir obtenu les cornées de Maddie. Et elle dit *voir des choses*.

— Quelles choses ?

— Celles que Maddie a vues. Comme si elle avait maintenant les yeux de Maddie. Comment peut-elle même savoir qu'elle a obtenu les cornées de Maddie, alors que le don d'organes a été fait de manière anonyme ?

Faulkner sentit la frustration et la colère de Bolton.

— Elle s'appelle comment ?

Faulkner entendit la voix de Rita dire quelque chose à son mari.

— Rita dit qu'elle s'est présentée sous le nom d'Emily Warner. Ce n'est sûrement même pas sa véritable identité. Ce nom me dit quelque chose. Je jurerais l'avoir déjà entendu, mais je ne sais plus où.

— Eric, mets Mike sur haut-parleur.

Un instant plus tard, Faulkner entendit Rita haut et fort.

— Elle a dit qu'elle était aveugle depuis quinze ans. Je ne sais pas pourquoi elle a fait ça. Pourquoi elle voudrait me faire du mal comme ça en prétendant pouvoir communiquer avec Maddie ? Comme si Maddie lui disait de dénoncer son assassin.

— Son assassin ? Faulkner fit tomber un bouton de manchette. Elle dit savoir que Maddie a été assassinée ? Les services secrets n'en sont pas encore venus à cette conclusion. Nous n'avons aucune preuve dans ce sens pour l'instant.

— Laisse-moi m'occuper de ça, Rita, tu es suffisamment bouleversée comme ça, dit Bolton. Mike, tu dois faire quelque chose. Cette femme qui se présente comme une sorte de médium est manifestement folle et pourrait mettre Rita en danger. Je veux m'assurer qu'elle ne reviendra pas.

Faulkner saisit un stylo sur la commode et dit :

— C'est quoi son nom déjà ?

— Emily Warner, dit Rita.

Faulkner griffonna le nom sur un bloc-notes.

— Ok c'est noté. Je vais me renseigner sur elle. Tu sais autre chose à son sujet ?

— Elle a une trentaine d'années, répondit Rita. Et... euh... Eric, elle a dit autre chose... Mais j'ai oublié...

Rita avait l'air épuisée.

— Sergei ? suggéra Bolton.

— Oui, dit Rita avec enthousiasme. Elle a également affirmé que Maddie avait parlé à Sergei Petrov avant sa mort.

— Sergei Petrov ?

Merde ! Comment cette femme pouvait-elle être au courant de l'appel de Maddie à Petrov ? Ce n'était pas bon signe. Il devait y avoir une fuite quelque part. Mais il faisait confiance aux agents des services secrets chargés de l'affaire et il était certain que personne n'aurait parlé de l'appel téléphonique à Petrov. Faulkner n'en avait même pas parlé à Bolton.

— Oui, de l'ambassade russe. Tu le connais ? demanda Bolton.

— Le nom me dit quelque chose. Je vais me renseigner, se contenta-t-il de déclarer, ne voulant pas en dire plus à ce sujet.

— Et si nous devons obtenir une ordonnance restrictive contre cette Emily Warner, nous le ferons, affirma Bolton.

— Laisse-moi d'abord vérifier ce qu'il en est. C'est probablement une fausse voyante banale qui essaie de faire des affaires. Ce n'est pas la première fois que je vois une arnaque de ce genre.

— Merci pour ton aide Mike, répondit Bolton.

— Je vous tiendrai au courant, dit Faulkner avant de raccrocher.

Dehors, dans le couloir, il entendit les vieilles planches de bois grincer. La porte de sa chambre était ouverte.

— Caleb ?

Des pas s'approchèrent, puis son fils fit son apparition.

— Salut papa, désolé je ne voulais pas te déranger pendant que tu étais au téléphone.

— Je ne m'attendais pas à te voir ce soir. Ou ai-je oublié que nous nous retrouvions pour dîner ? On m'attend à la Maison Blanche, indiqua-t-il en montrant la veste de smoking qui pendait à l'extérieur du placard.

— Non, nous n'avons rien prévu pour ce soir. J'étais simplement dans le coin, et je me suis dit que je passerais au cas où tu aurais le temps de prendre un verre. Mais ce n'est pas grave, on fait ça ce weekend à la place ?

— Pourquoi pas, dit Faulkner, encore distrait par l'appel téléphonique avec Bolton.

Il se creusait la tête pour savoir comment cette femme pouvait être au courant de l'appel téléphonique de Maddie à un attaché culturel russe, alors que seule une poignée de personnes était au courant. Que savait-elle d'autre ?

47

———————

1 *6 juin*

    — Ambassade de la Fédération de Russie. Comment puis-je vous aider ?

La femme ayant répondu avait un très fort accent.

— J'aimerais parler à Sergei Petrov, s'il vous plaît, demanda Emily une boule dans la gorge.

Il ne lui avait fallu qu'une minute pour trouver le numéro de téléphone de l'ambassade. En revanche, il lui avait fallu beaucoup plus de temps pour rassembler tout son courage et passer l'appel. Elle ne savait pas du tout à quoi s'attendre, ni même comment expliquer au diplomate russe qu'elle devait lui parler de Madeline Bolton.

— Monsieur Petrov n'est pas là aujourd'hui. Je vous mets en relation avec sa messagerie vocale.

Avant qu'Emily ne puisse dire quoi que ce soit d'autre, la femme la transféra et un enregistrement se fit entendre. Il était en russe, puis répété en anglais.

— Sergei Petrov. Veuillez laisser un message et je vous rappellerai.

— Monsieur Petrov, vous ne me connaissez pas, mais... euh, je dois vous parler de Madeline Bolton. C'est important. S'il vous plaît, rappelez-moi dès que possible. Je suis Emily Warner.

Elle dicta son numéro de téléphone portable avant de raccrocher.

Et maintenant ? Elle était coincée. Vicky avait peut-être une idée sur la façon de procéder. Emily l'avait déjà mise au courant de sa dernière vision dans laquelle elle avait vu Maddie avec une pré-adolescente alors qu'elle contactait Sergei. Cependant, elle s'était gardée de lui parler de sa visite chez madame Bolton. Vicky lui aurait fait la leçon.

Lorsqu'elle entendit de la musique provenant de l'appartement de Vicky situé à côté du sien, elle sut que Vicky était à la maison.

— Viens Coffee, allons rendre visite à Vicky.

Le chien se leva et remua la queue. Coffee aimait Vicky, parce qu'elle avait toujours des friandises et parce qu'il aimait jouer avec Merlin, le chat de Vicky.

Dès qu'Emily entra dans l'appartement de Vicky, Coffee réclama des friandises et le chat de Vicky sauta du canapé pour saluer Coffee en se frottant à ses pattes.

— Alors, tu l'as appelé ? demanda Vicky tout en montrant une tasse de café.

Emily acquiesça, levant le pouce en l'air.

— Il n'était pas là. J'ai laissé un message vocal.

Vicky lui tendit la tasse de café, et elles s'assirent sur le canapé, tandis que leurs animaux de compagnie jouaient par terre.

— Eh bien, c'est tout ce que tu peux faire.

Emily haussa les épaules.

— J'ai l'impression de tourner en rond. J'ai l'impression bizarre que la fille que j'ai vue dans ma vision est en danger.

— Ça, tu ne peux pas le savoir, contredit Vicky. Enfin, Madeline a travaillé pour cette association caritative, n'est-ce pas ? *No Child Abandoned* ? Alors c'est probablement une vision issue de son travail à l'association caritative. J'ai regardé leur site Internet, et on y dit qu'ils sauvent des enfants qui ont été victimes de la traite des êtres humains. C'est donc tout à fait logique que Madeline ait été en contact avec une enfant comme ça.

— Oui, sauf que je ne pense pas que Madeline ait participé à la gestion quotidienne de l'association caritative. D'après ce que j'ai entendu, elle s'occupait de la collecte de fonds et des relations publiques pour eux. Il se peut qu'elle n'ait pas eu de contact avec les enfants.

— Et où as-tu entendu ça ?

Emily haussa les épaules.

— Je crois que c'est sa gouvernante qui a dit quelque chose comme ça… répondit-elle, même si maintenant, Emily n'en était plus très sûre. Peut-être que je devrais vérifier directement auprès de l'association caritative.

Vicky secoua la tête.

— Et dire quoi ? Tu ne peux pas les appeler et leur dire que tu aimerais savoir ce que Madeline Bolton faisait là-bas.

— Eh bien, nous trouverons bien un prétexte.

— Nous ?

— Oui, nous pourrions y aller et demander l'air de rien en quoi consistait le travail de Maddie là-bas.

— L'air de rien ? Emily, ils vont nous jeter dehors.

Emily sourit.

— Nous ? Alors, tu viens avec moi ?

Vicky roula des yeux.

— Au moins, si je suis avec toi, je peux te tirer de là avant que tu ne fasses une bêtise.

— T'es la meilleure !

— C'est ce qu'on verra.

Quarante-cinq minutes plus tard, Emily et Vicky se tenaient dans la salle de réception des bureaux de l'association caritative.

Emily sourit à la réceptionniste qui ne devait pas avoir plus de vingt ans. Son maquillage était impeccable, ses cheveux longs et lisses, et ses ongles manucurés si longs qu'Emily se demandait comment elle pouvait taper sur son clavier sans heurter les mauvaises touches.

— Comment puis-je vous aider ? demanda la réceptionniste avec un sourire.

— Euh, oui, mon amie et moi… commença Emily. Nous aimerions faire du bénévolat pour une association caritative. Alors on s'est dit qu'on allait passer voir si vous aviez besoin de bénévoles.

— Oui, nous sommes toujours à la recherche de bénévoles.

Elle tendit deux planchettes à pince, épingla un formulaire sur chacune d'elles puis continua :

— Merci de remplir ces formulaires.

Emily attrapa les planchettes à pince et en tendit une à Vicky. La réceptionniste désigna les fauteuils confortables de l'espace d'accueil.

— Asseyez-vous, puis remettez-moi les formulaires quand vous aurez fini.

Emily et Vicky s'assirent sur les fauteuils, les planchettes sur leurs genoux.

— Eh bien, cela ne nous aide pas, murmura Vicky.

Emily se rapprocha.

— Une fois que nous lui aurons remis nos formulaires, nous lui poserons quelques questions. Je trouverai quelque chose.

Elle lança un regard confiant à son amie, même si elle n'était pas très sûre d'elle. Il fallait qu'elle trouve quelque chose, sinon cette visite serait un fiasco.

Emily erra du regard. Le mur opposé au coin salon était décoré de photos. Elle se rapprocha de Vicky.

— Ce type sur la photo me dit quelque chose.

Vicky leva la tête et suivit le regard d'Emily.

— Oh, oui, c'est le chef de cabinet du président. Tu l'as vu à l'enterrement.

— Oui, tu as raison. Pourquoi penses-tu que sa photo est sur le mur ?

— C'était le PDG et le président de l'association caritative avant de devenir le chef du cabinet du président, répondit Vicky en chuchotant.

Emily repensa à l'enterrement où elle avait vu Mike Faulkner présenter ses condoléances à la famille Bolton. Cela lui donna une idée.

— Tu as fini de remplir le formulaire ? demanda Emily à Vicky qui acquiesça. D'accord alors, allons-y.

Elle prit les deux planchettes à pince et elles allèrent ensemble remettre les formulaires à la réceptionniste.

— Voilà. J'aurais aimé savoir quel genre de bénévolat vous proposez, dit Emily en souriant.

— Ça dépend vraiment, répondit vaguement la jeune fille.

— C'est juste que j'ai parlé à Rita l'autre jour... je veux dire madame Bolton... vous savez, la mère de Madeline ?

La jeune fille se redressa. Elle avait mordu à l'hameçon.

— Ah oui ? Vous connaissez les Bolton ?

— Oui, c'est la raison pour laquelle nous sommes ici. Depuis que Maddie est partie, on s'est dit qu'il y avait un vide à combler. Nous avons été tellement impressionnés par ce que Maddie a fait ici que nous voulions vraiment l'aider et poursuivre son travail, vous voyez ? Elle parlait sans arrêt des enfants. Elle aimait vraiment être avec eux et les aider.

La réceptionniste fronça les sourcils.

— Mais mademoiselle Bolton n'avait pas beaucoup de contacts directs avec les enfants. Pas au quotidien en tout cas.

Emily laissa rapidement échapper un petit rire.

— Bien sûr, je suis au courant. Mais la façon dont elle parlait d'eux nous donnait toujours l'impression qu'elle passait beaucoup de temps avec eux.

— Peut-être devriez-vous parler directement à monsieur Faulkner, trancha la réceptionniste en tendant la main vers le téléphone.

— C'est l'heure, non ? s'exclama soudain Vicky en attrapant le bras d'Emily. Nous devons nous rendre à la réception de l'ambassade. Ce serait impoli d'être en retard.

— Ah, tu as raison, répondit Emily en lançant à la réceptionniste un regard plein de regrets. Nous devrons parler à monsieur Faulkner un autre jour.

Emily et Vicky se précipitèrent à travers les portes vitrées. Aux ascenseurs, Vicky appuya impatiemment sur le bouton, tandis qu'Emily jetait un coup d'œil par-dessus son épaule. À travers les portes vitrées, elle vit un homme s'approcher du bureau de la réceptionniste et échanger quelques mots avec elle. Au moment où Emily entendit l'ascenseur sonner et les portes s'ouvrir, l'homme pivota et regarda dans sa direction.

Ce n'était pas Mike Faulkner. C'était un homme plus jeune. Il lui semblait familier aussi. Elle l'avait vu à l'enterrement.

Emily s'engouffra dans l'ascenseur avec Vicky et les portes se refermèrent.

— On l'a échappé belle, dit Emily avec soulagement.

— Sans blague ?

Emily se retourna pour regarder son amie, mais au lieu de cela, une scène se reflétant sur l'acier à l'intérieur de l'ascenseur attira son attention. Elle vit quelqu'un entrer dans une salle de bain luxueuse. Le miroir capta son reflet, confirmant qu'il s'agissait bien de Maddie, qui se penchait à présent vers le meuble situé sous le lavabo et en ouvrait les portes blanches. À l'intérieur, il y avait quelques ustensiles de nettoyage et des rouleaux de papier toilette soigneusement empilés sur deux rouleaux de large et trois rouleaux de haut. Maddie glissa une enveloppe entre la deuxième et la troisième rangée de papier toilette. Puis elle ferma les portes et se leva. Son visage se reflétait dans le miroir au-dessus du lavabo. Elle était clairement inquiète. Elle respira profondément avant de se détourner.

La vision d'Emily se brouilla et elle sentit soudain les mains de Vicky sur ses épaules, la secouant.

— T'as eu une vision, c'est ça ?

Emily acquiesça.

— Et je pense que je sais ce que je dois faire maintenant.

48

Après avoir terminé sa journée de travail, Yang ne rentra pas chez lui directement. Au lieu de cela, il se rendit à l'immeuble où vivait Emily Warner. Il trouva la porte de l'immeuble ouverte.

Il avait fait ses recherches et vérifié rapidement les antécédents d'Emily Warner. Son affirmation selon laquelle elle n'avait pas de permis de conduire était effectivement vraie. C'était le cas pour un petit nombre de personnes qui vivaient dans de grandes villes dotées de bons transports en commun et qui ne ressentaient pas le besoin ou l'envie de conduire. Selon son dossier de sécurité sociale, elle était aveugle.

Il n'avait pas été en mesure d'enquêter davantage pour voir quel était le lien entre Emily Warner et Madeline Bolton. Non seulement il n'avait pas de raison légale justifiable de fouiner dans sa vie, mais en plus, si le lieutenant Arnold avait vent du fait qu'il se penchait encore sur l'affaire Bolton, elle lui imposerait des mesures disciplinaires. Néanmoins, il ne pouvait pas ignorer son intuition.

Yang entra dans l'immeuble, monta les escaliers et trouva immédiatement l'appartement d'Emily. Il resta un moment devant la porte. Il était encore temps de faire demi-tour, personne ne s'en apercevrait. Mais sa voix intérieure le poussa à suivre son intuition. Il frappa à la porte.

Un chien aboya en réponse. Puis il entendit des bruits de pas de plus en plus forts. Un instant plus tard, la porte s'ouvrit.

Dès qu'elle posa les yeux sur lui, Emily Warner se figea. Yang ne put s'empêcher de remarquer son regard méfiant. Quant au labrador brun chocolat à côté d'elle, il semblait détendu.

— Mademoiselle Warner, vous souvenez-vous de moi ?

Elle acquiesça et déglutit difficilement.

— Inspecteur... euh, Yang.

Elle croisa son regard, signe évident qu'elle le voyait. Elle n'était pas aveugle.

— Oui. Je suis désolé de vous déranger, mais je me demandais si je pourrais m'entretenir avec vous ?

Il ajouta un sourire à sa question, essayant de désamorcer la tension qui régnait entre eux. Elle détendit un peu les épaules et lui fit signe d'entrer.

— Entrez, je vous en prie.

Puis elle s'adressa à son chien.

— Coffee, au panier.

Le chien trotta en direction d'un panier confortable situé à côté du canapé et s'y coucha.

Yang entra et referma la porte derrière lui. Il laissa ses yeux vagabonder dans l'appartement, afin de se faire une meilleure idée de qui était Emily Warner. Un harnais portant les mots « chien-guide » et une poignée solide était accrochés à une patère près de la porte. C'était le type de harnais que portaient les chiens-guides d'aveugles. Il n'y avait aucune décoration, aucune photo ou tableau sur les murs de la grande salle de séjour avec cuisine ouverte. Un piano se trouvait contre un mur. Il n'y avait aucune partition sur le piano ou à proximité. Il n'y avait pas non plus de magazines ou de livres sur la table basse. Il vit des haut-parleurs avec une station d'accueil pour smartphone.

— De quoi voulez-vous me parler ? demanda Emily, interrompant ses observations.

En la regardant, il remarqua qu'elle semblait s'être remise de voir un policier sur le pas de sa porte. Mais il remarqua également la raideur avec laquelle se elle se tenait. Il avait déjà vu le même genre de raideur chez des personnes qui avaient déjà reçu de mauvaises nouvelles et qui s'attendaient à en recevoir d'autres.

— Je voulais juste faire un suivi avec vous après la soirée de l'ambassade.

— Ah oui, bien sûr, je vais vous rembourser l'Uber.

Elle fit un geste vers le comptoir de la cuisine, où reposait son sac à main.

— Non, je vous en prie, je ne suis pas là pour me faire rembourser. Je voulais juste m'assurer que vous alliez bien. Vous aviez l'air bouleversée l'autre soir.

Elle hésita, avant de répondre :

— Je ne savais pas que les inspecteurs de la Crim' rendaient visite aux citoyens pour vérifier s'ils allaient bien.

Il lui adressa un sourire désarmant.

— En temps normal, non. Mais en temps normal, ils ne travaillent pas non plus en tant qu'agent de sécurité privée pour une ambassade, répondit-il en haussant les épaules. J'ai juste l'impression que vous et moi devions nous rencontrer pour une raison ou une autre.

— Parce qu'on s'est croisés deux fois maintenant ? D.C. est une petite ville, dit-elle d'un ton léger.

— Trois fois, corrigea-t-il. Je vous ai vue à l'enterrement de Madeline Bolton.

— Oh ! Je ne vous avais pas vu.

Sa surprise était sincère, tout comme l'expression de son visage penaud.

— Comme vous, je suis resté en marge.... Je n'étais pas invité. Et je suppose qu'il en était de même pour vous et votre amie.

Il garda un ton léger, ne voulant pas donner l'impression de l'accuser de quoi que ce soit.

— Vous êtes venu m'arrêter pour être allée à un enterrement ?

— Non, je suis curieux, c'est tout. Vous prétendez avoir vu une agression au couteau qui s'est en fait produite un mois plus tôt, vous vous êtes infiltrée à l'enterrement de Madeline Bolton, puis à l'événement de l'ambassade, et vous avez même parlé à l'ex-fiancé de Madeline Bolton. Pourquoi ?

— Comme je vous l'ai déjà dit, je ne me suis pas infiltrée à la réception de l'ambassade. J'étais l'invitée de l'Ambassadeur Pacheco. J'enseigne la musique à sa fille aveugle, rétorqua-t-elle en désignant le piano.

Yang leva les bras comme pour capituler.

— D'accord, admettons que vous ayez été invitée. Cela ne change rien au fait que les trois événements soient liés à Madeline Bolton. Selon Sanjay Patel, Madeline Bolton a été témoin de l'agression au couteau que vous dîtes avoir vue. Pourquoi vous fascinez-vous pour cette femme ? Vous la harceliez quand elle était en vie ?

— Je n'ai jamais harcelé personne ! s'écria Emily, l'air outré.

— Alors quoi ? Vous ne voulez pas la laisser reposer en paix ?

— C'est parce que j'ai ses cornées !

Elle lui avait quasiment crié dessus. Il se figea, essayant de digérer la nouvelle.

— Alors c'est vrai. Vous étiez aveugle. Et maintenant, vous pouvez voir grâce à Madeline Bolton.

Emily acquiesça.

— Oui, grâce à elle et un traitement expérimental à base de cellules souches. Je suis reconnaissante d'avoir recouvré la vue.

Elle hésita.

— Je sens qu'un *mais* arrive...

— Vous avez bon instinct, inspecteur. Mais même si je vous le disais, vous ne me croiriez pas. Alors, à moins que vous n'ayez l'intention de m'accuser d'être allée à un enterrement sans être invitée, vous devriez partir.

— Croyez-moi, des choses bizarres, j'en ai entendu tout un tas. Quel est le *mais* ?

Elle lui jeta un long regard, qu'il soutint comme s'ils étaient engagés dans un duel de western.

— Très bien, inspecteur. Ma vue a un prix. Je vois des bribes de la vie de Madeline. Des visions de choses qu'elle a faites, de personnes qu'elle a rencontrées. Ses cornées me montrent des choses qu'elle a vues. Des choses qui, je pense, sont liées à sa mort.

— C'est impossible.

Les mots jaillirent de sa bouche sans qu'il ne puisse s'en empêcher.

— Je vous l'avais bien dit que vous ne me croiriez pas, dit-elle d'un air moqueur.

Bien sûr, pourquoi la croirait-il ? Des visions ? Rien ne prouve que ça existe. Il devait bien y avoir une explication à tout cela.

— Peut-être que vous avez lu des choses sur elle et que maintenant vous pensez pouvoir voir ces choses, tout simplement.

— Oui, c'est aussi ce que pense mon chirurgien. Mais je sais ce que j'ai vu. J'ai vu l'agression au couteau dont Maddie a été témoin. J'ai vu la table en verre se briser quand elle s'est écrasée dessus.

Yang aspira une bouffée d'air. Ce détail particulier n'avait pas été rendu public. Seuls la police et les ambulanciers, ainsi que la famille proche de Madeline, étaient au courant.

— Et j'ai vu Maddie avec une enfant, poursuivit Emily la voix agitée, une fille qui n'avait pas plus de treize ans, battue, en proie à la peur. Je l'ai vue avec cette enfant. Elle a appelé quelqu'un, peut-être parce qu'elle avait besoin d'aide. Je ne sais pas pourquoi. Je ne peux pas l'entendre, je ne peux que voir ce qu'elle a vu. Le numéro de son téléphone portable appartenait à un diplomate russe. Sergei Petrov. Je ne sais pas comment il est impliqué, si c'est un ami ou si c'est lui qui l'a tuée.

Surpris par l'affirmation d'Emily, Yang resta planté là, bouche bée. Lui aussi soupçonnait que la mort de Madeline Bolton n'était pas un accident. Mais pourquoi Emily pensait-elle qu'il s'agissait d'un meurtre ?

— Vous ne me croyez pas... dit-elle après un long silence.

— Ce n'est pas ça...

— Arrêtez de me prendre pour une idiote, l'interrompit-elle. Je sais ce que j'ai vu. Madeline essaie de me montrer quelque chose.

Yang luttait avec lui-même, essayant de faire le lien avec les éléments d'information issus de ses propres enquêtes clandestines sur l'affaire Bolton. Toutefois, il ne pouvait pas le dire à Emily. C'était l'affaire de la police. Et la façon dont Emily avait obtenu ces informations n'était pas claire. Peut-être avait-elle entendu quelqu'un discuter de l'affaire. Ou peut-être qu'il y a eu une fuite. Mais il était sûr d'une chose : Madeline Bolton n'envoyait pas de messages d'outre-tombe.

— Je suis désolé, Mademoiselle Warner. Permettez-moi de vous donner un conseil bien intentionné. Oubliez ce que vous avez vu, s'il vous plaît. N'allez pas vous mêler de quelque chose que vous ne pourrez pas gérer. Si la mort de mademoiselle Bolton n'était vraiment pas un accident, l'enquête le montrera. Mais ne vous impliquez pas là-dedans.

Elle pressa les lèvres l'une contre l'autre.

— Très bien.

À ce moment-là, elle lui rappela sa future ex-femme. Hélas, s'il y avait bien une chose qu'elle lui avait appris, c'était que lorsqu'une femme disait « très bien », cela signifiait tout sauf cela. Mais il n'avait pas le droit de donner d'ordre à Emily Warner. Tout ce qu'il pouvait faire, c'était lui donner des conseils pour qu'elle ne soit pas entraînée dans quelque chose qui la dépassait.

— Je suis désolé de vous avoir dérangée, dit-il sur le départ.

49

1 *7 juin*

Assis à son box, Yang fixa l'écran de son ordinateur en repensant à sa conversation avec Emily Warner de la veille au soir. Était-il possible qu'elle dise la vérité, et qu'elle ait eu des visions ?

Elle y avait vu Madeline Bolton avec une enfant battue, tout en téléphonant à un diplomate russe. Cela avait-il un rapport avec son travail au sein de l'organisation caritative ? Après tout, *No Child Abandoned* avait secouru des enfants maltraités et victimes de trafic, dont beaucoup étaient russes. Caleb Faulkner l'avait confirmé. Il y avait peut-être une explication simple à la raison pour laquelle elle avait appelé Petrov. Madeline ne parlait sûrement pas le russe. Peut-être avait-elle appelé Petrov pour qu'il traduise à sa place afin qu'elle puisse communiquer avec l'enfant.

Mais pourquoi ne pas aller demander à Caleb Faulkner de l'aider à communiquer avec la jeune fille ? Il parlait russe. Cela aurait été plus facile. Non, il devait y avoir une autre raison pour laquelle Madeline devait parler à Petrov. Est-ce une simple coïncidence si, lors de cet appel téléphonique, la fille battue était avec elle ? Ou se pourrait-il qu'Emily Warner se soit complètement trompée ? Avait-elle combiné deux visions sans lien en une seule ? De plus, il n'y avait aucun moyen de savoir quand cet incident avait eu lieu. Il aurait pu se produire des mois avant la mort de Madeline Bolton.

Yang se passa la main dans les cheveux. Pourquoi diable perdait-il son temps avec ces bêtises ? Les visions n'existaient pas. Et si Emily Warner pensait le contraire alors, soit elle était folle, soit elle inventait une histoire à partir de bribes d'informations qu'elle aurait pu obtenir par n'importe quel moyen afin d'attirer l'attention. Il n'y avait aucune raison de croire que ce qu'elle lui avait raconté était vrai.

Néanmoins, oublier ce qu'elle lui avait dit se révéla plus compliqué que prévu. Il y avait quelque chose qui le dérangeait. Peut-être qu'il devait vraiment creuser dans cette direction. Mais comment ? Il devrait peut-être reparler à Emily pour voir s'il pouvait creuser davantage et découvrir d'où elle tenait vraiment ces informations.

— Je viens de recevoir les résultats de l'ADN de Fedorov, annonça Jefferson à travers la cloison qui séparait son bureau de celui de Yang.

Yang leva les yeux des dossiers des trois filles disparues qu'il avait passés au peigne fin pour trouver des similitudes. Il fit rouler sa chaise en arrière et se rapprocha de son partenaire.

— Dis-moi que c'est lui.

Jefferson fit une grimace.

— Non. Aucune correspondance.

— Bon sang, ce type ne me disait pourtant rien qui vaille.

— Pareil, confirma Jefferson en haussant les épaules.

— Et les résultats de l'ADN du père d'accueil d'Annika ?

— D'Emil Veselak ? Pas encore de retour, répondit Jefferson d'un air désolé.

Il fit un signe en direction du dossier qui se trouvait dans les mains de Yang.

— Tu as trouvé quelque chose ?

— Les trois filles ont été vues pour la dernière fois lors de leurs séances avec le psychiatre à plusieurs semaines d'intervalle, comme l'a mentionné le type de l'association caritative. La première fille à disparaître était Annika, le 30 mars, puis Sasha, le 15 avril, et enfin Tatjana, le 27 avril, lista-t-il en tapotant sur le dossier. Au moment de leur disparition, les parents d'accueil des filles ont tous été interrogés, ainsi que les professeurs des écoles – elles allaient toutes dans des écoles différentes.

— Pas de suspects ? s'enquit Jefferson.

— Ils ont interrogé Sokolov à chaque fois. J'ai lu les déclarations des témoins qu'il a faites après la disparition de chaque fille, et je trouve un peu trop suspecte la coïncidence selon laquelle chaque fille a été vue pour la dernière fois à l'une de ses séances. Son personnel affirme qu'il était encore dans le bâtiment lorsque les filles ont disparu, et les enquêteurs qui se sont penchés sur lui n'ont rien trouvé qui puisse le relier aux enlèvements.

Jefferson but une gorgée de sa tasse de café.

— D'autres témoins des disparitions ?

— Ils ont interrogé un sans-abri qui traînait devant le bureau du psy, mais rien ne prouve son implication. Cependant, dans le dossier d'Annika, j'ai lu que le sans-abri affirmait avoir vu un homme bien habillé dans une voiture de luxe traîner par là quelque temps après la fin de la séance d'Annika, bien qu'il n'ait pas pu donner ni l'heure exacte, ni la description de l'homme ou de la voiture. Il était défoncé.

Jefferson haussa les épaules.

— Il se peut qu'il ait simplement inventé des conneries. Les toxicomanes sont des témoins de merde.

— C'est vrai. Mais s'il avait vraiment vu quelque chose ? Sokolov aurait pu revenir plus tard pour chercher la fille. Il aurait pu facilement lui dire de l'attendre. Entre-temps, il aurait pu s'assurer que le personnel de l'immeuble savait qu'il était toujours là, ce qui lui aurait pu lui servir d'alibi. Je pense que c'est notre suspect le plus solide. C'est la seule personne que les trois filles avaient en commun. Il devrait être de retour de ses vacances en Europe.

— Alors, qu'est-ce qu'on attend ? Allons rendre une petite visite au psy, proposa Jefferson en se levant.

Pendant le trajet en voiture jusqu'au cabinet du psychiatre, ils discutèrent de leur approche. Partenaires depuis deux ans, ils étaient sur la même longueur d'onde.

À son arrivée dans le bâtiment du cabinet médical où le Dr Yuri Sokolov avait son bureau, Yang montra son badge au réceptionniste.

— Inspecteurs Yang et Jefferson. Nous sommes ici pour parler au Dr Sokolov.

— Je crains qu'il ne soit en pause-café, dit le jeune homme au visage pâle et aux cils trop longs.

— Timing parfait, dit Jefferson, alors il n'est pas avec un patient en ce moment. Si vous pouviez nous montrer son bureau, s'il vous plaît ?

Le réceptionniste soupira.

— Il n'est pas dans son bureau. Sinon, ce ne serait pas vraiment une pause, n'est-ce pas ?

Lorsque Yang pencha la tête et le fixa du regard, il ajouta :

— Vous le trouverez en bas, au Starbucks. Très probablement dans le fauteuil dans le coin le plus éloigné.

— Merci, dit Yang.

Le psychiatre était en effet assis dans un fauteuil dans un coin du grand café situé au rez-de-chaussée de l'immeuble. Il n'y avait pratiquement pas d'autres clients. Sokolov sirotait son café et prenait une bouchée d'un scone. Il était bronzé, ce qui correspondait au fait qu'il avait récemment fait de la randonnée en haute altitude. Et il avait l'air détendu. Il était temps de le secouer, pensa Yang.

Il leva les yeux lorsque Yang et Jefferson s'approchèrent et s'arrêtèrent quelques mètres devant lui.

Cette fois, ce fut Jefferson qui se chargea des présentations.

— Docteur Sokolov ?

Le médecin hocha la tête.

— Inspecteurs Yang et Jefferson, police de Washington, service des homicides.

Une lueur d'effroi brillait dans les yeux de Sokolov, mais elle disparut aussitôt. Yang remarqua que l'homme contrôlait parfaitement ses émotions.

— Comment puis-je vous aider, inspecteurs ? demanda-t-il poliment en s'adossant à son fauteuil.

Yang et Jefferson rapprochèrent les chaises de la table adjacente et s'assirent.

— Nous aimerions vous parler de trois filles russes placées en famille d'accueil qui ont disparu après avoir assisté à des séances de thérapie avec vous, annonça Jefferson.

— Hmm, dit Sokolov, j'ai bien peur de ne pas avoir de nouvelles informations. J'ai déjà parlé à la police d'Annika, de Sasha et de Tatjana il y a plusieurs semaines.

— Alors vous vous souvenez de leurs noms ? demanda Yang.

Il releva le menton en signe de défi.

— Ça vous étonne ? Cela fait partie de mon travail. Je me soucie de mes patients, alors bien sûr, je suis au courant de leur disparition.

— On a retrouvé l'une d'entre elles, annonça Yang avant de faire une pause délibérée. Morte.

— Oh, je suis désolée de l'apprendre.

— Vous n'avez pas franchement l'air surpris, s'enquit Yang.

— En effet. Je connais les statistiques concernant les enfants disparus. S'ils ne sont pas retrouvés dans les premières quarante-huit heures, les chances de les retrouver vivants sont pratiquement nulles. Mais je suis sûr que vous connaissez très bien ces statistiques. Alors, comment puis-je vous aider ?

Yang et Jefferson échangèrent un regard. Yang savait exactement ce que pensait son partenaire. Sokolov avait quelque chose à cacher et essayait de le dissimuler en faisant comme si les questions ne le concernaient pas personnellement.

— La fille que nous avons trouvée a officiellement été identifiée comme étant Annika.

— Pauvre Annika, c'était vraiment une fille gentille.

Le médecin soupira et, pendant un instant, c'était comme s'il se souciait véritablement de la jeune fille. Mais peut-être jouait-il la comédie. D'ailleurs, en tant que psychiatre, il avait dû apprendre à faire preuve d'empathie pour ses patients, même s'il n'en ressentait pas vraiment.

— Comment est-elle morte ?

— Nous ne sommes pas en mesure de divulguer les détails, déclara Jefferson. Disons simplement que sa mort fut violente dans tous les sens du terme.

Sokolov prit une autre bouchée de son scone.

— Nous avons passé en revue une liste de tous les hommes qui ont eu des contacts avec elle avant sa disparition et nous essayons d'en éliminer le plus possible pour pouvoir restreindre notre enquête, expliqua Yang.

— Eh bien, je vous suggère de parler à l'inspecteur qui m'a interrogé après la disparition d'Annika. Je suis sûr qu'il vous fera part de mon alibi.

— Nous l'avons déjà fait, répondit Jefferson.

— Dans ce cas, je ne sais pas trop ce que vous attendez de moi, rétorqua Sokolov.

— À des fins d'élimination, nous aimerions que vous nous fournissiez un échantillon d'ADN, dit Jefferson.

Sokolov lui jeta un regard.

— Je n'ai aucun problème avec ça, répondit-il avant de faire une pause. Du moment que je vois votre mandat.

Il tendit une main.

Ni Yang ni Jefferson n'avait de mandat. Étant donné qu'ils n'avaient pas vraiment de preuve, aucun juge n'irait donner son accord.

Il sourit d'un air entendu.

— Ah, je vois. Vous n'en avez pas. Alors j'ai bien peur de ne pas pouvoir vous aider. Profitez du reste de votre après-midi, inspecteurs.

Il attrapa son iPad et commença à lire.

— Nous reviendrons, promit Yang.

Yang et Jefferson pivotèrent et sortirent du café par là où ils étaient entrés plus tôt.

— Au coin de la rue ? demanda Jefferson dès qu'ils furent hors de portée de voix.

— Oui. Ce n'est qu'une question de temps.

Ils traversèrent le hall d'entrée du bâtiment, puis sortirent. Une fois à l'extérieur, ils se dépêchèrent de contourner l'autre côté du bâtiment, puis d'en faire le tour, avant d'atteindre le coin occupé par le café. Là, derrière une vitre, Sokolov était de dos, à seulement quelques mètres. Ils l'observèrent depuis l'ombre d'un arbre.

Au moment où Sokolov vida sa tasse de café et se leva, Yang dit :

— Attends un peu.

Le cœur de Yang s'emballa en regardant Sokolov s'éloigner du fauteuil.

— Maintenant ! s'exclama Jefferson.

Dès que Sokolov sortit par la porte qui reliait le café au hall d'entrée de l'immeuble, Yang et Jefferson entrèrent en trombe dans le Starbucks par la porte d'entrée principale de la rue. Une serveuse se dirigeait déjà vers la table où Sokolov avait laissé sa tasse de café et son scone à moitié entamé. Elle était sur le point de toucher la tasse lorsque Yang s'interposa entre elle et la table.

— Police de D.C., nous allons devoir confisquer ceci, affirma-t-il à la femme effrayée.

Elle sursauta et écarquilla les yeux, s'apprêtant à protester. Yang lui montra son badge et elle fit un pas en arrière.

— Allez-y monsieur l'agent, dit-elle avant de s'éloigner.

Jefferson lui tendait déjà un sac à mise sous scellé ainsi que des gants. Ils y mirent ensemble la tasse, l'assiette en papier, et même le scone à moitié mangé.

Jefferson afficha un sourire triomphant.

— Ça lui apprendra à ne pas débarrasser la table la prochaine fois.

Yang gloussa.

— Avec un peu de chance, il n'y aura pas de prochaine fois pour lui.

50

Le tueur se rendit compte qu'il lui restait encore des détails à régler. Ce qui l'agaçait au plus haut point. Mais il ne pouvait rien y faire. D'une manière ou d'une autre, deux personnes en savaient plus qu'elles ne le devaient. Même s'il ne savait pas exactement ce qu'elles savaient, ou comment elles avaient obtenu ces informations, il ne pouvait pas prendre le risque qu'elles le dénoncent, ou qu'elles mettent leur nez dans ses affaires et découvrent tous ses secrets.

Emily Warner n'était qu'une institutrice, mais curieusement, elle avait compris que la mort de Madeline Bolton n'était pas un accident. Il avait pourtant été très prudent avec la mise en scène. Non seulement il avait fait croire que Madeline était tombée d'un escabeau et avait subi des blessures mortelles, mais il avait même mis une ampoule dans sa main pour donner l'impression qu'elle avait essayé de la changer.

Il avait enlevé le verre qu'il utilisait pour boire du vin avec Madeline, alors qu'il avait laissé le sien bien en vue. De plus, il avait vidé toute la bouteille de vin dans l'évier pour donner l'impression qu'elle avait trop bu. Et jusqu'à présent, cela avait fonctionné : les services secrets n'avaient trouvé aucune preuve d'acte criminel, et il espérait que cela resterait ainsi. Cela signifiait qu'il devait s'assurer qu'Emily Warner n'ait jamais l'occasion de faire part de ses soupçons aux autorités. Il courait déjà suffisamment de risques maintenant que les parents de Madeline savaient que quelqu'un soupçonnait leur fille d'avoir été assassinée.

Il était temps de se débarrasser de cette professeure de musique. Il lui suffirait de la suivre et de s'occuper d'elle, de préférence dans une ruelle sombre. Il pourrait faire croire à une agression qui aurait mal tourné, et personne n'en saurait rien.

Bon débarras, Emily Warner. Tu n'aurais pas dû mettre le nez dans mes affaires.

51

Il était minuit passé et les rues avaient commencé à se vider. Emily sentit un frisson lui parcourir l'échine et jeta involontairement un regard par-dessus son épaule. Même s'il faisait doux, elle sentait une brise froide au niveau de son cou. Elle savait que cette sensation n'était pas causée par le temps, mais par le fait qu'elle était anxieuse. Pourtant, elle devait se lancer. Elle devait s'introduire dans la maison de Maddie.

Elle ne vit personne dans la petite rue tranquille de Georgetown. Les restaurants étaient fermés, et seuls quelques bars servaient encore des clients. Mais la maison de ville dont Emily s'approchait était assez éloignée de la rue principale et des bars.

Elle portait un jean noir et un trench-coat vert foncé par-dessus son tee-shirt noir. Elle portait son sac à main en bandoulière sur son torse. En plus de son contenu habituel, il contenait une petite lampe de poche et ses crochets de serrure.

Lorsqu'elle atteignit la porte, Emily fut heureuse de constater que l'en-trée de la maison de Maddie était recouverte d'un petit portique qui lui permettait de se cacher partiellement. Jetant un nouveau coup d'œil par-dessus son épaule, elle enfila une paire de gants chirurgicaux et se mit au travail, n'ayant vu personne aux alentours. Les petits poils de sa nuque s'étaient hérissés, et ses doigts tremblèrent légèrement lorsqu'elle inséra l'un des crochets dans la serrure pour essayer de faire suivre le second.

Son cœur battait dans sa gorge et la sueur commençait à perler sur son front. Merde, elle n'était pas faite pour une vie de criminelle. Elle était trop nerveuse, trop effrayée à l'idée que quelqu'un ne la voie et appelle la police. Mais elle devait y aller. Pour Maddie et pour sa propre santé mentale. Elle prit une longue inspiration dans le but de se recentrer.

— Allez, se murmura-t-elle à elle-même. Tu peux le faire.

Emily ferma les yeux et s'aperçut qu'il était plus facile de percevoir les mouvements de la serrure si elle ne la regardait pas. Elle pouvait sentir les rainures et les encoches afin de déterminer la manière dont elle devrait déplacer les crochets de la serrure pour qu'elle s'ouvre. Quelques secondes de plus, et elle sut qu'elle était sur la bonne voie. Un léger déclic, et hop.

Emily tourna la poignée et poussa la porte. Elle se glissa dans l'intérieur sombre et tira la porte derrière elle. Elle resta debout dans le couloir sans bouger. La maison était silencieuse, à l'exception des doux mouvements d'une horloge à balancier. Elle attendait – tout en redoutant – le bip d'un système d'alarme, mais elle n'entendit rien de tel. Elle était partie du principe que Maddie aurait un système d'alarme dans la maison. Après tout, quelle femme célibataire vivant seule dans une maison se passerait d'une telle sécurité ? Mais d'un autre côté, elle avait aussi espéré qu'après sa mort, personne n'aurait activé l'alarme. Après tout, plus de trois semaines après sa disparition, sa famille avait sûrement commencé à débarrasser la propriété des objets de valeur.

Elle sortit sa lampe de poche de son sac et l'alluma, en veillant à diriger le faisceau lumineux vers le sol et loin de toute fenêtre. La première pièce à gauche était un salon. Quelques pas plus loin, des marches menaient au premier étage. Emily balaya rapidement le rez-de-chaussée, mais à l'exception d'une petite salle d'eau avec un lavabo sur pied, il n'y avait aucune autre salle de bain à cet étage, seulement une grande cuisine et une salle à manger.

Elle monta à l'étage et entendit le grincement des vieux escaliers en bois sous l'épaisse moquette qui les recouvrait. À l'étage, elle vit deux portes. Les deux étaient ouvertes. Elle entra par la première porte et déplaça le faisceau de lumière dans la pièce. C'était la chambre de Maddie.

Un lit king-size était encadré par des tables de chevet et une ottomane. Devant la fenêtre se trouvait un bureau ancien que Maddie semblait avoir utilisé aussi bien pour se maquiller et se parer de bijoux que pour faire de la paperasse. Emily n'osa pas braquer sa lumière dessus de trop près, craignant que le faisceau ne soit vu à travers la fenêtre. Au lieu de cela, elle se retourna et traversa le court couloir flanqué de placards pour se rendre dans la salle de bains attenante.

Il n'y avait pas de fenêtre dans la salle de bains. Emily déplaça le faisceau de sa lampe de poche jusqu'à ce qu'elle trouve le meuble-lavabo. Il y avait deux lavabos. Elle se pencha rapidement et ouvrit les portes sous le premier évier, mais seules quelques bouteilles de shampoing et de gel douche se trouvaient à l'intérieur. Pas de papier toilette, pas d'enveloppe. Elle referma les portes, puis se dirigea vers le deuxième lavabo et ouvrit l'armoire située en dessous.

Elle y trouva une ventouse et quelques produits de nettoyage. Pas de papier toilette.

Surprise, elle se redressa, puis trouva l'interrupteur et l'actionna. Il lui fallut un moment pour que ses yeux s'adaptent à la lumière, mais une fois qu'ils l'eurent fait, elle se rendit compte de son erreur. La salle de bains dans laquelle elle se trouvait n'était pas celle des souvenirs de Maddie. Cette salle de bain était faite de couleurs chaudes et douces, alors que la salle de bains de sa vision avait des couleurs plus audacieuses et plus froides, comme des bleus et des gris.

Maddie n'avait pas caché l'enveloppe dans sa propre salle de bain.

Merde !

Un bruit derrière la poussa à se retourner. Emily faillit perdre l'équilibre et se sentit étourdie pendant une fraction de seconde, avant que ses yeux ne perçoivent la personne qui s'était faufilée derrière elle. Son cœur manqua un battement, puis se mit à battre deux fois plus vite qu'à l'accoutumée. Elle recula et heurta le comptoir derrière elle, sa porte de sortie étant coupée par l'homme qui se trouvait devant elle.

Il était venu pour la tuer.

52

—————

— Je ne suis pas venu pour te faire du mal.

Le cœur d'Emily battait comme un marteau-piqueur. Elle ne le croyait pas. Et pourquoi le croirait-elle ? Il avait déjà essayé de la tuer auparavant.

La prison l'avait vieilli, et pas dans le bon sens du terme. Néanmoins, Emily arrivait à le reconnaître. Comment pourrait-elle oublier le visage de l'homme qui l'avait privée de tout ce qu'elle aimait ?

— Qu'est-ce que tu veux ? Tu ne penses pas avoir fait assez de mal comme ça ?

Elle ne parvint pas à prononcer le mot *papa*.

— Nous n'avons pas le temps de parler de ça pour l'instant. Nous devons partir.

Il lui tendit le bras, mais elle recula à son contact.

— Je n'irai nulle part avec toi !

Malgré ses paroles fermes, elle tremblait de peur.

— Là tout de suite, tu n'as pas vraiment le choix, déclara-t-il.

Elle ne décela aucune malveillance sur son visage. Peut-être que la prison lui avait appris à cacher ses sentiments.

– Tu as déclenché une alarme quand tu es entrée par effraction. La police sera là dans trois minutes maximum.

— Je l'aurais entendue, protesta Emily.

Elle avait une excellente ouïe, donc si un système d'alarme s'était mis à sonner, elle l'aurait remarqué.

— C'est une alarme silencieuse. Maintenant, allons-y ou on va finir tous les deux en prison. Et crois-moi, ça ne te plaira pas là-bas.

Elle hésitait. Elle ne lui faisait pas confiance, mais il se pouvait qu'il dise la vérité. Maddie, une femme vivant seule, qui avait des objets de valeur comme des bijoux dans la maison, aurait eu un système d'alarme. Emily ne s'attendait tout simplement pas à ce que ce soit une alarme silencieuse.

— Très bien, dit-elle finalement. Allons-y.

Son père se retourna, Emily éteignit la lumière de la salle de bains et se servit de sa lampe de poche pour se guider. Dans le couloir supérieur, ses yeux tombèrent sur la deuxième porte. Merde ! Elle n'avait pas encore fini. Elle devait vérifier s'il y avait une deuxième salle de bains à cet étage.

Son père mettait déjà un pied sur la première marche, quand Emily se dirigea vers la chambre d'amis.

— Qu'est-ce que tu fais, Emily ? Il faut qu'on sorte. Maintenant !

Mais elle l'ignora. Elle n'était pas venue jusqu'ici pour repartir les mains vides. Elle s'empressa de pénétrer dans la chambre d'amis, où elle trouva une deuxième porte qui menait à une salle de bains attenante. Elle éclaira l'intérieur et trouva le meuble-lavabo. Elle s'accroupit.

— Bon sang, Emily ! grogna son père. On a pas du tout le temps pour ça.

— Il faut que je le fasse !

Elle ouvrit l'armoire située sous l'évier, mais au lieu de trouver du papier toilette, elle ne trouva qu'un déboucheur de toilettes.

— Putain ! s'exclama-t-elle.

Où Maddie avait-elle caché l'enveloppe si ce n'était dans sa propre maison ?

— Allons-y, ordonna son père en lui saisissant le bras, la forçant à se lever et à venir avec lui.

— Je peux marcher toute seule ! lança-t-elle.

— Bouge-toi alors !

Il se précipita vers l'escalier, puis dévala les marches, Emily sur ses talons, mais en marchant plus lentement. Lorsqu'ils atteignirent le foyer, son père s'arrêta soudain dans son élan.

— Merde ! Ils sont déjà là, dit-il sous sa respiration.

Un instant plus tard, Emily put constater qu'il disait vrai. À travers la petite vitre au-dessus de la porte d'entrée, des lumières rouges et bleues clignotaient, bien que la police n'ait pas mis ses sirènes en marche, décidée à surprendre les intrus.

Il avait eu raison au sujet de l'alarme silencieuse. Elle n'aurait pas dû être surprise : avant d'être incarcéré, Oscar Warner était serrurier, de ce fait il en savait assez sur les serrures et les alarmes, ce qui lui avait permis de repérer celles-ci chez Maddie.

— Par ici, dit son père en la poussant vers l'arrière de la maison.

— Tu vas où ? demanda-t-elle.

Il regarda par-dessus son épaule.

— Passons par derrière.

Elle le suivit à travers la cuisine. Celle-ci disposait d'une porte donnant sur une cour minuscule et étroite qui, même par une journée ensoleillée, ne recevait probablement pas un seul rayon de soleil. Une clôture et des arbustes servaient de couverture, mais Oscar Warner ne semblait pas avoir de mal à se frayer un chemin à travers. Il se faufila dans un espace entre la vieille clôture – à laquelle il manquait un panneau – et un buisson épais, et disparut sous les yeux de sa fille. Ensuite, sa main apparut à l'endroit où il avait disparu et, malgré la haine qu'elle éprouvait pour lui, Emily lui tendit la main et le laissa la tirer à travers le buisson.

Elle se retrouva dans la cour envahie par la végétation de la maison située derrière celle de Maddie. Son père lui fit un signe vers la gauche et posa son doigt sur ses lèvres pour l'inciter à garder le silence. Elle acquiesça et le suivit jusqu'à ce qu'ils atteignent un portail branlant. Oscar Warner, qui mesurait presque quinze centimètres de plus que sa fille, jeta un coup d'œil par-dessus. Puis il ouvrit le portail en bois et sortit.

— C'est bon, murmura-t-il en lui faisant signe de le suivre.

Emily s'exécuta et sortit sur le trottoir. Plusieurs voitures étaient garées dans la petite rue tranquille qui n'avait que des trottoirs étroits.

— Par ici, dit le père d'Emily en indiquant la pente douce qui menait à la rue parallèle à celle où Maddie avait vécu.

Quand ils l'atteignirent, son père tourna à droite, et Emily jeta un coup d'œil en arrière. Elle ne pouvait pas voir la voiture de police dans la rue de Maddie, mais elle voyait ses gyrophares se refléter dans les fenêtres des immeubles adjacents.

Emily rejoint rapidement son père dans la rue parallèle. Après un autre pâté de maisons, il s'arrêta et pointa du doigt l'autre côté de la rue étroite. Une vieille Toyota déglinguée y était garée.

— Monte. Je te ramène à la maison.

Emily resta pétrifiée. La dernière fois qu'elle était montée en voiture avec lui, elle avait perdu sa mère et sa vue.

— Non, dit-elle en secouant la tête. Je peux rentrer à la maison toute seule. Ce n'est pas loin, mentit-elle.

— Tu ne peux pas marcher jusqu'à Columbia Heights, et il n'y a déjà plus de métro.

Instinctivement, elle recula d'un pas, agrandissant la distance qui les séparait.

— Comment sais-tu où j'habite ?

Il hésita, puis se passa la main dans les cheveux. Ceux-ci étaient clairsemés.

— De la même façon que j'ai su que tu entrais par effraction dans une maison. Je t'ai suivie. Je te suis depuis un moment maintenant, quelques semaines environ. Je n'ai pas eu le courage de t'aborder, dit-il en baissant les yeux sur ses chaussures.

Son père qui admettait ne pas avoir eu le courage de l'approcher ? Il ne ressemblait pas à l'homme qui avait prévu de tuer sa famille il y a quinze ans. Mais peut-être jouait-il la comédie. Tout comme il avait attiré Emily et sa mère dans la voiture pour pouvoir mettre son plan à exécution.

— Pour faire quoi ? demanda-t-elle le ton saccadé.

— Parce que je voulais te parler. Pour... pour te demander...

— Pour de l'argent ? dit-elle en crachant presque ses mots.

Il eut l'air surpris.

— Non, je ne veux pas d'argent. J'ai un travail.

— Alors qu'est-ce que tu veux ?

— Que tu me pardonnes.

Cette réponse la prit de court et la frappa comme un train de marchandises qu'elle n'aurait pas vu venir. Instinctivement, elle secoua la tête. Elle n'avait pas le cœur à pardonner. Elle aurait pu lui pardonner sa cécité, mais la mort de sa mère ?

— Maman est morte à cause de toi. Il n'y a pas de pardon pour ça. D'accord, tu as purgé ta peine en prison et peut-être que la société considère que ta dette est payée, mais pas moi. Je l'aimais. J'avais besoin d'elle, et tu me l'as prise ! Tu n'aurais pas dû venir !

Elle ne pouvait pas arrêter les larmes qui avaient commencé à couler sur ses joues. Elle le fusilla du regard. Comment pouvait-il demander pardon et ainsi déterrer le passé, ce passé rempli de tant de douleur, de tant de mal, et d'une perte dont elle ne se remettrait jamais ?

— J'ai changé, déclara-t-il. Je ne suis plus le même homme. J'étais en colère à l'époque, j'en voulais toujours à ta mère dès que ça n'allait pas, alors que tout était ma faute. Ce que j'ai dit à l'époque dans la voiture... J'étais tellement en colère contre ta mère qui voulait me quitter... J'aurais dû aller dans un bar et me saouler au lieu de... au lieu de... faire ce que j'ai fait. Je méritais d'être en prison pour ce que j'ai fait. Si je pouvais remonter le temps pour réparer tout ça, je le ferais.

— Il n'y a pas de retour en arrière possible...

— Je sais. C'est bien pour ça que je te demande pardon, c'est ma seule option. Je comprends que tu ne sois pas prête pour cela. J'étais vraiment content quand j'ai su que tu pouvais voir à nouveau, dit-il après un soupir.

Était-ce des larmes qui bordaient ses yeux ? Ce n'était pas possible.

— Je sais que tu auras besoin de temps. Je voulais juste te faire savoir que je suis là pour toi. Quoi que tu aies besoin que je fasse pour toi, je le ferai. Je veux à nouveau faire partie de ta vie.

— Tu dois partir. Et arrête de me suivre.

— Très bien, je vais rester à l'écart pour te laisser de l'espace, mais je reviendrai. Je n'abandonnerai pas. Je me rattraperai auprès de toi. Je gagnerai ton pardon.

— Je ne peux pas...

Elle se retourna.

— Emily, s'il te plaît...

Elle se mit à courir. Comment pouvait-il être aussi cruel et lui rappeler ce qu'elle avait perdu ?

Comment avait-il pu lui rappeler la mort de sa mère ?

Lui rappeler les jours et les nuits solitaires qu'Emily avait passés, adolescente et jeune femme, à grandir au milieu d'étrangers ?

Lui rappeler qu'elle était seule au monde ?

Seule et effrayée à l'idée de perdre encore la vue.

Lorsqu'elle mit suffisamment de distance entre son père et elle, elle sortit son téléphone portable et appela Vicky.

— Emily ? demanda Vicky, qui semblait bien réveillée malgré l'heure avancée.

— Peux-tu venir me chercher, s'il te plaît ? Je suis à Georgetown.

53

1 *8 juin*

Yang venait de rentrer d'un déjeuner tardif, lorsque Jefferson se leva de son bureau et lui fit signe d'approcher.

— Qu'est-ce qu'il y a, Simon ? demanda-t-il.

Jefferson reposa le combiné.

— C'était Lupe. On a les résultats d'analyse d'ADN d'Emil Veselak.

— Tu as une touche ?

— Non. Il n'est pas compatible, dit-il en haussant les épaules. Je m'y étais attendu. Lui et sa femme avaient l'air d'être véritablement en deuil.

— Oui, c'est ce qui m'a semblé aussi. Est-ce que Lupe a dit quand est-ce qu'elle aurait les résultats de l'ADN du psy ?

— Tout ce qu'elle a dit, c'est qu'elle mettait les bouchées doubles. Peut-être dans un jour ou deux ?

— Penses-tu que cela vaudrait la peine d'essayer d'obtenir aussi l'ADN de Zimmerman ?

— Le père d'accueil de Tatjana ? Nous n'avons pas vraiment d'éléments permettant de le relier à Annika, si ce n'est que les filles sont toutes passées par la même association caritative et ont consulté le même psy.

— Si Zimmerman est allé chercher Tatjana dans le bureau du psy après les séances de groupe, il aurait pu tomber sur Annika. Et Sasha.

— Je suppose que ça vaut la peine d'essayer. Nous pourrons passer dans la soirée.

— Nous n'obtiendrons pas un mandat aussi rapidement, réfléchit Yang.

— Avec le peu de preuves que nous avons pour le relier à Annika, je doute que nous obtenions la signature d'un juge. On va faire comme d'habitude et utiliser notre charme pour qu'il nous donne un échantillon de son plein gré.

— Ça marche pour moi.

Yang regarda la grande horloge sur le mur et vit qu'il n'était même pas encore 15 heures.

— Je doute que Zimmerman soit rentré avant 18 heures, dit-il.

— Je suppose que cela me laisse assez de temps pour aller boire un café et prendre un peu le soleil, conclut Jefferson en attrapant la veste accrochée au-dessus de sa chaise.

— Yang, Jefferson, mon bureau !

Le lieutenant Arnold les appelait depuis l'entrée de son bureau.

Jefferson échangea un regard avec Yang.

— Ou pas.

— Oui, lieutenant, répondit Yang avec hâte avant de se diriger vers son bureau, Jefferson sur les talons.

— Je me demande ce qu'on a fait encore, murmura Jefferson sous sa respiration pour que seul Yang puisse l'entendre.

Arnold n'était pas seul. Lorsque Yang et Jefferson entrèrent, un homme en costume sombre était assis sur l'une des chaises en face du bureau d'Arnold.

— Fermez la porte, ordonna Arnold. Inspecteurs Simon Jefferson et Adam Yang, voici Nikolai Belsky, chef de la sécurité de l'ambassade russe.

Yang échangea un regard surpris avec Jefferson, avant de saluer le Russe.

— Enchanté de faire votre connaissance.

Puis il se retourna vers Arnold, qui lui fit signe d'aller chercher les chaises vides. Yang et Jefferson s'assirent.

— Il y a eu un incident ce matin, et l'ambassade russe nous a demandé de l'aider. Tout en discrétion, annonça Arnold.

Elle fit un signe de tête à Belsky :

— Monsieur Belsky ?

— Le lieutenant Arnold m'a assuré que vous étiez sa meilleure équipe d'enquête sur les homicides, dit l'homme avec un fort accent mais dans un anglais parfait.

Il leur lança un regard intense.

Yang ne montra pas sa surprise face aux éloges que Arnold avait formulés à leur égard.

— Comment pouvons-nous vous aider ? se contenta-t-il de demander.

— Ce matin, l'un de nos diplomates faisait son jogging le long du Potomac, juste au sud de l'université de Georgetown. Il a reçu deux balles à bout portant. Il se serait vidé de son sang si une femme qui promenait son chien ne l'avait pas trouvé et n'avait pas immédiatement appelé une ambulance. Il est actuellement en soins intensifs à l'hôpital universitaire George Washington. Il est dans le coma.

— Y aurait-il des preuves montrant qu'il s'agirait d'une agression ayant mal tourné ? demanda Jefferson.

Belsky secoua la tête.

— Il avait encore sa montre et sa bague ainsi que ses clés et son téléphone. D'après ses amis, il ne prenait jamais de portefeuille avec lui lorsqu'il faisait son jogging. Rien n'a été volé. Et nous ne pensons pas que ce soit le fruit du hasard.

Yang leva un sourcil.

— Avait-il reçu des menaces ?

Le Russe hésita, avant de poursuivre :

— Le personnel de l'ambassade reçoit régulièrement des menaces pour toutes sortes de raisons.

La réponse semblait évasive. Yang reformula sa question.

— Y avait-il des menaces spécifiques à l'encontre de cette personne ?

— Pas que nous sachions.

— D'accord, dit Yang, que pouvons-nous nous dire sur l'incident et sur les antécédents de la victime ?

Belsky attrapa un dossier peu épais sur le bureau d'Arnold et le tendit à Yang.

— J'ai préparé un dossier. Vous y trouverez tout ce que vous avez besoin de savoir. Les balles que les chirurgiens lui ont retirées, ainsi que ses vêtements, ont été remis à votre équipe médico-légale pour analyse. Nous comptons sur votre discrétion. Nous n'avons communiqué aucun détail sur cette tentative d'assassinat à la presse, et nous avons demandé au témoin qui l'a trouvé de ne pas parler à la presse. Nous ne voulons pas que l'auteur de l'attentat sache que l'attaché culturel a survécu. Sinon, il pourrait recommencer.

— Entendu, déclara Jefferson. Nous pouvons fournir à la victime une protection policière à l'hôpital.

— Ce ne sera pas nécessaire. J'ai déjà deux de mes meilleurs hommes postés devant sa chambre.

— Très bien, répondit Jefferson. Nous allons nous y mettre tout de suite.

— Merci, inspecteurs, dit le Russe en se levant. Lieutenant, ajouta-t-il en faisant un signe de tête à Arnold. Mon numéro de portable direct se trouve dans le dossier. Veuillez communiquer directement avec moi, personne d'autre.

Arnold acquiesça.

— Soyez bien certain que mon équipe en fera une priorité.

Avec un autre signe de tête, Belsky quitta le bureau. Lorsque la porte se referma derrière lui, Arnold s'adossa à sa chaise, se détendant quelque peu. Puis elle fit un signe à la porte.

— Mettez-vous au travail. Cette affaire est prioritaire par rapport à vos autres dossiers.

Yang échangea un regard avec Jefferson.

— Et pour l'affaire du meurtre d'Annika ? Ce Russe est toujours en vie, alors qu'Annika est morte.

Arnold plissa les yeux en le regardant.

— J'en ai bien conscience. Mais nous n'avons pas toujours le choix. Rompez.

Yang et Jefferson se retournèrent et quittèrent le bureau.

— Pression venant d'en haut ? s'enquit Yang une fois à l'extérieur et hors de portée de voix.

Jefferson acquiesça.

— On dirait bien.

Arrivés à leur box, Yang ouvrit le dossier et ils commencèrent tous deux à lire. Yang n'eut pas besoin d'aller bien loin. Le nom de l'attaché russe était divulgué dès la première ligne.

Yang le reconnut immédiatement. L'homme qui s'était fait tirer dessus deux fois pendant son jogging était le même dont Emily Warner avait parlé. D'après elle, c'était Madeline Bolton qui l'avait appelé.

Et maintenant, Sergei Petrov était dans le coma, incapable de révéler s'il savait quoi que ce soit qui pourrait l'éclairer sur la mort de Madeline Bolton.

Il ne pouvait pas s'agir d'une coïncidence. Il devait interroger Emily Warner. Le plus tôt serait le mieux. Mais il ne pouvait pas en parler à son partenaire, pas encore en tout cas, car Jefferson avait clairement indiqué qu'il ne voulait pas s'impliquer dans cette affaire puisque le lieutenant Arnold leur avait ordonné de se tenir à l'écart. Par conséquent, il n'avait jamais dit à Jefferson qu'il avait rendu visite à Emily Warner chez elle.

54

Sergei Petrov était une cible facile.

Le tueur avait compris assez rapidement que l'attaché culturel russe aimait courir au petit matin avant de commencer sa journée à l'ambassade. Bien que diplomate, son statut était peu élevé, ce qui signifiait qu'il n'avait pas de sécurité personnelle avec lui, facilitant ainsi sa prise en charge.

Il s'était habillé comme un coureur, avec un short et un sweat à capuche, portant même une banane dans laquelle il avait caché l'arme. Il avait attendu dans le fourré pendant un moment, en s'assurant qu'il n'y avait pas d'autres coureurs qui pourraient le voir et le décrire plus tard. Heureusement, à cinq heures et demie, il y avait peu de joggeurs et le chemin était pratiquement désert. Et il ne manquerait pas non plus à l'appel. Il pourrait se présenter au travail à son heure habituelle, et personne ne s'apercevrait de rien.

Une fois sûr d'être seul, il était sorti des buissons et s'était mis à courir après Petrov. Il l'avait rattrapé très rapidement, puis l'avait dépassé en courant. Au prochain virage du chemin, il s'était arrêté brusquement, avait sorti le pistolet de sa poche et attendu Petrov.

Le Russe avait vu l'arme trop tard et n'avait même pas eu le temps de crier. Il était tombé comme un arbre mort. Il s'était apprêté à prendre le pouls de Petrov, lorsqu'il avait entendu un chien aboyer au loin. Ne voulant pas prendre de risques, il s'était enfui dans l'autre direction. Petrov était mort. Une balle l'avait touché à la poitrine, l'autre à l'estomac. Il n'était pas très bon tireur, mais à une distance de quelques mètres, même lui ne pouvait pas rater sa cible.

Et un problème résolu, un. Tout ce que le Russe savait, tout ce que Madeline lui avait dit avant sa mort, était mort avec lui.

Au moins une bonne chose de faite.

C'était maintenant au tour d'Emily Warner. Elle avait déjoué ses efforts la nuit précédente, même s'il doutait qu'elle en soit consciente. Il l'avait suivie et avait été surpris de voir qu'elle s'introduisait dans la maison de Madeline Bolton. Depuis une entrée dissimulée dans un commerce de l'autre côté de la rue, il avait envisagé de la tuer à l'intérieur de la maison, mais il avait hésité. Si on retrouvait son corps dans la maison de Maddie, la police la relierait à Maddie, et cette fois, la police de Washington s'en mêle-rait certainement et enquêterait sur les liens qu'elle avait avec Maddie. Cela ferait exploser l'affaire, ce dont il ne pouvait pas se permettre.

Il avait donc attendu qu'elle sorte de la maison et avait prévu de la tuer suffisamment loin pour que sa mort ne soit pas liée à Maddie. Cependant, un autre homme était entré peu après Emily, et moins de deux minutes plus tard, la police était arrivée, gyrophares allumés. Il s'était donc réfugié dans une ruelle et avait quitté les lieux à toute vitesse, ne voulant pas être vu par la police. Cela l'avait mis en colère.

Mais ce soir, il avait de la chance. Il avait suivi Emily dans le métro sans se faire voir, ce qui était facile à l'heure de pointe. Par précaution, il avait mis une fausse barbe et des lunettes pour que personne ne le reconnaisse.

Emily Warner s'était arrêtée dans un salon de coiffure, où elle avait passé une bonne heure à se faire couper les cheveux. Il avait attendu impa-tiemment de l'autre côté de la rue. En sortant du salon, elle s'était arrêtée dans un supermarché, où elle avait bien pris son temps. Il commençait à s'impatienter, et le pistolet dans la poche de sa veste de sport lui faisait l'effet d'un fer à repasser brûlant. Sa main avait envie de passer à l'action. Le temps qu'Emily quitte le supermarché et prenne la direction de son appar-tement, le soleil s'était couché. Pour son plus grand plaisir, Emily Warner avait emprunté l'une des nombreuses rues secondaires au lieu de rester sur la route principale, plus fréquentée.

C'était le moment. Dès qu'il tourna dans la rue qu'Emily avait empruntée, il passa à l'action. Protégé par les arbres et autres arbustes qui se trouvaient devant les maisons, il sortit une cagoule de sa veste et l'enfila.

55

Il faisait nuit, et Emily sentit un frisson remonter tout le long de l'échine. Elle aurait pu mettre cela sur le fait que ses cheveux étaient plus courts maintenant et qu'ils ne couvraient pas entièrement sa nuque. Elle ne s'était jamais rendu compte quand elle était aveugle que son visage en forme de cœur serait plus joli s'il était encadré par des cheveux qui ne lui arrivaient qu'au menton. Elle était une femme maintenant, pas une adolescente, et avait besoin d'une coupe de cheveux adaptée.

Mais sa nouvelle coupe de cheveux n'était pas en cause. Après avoir passé quinze ans à se fier à son sens de l'ouïe, elle sentait que quelqu'un la suivait. Pendant un moment, elle pensa que son père n'avait pas abandonné et qu'il la suivait toujours, mais c'était différent. Elle respira l'air autour d'elle, mais ne sentit rien de particulier.

Elle aurait aimé que Coffee soit avec elle, mais elle l'avait laissé à la maison après son rendez-vous chez le vétérinaire, où Coffee avait reçu son vaccin annuel. Son chien-guide de confiance avait l'air fatigué, et comme elle avait l'impression que sa vue devenait plus nette et mieux définie de jour en jour, elle avait choisi de laisser Coffee se reposer à la maison.

Coffee saurait si quelqu'un la suivait vraiment ou si elle était juste paranoïaque.

Un autre bruit, cette fois celui d'un petit caillou ou d'un morceau de gravier écrasé sous la semelle d'une chaussure, lui envoya une décharge d'adrénaline dans le corps. Elle cessa de respirer. Pendant un instant, elle ferma les yeux pour se concentrer. Elle avait raison de se méfier. Quelqu'un la suivait.

Elle accéléra le pas, et le sac de provisions qu'elle tenait dans sa main droite lui parut soudain plus lourd. Elle se dépêcha de tourner à droite au prochain coin de rue En tournant, elle jeta un coup d'œil à droite, là d'où elle venait, et aperçut une silhouette sombre. Pendant une fraction de seconde, la lumière d'un réverbère tomba sur le visage de la personne, mais elle ne fut pas en mesure de le voir car il était caché derrière un masque de ski noir.

Le cœur d'Emily manqua un battement. La personne aux vêtements noirs et au masque la regardait droit dans les yeux. Il savait qu'elle l'avait découvert.

La panique s'empara d'elle. Elle se mit à courir dans la rue aussi vite qu'elle le pouvait. Lorsqu'elle jeta un coup d'œil par-dessus son épaule, elle vit l'inconnu arriver au coin de la rue. Il courait lui aussi, mais il était plus rapide.

Désireuse de se mettre à l'abri, elle fonça vers le prochain coin de rue. Dès qu'elle sortit du champ de vision de son agresseur, elle jeta son sac de courses derrière elle. Elle entendit le pot de confiture en verre se briser sur le trottoir et imagina que les pommes et les bananes avaient roulé hors du sac et s'étaient retrouvées sur l'asphalte, créant ainsi un obstacle. Elle ne s'était pas arrêtée pour regarder, mais continua à courir.

Un juron derrière elle lui indiqua que l'agresseur en-devenir avait trébuché, mais lorsqu'elle jeta un coup d'œil par-dessus son épaule, elle se rendit compte que cela l'avait à peine ralenti. De plus, elle vit quelque chose dans sa main, quelque chose qui se reflétait dans le faisceau d'un réverbère : un pistolet.

— À l'aide ! Que quelqu'un m'aide ! Police ! criait-elle à tue-tête, tout en continuant à courir.

L'homme qui la poursuivait était en train de la rattraper. Ses poumons brûlaient d'épuisement et la peur lui coupait la respiration. Ses jambes lui faisaient mal à cause de l'effort.

Un coup de feu retentit.

Emily cria. Elle ne sentit rien, aucune douleur. Lui avait-on tiré dessus ? Elle l'ignorait. Elle continua à courir. Mais à cause d'une irrégularité du trottoir, elle trébucha et tomba en avant. Elle freina sa chute avec ses paumes, réfrénant la douleur, et se releva péniblement. Un coup d'œil par-dessus son épaule lui glaça le sang dans les veines. L'agresseur était à moins de cinquante mètres, l'arme pointée dans sa direction.

À cette distance, elle était sûre que la balle trouverait sa cible.

Elle se retourna pour courir, lorsqu'un deuxième coup de feu retentit. Elle tomba, tandis qu'elle entendait un bruit sourd, comme si la balle s'était incrustée quelque part à proximité. Cette fois, Emily ne glissa ou ne trébucha pas, mais quelqu'un la plaqua sur le côté. Ils atterrirent tous deux dans la petite cour avant d'un immeuble d'habitation, les arbustes masquant la vue du tireur. La personne qui l'avait plaquée la couvrait de son corps.

— Restez à terre, ordonna-t-il, avant de se soulever avec l'agilité d'un danseur.

Elle n'eut pas besoin de voir son visage pour le reconnaître.

L'inspecteur Yang sortit un pistolet de son étui et jeta un coup d'œil autour des buissons à l'entrée de la cour, son arme pointée dans la direction de l'agresseur. Il courut dans la rue, hors de son champ de vision, mais quelques instants plus tard, il était de retour, la respiration difficile.

— Il s'est enfui.

— Sans vous, je...

Elle serait morte maintenant. Elle frémit à cette idée.

Il lui tendit la main pour l'aider à se relever, ce qu'elle apprécia grandement. Ses genoux vacillaient et sa respiration était irrégulière.

— Pur hasard, déclara Yang. J'étais en route pour vous voir.

— Ah oui ? Pourquoi ?

Il lui prit le coude pour la stabiliser.

— Laissez-moi passer un coup de fil. Nous parlerons après.

56

Par chance, Yang avait décidé de passer chez Emily Warner en rentrant chez lui. S'il n'avait pas douté de ses sources à propos de Serguei Petrov et décidé d'aller lui en parler sans en informer son partenaire, Emily serait morte à l'heure actuelle. L'intention de l'agresseur vêtu de vêtements noirs et d'une cagoule de la même couleur avait été on ne peut plus claire. Heureusement, le premier coup de feu, qui avait alerté Yang juste à temps pour venir au secours d'Emily, n'avait pas trouvé sa cible.

Il signala l'incident pour que la zone soit fouillée à la recherche de balles ou de toute autre preuve permettant d'identifier le tueur en puissance, mais comme il n'y avait pas de caméras de circulation dans la zone, ni de commerces qui auraient pu avoir des caméras braquées sur le trottoir, les chances de trouver l'agresseur de cette façon étaient inexistantes. La déclaration d'Emily n'était pas d'une grande aide non plus. Elle ne pouvait pas le décrire. Au moins, lorsqu'elle avait réalisé que quelqu'un la suivait, elle avait agi rapidement et jeté son sac de courses sur le chemin de l'agresseur, gagnant ainsi quelques secondes cruciales. Il admirait cette idée. Elle avait fait preuve de rapidité d'esprit et d'ingéniosité.

Yang ramena Emily chez elle pendant que quelques policiers en uniforme fouillaient encore la zone à la recherche des balles et des douilles.

Elle n'avait pas protesté. Elle savait aussi bien que lui qu'elle venait d'échapper à une mort certaine. Cela se voyait sur son visage.

Lorsque Emily déverrouilla et ouvrit la porte de son appartement, son labrador brun l'attendait déjà en remuant la queue.

— Coffee, mon bon garçon, roucoula-t-elle en caressant le chien.

Coffee lui lécha les mains avant de regarder Yang.

— Salut, Coffee, tu te souviens de moi ?

Yang s'accroupit, et Coffee le salua immédiatement d'une tape amicale avant de lécher l'oreille de l'inspecteur. Ce dernier leva les yeux vers Emily et lui dit :

— Je suppose qu'il se souvient de moi.

— Il vous aime bien. Il n'est pas amical avec tout le monde. Il est formé pour me protéger.

Emily le fit entrer et referma la porte derrière lui.

— Tant mieux, répondit Yang.

— Je dois vous remercier. Je ne pense pas que je serais ici si vous n'aviez pas...

Il leva la main pour l'arrêter.

— Si je ne m'étais pas méfié de vous.

— Quoi ? Je ne comprends pas.

Il soupira. Elle avait l'air surpris.

— Concernant notre précédente conversation où vous avez mentionné les cornées de Madeline Bolton et ce que vous avez vu.

Elle croisa les bras devant sa poitrine, la mâchoire crispée.

— J'en étais sûre, vous ne m'avez pas crue.

— Ce n'est pas ça, protesta-t-il, même si elle avait raison.

Il n'avait pas cru aux récits des visions qu'elle avait prétendu avoir. Mais maintenant, avec tout ce qui s'était passé entre-temps, il était prêt à envisager qu'elle disait la vérité, et qu'elle n'était peut-être pas folle.

— Bien sûr que non, répondit-elle, le sarcasme dégoulinant d'elle comme l'eau d'un robinet qui fuit.

Yang passa une main dans son épaisse chevelure.

— Écoutez, je ne devrais même pas être ici, mais quelque chose me fait penser que ce que vous semblez savoir sur Madeline Bolton est peut-être lié à une autre affaire qui a atterri sur mon bureau aujourd'hui.

— Un autre meurtre ? demanda-t-elle d'une voix faible.

— Tentative de meurtre, d'après ce que j'ai pu rassembler jusqu'à présent. On a tiré sur Sergei Petrov, de l'ambassade de Russie, ce matin. Il est dans le coma, dit-il en la regardant droit dans les yeux.

Emily sursauta. Elle était véritablement choquée. Il n'y avait aucun doute à ce sujet.

— Non, non !

Elle secoua la tête. Puis ses yeux semblèrent se concentrer sur quelque chose au loin. Il fallut attendre quelques secondes avant qu'elle ne poursuive :

— Ça veut dire que ce n'est pas lui, l'assassin. Mais il sait quelque chose. Et c'est pourquoi quelqu'un veut sa mort. La même personne qui a essayé de me tuer.

Yang secoua la tête.

— Ce n'est pas possible.

Pourtant, au moment où il prononça ces mots, il se demanda s'il y avait un moyen pour que ces deux incidents soient liés.

Emily commença à faire les cent pas.

— C'est forcément le cas. Enfin... nous sommes liés à cause de Maddie. Il sait quelque chose qui peut nous aider à découvrir qui a tué Maddie, et il est clair que le tueur a pensé que c'était une information qui pourrait le dénoncer, et c'est pour ça qu'il a tué Petrov. Et...

— Il n'y a aucune preuve que Madeline Bolton ait été assassinée.

— Il y en a ! protesta Emily. Les talons hauts !

Stupéfait, Yang la regarda fixement. Il avait fait la même observation. Aucune femme saine d'esprit ne porterait des talons hauts pour monter sur une échelle afin de changer une ampoule.

— Comment savez-vous pour les chaussures ? Une de vos soi-disant visions ?

— Je vais faire comme si vous ne veniez pas de m'insulter. Ce n'était pas une vision. J'ai parlé à la gouvernante de Maddie. Elle m'a dit que Maddie portait encore un de ses talons hauts quand elle est soi-disant tombée de l'échelle, soupira-t-elle. Le « soi-disant » étant mon interprétation, pas celle de la gouvernante.

— Comment vous y êtes-vous prise pour qu'elle vous parle ?

Emily haussa les épaules.

— Il se peut que je lui ai dit faire un podcast pour les aveugles...

Yang ne put s'empêcher d'admirer l'ingéniosité de cette femme. Pourtant, si sa théorie selon laquelle on avait tiré sur Petrov parce qu'il savait quelque chose en rapport avec la mort de Madeline Bolton était correcte, Emily Warner pourrait être en danger elle aussi. Si le tireur de ce soir était le même, il avait déjà compris qu'Emily pourrait l'accuser d'être l'assassin de Maddie.

— Écoutez, si vous avez raison, si la personne qui a tiré sur Petrov est la même que celle qui a visé sur vous ce soir, alors vous devriez arrêter de jouer les détectives en herbe. Vous pourriez mourir.

— Vous ne comprenez donc pas ! Il faut que je trouve l'assassin de Maddie. Je dois faire ça pour elle. Et pour moi, ajouta-t-elle après un moment d'hésitation. Ou je perdrai la vue une fois de plus.

Il fronça les sourcils.

— Qu'est-ce que ça veut dire ?

— Vous ne me croirez pas.

— Alors faites en sorte que je vous croie. Dîtes-moi la vérité.

Elle hésita, puis elle dit :

— Peu après avoir perdu la vue pour la première fois à l'âge de quinze ans, j'ai reçu ma première greffe de cornée. Je pouvais voir à nouveau, mais j'ai commencé à voir des choses qui n'existaient pas. Les médecins ont pensé que je souffrais d'un syndrome de stress post-traumatique et ils m'ont internée dans un... établissement psychiatrique pendant quelques mois. Mais les visions n'ont pas cessé, jusqu'à une nuit où je me suis cru poursuivie. J'ai couru et je suis tombée dans les escaliers. Quand on m'a retrouvée, j'étais de nouveau aveugle. Mon corps avait rejeté les cornées.

— Je suis vraiment désolé, murmura-t-il.

— À l'époque, je n'avais pas bénéficié d'une autre greffe parce que la chute avait endommagé mon nerf optique. Mais aujourd'hui, quinze ans plus tard, la médecine a suffisamment progressé. J'ai bénéficié d'un traitement à base de cellules souches pour réparer mon nerf optique, puis j'ai reçu les cornées de Maddie.

Elle le regarda d'un regard franc et honnête.

— Les visions ont commencé presque immédiatement. J'ignore

comment je le sais, mais je sens que si je n'aide pas Maddie à démasquer son assassin, je perdrai à nouveau la vue.

Yang acquiesça. Il comprenait beaucoup mieux maintenant. Et il avait de la compassion pour elle. Il ressentait le besoin irrépressible de la prendre dans ses bras pour réconforter la jeune fille de quinze ans qui se cachait derrière la façade d'une femme indépendante. Mais il n'en fit rien.

— Je comprends pourquoi vous faîtes cela. Mais je ne peux pas l'approuver. Vous vous mettez en danger. Vous auriez pu vous faire tuer là-bas ce soir. Laissez faire les professionnels, ordonna-t-il en désignant la porte.

Il se rendit compte qu'il avait haussé le ton. Emily lui lança un regard noir.

— Non ! C'est hors de question ! Les journaux continuent de dire que la mort de Maddie était un accident, alors que je sais que c'est faux ! De toute évidence, personne à part moi ne soupçonne que sa mort n'était pas un accident !

Surpris par le ton ferme et la voix forte d'Emily, il tenta de la calmer.

— S'il vous plaît, ce n'est pas votre travail ! C'est le mien.

— Alors faîtes votre travail ! cria-t-elle presque. Ou qui sait ce qui arrivera à la fille que j ai vue avec Maddie quand elle a appelé Petrov.

Elle laissa échapper un souffle et reprit :

— J'ai essayé de comprendre comment elle était liée à Maddie, et tout ce que j'ai trouvé, c'est qu'elles se connaissaient via l'association caritative.

— Vous voulez dire *No Child Abandoned* ?

— Oui. J'y suis allée, mais ils m'ont dit que Maddie n'avait pas beaucoup de contacts avec les enfants. Alors...

— Vous avez fait quoi ?

Stupéfait, Yang eut du mal à articuler.

— Eh bien, Vicky et moi avons fait semblant de vouloir devenir bénévoles là-bas pour pouvoir poser des questions, expliqua Emily pendant son silence.

— Vous ne pouvez pas y retourner.

— De toute façon, je n'en ai pas l'intention, souffla-t-elle.

— Bien.

Parce que fouiner ne ferait que lui attirer des ennuis, et la prochaine fois, il ne serait peut-être pas là pour la sauver.

— Alors qu'est-ce que vous allez faire à propos du meurtre de Maddie et de son lien avec Petrov ? demanda-t-elle en gardant la tête haute.

— Je vais m'en occuper.

Même si l'affaire relevait des services secrets. Mais de toute évidence, l'agent Mitchell et l'agent Banning n'étaient pas encore allés très loin. Ils n'avaient vu qu'une partie du tableau, mais Yang avait maintenant plus de pièces du puzzle, et d'une manière ou d'une autre, Petrov et l'association caritative en faisaient partie.

— Mademoiselle Warner, vous devez me promettre quelque chose. Arrêtez d'enquêter toute seule. Laissez-moi faire. D'accord ?

Un bruit à la porte de l'appartement le poussa à tourner la tête dans sa direction. On aurait dit que quelqu'un grattait la serrure avec quelque chose de pointu. Il jeta un rapide coup d'œil à Emily, qui entendit le bruit elle aussi. Le tireur était-il là pour recommencer ?

Yang sortit son arme de son étui, puis fit signe à Emily d'aller dans le couloir. Emily fit à son tour signe à son chien, et les deux s'éloignèrent en silence.

Le grattage continua. Yang s'appuya contre le mur à côté de la porte, son arme prête à l'emploi. Trois secondes de plus, le verrou fit un clic et la porte s'ouvrit. Yang vit d'abord un long couteau de cuisine, puis la personne entra.

Yang pointa la buse de son arme sur la tête de l'intrus.

— Lâche ce couteau, ou je tire.

L'intrus cria, et le couteau tomba sur le fol.

— Ne tirez pas ! cria la femme.

— Vicky ? s'écria Emily depuis le couloir en courant vers elle. C'est mon amie, ne lui faîtes rien !

Yang laissa sortir un juron.

— Merde !

Il abaissa son arme et s'éloigna de Vicky. Quand elle le regarda, il la reconnut comme étant la femme qui avait accompagné Emily aux funérailles de Bolton.

— Mais putain, pourquoi entrer par effraction ?

— Je n'entre pas par effraction, martela-t-elle en tendant une clé. J'ai entendu des voix s'élever et je suis venue voir comment allait Emily.

Elle regarda ensuite son amie :

— Ça va ?

Emily acquiesça.

— Oui, ça va.

Vicky pointa du doigt Yang.

— Et c'est qui ce cowboy ?

Yang montra son badge.

— Inspecteur Adam Yang, Police de Washington.

Vicky regarda d'abord le badge avec insistance, avant de diriger son regard vers Emily.

— Tu sors avec un inspecteur ? Depuis quand ?

Les joues d'Emily se mirent à rougir.

— Ce n'est pas le cas.

57

Après la question embarrassante de Vicky, Yang ne perdit pas de temps et partit en trombe, non sans avoir averti Emily de ne pas se mettre en danger plus longtemps et lui avoir fait savoir qu'il enverrait un agent en uniforme pour surveiller son immeuble. Bien qu'Emily lui en était reconnaissante, elle n'avait pas l'intention de se conformer à sa demande. Elle devait continuer à suivre les indices que Maddie lui envoyait.

— Donc tu ne sors pas avec lui, mais il est dans ton appartement au milieu de la nuit, dit Vicky, interrompant les rêveries d'Emily.

— Ce n'est pas le milieu de la nuit. Il est à peine neuf heures, rétorqua Emily.

— Même pas vrai. Bref, alors, que s'est-il passé ? Qu'est-ce qu'il faisait ici, ce mignon détective ?

Vicky n'avait pas tort : l'inspecteur Yang était beau et semblait vouloir son bien, sans parler du fait qu'il avait risqué sa propre vie pour la pousser hors de la trajectoire d'une balle.

— Il m'a sauvé la vie, commença Emily en mettant Vicky au courant de ce qui s'était passé après qu'elle ait quitté le salon de coiffure.

Vicky s'effondra sur le canapé.

— C'est grave, vraiment grave.

Emily s'installa à côté d'elle.

— Oui, je comptais parler à Sergei Petrov parce que je pense qu'il sait quelque chose à propos de Maddie et de la fille que j'ai vue dans ma vision. Mais l'inspecteur vient de me dire que Petrov s'est fait tirer dessus ce matin et qu'il est dans le coma.

Coffee se faufila entre les deux jeunes femmes, bien content de recevoir des caresses de leur part.

— Oh putain, s'exclama Vicky. Tu penses que c'est la même personne qui a essayé de te tuer ?

— C'est ce que pense l'inspecteur, répondit-elle en soupirant. Petrov sait quelque chose, je le sens. Qu'est-ce que je vais faire maintenant ?

— Je ne vois pas ce que tu pourrais faire. Ce n'est pas de ton ressort.

— Mais je dois faire quelque chose.

— Tu ne vas pas écouter l'inspecteur, hein ? demanda Vicky, la tête penchée sur le côté.

Emily haussa les épaules.

— Si la police n'a pas encore compris que Maddie a été assassinée, c'est qu'elle ne veut pas le découvrir. Je dois m'en charger.

— Mais tu te mets en danger si tu continues à fouiner dans cette affaire. Je veux dire, un connard a essayé de te tuer ce soir. Ça ne te fait pas peur ?

Bien sûr que si.

— Je ne peux pas céder à cette peur. Ou le tueur aura gagné.

— Tu vas mourir si tu continues à être bornée comme ça.

— J'espère découvrir la vérité avant que cela ne se produise.

Pendant un moment, elles restèrent toutes les deux silencieuses. Puis Vicky rompit le silence :

— Alors, qu'est-ce que tu veux que je fasse ?

Emily se retourna sur le canapé et mit une jambe sous son postérieur pour faire face à Vicky.

— Puisque tu le demandes : pourrais-tu parler à quelqu'un de l'hôpital pour savoir quel est le pronostic de Petrov ?

— Ils n'ont pas le droit de me le dire. D'ailleurs, tu ne sais même pas dans quel hôpital se trouve Serguei Petrov.

— Je peux cependant deviner. Une blessure par balle ? Et c'est un diplomate. Crois-moi, ils l'auraient emmené à l'hôpital avec le meilleur centre de traumatologie.

— L'hôpital universitaire George Washington, proposa Vicky.

— Exactement. Là où tu travaillais avant. Et tu m'as dit toi-même il n'y a pas si longtemps que tu avais encore des amis là-bas. S'il te plaît…

Vicky laissa échapper un souffle.

— Très bien. J'irai là-bas demain et je verrai qui est prêt à raconter des ragots. Mais tu dois faire quelque chose pour moi en retour.

— Pas de souci, répondit Emily sans réfléchir.

— Il faut que tu surveilles Merlin et que tu traînes chez moi pendant mon absence. Il déteste être seul.

Le chat de Vicky apprécierait sans doute quelques heures de solitude, mais Emily n'allait pas contredire son amie.

— Et j'ai le gars du câble qui arrive. Tu sais ce que ça veut dire quand ils disent qu'ils viennent entre huit heures et midi.

Emily roula des yeux.

— Qu'ils viendront quand ça leur chante.

— Tout à fait. Alors, donne-moi ton téléphone.

— Pour quoi faire ?

— Je vais te donner tous les détails et le numéro de référence au cas où tu aurais besoin de les appeler.

Emily se leva et alla chercher son sac à main, puis déverrouilla son téléphone portable avant de le donner à Vicky.

— Hé, tu as encore de la glace dans le congélateur ? demanda-t-elle en prenant le téléphone.

— Oui, toujours.

— Cool, je vais prendre deux boules.

Emily entra dans la cuisine et ouvrit le congélateur. Tout en préparant un petit bol pour Vicky et elle-même, elle dit :

— Alors tu penses vraiment que l'inspecteur Yang est mignon ?

Vicky gloussa.

— Franchement canon. Je serais bien sortie avec lui, mais il ne m'a même pas calculée. Par contre, il était à fond sur toi.

— Mais pas du tout, répondit Emily en secouant la tête.

Toutefois elle devait bien admettre que l'intérêt que semblait lui octroyer l'inspecteur Yang lui donnait des ailes – contrairement à ce que lui avaient fait ressentir les autres hommes jusqu'à présent.

— Il pense que je suis folle, expliqua-t-elle.

— Folle en bien ou en mal ?

Emily se retourna vers le canapé.

— En ce moment, il doit partir du principe que je suis une *putain de folle furieuse*, donc...

Vicky posa le téléphone portable d'Emily sur la table basse et prit le bol de glace.

— Fais-moi confiance. La plupart des hommes passeront facilement outre la folie tant que la fille est jolie. Et tu es jolie. Surtout avec ta nouvelle coupe de cheveux. Elle a l'air très sophistiquée.

Emily sourit.

— Merci ! J'aurais dû le faire il y a des années, mais je ne savais pas à quoi je ressemblerais avec des cheveux plus courts.

Vicky lui fit un clin d'œil.

— Mieux vaut tard que jamais, dit-elle en s'attaquant à sa glace. Maintenant, voyons comment tu peux décrocher un rendez-vous avec le détective.

Emily faillit s'étouffer avec sa glace. Sa meilleure amie n'avait visiblement qu'une seule idée en tête. Néanmoins, elle allait la laisser faire pour l'instant, parce qu'elle avait besoin d'oublier qu'elle avait failli se faire tuer ce soir. Et quel mal y avait-il à fantasmer sur un rendez-vous avec un bel homme ? Un rendez-vous qui, bien sûr, n'aurait jamais lieu.

58

1 *9 juin*

C'est en milieu de matinée que Mike Faulkner leva les yeux de son bureau. L'une de ses employées se tenait devant la porte.

— Qu'y a-t-il, Abby ?

Abby Kline, diplômée en sciences politiques, et proche de la trentaine, avait commencé à travailler pour lui environ un an plus tôt. Elle pénétra dans le bureau et ferma la porte derrière elle.

— Je viens d'être informée par mon agent de liaison à l'ambassade de Russie qu'on a tiré hier matin sur l'un de leurs diplomates, un attaché pour être exact.

— Comment se fait-il que je n'en entende parler que maintenant ? Le décès d'un diplomate sur le sol américain doit être traité avec le plus grand soin.

— Je viens tout juste d'en être informée moi-même, protesta Abby.

— Très bien. Mettons l'ambassadeur russe en ligne pour que le président puisse lui exprimer ses condoléances et l'assurer que nous ferons tout ce qui est en notre pouvoir pour les aider à enquêter sur ce malheureux incident. Tu connais la marche à suivre, conclut-il en faisant un geste dédaigneux de la main.

— Mais monsieur Faulkner, l'attaché, un certain Serguei Petrov, n'est pas mort. Il est dans le coma à l'hôpital de l'université George Washington.

— Ah, dit-il, à présent stupéfait. Savons-nous quel est son pronostic ?

Abby secoua la tête.

— Non, pas encore.

— Tiens-moi au courant s'il reprend connaissance. Il faut qu'on sache tout. Est-ce bien compris ?

Elle hocha la tête.

— Oui, monsieur.

Faulkner rangea les papiers sur son bureau, en réfléchissant. Que pourrait révéler Petrov s'il sortait du coma ? Aurait-il reconnu le tireur ? Et révélerait-il ce dont Maddie et lui avaient parlé avant sa mort ?

N'entendant pas la porte s'ouvrir, Faulkner leva à nouveau les yeux. Sa collaboratrice se tenait toujours debout.

— Autre chose ?

— Votre fils a appelé pour dire qu'il ne pourrait pas dîner avec vous ce soir.

— C'est tout aussi bien. J'ai trop de choses à faire de toute façon. Peux-tu annuler la réservation ?

— Tout à fait, monsieur.

— Ah et Abby, annule mon rendez-vous de 17 heures avec le chef de la minorité parlementaire. Je dois partir plus tôt.

— Il ne sera pas content. Il attendu près d'une semaine pour obtenir un rendez-vous avec vous.

— Oui, eh bien, il n'a qu'à attendre. J'ai des choses plus importantes à faire que de l'entendre se plaindre de sa relation avec le président. Dis-lui simplement que j'ai un rendez-vous urgent chez le dentiste ou quelque chose comme ça. Tu te débrouilleras bien.

Il fit un signe de la main et Abby quitta son bureau. Lorsqu'elle referma la porte derrière elle, il laissa échapper une longue respiration.

59

———————

Eric Bolton leva les yeux de son bureau et vit sa femme entrer dans la pièce, encore vêtue de son peignoir, un journal dans une main.

— Je croyais que tu voulais faire la grasse matinée, chérie, dit-il en se levant pour l'embrasser.

— Je n'arrivais pas à dormir, répondit-elle.

— Tu devrais demander au docteur Hinkelstein de te donner quelque chose. Tu n'as pas dormi correctement depuis...

Il n'eut pas besoin de terminer sa phrase. Ils savaient tous les deux qu'aucun d'entre eux n'avait eu une bonne nuit de sommeil depuis le décès de Maddie.

Rita souleva le journal.

— Tu as lu ça ?

— Lu quoi ?

Elle étala le journal sur son bureau et pointa du doigt une colonne à la page cinq. Il dut se pencher pour lire le petit titre.

Un diplomate russe abattu alors qu'il faisait son jogging, lit-il.

Il leva les yeux pour regarder Rita et haussa les épaules.

— Je ne suis pas sûr de savoir où tu veux en venir.

— C'est Sergei Petrov qui a été abattu.

Le nom lui disait quelque chose, bien qu'il ne parvenait pas à le resituer. Depuis la mort de Maddie, il avait du mal à se concentrer, ses pensées dérivant constamment vers la fille qu'il avait perdue. Il dut se forcer à lire le court article qui ne comportait que deux paragraphes. D'après l'article, Sergei Petrov avait été abattu la veille au petit matin. On ne savait pas s'il avait survécu à la fusillade ou non. Ni la police ni l'ambassade de Russie ne faisaient de commentaires.

— Est-ce quelqu'un que nous avons rencontré lors d'un événement récemment ? demanda-t-il en se frottant la nuque.

— Nous l'avons rencontré il y a quelques mois lors d'un événement caritatif, dit Rita. Mais...

— C'est triste, mais je me souviens à peine de lui. Je suppose qu'on peut envoyer une carte de condoléances à l'ambassade de Russie ? proposa-t-il, bien qu'il ne comprenne pas pourquoi Rita s'en préoccupe.

Elle avait déjà assez à faire avec le deuil de leur fille.

— Ce n'est pas pour cela que je te raconte ça. C'est à propos de la femme qui était ici. Celle qui a reçu les cornées de Maddie.

La colère monta en Bolton. Cette femme avait contrarié Rita avec sa visite.

— Elle t'a encore embêtée ? Je te jure, je vais obtenir une ordonnance restrictive...

Rita l'interrompit en posant une main sur son avant-bras.

— Non Eric, écoute. Elle n'est pas revenue. Mais je me souviens de ce qu'elle m'a dit ce jour-là.

— C'est des mensonges tout ça ! Ne t'engage pas dans cette voie, Rita. Cela ne fera que te blesser encore plus.

Rita secoua la tête.

— Eric, s'il te plaît. Cette femme a dit qu'elle avait vu Maddie appeler Sergei Petrov avant qu'elle ne meure. Je ne m'en suis pas souciée parce que je ne pensais pas que Maddie avait grand-chose à voir avec lui. Après tout, il est gay, donc il ne faisait certainement pas partie de ses amants. Mais maintenant qu'on lui a tiré dessus, je me dis qu'il doit y avoir anguille sous roche. Cela pourrait être lié d'une manière ou d'une autre à la mort de Maddie.

— Mais cela n'a aucun sens. Nous ne savons même pas s'ils se connaissaient, et encore moins s'ils se sont déjà parlé au téléphone.

— S'il te plaît, Eric, j'ai besoin de savoir. Il faut que je sache ce qu'il s'est passé. Les équipes de Mike n'ont encore rien trouvé. J'ai besoin de passer à autre chose, de savoir si ce Serguei a quelque chose à voir avec Maddie.

Eric ferma les yeux et soupira. Lui aussi voulait tourner la page, mais il ne voulait pas que Rita s'enfonce dans un autre trou sans fond.

— Mademoiselle Warner a dit que Maddie avait appelé Sergei pour lui demander de l'aide. Il faut que je sache pourquoi. S'il te plaît, Eric, parle à la police ou à l'ambassade de Russie. Découvre si Maddie était en contact avec lui et pourquoi.

Des larmes commencèrent à perler dans les yeux de Rita. Il ne pouvait pas supporter de la voir pleurer à nouveau. Cela lui faisait trop mal.

Il la serra fort dans ses bras.

— Je vais parler à la police et découvrir qui travaille sur cette affaire.

— Merci Eric, merci, dit-elle en se lovant contre lui davantage.

— Mais tu dois me promettre quelque chose.

— Tout ce que tu veux, répondit-elle en levant les yeux vers lui.

— Parle au docteur Hinkelstein pour qu'il te donne quelque chose afin que tu puisses dormir à nouveau. Tu as besoin de te reposer, sinon tu vas tomber malade. Et j'ai besoin que tu sois là pour moi, tout comme je suis là pour toi. En ce moment, nous avons plus que jamais besoin l'un de l'autre.

— C'est promis, Eric.

— Je t'aime, dit-il.

— Je t'aime.

Répéter ces mots qu'elle n'avait pas prononcés depuis la mort de Maddie lui réchauffa le cœur.

60

Après les révélations de la nuit précédente, Yang s'était levé tôt pour étudier les dossiers de l'affaire du meurtre d'Annika, relire celui que Belsky lui avait remis sur Sergei Petrov, ainsi que les notes qu'il avait prises au sujet de Madeline Bolton. D'une manière ou d'une autre, ces trois affaires étaient reliées. Mais comment ? Il avait besoin de réfléchir, toutefois il n'avait pas encore eu l'occasion de parler à Jefferson. Son partenaire l'avait appelé pour lui dire qu'il allait chez le dentiste pour un traitement de canal d'urgence et qu'il ne serait pas là avant la fin du déjeuner.

Lorsque son téléphone sonna une heure avant le déjeuner, Yang remarqua qu'il s'agissait d'un appel interne et décrocha.

— Ici Yang.

— Inspecteur, vous avez un visiteur. Un certain Eric Bolton, annonça la réceptionniste.

Yang se redressa immédiatement.

— Demande-lui d'attendre dans la salle d'interrogatoire n°2. J'arrive tout de suite.

Qu'est-ce que le père de Madeline Bolton attendait de lui ? Avait-il découvert que Yang enquêtait sur la mort de sa fille dans le dos des services secrets ? Heureusement que le lieutenant Arnold était en réunion de direction à l'autre bout de la ville. Avec un peu de chance, Yang pourrait faire en sorte que la visite de Bolton reste discrète.

Yang entra dans la salle d'interrogatoire et ferma la porte derrière lui. Eric Bolton, qui se tenait debout et regardait le miroir sans tain, se retourna pour lui faire face.

— Monsieur Bolton ? Inspecteur Yang.

Ils se serrèrent la main.

— Bonjour, inspecteur.

Yang montra la chaise qui se trouvait de l'autre côté de la petite table.

— Je vous en prie, asseyez-vous.

Une fois qu'ils furent tous deux assis, Yang demanda :

— Comment puis-je vous aider ?

— Je suis vraiment désolé de vous faire perdre votre temps, inspecteur, je suis sûr que vous avez bien assez de travail, soupira Bolton. Mais je crois savoir que vous êtes responsable de l'affaire Petrov.

Yang leva un sourcil. Personne, à l'exception de quelques policiers de haut rang comme le lieutenant et ses supérieurs, ne savait que la division s'occupait de la tentative d'assassinat de Serguei Petrov.

— J'ai bien peur de ne pas pouvoir parler de l'affaire, ni d'infirmer ou de confirmer son existence.

Bolton acquiesça.

— Je comprends. Mais disons que je sais par l'un de vos supérieurs que vous vous occupez de l'affaire et que j'aimerais vous donner quelques informations. Vous n'êtes toujours pas intéressé ?

Yang regarda le visage de Bolton, essayant de déterminer son intention.

— Eh bien, cela dépend des informations.

— Ma femme m'a demandé de venir, commença Bolton. Elle a récemment parlé à quelqu'un qui pense que ma fille, Madeline, a parlé à Sergei Petrov avant sa mort.

Yang était soudain tout ouïe.

— Mais j'ai regardé son téléphone portable, et je ne trouve aucune trace de l'appel, ni même qu'elle ait eu son numéro de téléphone. Maddie le connaissait probablement à la suite d'un événement ou d'un autre, mais je ne vois pas pourquoi elle lui aurait parlé.

Il fouilla dans sa poche et en sortit un téléphone portable sur lequel était collé un post-it. Il le fit glisser vers Yang.

— C'est son téléphone portable, avec son code confidentiel. Les services secrets me l'ont rendu.

— Qu'ont-ils découvert ?

Bolton haussa les épaules.

— D'après ce qu'ils m'ont dit, il n'y avait rien d'utile sur le téléphone portable. Mais peut-être que vous pourriez y jeter un œil ?

Yang acquiesça. Avoir accès au téléphone de Madeline Bolton était une aubaine inespérée.

— Monsieur Bolton, je suis bien sûr au courant de ce qui est arrivé à votre fille. En fait, mon partenaire et moi étions censés enquêter sur sa mort, mais les services secrets ont revendiqué leur compétence. Apparemment, on a dit au chef de la police que l'affaire avait un rapport avec la sécurité nationale.

Bolton semblait mal à l'aise.

— Je suis désolé. J'étais très désemparé lorsque j'ai reçu l'appel au sujet de Maddie. J'étais encore aux urgences quand j'ai parlé à Mike Faulkner... vous savez... le chef de cabinet, et j'avais besoin de savoir ce qui était arrivé à ma petite fille... Sa voix se cassa, mais il se reprit et continua : Alors quand Mike a dit qu'il demanderait aux services secrets d'enquêter, j'ai accepté. Je ne voulais pas causer de conflit entre la police et...

— Pas besoin de vous excuser, monsieur Bolton, interrompit Yang. Je vous présente mes condoléances.

Il se racla la gorge et reprit :

— Donc, vous dites que Madeline aurait pu parler à Sergei Petrov ?

Bolton acquiesça.

— Oui, et ma femme se demande si, d'une manière ou d'une autre, la mort de Petrov et celle de ma fille ne serait pas liées.

Yang se rendit tout de suite compte que Bolton ignorait que Petrov avait survécu à la tentative d'assassinat, et il n'avait aucune intention de l'en informer. Moins il y avait de gens qui savaient que Petrov était encore en vie, plus le diplomate était en sécurité.

— Je peux enquêter en ce sens, mais étant donné que la mort de votre fille fait l'objet d'une enquête des services secrets, qui ne veulent partager aucune information avec nous, j'aimerais vous demander de m'aider.

Bolton acquiesça instantanément.

— Bien sûr, je comprends.

Yang prit le stylo et le bloc-notes qui se trouvaient sur la table entre Bolton et lui. Il n'allait pas perdre de temps et se concentrerait sur les questions auxquelles il n'avait pas pu obtenir de réponse auprès d'autres sources. C'était l'occasion de rassembler d'autres pièces du puzzle.

— Si j'ai bien compris, votre fille travaillait pour une association caritative ? Pouvez-vous m'en dire plus à ce sujet ?

— Oui, j'étais vraiment content quand elle s'est impliquée dans *No Child Abandoned*. Elle avait ses problèmes, vous savez, mais quand elle a enfin pu concentrer son énergie sur quelque chose de positif, quelque chose qui valait le coup, elle s'est épanouie, dit-il en dessinant un sourire. Elle était douée pour convaincre les gens de faire des dons pour une bonne cause. Elle savait comment tirer sur la corde sensible des donateurs potentiels. L'argent affluait, et l'association caritative pouvait faire tellement de bien avec. Encore plus que lorsque Mike la dirigeait.

— Mike ? interrompit Yang.

— Oui, Mike Faulkner. Il dirigeait l'association caritative, mais a dû démissionner après être devenu chef de cabinet du président. C'est son fils Caleb qui l'a remplacé. Caleb et Madeline formaient une équipe tellement formidable.

— Avaient-ils une relation amoureuse ?

— Oh non, c'est ce que nous espérions ma femme et moi, mais non, Caleb ne s'est jamais intéressé à Maddie de cette façon. En fait, il ne sort pas beaucoup. Il ne fait que travailler. Je suppose que cela ne lui laisse pas beaucoup de temps pour une relation.

— Hmm. Votre fille était-elle en contact avec les enfants que l'association caritative secourait ?

— Je ne crois pas que ce soit le cas. Elle se concentrait plutôt sur les dîners avec les donateurs. Enfin oui, à l'occasion, il y avait des événements où les enfants qui avaient été sauvés étaient présents, pour que les donateurs puissent voir le résultat de leurs dons. Maddie aurait pu siéger au conseil d'administration, comme mon gendre, mais elle voulait faire plus que d'assister aux réunions du conseil et de signer les documents financiers et les audits.

— Votre gendre fait partie du conseil d'administration de l'association *No Child Abandoned* ?

— Oui, depuis que Mike Faulkner a quitté ses fonctions de directeur général et de président du conseil d'administration. En fait, ils se connaissaient déjà avant que Natalie n'épouse Paul.

— Juste pour être sûr : c'est Paul Sullivan, c'est ça ?

— Oui, répondit-il en haussant les épaules. Il fait partie du siège du conseil d'administration.

— Alors lui et votre fille Madeline étaient souvent en contact ?

— Ils évitaient que cela se produise, déclara Bolton de façon énigmatique.

— C'est-à-dire ? demanda Yang avec intérêt.

— Ils se disputaient souvent.

— À quel sujet ?

Bolton haussa les épaules de nouveau.

— Je n'ai jamais interféré. C'est juste qu'ils ne s'aimaient pas, et s'investir dans la même association caritative n'a pas amélioré leur relation. Ils étaient souvent en désaccord sur la façon de gérer l'asso.

— Hmm.

Yang prit note de se renseigner sur Paul Sullivan. Après tout, la plupart des meurtres étaient commis par ceux que la victime connaissait.

— En ce qui concerne Sergei Petrov, le connaissiez-vous personnellement ? demanda Yang.

— Je ne suis pas sûr.

Yang leva un sourcil.

— Écoutez, je rencontre beaucoup de gens dans mon métier, et je vais à beaucoup d'événements organisés par un gouvernement ou un autre. J'imagine que nos chemins ont dû se croiser à un moment ou à un autre au cours des dernières années, mais à vrai dire, je ne serais pas capable de le reconnaître dans une file d'attente.

— Je vois. Alors pourquoi votre femme pense-t-elle que votre fille lui a parlé avant sa mort ?

Bolton soupira, et Yang comprit immédiatement que Bolton n'était pas à l'aise pour répondre à la question.

— Vous allez sûrement trouver ça idiot, mais... une médium ... faute d'un meilleur mot, est venue la voir et lui a raconté des choses que ma femme a trouvées crédibles.

Yang savait exactement ce que Bolton essayait de dire et qui était cette soi-disant médium, mais il ne laissa rien transparaître. Pourtant, il avait besoin de confirmer ses soupçons.

— Et comment s'appelle cette médium ?

— Emily Warner, bien que je ne sois même pas sûr que ce soit son vrai nom.

Yang acquiesça. Il avait donc vu juste. Emily avait parlé à Mme Bolton, et même s'il n'était pas ravi qu'elle interfère avec le travail de la police, son action avait permis à Eric Bolton de venir le voir pour un entretien.

— Je vais me renseigner sur elle, prétendit Yang. Y a-t-il autre chose qui vous vient à l'esprit et qui pourrait nous aider faire le lien entre votre fille et Sergei Petrov ?

Avec un regard plein de regrets, Bolton secoua la tête.

— J'aimerais pouvoir vous en dire plus, mais c'est tout ce que je sais. Je sais que ce n'est pas grand-chose, mais...

— C'est une piste, lui assura Yang. S'il y a un lien entre la mort de votre fille et M. Petrov, je le trouverai.

Ils se levèrent tous deux et se serrèrent la main.

— Merci, inspecteur.

Yang lui montra la sortie, puis retourna dans son box, le téléphone portable de Madeline Bolton à la main. Il l'observa, réfléchissant à ce qu'il allait faire. Bolton lui avait donné suffisamment d'informations pour soupçonner que le diplomate russe savait quelque chose en rapport avec la mort de Madeline.

Yang ouvrit un fichier puis chercha un numéro de téléphone qu'il composa immédiatement. On décrocha dès la première sonnerie.

— Laissez un message, dit la voix à l'accent russe, suivie d'un bip.

— Inspecteur Yang de la police de Washington. J'ai besoin de savoir si Sergei Petrov connaissait Madeline Bolton et s'il l'a appelée avant sa mort. C'est important.

61

Emily se versa une deuxième tasse de thé pendant que Coffee et Merlin jouaient au chat et à la souris autour de la table basse chez Vicky. Cette dernière était partie plus d'une heure auparavant pour se rendre à l'hôpital dans le cadre de sa mission de reconnaissance. Jusqu'à présent, Emily n'avait pas eu de nouvelles de son amie. Elle vérifia pour la cinquième fois que son téléphone portable n'était pas réglé sur silencieux. Elle était anxieuse. La réalité commençait à peine à s'imposer. La nuit précédente, trop d'adrénaline avait circulé dans ses veines pour qu'elle réalise la gravité de sa situation. Quelqu'un essayait de la tuer parce qu'elle suivait les indices que Maddie lui donnait.

Était-elle vraiment prête à continuer sur cette voie, même si ses actions faisaient d'elle une cible ? Et si elle ne parvenait pas à découvrir qui avait assassiné Maddie ?

Elle s'arrêta, se rendant soudain compte quelque chose. Le fait que quelqu'un essaie de la tuer devait signifier qu'elle était sur la bonne voie. Elle rendait le tueur nerveux. Cela signifiait qu'elle était sur le point de comprendre qui était derrière tout ça. Sinon, pourquoi le tueur de Maddie aurait-il jugé nécessaire de l'éliminer ? Elle et Sergei. Cela signifiait peut-être qu'Emily et Sergei possédaient tous deux des pièces du puzzle, et que s'ils mettaient leurs idées en commun, ils découvriraient qui était le tueur. Il fallait donc absolument que Sergei se réveille.

La sonnette retentit d'un son si fort qu'Emily sursauta malgré elle, renversant une partie de son thé sur la table basse. Le cœur battant, les mains tremblantes, elle reposa sa tasse.

Elle prit une inspiration et se dirigea vers la porte. Un tueur ne sonnerait pas à la porte. De plus, c'était l'appartement de Vicky. Emily appuya sur l'interphone.

— Oui ?

— Je suis là pour installer le câble chez Victoria Hong.

— Montez.

Elle appuya sur le bouton pour le faire entrer, puis se détendit un peu. Elle sentit Coffee derrière elle et se tourna vers lui. Il la regardait fixement, ayant manifestement perçu son malaise. Elle lui caressa la tête.

— Ça va, Coffee. Bon garçon.

Merlin se faufila entre elle et Coffee, sa queue douce et touffue frôlant les jambes d'Emily.

— Oui, toi aussi, Merlin. Maintenant, va jouer.

Mais même lorsque Merlin se dirigea vers le canapé et sauta dessus, Coffee ne bougea pas d'un pouce. Il était toujours en alerte, sachant que la sonnette signifiait que quelqu'un arrivait.

Emily entendit un bruit derrière la porte et regarda par le judas. Bien que sa vue s'améliorait de jour en jour, elle eut du mal à concentrer son regard sur l'homme qui se trouvait à l'extérieur. Elle dut même plisser les yeux.

Elle ouvrit la porte et observa l'homme. Il portait un tee-shirt avec l'emblème de la société de câble et une boîte à outils.

— Victoria Hong ? demanda-t-il avec un sourire. Je m'appelle Jamie.

Emily ne le corrigea pas. Il n'avait pas besoin de savoir qu'elle n'était pas Vicky.

— Entrez, s'il vous plaît, dit-elle en lui indiquant la salle de séjour. Le boîtier est là.

Il entra et passa devant Emily, mais Coffee lui bloqua le passage. Le chien poussa un grognement sourd.

Jamie s'arrêta.

— Est-ce qu'il mord ?

— Non, non. Désolé, il est juste un peu sur les nerfs, dit Emily en prenant Coffee par le col. Tout va bien, Coffee. Tout doux. Cet homme est juste là pour réparer quelque chose, d'accord ?

Elle avait parlé d'une voix apaisante, indiquant à son chien-guide de confiance que tout allait bien.

— Merci. Je n'aime pas trop les chiens, dit-il en forçant un sourire. Je suppose que les chiens le sentent, n'est-ce pas ?

— Les animaux sont très intuitifs, confirma Emily.

Et même si l'homme n'avait rien fait pour justifier son malaise, le fait de savoir que Coffee n'aimait pas Jamie ne la rassurait pas vraiment.

Il se dirigea vers la télévision et posa sa boîte à outils à côté.

— Depuis combien de temps avez-vous ce problème de pixellisation ?

— Euh... juste quelques jours... devina Emily.

Si cela avait duré plus longtemps, Vicky aurait certainement fait venir un réparateur plus tôt.

— Eh bien, jetons un coup d'œil alors.

Pendant qu'il sortait plusieurs outils de sa boîte et commençait à travailler sur le boîtier du câble, Emily se pencha vers Coffee et le caressa.

— Sois un bon toutou, Coffee. Le chien s'appuya contre ses jambes, son corps étant plus détendu maintenant. Va jouer avec Merlin.

— Je pense qu'il y a une connexion lâche quelque part, dit Jamie en regardant par-dessus son épaule. Ça vous dérange si je déplace le meuble télé ?

— Non non, allez-y, faîtes ce que vous avez à faire.

Comme son téléphone portable sonna, Emily se dirigea vers le comptoir de la cuisine où elle avait laissé celui-ci. Elle le prit en main et vérifia le numéro. Elle appuya donc sur le bouton pour refuser l'appel, lorsqu'une forte détonation retentit derrière elle, la poussant à se retourner. Un bol en métal contenant des fruits en bois décoratifs s'écrasa sur le sol. Coffee se mit à aboyer, et Merlin sauta soudain du canapé vers la table basse, sifflant contre Jamie.

— Oh putain, désolé ! s'exclama Jamie les mains en l'air, mais Merlin lui sauta dessus et le griffa.

Plusieurs magazines tombèrent de la table basse et atterrirent sur le sol.

— Merlin, ça suffit ! cria Emily, mais le chat l'ignora et continua à siffler le câbleur.

— Je suis désolé, dit Jamie en faisant un geste vers le bol. Je l'ai heurté avec mon épaule quand j'ai déplacé le meuble télé.

Coffee continua à aboyer et courut aux côtés de Merlin, comme pour défendre son ami.

— Ne vous inquiétez pas, dit Emily. Il n'est pas cassé.

— Laissez-moi vous aider, déclara-t-il en tentant d'attraper une banane décorative.

Toutefois Coffee et Merlin ne cessèrent d'aboyer et de siffler.

— Je m'en occupe, décida Emily. Désolée pour Coffee et Merlin, ils sont surpris, c'est tout.

Jamie se força à sourire.

— Je suppose que je n'aime pas les chats non plus.

— Coffee ! Ça suffit !

Son chien se calma illico et la regarda. Elle pointa du doigt le canapé, et il sauta dessus pour s'y installer. Ensuite, Merlin s'éloigna de Jamie et rejoignit Coffee, se blottissant contre lui.

Emily soupira, puis elle commença à ramasser les morceaux de fruits en bois et les replaça dans le bol, avant de ramasser les magazines sur le sol. L'un d'entre eux était resté ouvert et Emily allait le refermer lorsqu'elle aperçut la photo en papier glacé sur la page de droite. Elle saisit le magazine et le rapprocha, concentrant ses yeux sur la photo d'une salle de bains. Elle avait déjà vu cette salle de bain auparavant, pas dans la vraie vie, mais dans une vision. C'était la salle de bains où Maddie avait caché une enveloppe.

Emily regarda les autres photos du magazine qui mettaient en valeur un appartement luxueux. Sur l'une des photos, un bel homme au teint olivâtre se tenait devant une cheminée, et sur une autre, le même homme posait assis sur une chaise longue.

Elle avait déjà vu cet homme. Il lui fallut quelques secondes avant de pouvoir lire le titre.

À la maison avec Diego Sanchez. Un regard sur la vie contemporaine dans un bâtiment historique.

Le cœur d'Emily battit la chamade.

— Oh mon Dieu.

Maddie avait caché l'enveloppe dans l'appartement de Diego. Ce qui signifiait forcément qu'elle faisait confiance à Diego pour les informations qu'elle contenait, peu importe leur nature.

62

Peu après le déjeuner, Yang était assis dans son box, le combiné à la main, abasourdi par les informations qu'il venait de recevoir. C'est alors qu'un mouvement attira son regard. Il tourna la tête et aperçut Jefferson entrer.

Yang lui fit signe.

— Enfin !

Jefferson s'approcha et fronça les sourcils.

— Quoi ?

Il parlait comme s'il avait un bâillon dans la bouche.

— Il faut qu'on aille arrêter Sokolov, déclara-t-il avant d'intercepter le sergent de bureau : Envoie quelques unités au bureau du docteur Sokolov dans le bâtiment des soins ambulatoires de Logan sur NW P Street pour s'assurer qu'il ne quitte pas les lieux. Mais ne les laisse pas monter. Qu'ils couvrent toutes les sorties. Nous serons là dans quelques minutes.

— On l'a eu ? demanda Jefferson.

Alors qu'ils se dépêchaient de sortir, Yang dit :

— Je conduis. Tu es probablement encore dans les vapes.

— Ça va, protesta Jefferson.

Quelques instants plus tard, ils étaient dans la voiture et se dirigeaient vers le bureau de Sokolov. Yang pouvait enfin expliquer à son partenaire ce qu'il avait découvert.

— Nous avons une correspondance ADN.

— Ce putain de salaud a tué Annika ? Pas étonnant qu'il n'ait pas voulu nous donner son ADN.

— Il n'a pas tué Annika.

— Quoi ?

Jefferson lui lança un regard confus.

— Son ADN correspondait à un cas de viol vieux de 22 ans dans l'Illinois. C'est pourquoi il ne s'est pas porté volontaire. Il a dû se rendre compte qu'une fois que son ADN serait dans le système, cela le relierait à ce viol.

— Tu déconnes ! s'exclama Jefferson.

— Non je te jure, un vrai coup de chance. Ça ne nous fait pas beaucoup avancer dans l'affaire d'Annika, mais au moins, on met un connard hors d'état de nuire.

— Comment a-t-il pu obtenir une licence médicale, bordel ? grogna Jefferson.

— Je suppose qu'il n'a jamais été suspecté dans cette affaire de l'Illinois. Il a probablement quitté l'État peu de temps après avoir commis le crime, spécula Yang en haussant les épaules.

— Et la police scientifique est sûre que son ADN ne correspond pas à celui trouvé sur le corps d'Annika ? demanda Jefferson.

— À cent pour cent.

Jefferson soupira.

— Ça craint.

— Oui.

Ils restèrent silencieux tout le reste du trajet. Yang décida de remettre à plus tard les explications quant à ce qu'il avait appris d'Eric Bolton. Pour l'instant, ils devaient arrêter un criminel violent.

Dans l'immeuble de bureaux de Sokolov, une voiture de police était déjà garée devant l'entrée. Des employés de bureau curieux sortaient du bâtiment pour aller déjeuner, tandis qu'un policier en uniforme se tenait à la porte d'entrée pour surveiller si Sokolov sortait.

Yang s'approcha du policier en uniforme et montra son badge.

— Inspecteurs Yang et Jefferson. Sokolov est-il toujours à l'intérieur ?

— Il n'a pas bougé depuis mon arrivée. Mon collègue est à la sortie de derrière.

— Bien. Restez ici. Nous allons monter.

Côte à côte, Yang et Jefferson entrèrent dans le hall et se dirigèrent vers les ascenseurs, quand l'un d'eux s'ouvrit sur Sokolov, prêt à sortir. Leurs regards se croisèrent. Yang saisit son arme et les yeux de Sokolov s'écarquillèrent. Il était fait, et il le savait.

Sokolov se retourna et courut dans la direction opposée. Yang et Jefferson le poursuivirent.

— Docteur Sokolov ! Police ! Arrêtez-vous tout de suite !

L'idiot n'écouta pas, et Jefferson le rattrapa un instant plus tard, le plaquant au sol, tandis que Yang pointait l'arme sur le torse de Sokolov.

— Un geste de travers et vous verrez l'effet que fait une blessure par balle.

Sokolov haleta. Jefferson le tenait plaqué au sol d'un main, tout en sortant une paire de menottes de l'autre.

— Yuri Sokolov, vous êtes en état d'arrestation pour le viol de Sharon Engels le 10 juin 1999 à Cicero dans l'Illinois, déclara Jefferson, tout en lui menottant les mains dans le dos. Vous avez le droit de garder le silence. Vous avez le droit à un avocat, et si vous n'en avez pas les moyens, un avocat vous sera commis d'office. Si vous renoncez à ces droits et parlez, tout ce que vous direz pourra être utilisé contre vous au tribunal.

Jefferson tira Sokolov vers le haut pour le mettre debout. D'un air de défi, Sokolov lança un regard à Yang.

— Vous n'avez rien sur moi, rien !

Yang sourit puis fit signe vers le café situé dans le hall d'entrée du bâtiment.

— Et bien vous auriez dû débarrasser votre table et ne pas laisser un scone à moitié mangé derrière vous.

Jefferson sourit.

— Vous aurez tout le temps d'apprendre à nettoyer derrière vous en prison.

Sokolov grogna, mais l'expression de son visage avait changé. Il savait qu'il était pris.

Yang sentit la satisfaction l'envahir. C'est dans ces moments-là qu'il aimait être flic. Il ne pouvait pas imaginer faire autre chose de sa vie.

63

Emily était prête à quitter son appartement, lorsqu'elle remarqua que le policier en uniforme qui était responsable de sa protection d'après l'ordre de l'inspecteur Yang était toujours assis dans sa voiture de patrouille à l'extérieur. Elle ne pouvait pas prendre le risque qu'il la suive là où elle allait. Yang n'approuverait pas ce qu'elle était en train de faire : continuer à fouiner pour trouver l'assassin de Maddie. Pendant un instant, Emily se demanda s'il n'y avait pas un moyen de distraire l'officier pour qu'elle puisse se faufiler sans être vue, mais Vicky n'étant pas à la maison, elle opta pour une alternative.

Elle descendit au rez-de-chaussée, mais au lieu de sortir par la porte d'entrée, elle se dirigea dans la direction opposée et tourna à gauche à la fin du couloir. Quelques pas plus loin, une porte menait à l'extérieur, dans la minuscule cour où Oberman, le concierge, stockait les bennes à ordures de l'immeuble. Elle jeta un coup d'œil autour d'elle et aperçut un portail au fond de la cour. Il devait certainement s'agir du portail qui longeait l'immeuble mitoyen de celui d'Emily qui, selon Vicky, appartenait au même propriétaire.

Emily pénétra dans la cour de l'immeuble voisin. La porte du hall d'entrée étant déverrouillée, elle entra, traversa le hall, puis jeta un coup d'œil à l'extérieur. Plusieurs buissons obstruaient la vue depuis la porte d'entrée de l'immeuble jusqu'à l'endroit où la voiture de police était garée. Emily sortit et, juste avant de monter sur le trottoir, elle regarda dans la direction de la voiture de police. Elle était garée de telle sorte que le conducteur ne la verrait que s'il regardait dans son rétroviseur.

Aussi vite que possible mais sans courir, Emily s'engouffra sur le trottoir et tourna dans la rue suivante. Elle soupira, soulagée que l'agent de police ne l'ait pas repérée.

Trouver l'immeuble dans lequel vivait Diego Sanchez n'avait pas été un problème. L'article paru dans le magazine en papier glacé quelques semaines avant la mort de Maddie avait donné à Emily suffisamment d'informations pour trouver l'adresse. Rassembler son courage pour oser sonner à la porte s'avéra plus difficile. En effet, elle n'avait aucun recours si Sanchez était absent ou s'il ne l'invitait pas à rentrer.

— Oui ? demanda une voix masculine dans l'interphone.

— Monsieur Sanchez ? Je suis une amie de Maddie, et je voulais vous parler de quelque chose dont elle m'a parlé avant sa mort.

Bien que ce n'était pas tout à fait vrai, elle ne mentait pas vraiment. Elle avait quelque chose à lui dire à propos de ce que Maddie lui avait *montré après* sa mort.

Il y eut un silence qui s'étira pendant plusieurs secondes.

Sanchez semblait ne pas mordre à l'hameçon. Peut-être que trop de journalistes curieux avaient déjà tenté cette approche. Emily soupira. Peut-être devrait-elle s'introduire dans son appartement de la même façon dont elle s'était introduite dans la maison de Maddie. Ce serait cependant plus difficile, car elle ne savait pas quand Sanchez ne serait pas chez lui.

— Dernier étage, dit soudain la même voix.

Un bourdonnement se fit également entendre et Emily poussa la porte d'entrée.

Elle entra avec inquiétude dans l'ascenseur et monta au quatrième étage. Elle n'avait pas peur de Diego. Maddie lui avait fait suffisamment confiance pour cacher des informations chez lui, alors Emily ne pensait pas qu'il représenterait un danger pour elle. Pourtant, Sanchez ne la connaissait pas, et il finirait par comprendre qu'elle et Maddie n'étaient pas amies. Emily ne pouvait qu'espérer avoir assez de temps pour chercher l'enveloppe avant que Sanchez ne la mette à la porte.

Lorsque l'ascenseur émit un bip et que les portes s'ouvrirent, Emily pénétra dans le couloir. Une porte à l'une des extrémités était déjà ouverte. Dans l'encadrement de la porte se tenait Diego Sanchez. Il était vêtu d'un jean qui descendait sur ses hanches et d'un T-shirt qui mettait en valeur son physique musclé. Il avait vraiment l'air différent comparé à la fois où elle l'avait vu à l'enterrement de Maddie. Elle comprit alors pourquoi Maddie était tombée amoureuse de lui : il avait un sex-appeal incroyable. Combiné à ses yeux sombres et pénétrants et à son corps musclé, il n'était pas difficile d'imaginer que les femmes se pâmaient d'admiration dès qu'il entrait dans une pièce.

— Monsieur Sanchez, le salua-t-elle en lui souriant dans l'espoir que cela lui donne l'air d'une femme sûre d'elle.

— Diego, dit-il en lui tendant la main. Je crains de ne pas connaître votre nom.

— Emily Warner.

— Entrez, s'il vous plaît.

L'appartement ressemblait aux photos du magazine, bien qu'un peu plus en désordre. Le comptoir de la cuisine était jonché de vaisselle sale, et des livres ainsi que des journaux étaient éparpillés dans le salon.

Sanchez remarqua qu'elle observait son bazar.

— Excusez le désordre. Je ne m'attendais pas à de la visite.

Emily se tourna vers lui.

— Je suis désolée de vous déranger.

Elle essuya ses mains devenues moites sur son jean et vu le regard qu'il lui jeta, elle comprit qu'il avait certainement remarqué sa nervosité.

— Vous avez dit être une amie de Maddie. J'ai bien peur qu'elle n'ait jamais mentionné votre nom.

Avant qu'Emily ne puisse trouver quoi répondre, Sanchez continua :

— Vous n'êtes pas le genre de femme avec laquelle Maddie serait devenue amie. En fait, elle n'avait pas beaucoup d'amies femmes.

C'était comme s'il la défiait.

— Je sais. Maddie et moi n'avions vraiment rien en commun. Et dans des circonstances normales, nous ne nous serions probablement jamais rencontrées. Mais nous nous battons toutes les deux pour la vérité.

Sanchez haussa les sourcils.

— La vérité sur quoi ?

Emily hésita et se racla la gorge. Pouvait-elle confier la vérité à Sanchez ? Pouvait-elle se confier à lui ? Incapable de répondre, elle se rabattit sur sa dernière option : gagner du temps.

— Excusez-moi mais, est-ce que ça vous dérangerait si j'utilisais vos toilettes ?

Pendant un instant, elle crut qu'il allait refuser sa demande, mais il lui fit signe d'emprunter un couloir et lui indiqua :

— La salle de bains des invités se trouve derrière la deuxième porte à gauche.

Elle acquiesça.

— Merci.

— Je vous prépare quelque chose à boire en attendant ?

— Ce serait super, répondit-il en se forçant à sourire.

Pendant que Sanchez se dirigeait vers le réfrigérateur, Emily se rendit au bout du couloir. Elle ouvrit la porte qu'il avait indiquée, mais réalisa immédiatement qu'il ne s'agissait pas de la salle de bain de sa vision. Sans faire de bruit, elle referma la porte et se faufila plus loin dans le couloir, heureuse que la moquette en peluche avale le bruit de ses pas.

Emily suivit le couloir légèrement courbé vers la droite mais fut accueillie par une porte fermée. Elle appuya alors sur la poignée afin de l'ouvrir. Il s'agissait de la chambre principale. Un grand lit massif dominait la pièce décorée de couleurs vives et sans fioritures, parfaite pour un homme. Elle entra dans la chambre et se dirigea immédiatement vers la porte ouverte de la salle de bains attenante. Elle regarda les doubles lavabos et la grande douche. Pas de doute, c'était bien la salle de bains que Maddie lui avait montrée dans sa vision.

Sans perdre de temps, Emily s'accroupit et ouvrit les portes de l'armoire située sous le premier lavabo. À l'intérieur, le papier toilette était soigneusement empilé sur deux rangées, et non trois comme dans la vision. Elle comprit immédiatement pourquoi Madeline avait caché l'enveloppe à cet endroit. Au fil du temps, Diego utiliserait les rouleaux jusqu'à ce qu'il ait trouvé l'enveloppe. Le cœur d'Emily se mit à battre la chamade. Elle retira la rangée supérieure des rouleaux et vit ce qu'elle cherchait : l'enveloppe que Maddie avait cachée. Emily s'en saisit mais un bruit soudain derrière elle la fit se retourner.

Sanchez se tenait dans la porte ouverte et lui lançait un regard noir.

— Vous êtes qui et qu'est-ce que vous foutez chez moi ?

Emily eut du mal à déglutir.

— Et merde.

64

---

près avoir arrêté Sokolov et informé le service des Marshall américains et le service de police de Cicero que le suspect du viol était en garde à vue et prêt à être transféré dans l'Illinois, Yang prit son partenaire à part et le mit au courant de sa conversation avec Eric Bolton.

Ils étaient dans l'une des salles d'interrogatoire afin d'éviter qu'on ne les entende.

— Tu te fous de ma gueule, dit Jefferson, la mâchoire décrochée. Tu penses que la mort de Madeline Bolton est liée à la tentative d'assassinat de Petrov ?

— C'est possible.

Toutefois, Yang s'était bien gardé de lui dire que c'était Emily Warner qui avait fait germer cette idée chez Madame Bolton. Il aurait bien le temps de rentrer dans les détails plus tard.

— Mais tu viens de dire qu'il n'y a aucune trace sur le téléphone portable de Madeline Bolton d'un tel appel.

Yang sentit que Jefferson n'y croyait pas.

— J'attends que Belsky de l'ambassade de Russie confirme qu'il y a bien eu un appel entre eux.

— Oui alors bonne chance avec ça. Belsky n'est pas du genre généreux. Son dossier sur Petrov n'était pas bien épais.

Yang partageait ses inquiétudes, mais il n'en montra rien. Au lieu de cela, il renchérit :

— S'il veut que nous découvrions qui a tiré sur Petrov, il ferait mieux de nous donner quelques informations. Je n'apprécie pas qu'on me mette des bâtons dans les roues pendant une enquête.

— Hmm, grommela Jefferson. Alors, comment va Petrov ? Des nouvelles ?

— Toujours dans le coma pour autant que je sache.

On frappa à la porte, qui s'ouvrit ensuite sur un des officiers en uniforme.

— Désolé de vous interrompre.

— Qu'est-ce qu'il y a, McBride ?

— Tu m'as demandé de te prévenir dès que le rapport balistique serait rendu. Il est sur ton bureau.

— Celui de la balle récupérée sur Petrov ? s'enquit Jefferson.

McBride le regarda fixement.

— Non, une de celles qui ont manqué Emily Warner la nuit dernière. Ils en ont trouvé une dans un piquet de clôture, mais n'ont pas trouvé la deuxième balle.

Avant que Jefferson ne puisse demander quoi que ce soit d'autre, Yang remercia rapidement McBride et lui fit signe de partir. Lorsqu'ils furent à nouveau seuls, Yang croisa le regard inquisiteur de Jefferson.

— Tu veux me dire ce que j'ai raté d'autre ? dit Jefferson.

Yang changea la jambe sur laquelle il se tenait.

— J'allais te le dire, mais tu as dû aller chez le dentiste et...

Jefferson pencha la tête sur le côté.

— Oui oui, bien sûr, dit-il d'une voix pleine de sarcasme. Qu'est-ce qui s'est passé, bordel ?

— Mademoiselle Warner a été agressée la nuit dernière. Elle vit dans mon quartier, et je suis tombé sur elle au moment où quelqu'un lui tirait dessus. J'ai réussi à la mettre en sécurité avant qu'elle ne soit blessée.

Jefferson se passa une main dans les cheveux et secoua la tête.

— Tu l'as rencontrée par hasard ? T'es sûr ? Ne me raconte pas de conneries.

Yang grinça des dents.

— Très bien. J'étais donc en route pour aller la voir. Je voulais juste faire le suivi de ce qu'elle m'avait dit auparavant. Juste pour voir si elle était vraiment folle.

— Ce qui est probablement le cas, interrompit Jefferson.

— C'est ce que je pensais aussi avant que quelqu'un n'essaie de la tuer. Il se peut que tout soit lié.

— Lié comment ? Tu parles de la fusillade de Petrov et de celle de cette femme ? Mais ils n'ont rien en commun.

— Si : Madeline Bolton. C'est elle qui relit les trois affaires.

— Mais...

Le téléphone portable de Yang sonna, et il regarda l'écran.

— C'est Belsky.

Il répondit à l'appel et enclencha le haut-parleur.

— Yang.

Belsky ne prit même pas la peine de le saluer.

— Vous avez raison en ce qui concerne l'appel téléphonique. Madeline Bolton a appelé Petrov la veille de sa mort, mais n'a laissé qu'un message.

— Comment savez-vous qu'ils n'ont pas vraiment parlé ?

— Petrov était hors du pays au moment de l'appel et est rentré un jour après la mort de Mme Bolton.

— Aurait-il pu la rappeler d'un autre numéro ?

— Non.

Yang échangea un regard avec Jefferson, qui haussa les épaules.

— Et que disait le message ?

— C'est tout ce que je peux vous dire.

— Ou plutôt, c'est tout ce que vous voulez me dire ?

— Vous comprenez vite, inspecteur. Passez une bonne journée.

Belsky mit fin à l'appel.

— C'est on ne peut plus clair, déclara Yang.

— D'accord. Mais alors pourquoi n'y a-t-il aucune trace de cet appel sur le téléphone portable de Madeline Bolton ?

— Quelqu'un a dû l'effacer.

— Tu as une idée de qui aurait pu faire ça ?

— Le téléphone portable était en possession de Madeline, de son père et des services secrets. Son père m'a demandé de vérifier si je pouvais trouver des preuves de l'appel et m'a donné le téléphone. Il ne l'aurait donc certainement pas effacé. Il ne reste donc plus que Madeline elle-même et les services secrets.

Jefferson grimaça.

— Je parie sur les services secrets.

— Idem. Pour une raison ou une autre, ils ne voulaient pas que l'on sache qu'elle était en contact avec un diplomate russe.

— Oui, mais pourquoi ? Tu penses qu'elle a espionné pour eux ?

— J'en doute, répondit Yang.

— Tu as une meilleure théorie ?

— Je ne sais pas trop comment tout cela s'imbrique, mais écoute ça : Madeline Bolton était une donneuse d'organes. Emily Warner a reçu ses cornées.

Jefferson haussa les sourcils.

— Oui, elle était aveugle ces quinze dernières années. Elle vient de recouvrer la vue. Elle prétend pouvoir voir ce que son donneur voyait au travers de visions. C'est elle qui a alerté les Bolton sur le fait que Madeline avait appelé Petrov. Petrov se fait tirer dessus un matin en faisant son jogging, puis Emily se fait tirer dessus le même soir ? Une coïncidence ? Je ne pense pas.

— Mais...

Yang leva la main en l'air.

— Ce n'est pas tout. Comme tu le sais, Madeline Bolton travaillait pour *No Child Abandoned*, la même organisation caritative qui a placé trois filles russes ayant toutes disparu. Nous avons retrouvé le corps d'Annika. Mais nous avons peut-être une chance de sauver les deux autres : Sasha et Tatjana.

— Elles pourraient aussi être mortes. Après tout, ça fait des semaines qu'elles ont disparu.

— Oui, mais je pense qu'au moins l'une d'elles est encore en vie.

— Encore une de tes intuitions ?

— Pas vraiment. Dans la vision où Emily a vu Madeline passer un appel à Petrov, elle a aussi vu une fille.

— Nous savons tous les deux que les visions psychiques n'existent pas, le contredit Jefferson en secouant la tête.

— Normalement, je serais d'accord avec toi. Mais Emily avait raison à propos de l'appel téléphonique. Je pense que nous devrions suivre cette piste.

Lentement, Jefferson hocha la tête.

— On va la faire venir alors.

65

L a main toujours agrippée à l'enveloppe, Emily se leva d'un bond. Comparé à lorsqu'il l'avait invitée dans son appartement, Diego Sanchez n'avait plus l'air aussi amical et charmant. En réalité, c'était peu dire ; il avait l'air furieux, et elle comprenait maintenant ce que les tabloïds voulaient dire lorsqu'ils écrivaient sur ses fréquentes crises de jalousie. Le Diego Sanchez qui la fixait du regard, les mains sur les hanches, était furieux et semblait capable de la tuer si sa réponse n'était pas satisfaisante.

— J'ai reçu les cornées de Maddie. C'est grâce à elle que je ne suis plus aveugle. Je lui dois de découvrir qui l'a tuée, déclara Emily en marquant à peine une pause entre chaque phrase. Je vois des aperçus de sa vie, et j'ai vu qu'elle avait caché une lettre dans votre salle de bain. Je pense que cela expliquera...

Elle s'interrompit lorsqu'elle remarqua que Diego avait changé d'expression et que son regard s'était arrêté sur l'enveloppe qu'elle tenait à la main.

Il fit un pas vers elle et attrapa l'enveloppe. Elle le regarda et remarqua qu'un nom était écrit à l'extérieur. Lorsqu'elle releva la tête, elle croisa son regard.

— Je crois qu'elle vous est adressée.

— C'est l'écriture de Maddie. Comment l'avez-vous su ?

Il secoua la tête, essayant visiblement de comprendre la situation.

— Je pense que nous devrions lire ce qu'elle a écrit. Cela pourrait nous révéler qui l'a tuée, dit Emily.

— Vous non plus vous ne croyez pas à la théorie de l'accident, n'est-ce pas ? demanda-t-il d'une voix calme, presque détachée.

Emily secoua la tête, et il hocha la sienne lentement.

— Venez. Je crois que là on aurait bien besoin d'un verre tous les deux.

Dans le salon, Diego se servit un verre de whisky, tandis qu'Emily opta pour un verre d'eau minérale. Une fois tous deux assis sur le grand canapé, Diego tint la lettre scellée dans sa main pendant un long moment.

— Malgré tout ce que vous avez pu entendre sur ma relation avec Maddie, je l'aimais, déclara-t-il en la regardant en coin. Oui, on se disputait souvent, mais on se réconciliait toujours.

— Elle devait avoir confiance en vous, sinon elle n'aurait pas caché cette lettre chez vous.

— Savez-vous ce qu'il y a dedans ?

— Non, mais je soupçonne que cela me mènera d'une manière ou d'une autre à son assassin.

— Pouvez-vous l'ouvrir à ma place ? J'ai les mains qui tremblent. Je bois trop depuis sa mort, expliqua-t-il en prenant une nouvelle gorgée.

Diego se leva et retourna au comptoir de la cuisine, d'où Emily l'entendit ouvrir la bouteille et se servir un autre verre.

Dos à Diego, elle prit l'enveloppe et l'ouvrit. À l'intérieur se trouvait une feuille de papier. Elle la déplia et en commença la lecture :

« Très cher Diego,

Je ne sais pas à qui d'autre faire confiance à part toi. Une jeune fille russe est venue me demander de l'aide. Il s'agissait de Sasha, une fille que l'organisation caritative a secourue mais qui a ensuite disparu. Je n'ai pas pu obtenir grand-chose d'elle à cause de son anglais approximatif et des traumatismes qu'elle a subis, mais je sais qu'elle a été maltraitée, voire très probablement violée à plusieurs reprises. J'essaie de la protéger, mais personne ne doit savoir que je la cache jusqu'à ce que je puisse obtenir de l'aide pour elle. Je pense qu'elle pourra identifier l'homme qui a abusé d'elle. Si tu trouves cette lettre et que j'ai disparu, parle à Sergei Petrov de l'ambassade de Russie. Il saura quoi faire. Tu peux lui faire entièrement confiance.

Je t'aime,

Maddie. »

Emily leva les yeux de la lettre au moment où Diego revenait de la cuisine avec son deuxième verre de whisky en main. Elle croisa son regard. Tout avait un sens maintenant.

— Oh Maddie, murmura-t-il avant de détourner le regard, peut-être pour cacher les larmes qui bordaient ses yeux.

— Je crois que je comprends ce qui s'est passé, dit Emily.

— Je ne sais pas. Dîtes-moi ce que vous savez, demanda-t-il en s'asseyant à côté d'elle.

— Dans ma vision, Maddie était avec la fille, Sasha, quand elle a essayé de contacter Sergei Petrov de l'ambassade de Russie. Je pense qu'elle l'a appelé parce que la fille était russe et ne parlait pas très bien anglais. Mais je crois qu'elle n'a laissé qu'un message à Petrov. Il a été abattu hier matin.

Diego tourna la tête vers elle.

— Vous voulez dire que la personne que Maddie veut que je contacte est morte ?

— Non. Il est dans le coma, mais tant qu'il ne se réveillera pas, nous ne saurons pas de quoi il s'agit. Toutefois, j'ai une théorie.

— Allez-y.

— Maddie a dû essayer de comprendre qui a fait du mal à cette fille, et peut-être que l'homme qui a violé Sasha a découvert que Maddie fouinait, et qu'il l'a tuée.

— En mettant en scène un accident ?

Emily acquiesça.

— Oui, et puis il a dû se rendre compte que Petrov savait quelque chose, alors il l'a abattu, avant de s'en prendre à moi le même jour. Heureusement, un inspecteur de police m'a sauvée.

— Attendez, dit Diego. Qu'est-ce qui s'est passé ?

Emily tenta d'expliquer le plus efficacement possible pourquoi elle pensait que Maddie avait été assassinée, et ce qu'elle avait fait pour découvrir le mobile.

Quand elle eut terminé, Diego demanda :

— Est-ce que cet inspecteur Yang vous a crue ?

— Je ne sais pas. Certains morceaux oui, mais pour le reste, je ne suis pas sûre qu'il croie à tout.

— C'est compréhensible. Franchement, dit Diego, j'ai moi-même du mal à croire à vos paroles. Mais cette lettre a bien été écrite par Maddie. Et vous saviez où elle l'avait cachée, ajouta-t-il en montrant du doigt l'enveloppe.

— Je pense que c'était sa garantie.

— Je pense comme vous, dit-il en prenant la dernière gorgée de son verre. Vous croyez que cette fille, Sasha, est encore en vie ?

— Oui. Peut-être qu'elle s'est enfuie quand cet homme a tué Maddie.

— Nous devons la trouver. Elle pourrait être le seul témoin oculaire de ce qui est arrivé à Maddie.

— Je suis d'accord, dit Emily, quand son téléphone portable sonna soudain.

Elle le sortit de sa poche et regarda l'écran.

— C'est l'inspecteur Yang. Je devrais lui dire ce que nous avons trouvé.

Diego posa une main sur son bras.

— Ne parlez pas de la lettre.

— Pourquoi pas ?

— Si le tueur a pu arriver jusqu'à Petrov et jusqu'à vous, il vaut mieux que personne ne sache pour la fille.

— Mais l'inspecteur Yang est déjà au courant pour la fille de ma vision. Ça confirme juste que j'avais raison.

Diego soupira.

— Ne confiez pas ces informations à n'importe qui.

Elle hocha la tête à la remarque étrange de Diego, sans rien répondre. Elle faisait confiance à Yang. Il lui avait sauvé la vie. Prenant sa respiration, elle répondit au téléphone.

— Inspecteur ?

— Mademoiselle Warner, j'ai besoin que vous veniez au commissariat.

Surprise, elle demanda :

— Euh, pour quoi ?

— Le rapport balistique est arrivé.

— Et ? demanda-t-elle avec curiosité.

— Nous en parlerons à votre arrivée. Vous pouvez demander à l'officier de police en uniforme qui est posté devant votre immeuble de vous conduire au commissariat.

— D'accord, donnez-moi une demi-heure. Je viens de sortir de la douche et j'ai besoin de me sécher les cheveux, dit-elle pour se donner le temps de rentrer chez elle.

Elle raccrocha et se leva du canapé. Une fois sur le départ, Diego lui tendit une carte de visite.

— Appelle-moi plus tard sur mon portable. Il faut qu'on décide comment retrouver Sasha.

Emily mit la carte de son nouvel allié dans son sac à main.

— Je t'appellerai.

Pour la première fois depuis que les visions avaient commencé, elle était persuadée qu'elle obtiendrait justice pour Maddie, et qu'elle ne subirait pas le même sort qu'après sa première greffe de cornée.

66

Yang attendit impatiemment l'arrivée d'Emily Warner au commissariat. Même Jefferson était maintenant d'accord avec la théorie de Yang selon laquelle Madeline Bolton était au centre de trois affaires : la tentative d'assassinat de Sergei Petrov, l'attaque contre Emily Warner et le meurtre d'Annika.

Emily arriva au commissariat en fin d'après-midi. Un policier l'accompagna jusqu'à l'une des salles d'interrogatoire. Yang et Jefferson entrèrent juste après elle.

— Mademoiselle Warner, voici Simon Jefferson, mon partenaire, lui présenta Yang.

Après une brève salutation, Yang lui demanda de s'asseoir. Jefferson et lui s'assirent en face d'elle, et Yang posa les dossiers qu'il avait apportés sur la table entre eux.

— De quoi vouliez-vous parler ? demanda Emily en jetant un regard inquisiteur à Yang.

— Le rapport balistique est revenu. Nous avons retrouvé une des balles qui vous étaient destinées, et elle correspond à celle qu'on a trouvée sur Serguei Petrov. Elles ont été tirées avec la même arme.

Emily déglutit difficilement, et il pouvait voir qu'elle essayait de rester calme. Elle hocha la tête.

— Et maintenant ?

Jefferson se racla la gorge.

— Mon partenaire m'a renseigné sur tout ce que vous lui avez dit à propos de votre lien avec Madeline Bolton et sur ce que vous prétendez avoir vu.

— Sur ce que je *prétends* avoir vu ? grommela-t-elle avant de regarder Yang. Vous ne me croyez toujours pas ?

— Si, répondit Yang en échangeant un regard avec Jefferson. D'autant plus que tout ce que vous m'avez dit s'est avéré vrai. J'ai pu confirmer que Madeline Bolton a bel et bien appelé Serguei Petrov. Mais il n'a reçu le message qu'après sa mort parce qu'il était hors du pays.

— Alors vous devez savoir pourquoi Madeline l'a appelé. Que disait le message ? demanda Emily, une lueur d'espoir dans ses yeux bruns.

— L'ambassade de Russie ne veut pas divulguer le contenu du message, déclara Yang avec regret.

— Mais pourquoi ? Ils ne peuvent pas retenir des informations comme ça.

Jefferson regarda Yang.

— Je vois ce que tu veux dire maintenant. Elle est têtue.

Emily prit la mouche.

— Je suis assise juste ici, inspecteur Jefferson. Et je n'apprécie pas qu'on me prenne de haut.

Jefferson la regarda.

— Je ne vous prends pas de haut, j'admire votre ténacité.

Emily laissa échapper un grognement peu féminin sous sa respiration. Puis elle regarda Yang.

— Je ne sais pas trop pourquoi vous vouliez que je vienne ici alors que vous auriez pu me dire par téléphone que la balistique correspond.

— La balistique ne fait que confirmer ce que vous soupçonniez déjà. Si vous êtes ici, c'est parce que vous m'avez dit qu'il y avait une fille avec Madeline Bolton. Je veux que vous l'identifiiez.

Il ouvrit le dossier du meurtre d'Annika et en sortit une photographie d'Annika, qu'il fit glisser sur la table vers Emily.

— Est-ce que c'est la fille que vous avez vue ?

Emily secoua la tête sans perdre une seconde.

— Elles se ressemblent, mais non. Ce n'est pas elle.

C'est ce qu'il voulait entendre. Elle avait réussi son test. Il savait que Annika ne pouvait pas être la fille avec Madeline, car lorsque Madeline avait appelé Petrov, Annika était déjà morte depuis au moins un mois. Il échangea un regard avec Jefferson, qui acquiesça.

Jefferson saisit le dossier situé sous celui d'Annika et en retira une photo, qu'il fit glisser également vers Emily.

— Et celle-ci ?

Encore une fois, Emily secoua la tête.

— Non.

— D'accord. Encore une, dit Jefferson en prenant une photo dans le dernier dossier.

Dès qu'Emily vit la photo, elle déclara :

— C'est elle.

Yang se pencha plus près.

— Vous êtes sûre ?

Elle hocha la tête avec enthousiasme.

— C'est elle ! C'est Sasha.

Yang eut un temps d'arrêt.

— Je ne vous ai jamais donné son nom. Comment le connaissez-vous ?

Les yeux d'Emily s'écarquillèrent et une expression penaude s'empara de son visage. Il voyait bien qu'elle hésitait à lui faire part de la vérité.

— Mademoiselle Warner, si vous savez quelque chose qui pourrait nous aider, vous devez nous le dire, déclara Yang.

Emily hésita, puis soupira.

— Vous devez me promettre que cela restera entre nous.

Yang leva un sourcil.

— Mademoiselle Warner, dit Jefferson d'une voix sévère. Dites-nous la vérité.

Emily Warner prit enfin la parole.

— Je pense que Sasha est en danger. J'ai trouvé une lettre que Maddie avait cachée avant sa mort. Elle y dit que cette fille, Sasha, lui a demandé de l'aide. Elle a écrit que la fille avait été maltraitée et violée, plus d'une fois. Et que si quelque chose arrivait à Maddie, il fallait aller voir Sergei Petrov, parce qu'il saurait quoi faire.

La mâchoire de Yang se décrocha.

— Où est la lettre ?

Emily s'agita sur son siège.

— Mademoiselle Warner, insista Yang. Où est la lettre ?

— C'est Diego Sanchez qui l'a. Je l'ai trouvée dans son appartement.

— Comment ce putain de... jura Jefferson avant que Yang ne l'interrompt.

— Continuez. Comment connaissez-vous Sanchez ?

— Je ne le connais pas, enfin, pas vraiment. Mais je devais rentrer chez lui pour chercher la lettre.

— Laissez-moi deviner, dit Yang. Vous avez eu une vision.

Emily acquiesça.

— Et quand j'ai compris que Maddie avait caché la lettre dans l'appartement de Diego, j'y suis allée pour lui parler. J'ai trouvé la lettre, puis Diego m'a surprise en train de fouiner, avoua-t-elle en baissant les yeux. La lettre lui était adressée, donc nous l'avons lue ensemble.

Yang laissa échapper une longue respiration et échangea un regard avec son partenaire. Jefferson se retourna vers Emily.

— Les trois filles sur les photos ont toutes disparu au cours des derniers mois. Elles sont toutes russes et ont été placées dans des familles d'accueil après avoir été sauvées par l'association caritative pour laquelle travaillait Madeline Bolton.

— *No Child Abandoned*, devina Emily.

Jefferson et Yang acquiescèrent.

— C'est ça le lien, n'est-ce pas ? demanda Emily, pendant que Yang pouvait la voir se creuser les méninges. Sasha était probablement dans la maison de Maddie quand cette dernière a été assassinée. Elle a peut-être vu le tueur.

Yang reprit son souffle.

— Oui, c'est peut-être notre témoin oculaire.

— C'est pour cela qu'elle est en danger, dit Emily. S'il vous plaît, ne dites à personne que Sasha aurait pu être sur les lieux du meurtre. Si le tueur découvre que Maddie a appelé Petrov et que j'enquête sur sa mort, il découvrira aussi l'existence de Sasha. On ne peut pas laisser faire ça. Nous devons la retrouver avant qu'il ne le fasse.

— Je suis d'accord avec vous, mademoiselle Warner, à l'exception d'une chose, répondit Yang. Vous ne faites pas partie du *nous*. Mon partenaire et moi allons enquêter. Vous êtes déjà trop en danger.

— Mais...

Yang leva la main pour l'arrêter.

— Moi vivant, c'est hors de question.

67

Le tueur n'arrivait pas à croire que Sergei Petrov ait survécu. Il aurait dû lui mettre une balle dans la tête par sécurité, néanmoins il avait bien fait de s'enfuir dès qu'il avait entendu des bruits au loin.

Cette idiote d'Emily Warner avait eu de la chance. Comment avait-elle pu s'apercevoir de sa présence alors que lui-même n'avait pas entendu ses propres pas ? Cela lui échappait. Toutefois, si un homme dont il n'avait pas vu le visage n'était pas apparu sur les lieux et ne l'avait pas poussée hors de la ligne de mire, la deuxième balle l'aurait touchée après qu'elle eut trébuché.

Mais il ne voulait pas abandonner si vite. Il devait essayer à nouveau. Et Petrov était le premier sur sa liste.

Vêtu d'une blouse de médecin blanche ainsi que d'une casaque chirurgicale verte, il arpentait les couloirs de l'hôpital. En plus d'un bonnet blanc qui cachait ses cheveux, il portait un masque chirurgical. Personne ne pourrait le reconnaître ou le remarquer. Il saisit une planchette à pince contenant des formulaires vides en passant devant un poste d'infirmière sans personnel puis tourna à droite au prochain virage.

Il passa devant deux aides-soignants qui ne levèrent même pas les yeux. Ravi de son déguisement, il n'eut aucun mal à naviguer dans les nombreux couloirs de l'hôpital et à trouver son chemin jusqu'à l'unité de soins intensifs. Deux hommes en costume sombre se tenaient devant l'une des chambres : des Russes. Il connaissait ce type d'hommes. Ils étaient là pour protéger Sergei Petrov. Il s'était plus ou moins attendu à les voir, mais il avait espéré qu'il n'aurait qu'à passer devant le personnel médical. Il devait trouver un plan B.

Il se retourna bien avant d'atteindre la chambre de Petrov, marchant avec la même assurance qu'auparavant, comme s'il n'avait même pas remarqué les deux agents de sécurité. Quelques mètres plus loin, il trouva une porte ouverte menant à une salle d'approvisionnement. Il jeta un coup d'œil à l'intérieur et vit qu'elle était vide. Il se faufila à l'intérieur illico presto avant que quelqu'un ne le voie. Les étagères étaient empilées avec du linge soigneusement plié. Il regarda autour de lui et remarqua le détecteur de fumée au plafond.

Il venait de trouver son plan B.

Il quitta la pièce et marcha jusqu'au bout du couloir, où il trouva l'alarme incendie. Il jeta un coup d'œil par-dessus son épaule afin de s'assurer que personne ne pouvait le voir. La voie était libre. Il déclencha l'alarme incendie, dont le bruit strident retentit quelques instants plus tard.

Soudain, les gens se mirent à courir dans tous les sens. Il se précipita vers l'endroit où il pouvait voir la porte de la chambre de Petrov.

Avec inquiétude, les deux Russes regardèrent le personnel médical bourdonner autour de l'étage. Il les vit échanger quelques mots, avant que l'un d'eux ne quitte son poste et ne se dirige vers le poste de l'infirmière, sans doute pour s'enquérir de ce qui se passait.

C'était l'occasion.

Il serra la seringue dans la poche de sa blouse blanche et s'approcha, passant devant le personnel de l'hôpital et l'alité VIP. Il se précipita vers le Russe se tenant devant la chambre de Petrov.

— J'ai reçu un signal indiquant que le ventilateur du patient fonctionnait mal, dit-il au Russe. Aidez-moi vite, je dois y aller manuellement.

Le Russe ouvrit la porte et se précipita dans la pièce. Le tueur le suivit et ferma la porte avec son pied. Avant que l'agent de sécurité ne puisse se rendre compte que le respirateur de Petrov fonctionnait parfaitement, il planta la seringue dans le cou du Russe, qui se cabra avant de s'effondrer, la substance contenue dans la seringue ayant agi rapidement.

La seringue destinée à Petrov était désormais vide. Mais il ne pouvait pas abandonner maintenant, si prêt du but. Il tira la seringue en arrière, la remplissant d'air, puis il saisit le bras de Petrov et inséra l'air dans l'orifice de la perfusion. Il retira la seringue et se précipita vers la porte, sans attendre que le moniteur cardiaque ne confirme la mort de Petrov. Il devait quitter cet endroit avant que quelqu'un ne se rende compte qu'il n'avait rien à faire ici.

68

Il faisait encore jour lorsque Vicky gara sa voiture à quelques rues de la maison de ville de Maddie à Georgetown. Emily avait quitté son immeuble en repassant par le bâtiment adjacent, puis avait rejoint Vicky deux rues plus loin, où elle l'attendait dans sa voiture, évitant ainsi que l'officier de police garé à l'extérieur de l'immeuble ne la voie. En temps normal, Emily n'aurait pas vu d'inconvénient à ce qu'il l'observe – comme il l'avait fait lorsqu'elle était allée au travail, mais là, c'était différent. De plus, elle était avec Vicky, et Diego les rejoindrait à la maison, donc elle ne risquait pas d'être tuée aujourd'hui.

— Merci pour ton aide, dit Emily.

— Je ne peux pas vraiment te laisser faire ça toute seule. Tu ne connais pas ce type. Et d'après ce que j'ai lu dans les tabloïds, il a un sacré caractère.

Emily pencha la tête et sourit.

— Ou bien est-ce que c'est parce que tu le trouves beau ?

— Beau ? Il n'est pas beau, rétorqua Vicky en souriant. C'est une bombe sexuelle.

Emily roula des yeux.

— Tu ne perds pas le nord.

Elles sortirent de la voiture et marchèrent jusqu'à la maison. Alors qu'elles montaient les trois marches menant à la porte d'entrée, Emily fouilla dans son sac à main et en sortit son set de crochetage de serrure.

— Cache-moi, dit-elle à Vicky.

Avant qu'elle ne puisse insérer le pic dans la serrure, la porte s'ouvrit vers l'intérieur, ce qui surprit et fit sursauter Emily.

— Tu essayais d'entrer par effraction ? dit Diego en ouvrant plus grand la porte.

— Euh, ouais, je veux dire comment on pourrait entrer autrement ? rétorqua Emily.

— Avec une clé, bien sûr, dit-il en lui faisant signe d'entrer avec Vicky.

— Tu as la clé de la maison de Maddie ? demanda Emily.

— Bien sûr, tout comme elle avait la clé de mon appartement.

Pendant un moment, Emily laissa la nouvelle s'imposer. Diego aurait très bien pu entrer dans la maison de Maddie et attendre qu'elle rentre pour la tuer. La plupart des meurtres ne sont-ils pas commis par le partenaire de la victime ? Néanmoins, Maddie lui avait fait confiance. Elle n'aurait pas caché l'enveloppe chez lui si elle avait soupçonné qu'il puisse lui faire du mal. Cette confiance lui avait-elle été fatale ?

— Et l'alarme ? demanda Emily.

— Je connais le code. Mais l'alarme n'était pas activée, répondit-il.

Emily se rendit compte quand il regarda Vicky qu'elle ne les avait pas encore présentés l'un à l'autre.

— Vicky, voici Diego Sanchez. Diego, voici Vicky Hong.

— Enchanté Vicky, dit-il en serrant la main de Vicky. Tu peux m'appeler Diego.

— Moi aussi, je suis ravie de te rencontrer…

Vicky laissa vagabonder ses yeux sur lui plus longtemps qu'Emily ne l'aurait cru poli.

— Diego, ronronna-t-elle comme son chat.

— Bon, par quoi commençons-nous ? demanda Diego.

— Nous cherchons tout ce qui indiquerait que Sasha était ici et où elle pourrait se cacher maintenant, expliqua Emily. Tu connais mieux la maison que Vicky et moi. Y a-t-il des cachettes ?

Il fit un signe vers l'escalier.

— Il y a un petit grenier auquel tu ne peux accéder que par le placard de la chambre d'amis.

Emily acquiesça et ils montèrent tous les trois les escaliers en trottinant. Maintenant que Emily voyait la maison à la lumière du jour, elle lui semblait encore plus luxueuse que lorsqu'elle en avait forcé l'entrée. Elle avait décidé de ne pas parler de ça à Diego.

Le lit de la chambre d'amis était nu. Diego le montra du doigt.

— La gouvernante de Maddie était très douée. Le lit était toujours fait en cas de visiteurs de dernière minute.

— Peut-être que la fille a dormi ici la nuit précédant la mort de Maddie, songea Emily.

— J'aimerais pouvoir le confirmer, mais comme les draps ont disparu, qui sait ? ajouta Vicky.

Diego ouvrit le placard et entra à l'intérieur. Il était assez grand pour pousser l'accès au grenier.

— Tu peux prendre une chaise pour que je puisse jeter un coup d'œil là-haut ?

Emily avait déjà anticipé sa demande et pris la chaise sur le petit bureau qu'elle tendit à Diego. Celui-ci la mit en place et s'y installa. Sa tête et ses épaules disparurent dans le grenier.

— Il fait tout noir, déclara-t-il.

— Prends ton portable, suggéra Vicky.

— Bonne idée.

Il sortit son téléphone portable de sa poche et l'utilisa pour éclairer le grenier.

— Quelque chose ? demanda Emily.

— Non. Il y a beaucoup de poussière là-haut, mais tout à l'air en place.

Quelques instants plus tard, il redescendit, referma la trappe, et s'épousseta les épaules.

Ils fouillèrent ensemble les chambres de la maison, mais rien n'indi-quait que quelqu'un d'autre que Madeline y ait séjourné : aucun vêtement qu'un enfant de douze ou treize ans aurait pu porter, aucune chaussure qui ne soit pas de la taille de Maddie. La cuisine ne révéla rien non plus. Le réfrigérateur avait été vidé, probablement par la femme de ménage, et tous les déchets avaient disparu.

Quand le tour du salon arriva, Diego déclara :

— Je ne peux pas entrer là-dedans.

Emily le regarda.

— C'est là qu'elle est morte, expliqua Diego.

Le cœur d'Emily se mit à battre la chamade. La presse n'avait jamais communiqué d'informations sur la manière ou l'endroit exact où elle avait été retrouvée, et de là où ils se trouvaient dans le couloir, Diego ne pouvait pas voir la tache rouge sur la moquette.

— Comment sais-tu cela ? demanda-t-elle.

Il tourna la tête pour lui faire face.

— Puisque son père ne répondait pas à mes appels, j'ai parlé à Lucia, la gouvernante de Maddie.

Emily acquiesça. Si Lucia avait été si bavarde avec elle, une étrangère, alors il n'était pas surprenant qu'elle puisse l'être tout autant, voire plus, avec Diego.

— D'ailleurs, tu peux voir la tache de sang en regardant depuis le palier du deuxième étage. C'est un bon endroit pour observer ce qui se passe, ajouta Diego.

Emily s'en était rendu compte elle aussi.

— Vicky et moi allons jeter un coup d'œil dans cette pièce, décida Emily.

Toutefois, le salon ne révéla aucun indice non plus. D'ailleurs, l'équipe médico-légale avait très probablement fouillé cette pièce de fond en comble à la recherche d'une quelconque preuve. Emily devait admettre que la fouille de la maison de Maddie n'était pas gagnée d'avance depuis le début.

— J'ai trouvé quelque chose, dit Diego depuis le couloir.

Excitées, Emily et Vicky le rejoignirent devant le placard à manteaux.

— Quoi donc ? demanda Emily.

— J'ai vérifié toutes les vestes et tous les manteaux de Maddie, et pas un seul n'a d'argent dans les poches, révéla Diego.

Vicky fronça les sourcils.

— Et donc ?

— Maddie avait toujours de l'argent dans ses poches pour le donner aux sans-abri, expliqua Diego. Elle adorait les histoires larmoyantes. Je lui ai dit plusieurs fois que l'argent qu'elle donnait aux gens ne servirait qu'à acheter de l'alcool et de la drogue, mais elle ne m'a jamais écouté.

— Alors tu penses que quelqu'un lui a vidé les poches ? demanda Emily.

Diego acquiesça.

— Sasha. Elle a dû prendre tout l'argent qu'elle a pu trouver.

— Tu ne penses pas que c'est Sasha qui a volé et blessé Maddie ? dit Vicky en secouant la tête.

— Non, protesta Diego. Mais si elle avait vu ce qui s'était passé, elle aurait été effrayée et...

— ... et pris autant d'argent que possible pour pouvoir s'enfuir, continua Emily.

Diego hocha la tête avec empressement.

— Elle aurait eu besoin d'argent pour se cacher quelque part.

— Pourquoi ne pas aller voir la police ? demanda Vicky.

— En général, les Russes et la police, ça fait deux, expliqua Diego. Peut-être qu'elle ne faisait pas confiance à la police et qu'elle pensait qu'ils ne la croiraient pas de toute façon.

— Alors où irait-elle ? interrogea Vicky. À qui ferait-elle confiance ?

Emily réfléchit à la question pendant un moment.

— Peut-être une église ? Il y a une église orthodoxe russe ici à Washington D.C. Elle y a peut-être trouvé refuge.

— C'est peut-être ça. Elle irait quelque part où l'on parle sa langue, ajouta Diego.

— Allons vérifier. Et si elle n'est pas là, on ira voir dans d'autres églises, suggéra Emily. Il y a peut-être aussi un centre culturel russe quelque part. Allons voir là-bas aussi. Et l'ambassade de Russie.

— Et si elle était blessée ? ajouta Vicky. Une fille de son âge dans la rue, effrayée et paniquée aurait facilement pu être agressée.

— Nous devrions nous séparer pour pouvoir couvrir plus de terrain, suggéra Diego. Vicky, peux-tu appeler les hôpitaux au cas où ils auraient un patient correspondant à sa description ?

Vicky accepta illico.

— Bien sûr.

— Diego, interrompit Emily, combien d'argent Maddie avait-elle normalement dans ses poches ?

Il regarda à nouveau les vestes et les manteaux.

— Peut-être un total de cent à cent cinquante ? Pourquoi ?

— Ce n'est pas beaucoup d'argent. Maddie est morte il y a presque quatre semaines. Si tout ce que Sasha avait, c'était l'argent qu'elle avait trouvé dans les poches de Maddie, elle l'aurait épuisé assez rapidement, réfléchit Emily. Alors comment pourrait-elle survivre dans ces conditions ?

Diego haussa les épaules et soupira.

— Je ne sais pas. Je vais parler à mon contact à l'ambassade de Russie, puis je vérifierai auprès de l'église orthodoxe russe. Peux-tu commencer à te renseigner auprès des autres églises de la ville, Emily ?

— Oui, mais il y en a tellement.

— Concentre-toi sur celles qui sont les plus proches d'ici, puis éloigne-toi peu à peu. Si elle avait voulu aller loin, elle aurait été obligée de prendre les transports en commun, ajouta Diego.

— Il va bientôt faire nuit. Nous devrions partir, dit Vicky. On te dépose quelque part, Diego ?

— Non merci, je suis garé au coin de la rue. On parlera plus tard.

Il fouilla dans sa poche, donna sa carte à Vicky et dit :

— Voilà mon numéro. C'est quoi le tien ?

Vicky dicta son numéro, qu'il enregistra dans son téléphone portable avant que Vicky et Emily ne quittent la maison.

69

Il était presque 21 heures lorsque Yang trouva une place de parking à un pâté de maisons de son immeuble. Après qu'Emily Warner eut quitté le commissariat, Jefferson et lui avaient épluché les dossiers de la fusillade de Petrov et du meurtre d'Annika, ainsi que les dossiers des deux filles disparues, Sasha et Tatjana. Ils avaient élaboré des théories sur la façon dont tout était lié à Madeline Bolton, pour se rendre compte à la fin qu'il y avait encore trop de pièces manquantes.

Demain, ils réexamineraient tout cela avec un nouveau regard.

Yang se sentait fatigué. Il sortit de la voiture et la ferma à clé. Il traversa la rue et marcha sur le trottoir, jusqu'à ce qu'il arrive à son immeuble. La lumière au-dessus de la porte d'entrée n'était pas allumée. Elle avait peut-être grillé, mais Yang était trop épuisé pour alerter le concierge de l'immeuble.

Lorsqu'il monta les marches jusqu'à la porte d'entrée, il sentit qu'il n'était plus seul. Lentement, sans faire de mouvements précipités, il attrapa le pistolet dans son étui et le sortit. Un instant plus tard, il se retourna et pointa son arme sur la personne qui l'avait surpris.

La jeune femme leva immédiatement les mains en l'air.

— Ne tirez pas, inspecteur Yang.

Il garda son arme braquée sur elle.

— Qui êtes-vous ?

— Je travaille avec Serguei Petrov à l'ambassade de Russie. Ça fait plusieurs heures que je vous attends.

Il l'observa. Elle portait une jupe noire et un gilet foncé par-dessus un chemisier blanc. Ses cheveux blond foncé étaient attachés en chignon, ce qui lui donnait l'air strict d'une directrice d'école, même si elle ne devait pas avoir plus de trente ans. Il ne voyait pas d'arme sur elle, rien ne dépassait sous ses vêtements, même s'il n'était pas impossible qu'elle ait un couteau ou un pistolet attaché à l'intérieur de sa cuisse. Mais même si c'était le cas, elle mettrait trop de temps à dégainer son arme pour le mettre en danger.

— Comment me connaissez-vous moi et mon adresse ?

— Vous ne pensez tout de même pas que l'ambassade russe ne sert qu'à délivrer des visas quand même ?

Non, il n'était pas aussi naïf. Il baissa lentement son arme.

— Qu'est-ce que vous voulez ?

Elle mit en évidence sa main, ce qui lui permit d'enfin se rendre compte qu'elle y tenait une enveloppe en papier kraft.

— Vous pouvez baisser les mains.

— Merci, inspecteur.

Il rangea son arme.

— Qu'est-ce que c'est ?

— Quelque chose pour vous aider à découvrir qui a tiré sur Sergei. Voici ce sur quoi Sergei travaillait ces derniers mois ; je vous l'ai résumé et traduit en anglais. Je pense que ce qui se trouve dans ce dossier est la raison pour laquelle Sergei a été abattu, expliqua-t-elle en lui tendant l'enveloppe. Personne ne doit savoir que je vous l'ai donnée.

— Même pas Belsky ?

— C'est hautement confidentiel. S'il découvre que je vous l'ai donnée, il me renverra en Russie et je serai jugée pour trahison. La Sibérie est trop froide à mon goût.

Yang n'était pas surpris que Belsky ne lui ait pas donné les informations contenues dans cette enveloppe. Le dossier sur Petrov avait été un peu trop mince pour être complet.

— Alors pourquoi prendre ce risque ?

— Parce que je ne veux pas que le coupable s'en sorte. Il doit payer pour ce qu'il a fait. Sergei est quelqu'un de bien, tout comme vous, à mon avis. Vous allez faire ce qu'il faut.

Il fut surpris par son assurance. S'était-elle renseignée sur ses antécédents avant de se présenter ici ?

— Comment puis-je vous contacter en cas de questions ?

— Nos chemins se séparent ici, annonça-t-elle avant de tourner sur elle-même et de courir vers le coin de la rue, disparaissant dans l'obscurité.

Il était inutile de la suivre. La plupart des diplomates russes étaient probablement formés comme des espions et savaient comment disparaître. Yang déverrouilla la porte d'entrée et pénétra dans l'immeuble. Lorsqu'il atteignit son appartement, il déverrouilla la porte sans bruit et l'ouvrit. Il vérifia s'il entendait des bruits quelconques avant d'allumer la lumière et d'entrer. Il referma la porte derrière lui et s'enferma à clef. Il était seul.

Seules trois feuilles de papier, soigneusement imprimées, se trouvaient dans l'enveloppe. Yang commença sa lecture.

Selon le dossier, Sergei Petrov était chargé d'enquêter sur la disparition de nombreuses filles russes qui avaient été victimes de la traite des êtres humains et s'étaient retrouvées dans des familles d'accueil à Washington D.C. Le résumé soulignait que Petrov soupçonnait l'organisation caritative *No Child Abandoned* de servir de couverture à un réseau de trafic sexuel d'enfants, bien qu'il n'ait pas encore été en mesure d'en trouver la preuve.

Yang passa à la page suivante, où Petrov indiquait qu'il avait un contact à l'intérieur de l'organisation caritative qui essayait de lui donner accès à des fichiers internes. Bien que Petrov n'ait pas nommé son contact, Yang supposa qu'il s'agissait de Maddie. C'était logique, puisque la lettre de Madeline lui demandait de contacter Petrov s'il lui arrivait quelque chose. Et bien que Yang n'ait pas vu la lettre lui-même, il croyait Emily. Demain, il contacterait Diego Sanchez et demanderait à voir la lettre en sa possession.

À la page trois du dossier, l'assistante de Serguei avait résumé une affaire concernant la famille d'une jeune fille de quatorze ans vivant à Moscou. La jeune fille avait été brutalement violée et presque étranglée à mort. Toutefois l'affaire n'avait jamais été portée devant les tribunaux. La raison apparaissait clairement dans le paragraphe suivant : la famille avait reçu une grosse somme d'argent pour garder le silence sur l'agression sexuelle.

Au début, Yang ne voyait pas ce que cette affaire avait à voir avec l'enquête de Petrov sur l'association caritative, puis il lut la suite. Tout devenait plus clair à chaque phrase. Son menton s'affaissa devant les révélations que l'assistant de Petrov partageait avec lui. Lorsqu'il arriva à la fin de la page, il resta assis, abasourdi et choqué.

Il comprenait maintenant pourquoi Belsky n'avait pas communiqué cette information à la police de Washington. Cela aurait provoqué un incident international.

Yang sortit son téléphone portable de sa poche et appela Jefferson. Son partenaire décrocha à la deuxième sonnerie.

— On n'a pas passé assez de temps ensemble aujourd'hui ? demanda Jefferson.

— Je viens d'avoir la visite de quelqu'un de l'ambassade russe.

— Belsky ?

— Non. L'assistante de Petrov. Elle m'a dit que Petrov enquêtait sur la disparition de jeunes filles russes qui avaient été sauvées par *No Child Abandoned*.

— Tu te fous de ma gueule.

— Ce n'est que la partie émergée de l'iceberg. Elle m'a donné des détails sur une affaire datant d'il y a des années, où un ressortissant américain avait payé les parents d'une jeune fille de 14 ans à Moscou qui avait été brutalement violée et presque étranglée à mort. L'homme en question était l'ambassadeur américain en Russie. Mike Faulkner.

— Quoi ? Pas le...

— Le chef de cabinet du président.

— Le chef de cabinet est un putain de pédophile ?

— Oui. Et je pense que c'est lui qui a violé puis étranglé Annika.

70

───────

2^{o juin}

Le lendemain matin, Jefferson alla chercher Yang chez lui afin qu'ils puissent se rendre ensemble au commissariat en parlant en privé. Yang avait montré à Jefferson le contenu de l'enveloppe que l'agent russe lui avait remise.

— J'ai fait des recherches sur Mike Faulkner, et les dates durant lesquelles il vivait à Moscou correspondent aux dates de l'agression de la jeune fille.

— J'aurais aimé avoir des documents financiers pour confirmer le paiement, dit Jefferson.

— Tant que nous n'aurons pas de preuves solides pour le relier aux filles disparues, il ne sert à rien de tenter une procédure de saisie. C'est pourquoi j'ai creusé plus profondément hier soir. Et devine quoi, non seulement Mike Faulkner était le PDG et le président de *No Child Abandoned,* mais avant de devoir démissionner lorsqu'il est devenu chef de cabinet, c'est lui qui a fondé l'association caritative. Devine quand.

Jefferson se contenta de hausser les sourcils.

— Juste après son retour de Russie.

Jefferson lui jeta un regard étonné.

—- Tu penses qu'il a fait ça pour avoir accès à des enfants vulnérables ?

— C'est une théorie plausible. Drôle d'idée après avoir payé une famille pour qu'elle n'aille pas au tribunal. Peux-tu imaginer le scandale ? Un ambassadeur américain traîné devant un tribunal russe ?

— Il aurait bénéficié de l'immunité diplomatique, lança Jefferson.

— C'est vrai, mais il y aurait quand même eu un scandale. Les journaux en auraient parlé, portant atteinte à l'honneur des États-Unis devant le monde entier.

— Tu penses que quelqu'un au département d'État était au courant de ce qui s'est passé ? demanda Jefferson.

— Je ne sais pas, c'est possible. Mais j'ai l'impression que tout cela s'est fait en catimini. Après tout, il y aurait bien eu un contrôle avant que Mike Faulkner ne devienne chef de cabinet. Donc le département d'État aurait pu tout découvrir à ce moment-là.

— Nous devons donc partir du principe que personne, à part Faulkner lui-même et les Russes, n'est au courant, déclara Jefferson en hochant la tête pour lui-même. Comment allons-nous le relier au meurtre d'Annika et à la disparition des deux autres filles ? Tout ce que nous avons pour l'instant, c'est qu'il a payé une famille russe après le viol d'une jeune fille de 14 ans, et qu'il a fondé l'association caritative – ce qui lui donne bien sûr accès aux registres de l'association pour qu'il sache où sont les enfants. Mais cela ne nous permettra pas d'obtenir un mandat pour obtenir ses dossiers financiers ou son ADN.

— N'oublie pas : c'est lui qui a convaincu Bolton de faire appel aux services secrets pour enquêter sur la mort de Madeline Bolton. Cela me pousse à penser que Madeline était dans son collimateur, et que c'est pour cela qu'elle devait mourir. Et comme ils se connaissaient bien, Madeline l'aurait laissé entrer chez elle. C'est pourquoi il n'y a aucune preuve d'effraction. Et Faulkner a les services secrets dans sa poche. S'il y avait des preuves le reliant à la mort de Madeline Bolton, il les aurait probablement cachées sous le tapis à l'heure qu'il est.

— C'est logique, acquiesça Jefferson, mais cela ne nous permet toujours pas d'obtenir un mandat pour prélever son ADN afin de le comparer à celui que Lupe a trouvé sous les ongles d'Annika. En tant que chef d'état-major, il peut probablement demander au président d'invoquer le privilège exécutif et donc de ne pas communiquer ces informations voire de mettre un terme à notre enquête.

— Ça n'a pas de sens, protesta Yang. Bien sûr, ils peuvent prétendre qu'il s'agit d'une chasse aux sorcières politique, mais le privilège exécutif ? Pas question. Et ce n'est pas le rôle du président de gérer la police métropolitaine.

— Le président peut s'appuyer sur le maire, qui s'appuiera ensuite sur le chef de la police pour nous pourrir la vie.

Yang savait que son partenaire avait raison.

— Hmm. Mais nous avons besoin de l'ADN de Faulkner. Je sens qu'il est derrière la disparition de ces filles. Pédophile un jour, pédophile toujours.

— Je suis d'accord, mais il doit y avoir un autre moyen de prouver que c'était lui. Et franchement, sans l'ADN, tout ce que nous avons, ce sont des preuves circonstancielles, des rumeurs et des déclarations des Russes qui pourraient s'avérer totalement fabriquées.

Yang soupira.

— Bon sang ! Il doit bien y avoir un moyen. Après tout, nous avons obtenu l'ADN de Sokolov même s'il n'y a pas consenti.

— Tu suggères d'obtenir l'ADN de Faulkner en cachette ? Jefferson secoua la tête. On ne va pas entrer dans la Maison Blanche et prendre sa tasse de café. Il est trop bien protégé. Ce n'est pas un monsieur tout le monde qui fréquente les cafés et les restaurants. Ou qui fait tester son ADN sur un de ces sites de généalogie pour savoir d'où vient sa famille.

— Quoi ?

— Oui, tu sais ces kits de test de 23andme ou ancestry.com.

— Parfait ! s'exclama Yang.

— Quoi ? Tu vas lui envoyer un kit de test avec un faux prétexte ? Alors bonne chance avec ça.

— Non, pas besoin de faire ça.

Yang sortit son téléphone portable et composa un numéro qu'il mit sur haut-parleur. L'appel fut accepté après la deuxième sonnerie.

— Bonjour Lupe, dit Yang.

— Qu'est-ce qu'il y a ? demanda Lupe.

— Juste une question. Si je ne peux pas obtenir l'échantillon d'ADN d'un suspect, mais que je peux en obtenir un d'un parent du suspect, est-ce que cela aiderait à confirmer que le suspect est l'auteur du crime ?

— Confirmer, non, mais s'il y a une correspondance partielle de l'ADN alors tu peux être quasi sûr d'avoir trouvé ton suspect. Tu as déjà entendu parler du tueur du Golden State ?

— Ça me dit vaguement quelque chose.

— Il s'appelait Joseph James DeAngelo Jr. Il a commis des meurtres et des viols dans les années 1970 et 1980 dans toute la Californie. Il a finalement été appréhendé en 2018. Eh bien, s'ils l'ont attrapé, c'est parce qu'un de ses proches a fait un test ADN pour un site de généalogie. L'ADN de cette personne correspondait en partie à celui des enquêtes de viols. Donc tout ce que la police a eu à faire, c'est de se pencher sur les parents masculins de cette personne et boum, le Golden State Killer a été attrapé.

Jefferson conduisit la voiture dans le parking de la police et coupa le moteur.

— Merci, Lupe ! C'est tout ce que j'avais besoin de savoir.

— Pas de problème.

Yang raccrocha et échangea un regard avec Jefferson.

— Alors ça c'est ce que j'appelle penser hors des sentiers battus, déclara Yang en souriant.

Jefferson ouvrit la portière de la voiture.

— Tu vas me faire chier toute la journée parce que tu as trouvé la solution, hein ?

Yang sortit de la voiture.

— Tu ferais pareil à ma place.

Une fois à l'intérieur du commissariat, ils n'eurent pas le temps de s'asseoir à leur bureau, car le lieutenant Arnold les convoqua dans le sien.

Elle avait l'air acariâtre, ce qui poussait Yang à se demander si elle n'avait pas découvert la visite de Bolton la veille.

— Fermez la porte, ordonna-t-elle.

Arnold laissa échapper un soupir lorsque Jefferson s'exécuta.

— Sergei Petrov est mort.

— Putain ! s'exclama Yang.

— Il n'a pas survécu, hein ? dit Jefferson.

— Il aurait pu si quelqu'un n'avait pas injecté de l'air dans son port de perfusion.

— Quoi ? s'écria Yang.

— Quelqu'un a déclenché de l'alarme incendie hier en début de soirée, attiré l'un des agents de sécurité russes à l'extérieur de la chambre de Petrov, puis agressé l'autre agent de sécurité en lui injectant quelque chose, l'assommant immédiatement.

— L'agent de sécurité est-il mort ?

Arnold secoua la tête.

— Si c'était arrivé ailleurs qu'à l'hôpital, il le serait, mais le personnel de l'unité de soins intensifs a pu le réanimer. Il est toujours à l'hôpital. Allez l'interroger là-bas et regardez les vidéos de surveillance pour voir si vous pouvez trouver qui a fait ça.

— Nous sommes sur le coup, déclara Jefferson.

— Vous pouvez compter sur nous, ajouta Yang.

— Et inspecteurs, Belsky ne me lâche pas, alors vous feriez mieux de revenir avec une piste.

Yang et Jefferson hochèrent la tête puis quittèrent le bureau.

Maintenant que leur principal témoin était mort, il était encore plus important d'obtenir l'ADN de Faulkner. Et de protéger Emily, avant que le tueur ne tente à nouveau sa chance.

71

À l'hôpital, Ivan Lipovskyn, l'agent de sécurité russe, était réveillé. Il était pâle, mais parvint à s'asseoir. Yang et Jefferson montrèrent leur badge à l'agent de sécurité qui se tenait au pied du lit d'hôpital.

— Belsky nous a prévenu de votre visite, dit l'homme. Entrez.

— Monsieur Lipovsky, commença Yang. Vous sentez-vous prêt à répondre à quelques questions ?

— Oui, répondit Lipovsky d'une voix rauque.

— Que pouvez-vous nous dire sur la personne qui vous a agressé et qui a tué Serguei Petrov ? interrogea Yang.

— Pas grand-chose, répondit-il d'un fort accent. C'était un homme. Un Américain. Il a dit que le respirateur de Petrov ne fonctionnait pas. Il a dit que je devais l'aider pour que Petrov puisse respirer.

Il jeta un coup d'œil à son collègue.

L'agent de sécurité qui se tenait au bout du lit déclara :

— L'alarme s'est déclenchée, et les gens couraient dans tous les sens, vous savez, ils essayaient d'évacuer...

— Et vous êtes ? demanda Jefferson.

— Alexander Gurin.

— Monsieur Gurin, avez-vous vu l'homme qui a agressé votre collègue ?

— Non. Je suis allé au poste d'infirmière, répondit-il en montrant la porte. Je voulais savoir ce qui se passait.

Il jeta un coup d'œil à Lipovsky et poursuivit :

— Je n'aurais pas dû quitter mon poste. C'est ma faute.

— Monsieur Lipovsky, pouvez-vous nous dire à quoi ressemblait cet homme ? demanda Yang en s'adressant au patient.

Lipovsky haussa les épaules.

— Pas vraiment. Il portait des blouses, vous savez, une verte une blanche comme un médecin.

— Et son visage ? Était-il jeune, vieux, de quelle couleur étaient ses cheveux ? poursuit Yang.

— Je ne sais pas. Il portait un masque. Un masque chirurgical. Et quelque chose sur la tête.

Il regarda son collègue.

— Un bonnet, comme au bloc opératoire, ajouta Gurin.

— Oui, c'est ça, acquiesça Lipovsky. Je n'ai pas pu voir ses cheveux. La casquette les recouvrait entièrement. C'était un homme de grande taille, et pas gros. Euh, mince.

Yang regarda Jefferson.

— On va pas aller bien loin avec ça.

Jefferson se retourna vers Lipovsky.

— Qu'avez-vous fait quand l'homme vous a demandé de l'aider avec Petrov parce que le ventilateur ne fonctionnait pas ?

— J'ai ouvert la porte et je suis entré à l'intérieur. Il est entré après moi et a fermé la porte. Ensuite, j'ai senti une douleur dans le cou. Ici, indiqua-t-il en pointant du doigt le côté droit de son cou. Il m'a enfoncé une aiguille. J'ai essayé de la retirer, mais c'est devenu tout noir.

Jefferson regarda Yang.

— Droitier ?

Yang acquiesça.

— Très probablement.

Puis il s'adressa à Lipovsky :

— Savez-vous ce qu'il vous a injecté ?

— Je ne sais pas. Les médecins ont prélevé mon sang après m'avoir ranimé. Ils sont en train de faire des analyses.

— Pouvez-vous nous prévenir quand les résultats arriveront ? demanda Yang.

Gurin répondit à la place de Lipovsky.

— Je vous enverrai le résultat dès que nous l'aurons obtenu.

— Merci, dit Yang. Si l'un d'entre vous se souvient de quoi que ce soit d'autre, appelez-nous immédiatement.

Les deux Russes acquiescèrent, puis Yang et Jefferson quittèrent la pièce et se dirigèrent vers le bureau de sécurité. Leur visite avait déjà été autorisée par le chef de la sécurité de l'hôpital, et une technicienne les attendait dans une pièce sombre équipée d'une douzaine de moniteurs sur le mur.

— Je vous ai mis les cassettes de côté, inspecteurs, dit la jeune femme excentrique aux cheveux violets. Voici la vue des portes menant à l'unité de soins intensifs.

Yang prit le siège à côté du technicien, tandis que Jefferson se tenait derrière eux.

— D'accord, voyons ça.

Pendant que la technicienne repassait la bande, elle raconta ce qu'ils étaient en train de voir.

— Alors là, c'est juste au moment où l'alarme se déclenche. Vous pouvez voir les gens se précipiter soudainement.

Les portes s'étaient ouvertes et plusieurs membres du personnel médical étaient en train de quitter l'unité de soins intensifs. Un moment plus tard, un grand homme muni d'un presse-papiers et habillé comme un chirurgien était entré, mais la caméra l'avait perdu de vue.

— C'est peut-être votre suspect, dit la femme.

— Qu'est-ce qui vous fait penser ça ? demanda Yang.

— Je connais la plupart des médecins et des infirmières de cet étage, et je ne l'ai jamais vu.

— Vous êtes sûre ? Après tout, on ne voit pas son visage, interrompit Jefferson.

Elle tourna la tête vers lui.

— C'est vrai, mais tout le monde a sa propre démarche, et je ne connais personne qui marche comme ça.

Yang était impressionné.

— Vous êtes très observatrice.

— C'est pour ça qu'ils me paient cher, plaisanta-t-elle.

— Y a-t-il une autre caméra à l'intérieur de l'unité de soins intensifs ? demanda Jefferson.

— Non. Confidentialité des patients, désolée.

— D'accord, dit Yang, alors des caméras dans le couloir d'où cette personne est venue ?

— Ouaip. Donnez-moi une seconde.

Elle trouva le bon angle de caméra et fit défiler la bande en marche arrière. Yang et Jefferson regardèrent le suspect se déplacer dans l'hôpital jusqu'à l'endroit où il avait déclenché l'alarme incendie. La caméra suivante le montra s'engageant dans un escalier, avant de le perdre, pour réapparaître à un étage inférieur. Mais peu importait l'angle des caméras : son masque empêchait toute identification, et il ne levait jamais la tête assez haut pour que l'on puisse voir ses yeux.

La dernière caméra qui le filma juste avant qu'il ne quitte l'hôpital par une sortie réservée aux employés captura l'instant où il enlevait son masque et son bonnet pour les jeter à la poubelle. Mais on ne voyait que l'arrière de sa tête.

— Ce sont des cheveux bruns ou plus clairs ? demanda Yang.

— Difficile à dire, répondit la technicienne. Cette sortie n'est pas très bien éclairée.

— Mais il a commis une erreur, déclara Jefferson en désignant la poubelle. Il a jeté son masque et sa casquette là-dedans. Peut-être qu'on pourra en tirer de l'ADN.

— Bonne idée, dit Yang.

— Euh, commença la technicienne, désolée, mais les poubelles sont vidées tous les soirs. Notre personnel d'entretien est plutôt discipliné.

Yang soupira et se leva.

— Vérifions quand même. Merci pour votre aide. Pourriez-vous nous envoyer les extraits où apparaît le suspect ?

Elle acquiesça.

— Bien sûr.

— Par e-mail s'il vous plaît.

Yang lui tendit sa carte et partit avec son partenaire.

72

Emily raccrocha.

— C'était Diego, dit-elle à Vicky, qui s'est assise, ordinateur portable sur les genoux, sur le canapé d'Emily. Sasha n'est pas allée demander de l'aide à l'ambassade russe. Et l'Église orthodoxe russe n'a pas non plus entendu parler d'elle.

— Ça craint, répondit Vicky. J'ai appelé tous les hôpitaux de la région, et personne correspondant à sa description n'a été admis.

— Comment as-tu fait pour qu'ils te donnent ces informations ? Confidentialité et tout ça...

— Je leur ai dit que ma fille s'était enfuie et que je me faisais un sang d'encre. Certaines personnes se laissent amadouer par n'importe quelle histoire larmoyante, ajouta-t-elle en grimaçant.

— Peut-être qu'elle n'a pas été admise, mais qu'elle s'est seulement rendue aux urgences ou dans un centre de soins urgents où elle a été libérée après avoir été soignée ? spécula Emily.

— J'ai vérifié ça aussi. Toujours aucun signe de Sasha, dit Vicky en soupirant. À combien d'églises as-tu parlé ?

— Tellement que je ne saurais même pas dire combien.

Emily se sentait découragée. Elle avait visité les églises situées dans les environs immédiats de la maison de Maddie, mais lorsqu'elle s'est rendu compte du temps qu'elle perdait, elle avait appelé celles qui étaient plus éloignées. Pourtant, aucune trace de Sasha.

— Je ne sais pas où elle pourrait être d'autre, dit Emily en s'asseyant à côté de Vicky.

Coffee se leva immédiatement de sa place sur le sol et nicha sa tête sur les genoux d'Emily. C'était étonnant de voir à quel point il s'adaptait à ses humeurs. Elle lui caressa la tête et le gratta derrière les oreilles.

— Tu es un bon garçon, Coffee. J'aimerais que tu puisses m'aider à retrouver la fille, mais tu n'es pas un limier.

Vicky posa son ordinateur portable sur la table basse.

— Même un limier ne pourrait pas nous aider. Alors, tu as une idée de ce que fait ton inspecteur pour retrouver la fille ? Enfin, tu as identifié Sasha pour lui, n'est-ce pas ?

— Ce n'est pas *mon* inspecteur.

— Peut-être bien que si, la taquina Vicky. Mais sérieux, que fait-il pour la retrouver ?

— Je ne sais pas. Il a dit « mon partenaire et moi allons enquêter. Vous êtes déjà trop en danger. Moi vivant, jamais de la vie, blabla. » dit-elle en imitant la voix de Yang. Elle reprit d'une voix normale : Tu sais comment sont les hommes.

Vicky rigola.

— Il essaie juste de te protéger. C'est plutôt mignon.

— Je n'ai pas besoin de douceur, je veux juste trouver Sasha.

Toutefois, Vicky avait peut-être raison. Peut-être que l'inspecteur Yang voulait vraiment la protéger.

— C'est elle qui est en danger maintenant. Et si le tueur découvrait qu'elle avait pu être témoin de ce qu'il avait fait à Maddie ? Qu'elle était là dans la maison ?

— Eh bien, nous ne savons pas si c'était le cas, dit Vicky. Il n'y avait aucune preuve que la fille logeait chez elle. Mais bon, la police avait déjà tout fouillé, et la femme de ménage avait probablement tout nettoyé, retiré les draps, et tout le reste. Nous n'avons donc rien à trouver.

Vicky haussa les épaules.

— Les draps ! Bon sang ! Oui, bien sûr !

Vicky la regarda fixement.

— Les draps, oui et alors ?

— Lucia aurait retiré les draps si elle avait vu qu'ils avaient été utilisés. Cela signifie que quelqu'un a bien dormi là avant la mort de Maddie. Je pourrais lui parler et le confirmer...

— Non ! l'interrompit Vicky. Tu ne vas rien faire de tout ça. À l'heure qu'il est, cette femme sait sans doute que tu n'es pas journaliste pour un podcast destiné aux aveugles.

— Très bien, alors pourquoi pas Diego ? Elle le connaît, donc il pourrait lui demander.

Vicky eut l'air de vouloir protester, mais se ravisa.

— En fait, ce n'est pas une mauvaise idée. Je vais l'appeler.

Vicky était déjà en train de composer son numéro, ses joues teintées d'un joli rose.

— Oh mon Dieu, tu craques pour lui, dit Emily.

— Je ne... oh salut, Diego, c'est Vicky, enchaîna-t-elle en laissant échapper un rire de jeune fille. Oui, je vais bien. Écoute, Emily et moi étions en train de parler et nous voulions confirmer que Sasha avait séjourné chez Maddie.

Elle écouta, puis poursuit la conversation :

— Oui, je sais, mais les draps ont été retirés de la chambre d'amis. Pourrais-tu appeler sa gouvernante et savoir si le lit a été utilisé ? C'est très bien, merci, dit-elle après une brève pause. On se reparle plus tard.

Elle raccrocha.

— Il va le faire. Il me rappellera dès qu'il lui aura parlé.

Le portable de Vicky sonna après seulement cinq minutes.

— Oui Diego, répondit-elle, puis elle écouta avant de dire : Merci beaucoup. Je te parlerai plus tard.

Emily jeta un regard plein d'attente à Vicky lorsqu'elle raccrocha.

— Alors ?

— Lucia a dit que le lit avait été utilisé, mais que Maddie ne lui avait jamais dit qu'elle attendait un invité pour la nuit.

— Ça veut dire que Sasha a dormi là-bas.

L'expression du visage de Vicky changea brusquement.

— J'ai pas envie de porter la poisse mais, et si elle était morte ?

— Morte ? Non. C'est impossible. Nous avons besoin d'elle pour identifier le tueur.

— Je sais bien, mais et si elle avait tout vu et que le tueur l'avait remarquée avant qu'elle ne puisse s'enfuir en courant ? Et s'il avait tué Sasha et s'était débarrassé du corps ? spécula Vicky.

Emily réfléchit aux paroles de son amie.

— Tu veux dire pour que la mort de Maddie ait l'air d'un accident ? Parce que si Maddie et Sasha avaient toutes deux été retrouvées mortes dans la maison, cela aurait ressemblé à un meurtre, quelle que soit la qualité de la mise en scène.

— Exactement, acquiesça Vicky. Maintenant, la question est donc : comment pouvons-nous savoir si Sasha a été assassinée dans la maison de Maddie ? Je veux dire, ce n'est pas comme s'il y avait une grosse tache de sang ailleurs qu'à l'endroit où Maddie était morte.

— J'ai une idée. Il faut que je me connecte à mon compte Amazon.

— D'accord, pour acheter quoi ?

— Du luminol.

73

Avec l'enquête sur la mort de Sergei Petrov et l'agression de l'agent de sécurité russe, Yang et Jefferson eurent fort à faire toute la journée en interrogeant le personnel de l'hôpital qui, d'après les bandes de surveillance, avait croisé le tueur. Malheureusement, tout le monde avait été trop préoccupé par son propre travail ou par l'alarme incendie. De ce fait, personne n'avait vraiment remarqué l'homme et ne put leur fournir de description du suspect.

La poubelle dans laquelle le tueur avait jeté son masque et sa casquette contenait plusieurs objets, dont plusieurs masques chirurgicaux, mais pas de bonnet, ce qui confirmait que la poubelle avait été vidée par le personnel d'entretien avant que Yang et Jefferson ne la fouillent.

Lorsqu'il devint évident qu'ils ne pourraient pas obtenir plus d'informations à l'hôpital, ils surent qu'ils devaient retourner au commissariat. Mais ils savaient aussi qu'ils devaient attraper Caleb Faulkner et obtenir son ADN pour prouver que son père, Mike Faulkner, avait violé et tué Annika.

Jefferson se gara à un demi-pâté de maisons des bureaux de *No Child Abandoned,* leur procurant ainsi une bonne vue sur les portes d'entrée.

— Il ne faut pas qu'il me voit, il me reconnaîtrait, dit Yang à son partenaire.

Jefferson tambourina ses doigts sur le volant.

— On pourrait rester assis ici pendant une éternité. On ne sait même pas s'il est encore au bureau.

— C'est pourquoi tu les appelleras et tu diras à la réceptionniste que le service de voiture pour Caleb Faulkner est en bas, et tu verras ce qu'elle dira.

— C'est idiot.

— Tu as une meilleure idée ?

Jefferson grimaça et sortit son téléphone portable. Il composa le numéro de l'association caritative et mit le haut-parleur.

— *No Child Abandoned*, comment puis-je vous aider ? répondit une jeune femme enjouée.

— Oui, bonjour madame. Ici Executive Limos. Veuillez faire savoir à M. Faulkner que je suis en bas et que je l'attends pour l'emmener à l'aéroport.

Yang lança un regard à son partenaire, mais Jefferson se contenta de hausser les épaules.

— L'aéroport ? Mais il ne va pas à l'aéroport.

— Vous êtes sûre, madame ? Pouvez-vous vérifier son emploi du temps ? Parce que j'ai reçu cette réservation il y a quelques jours, et mon bureau est assez strict dans la tenue des dossiers.

— Puisque je vous le dis...

Le claquement d'un clavier se fit entendre à travers le téléphone :

— Voilà, j'ai raison, il ne va pas à l'aéroport. Il a une réservation pour le dîner au *Brick and Mortar* à 19 heures. C'est votre bureau qui se trompe.

— Merci, madame, je vais en toucher un mot au bureau. Désolé de vous avoir dérangée.

Jefferson rapprocha. Il sourit.

— Et voilà ce que j'appelle assurer au tél.

Yang sourit.

— Je pense que tu devrais emmener l'une de tes soupirantes à dîner au *Brick and Mortar* ce soir.

— Je me disais la même chose. Voyons si la nana de la circulation est libre ce soir, dit-il en faisant déjà défiler les contacts de son téléphone. Et toi, tu vas faire quoi pendant que je passe du bon temps ?

— M'occuper de la plonge, j'imagine.

Deux heures plus tard, tout était en place. Yang était arrivé avant l'ouverture du restaurant, avait exhibé son badge et demandé à parler au gérant, en lui disant qu'il devait avoir accès à la vaisselle, aux couverts et aux verres usagés d'un client spécifique, sans donner de détails sur qui et pourquoi.

Au début, le directeur s'était montré peu coopératif.

— Si l'on apprend que j'ai permis à la police d'espionner mes clients, plus personne ne voudra dîner ici. Je perdrai des clients, déclara l'homme à la forte corpulence et à la barbichette.

— Vous ne voulez pas m'aider à mettre un criminel derrière les barreaux ?

— J'aimerais pouvoir vous aider, inspecteur, mais à moins que vous ne reveniez avec un mandat, je ne peux rien faire pour vous.

Yang se tenait près de l'entrée de la cuisine, lorsque la porte s'ouvrit et que plusieurs voix arrivèrent jusqu'à lui. Il reconnut deux langues étrangères différentes.

Suivant son intuition, il déclara d'une voix amicale :

— Je vois, je comprends tout à fait, vraiment. Je suppose que ce serait différent si je travaillais pour l'immigration, n'est-ce pas ? Ils n'ont pas l'air d'avoir besoin d'un mandat, eux.

Le visage du directeur se figea et Yang comprit qu'il avait touché un point sensible. Il devina alors que la moitié du personnel de cuisine n'avait pas de visa pour travailler aux États-Unis.

Le directeur força un sourire.

— Je suis sûr que nous pouvons trouver une solution, inspecteur. Tout le monde sait que je soutiens la police dans son travail.

— C'est génial, répondit Yang. Et ne vous inquiétez pas, vos clients ne s'apercevront même pas de ma présence. Maintenant, tout ce dont j'ai besoin, c'est que vous me fournissiez un uniforme et un tablier de cuisinier. J'ai besoin du numéro de table du suspect. La commande de nourriture de cette table passera par moi, et quand les plats reviendront, ils ne seront manipulés que par moi.

— Est-ce vraiment nécessaire ? Je peux simplement demander à la serveuse de séparer les plats de cette personne.

— Je ne veux pas que le personnel de l'accueil sache ce qui se passe. Ils pourraient agir différemment et mettre la puce à l'oreille du suspect.

— Mais alors comment saurez-vous dans quelle assiette votre suspect a mangé ?

— Pas d'inquiétude, je m'occupe de tout.

— Comme vous voulez, inspecteur. Je vais vous montrer où vous changer, répondit-il en désignant la porte qui menait à la cuisine.

Au moment où le restaurant avait ouvert et commencé à se remplir de clients, Yang avait appelé Jefferson et l'avait informé de la table qu'occuperait Caleb Faulkner. Jefferson et sa copine du soir étaient arrivés peu après que Caleb Faulkner et un invité masculin aient pris place à la table sept. Jefferson avait soudoyé un employé snob afin d'obtenir une table d'où il pourrait observer Caleb.

« Je suis en place », envoya Jefferson à Yang par texto.

« Parfait », répondit Yang par le même biais.

Il ne fallut pas longtemps pour que la commande de nourriture pour la table de Caleb ne parvienne à la cuisine. Yang mémorisa les articles, content de voir que Caleb et son invité ne commandaient que des plats principaux sans entrées.

Lorsque la cuisine servit les deux plats, Yang fouilla dans sa poche et en sortit deux feuilles avec des autocollants colorés en forme de petits points. Il souleva l'assiette contenant le canard et colla un point rouge sous l'assiette, puis mit un autocollant bleu sous l'assiette de steak. Ensuite, il posa les assiettes sur le comptoir pour que le personnel de service les prenne.

Yang envoya un texto à Jefferson dès que la serveuse prit les plats.

« La nourriture est en route. »

« Il prend le canard », répondit Jefferson quelques secondes plus tard. *« Et un verre de vin rouge. L'autre gars boit une bière. »*

Voilà une bonne nouvelle. Les deux verres seraient faciles à distinguer.

Il eut l'impression de devoir attendre une éternité jusqu'à ce que Caleb et son compagnon aient fini leur plat principal.

Jefferson alerta Yang par SMS au moment où la serveuse prit les plats. Yang s'en empara après avoir posé la vaisselle sale sur le comptoir de la cuisine et souleva les assiettes. Les points étaient toujours en place et, portant maintenant des gants, Yang plaça l'assiette avec le point rouge dans un grand sac à scellée en plastique avec les couverts.

« Ils sont en train de commander un dessert », envoya Jefferson par texto.

Bien que cela signifiait qu'ils devraient rester plus longtemps au restaurant, cela augmentait également les chances que le service de médecine légale trouve de l'ADN exploitable. Yang et Jefferson répétèrent leur procédure pour le dessert. Yang plaça les points sous les assiettes et Jefferson envoya un SMS pour indiquer à Caleb le dessert qu'il allait prendre.

Une fois que les deux eurent terminé de dîner et payé l'addition, Yang put mettre dans son sac l'assiette à dessert et la cuillère de Caleb, ainsi que son verre à vin.

« *C'est bon, j'ai tout* », commenta Yang « *Profite du reste de ta soirée* ».

« *Oh que oui* », répondit Jefferson par texto.

Dix minutes plus tard, Yang était de nouveau en tenue de ville et dans sa voiture. De là, il appela Lupe sur son téléphone portable.

— Yang ? Qu'est-ce que tu veux ? Il est tard.

— Désolé, mais c'est extrêmement urgent. Peux-tu analyser l'ADN sur de la vaisselle usagée ?

— Oui, c'est possible. Mais ça devra attendre demain.

— Est-ce que je peux te le déposer pour que tu puisses le faire à la première heure ?

Lupe soupira.

— Très bien. Et que veux-tu que j'en fasse quand j'aurai le résultat ?

— Compare-le à l'ADN que tu as trouvé sous les ongles d'Annika.

— Il fallait commencer par ça ! s'exclama Lupe qui semblait soudain plus alerte. Je t'envoie mon adresse par texto. J'irai tôt demain pour m'en occuper. Attrapons ce salopard.

Yang partageait son enthousiasme. Bientôt, Mike Faulkner troquerait son bureau de la Maison Blanche contre une cellule de huit mètres carrés.

2 *1 juin*

C'était la fin de l'après-midi et Faulkner était assis derrière son bureau dans l'aile ouest en train d'examiner des dossiers ennuyeux lorsque son assistante Abby entra après avoir frappé brièvement.

— L'agent des services secrets Mitchell est ici pour vous voir.

— Fais-le entrer, dit-il avec empressement.

Quelques instants plus tard, Mitchell entra, un dossier en papier kraft à la main, et referma la porte derrière lui.

— Monsieur.

— Mitchell, qu'est-ce que vous m'apportez ?

Il connaissait suffisamment Mitchell pour savoir que cet homme ne faisait perdre de temps à personne. S'il n'avait rien d'intéressant à raconter, il ne se serait pas présenté en personne et n'aurait pas non plus fermé la porte pour garantir que leur conversation reste privée.

Il posa un classeur sur le bureau en face de Faulkner.

— Le rapport toxicologique concernant Madeline Bolton. Comme nous le supposions, elle avait de l'alcool dans le sang et quelque chose d'autre.

— Quelque chose d'autre ? demanda Faulkner en ouvrant le classeur.

— Un médicament appelé Midazolam. C'est une benzodiazépine utilisée en chirurgie avec effet paralysant.

Merde !

Faulkner continua de regarder la page devant lui, ne voulant pas croiser le regard de Mitchell.

— Cela confirmerait la théorie selon laquelle il s'agit d'un accident. Peut-être a-t-elle mélangé de l'alcool et cette drogue pour mieux dormir. Et lorsqu'elle est montée sur l'échelle, elle était somnolente et a perdu l'équilibre. Vous ne croyez pas ?

Ayant retrouvé son calme, il regarda l'agent.

— C'est certainement possible, monsieur, même si ce n'est pas exactement une drogue que l'on peut acheter en magasin.

— L'ecstasy non plus, pourtant Maddie a mis la main dessus quand elle était plus jeune, rétorqua-t-il en haussant les épaules. Qui est au courant de ce rapport ?

— À part le laboratoire qui a effectué les analyses toxicologiques ? Seulement vous et moi, monsieur.

— Et votre partenaire, l'agent Banning ?

— Il est sur le terrain et n'a pas encore vu le rapport.

— Ne changeons rien à la situation. Je dois d'abord me renseigner sur quelque chose.

— Puis-je vous aider, monsieur ?

— Non. C'est quelque chose que je vais devoir faire moi-même. Merci, dit Faulkner en faisant sortir Mitchell.

Lorsque la porte se referma derrière l'agent des services secrets, Faulkner regarda fixement le rapport toxicologique sans en lire un seul mot.

Il avait échoué. Il savait ce qu'il devait faire maintenant, même s'il le redoutait. Mais il fallait le faire. C'était sa responsabilité.

75

La boîte contenant le Luminol était arrivée à l'appartement d'Emily peu après qu'elle soit revenue de son dernier cours. Il était déjà tôt dans la soirée lorsqu'Emily déballa le petit contenant de poudre de Luminol. Elle le versa dans un flacon pulvérisateur plus grand, puis ajouta de l'eau distillée, avant de revisser le couvercle sur le flacon et de le ranger dans son sac.

À l'origine, il était prévu que Vicky l'accompagne à la maison de ville de Maddie, mais elle était partie parce qu'un de ses clients avait un gros problème de serveur et qu'elle devait trouver une solution sur place. Vicky lui avait demandé d'attendre le lendemain, mais Emily ne voulait pas attendre. Elle devait savoir si Sasha était morte ou s'il y avait encore une chance de la sauver.

Une fois de plus, elle s'était faufilée hors de la maison par l'arrière, afin d'éviter d'être vue par le policier qui se trouvait devant. C'était un type sympa qui l'avait emmenée au travail puis raccompagnée. Elle se sentait mal pour lui, parce qu'il aurait probablement des ennuis si Yang découvrait qu'elle s'était encore enfuie. Mais avec un peu de chance, il ne serait jamais au courant.

Au moins, cette fois-ci, Emily n'avait pas à s'inquiéter de voir la police débarquer chez Maddie, car l'alarme n'avait pas été déclenchée lorsqu'elle était chez Maddie avec Diego et Vicky. Elle aurait pu demander à Diego de lui prêter sa clé, mais pour une raison ou une autre, elle ne le sentait pas. Elle n'aurait pas su dire pourquoi, mais elle préférait utiliser ses crochets pour entrer dans la maison de Maddie. Et cette fois, c'était plus facile que la première fois. C'est en forgeant qu'on devient forgeron.

Etant donné que Maddie était morte dans la salle de séjour et qu'elle savait déjà qu'il y aurait du sang, Emily n'utilisa pas le Luminol dans cette pièce. Au lieu de cela, elle commença par la salle d'eau. Elle vaporisa le sol et une partie des murs, puis ferma la porte derrière elle sans allumer la lumière. S'il y avait des traces de sang, le Luminol ferait briller la zone en bleu dans l'obscurité. Mais il n'y avait pas de lueur bleue dans la salle d'eau.

Elle fit de même dans la cuisine et la buanderie, mais cela s'avéra un peu plus difficile, car bien qu'elle eût tiré les stores, la cuisine n'était pas aussi sombre qu'elle l'espérait. Cependant, à l'exception d'une petite zone autour des couteaux rangés dans un bloc de bois, elle ne vit aucune lueur bleue. La lueur bleue autour des couteaux n'était pas inhabituelle. Tout le monde se coupait de temps en temps en préparant de la nourriture.

À l'étage, Emily se fraya un chemin à travers les deux salles de bains et les deux chambres. Mais elle ne trouva pas de sang. Rien sur les tapis ou les murs, rien sur les matelas ou les meubles. Elle aspergea même les placards, mais il n'y avait pas la moindre trace de sang. Elle était soulagée, car cela lui donnait l'espoir que Sasha était encore en vie. Mais où cette fille s'était-elle enfuie ? Où se cachait-elle ?

Emily ouvrit à nouveau les stores de la chambre de Maddie, avant de retourner dans la chambre d'amis. En tirant les rideaux, elle regarda les maisons de l'autre côté de la rue. Il faisait de plus en plus sombre depuis qu'elle était arrivée à la maison. La maison de Maddie étant légèrement inclinée, Emily pouvait observer les toits du quartier. À quelques rues de là, un bâtiment s'élevait deux étages plus haut que la plupart des maisons du quartier. Mais le bâtiment semblait abandonné, peut-être prêt à être démoli. Beaucoup de ses fenêtres étaient condamnées.

Elle concentra son regard sur les fenêtres qui n'étaient pas condamnées et crut apercevoir une lumière. Des gens squattaient-ils là ? Peut-être que des sans-abri y trouvaient refuge. Personne ne les dérangerait là-bas, et ils seraient protégés des intempéries.

Sasha avait-elle regardé par cette fenêtre quand elle avait dormi ici ? Avait-elle vu le bâtiment abandonné ? Emily essaya de comprendre ce qui aurait pu se passer dans la tête de Sasha la nuit où Maddie était morte. Avait-elle vu le tueur et l'avait-elle reconnu comme l'homme qui lui avait fait du mal ? Si elle l'avait reconnu, elle aurait eu peur. Et le fait d'être une victime de trafic sexuel signifiait probablement qu'elle ne faisait confiance à aucun adulte.

Emily comprit pourquoi Sasha n'avait pas voulu aller voir la police. À ses yeux, ils étaient probablement aussi corrompus ici que dans son propre pays. Elle aurait cherché l'aide de personnes qui étaient comme elle : maltraitées, abusées et sans-abri. C'est à ces gens-là qu'elle pouvait faire confiance.

76

Il était venu pour la tuer. On l'avait contrecarré deux fois, mais cette fois-ci, il réussirait. C'est tout ce qu'elle méritait. Emily Warner était une enquiquineuse agaçante qui mettait son nez dans des affaires qui ne la concernaient pas. Il devait s'en débarrasser avant qu'elle ne comprenne comment il avait tué Maddie, et surtout, pourquoi.

Et cette fois-ci, elle lui facilitait la tâche. Emily était dans la maison de Maddie, seule. Personne ne viendrait la sauver cette fois-ci. Et une fois qu'elle serait morte, il pourrait dormir plus facilement et retourner à sa vie sans craindre de se faire prendre.

Bien que l'idée de la tuer dans la maison de Maddie ne lui plaisait pas, il n'avait pas d'autre choix. Mais il avait un plan. Il ne laisserait pas le corps d'Emily ici. Il l'emmènerait dans un autre endroit où la police ne pourrait pas relier sa mort à celle de Maddie. Il avait garé sa voiture dans une ruelle latérale, et une fois que les rues se seraient vidées, il mettrait le corps dans le coffre de sa voiture et s'en débarrassait.

Depuis sa cachette dans le placard à manteaux du premier étage, le tueur écoutait Emily se promener dans les chambres et ouvrir et fermer les stores. Il ne s'inquiétait pas de la voir fouiner dans la maison de Maddie. Il n'y avait rien qu'elle puisse trouver pour l'accuser. Tout ce qu'il avait à faire, c'était attendre. Il avait toujours l'arme avec laquelle il avait tué Petrov. Cette fois, il s'assurerait que sa victime meure sur le coup. Devoir finir le travail à l'hôpital avait été risqué. Il ne voulait pas que cela se reproduise.

Il entendit soudain la voix d'Emily qui venait du haut de l'escalier. Elle semblait parler à quelqu'un au téléphone. Il retint son souffle et écouta.

— Vicky, bon sang, pourquoi tu ne décroches pas ? Il n'y avait pas de sang ailleurs qu'à l'endroit où Maddie est morte. De toute façon, dit-elle, je sais où se trouve Sasha. J'ai trouvé. Je vais y aller maintenant. Ce n'est pas loin de la maison de Maddie. Et dès que je l'aurai récupérée, je t'appellerai, et nous pourrons l'emmener ensemble chez l'inspecteur Yang pour la mettre en sécurité.

Il remit son arme dans sa poche. En y réfléchissant bien, il n'y avait pas d'urgence à tuer Emily Warner. Elle pourrait le mener à Sasha, et tous ses ennuis seraient terminés. Cette petite salope lui avait échappé, et il n'avait pas réussi à la retrouver. Le lendemain de son évasion, il avait craint que la police ne se présente à sa porte d'un moment à l'autre, mais chaque jour qui passait, il avait compris que Sasha n'était pas allée voir la police, parce qu'elle ne faisait confiance à personne au pouvoir. Elle n'avait pas tort. Peu d'hommes étaient dignes de confiance à Washington D.C.

Lui qui avait presque renoncé à retrouver Sasha, voilà un retournement de situation des plus agréables. Il allait faire d'une pierre deux coups. Emily Warner ? Il la tuerait rapidement, mais Sasha, elle, devrait souffrir. Elle devrait payer pour s'être échappée et lui avoir fait vivre des montagnes russes émotionnelles.

Il se sourit à lui-même. Emily le mènerait tout droit à Sasha.

I got a feeling, woo-hoo, that tonight's gonna be a good night.

La mélodie des Black Eyed Peas envahit ses pensées, ce qui lui donna l'impression que rien ne pouvait aller de travers maintenant.

77

Emily remit son téléphone portable dans sa poche quand elle entendit soudain un bruit provenant des escaliers. Elle se retourna et vit Diego monter les marches. Elle s'était figée, surprise de le voir.

— Oh, Diego.

— Salut Emily, je me suis dit que j'allais venir t'aider, dit-il en souriant.

— Ah oui ?

— Oui, j'ai parlé à Vicky un peu plus tôt, et elle m'a dit que tu venais ici avec – il montra le flacon pulvérisateur dans sa main – du Luminol pour vérifier s'il y avait du sang qui pourrait appartenir à Sasha. Tu en as trouvé ?

Elle secoua la tête, sa voix lui faisant défaut. Le fait d'être seule avec Diego la mettait soudain mal à l'aise. Les statistiques criminelles n'étaient-elles pas assez claires sur le fait que la plupart des victimes de meurtre étaient tuées par quelqu'un qu'elles connaissaient et en qui elles avaient confiance ? Maddie avait fait confiance à Diego. Et il avait la clé de son appartement. De plus, il connaissait ses habitudes.

— Non, il n'y a pas de sang nulle part, insista-t-elle.

— Ça va ? demanda-t-il en lui lançant un regard inquiet.

— Oui, ça va. Juste un peu fatiguée.

Il n'avait pas l'air de la croire. L'avait-il entendue lorsqu'elle avait laissé un message à Vicky ?

— D'accord. Sinon, des pistes pour retrouver Sasha ?

— Non, non. Rien du tout. C'est comme si elle avait disparu de la surface de la terre. Je crois que j'en ai fini ici, dit-elle en désignant la porte.

Il la laissa passer, puis la suivit dans les escaliers.

— On devrait peut-être faire le tour du quartier, voir si quelqu'un a vu la fille, suggéra Diego lorsqu'ils atteignirent le premier étage.

Elle était heureuse de lui tourner le dos pour qu'il ne puisse pas voir à quel point elle avait l'air alarmée. Elle était maintenant certaine que Diego avait très bien entendu le message qu'elle avait adressé à Vicky. Il la suivrait pour qu'elle le conduise à Sasha. D'une manière ou d'une autre, Emily devait se débarrasser de lui et mettre Sasha à l'abri avant que Diego ne puisse leur faire du mal à toutes les deux.

Mais comment ?

— Oh tu sais, je crois que j'ai trouvé quelque chose de bizarre dans la cuisine, dit-elle en se tournant vers lui. Peut-être que tu en sauras plus, vu que tu as probablement passé beaucoup de temps dans cette maison, tu es le mieux placé pour me dire si tout est bien à sa place.

— Bien sûr, qu'est-ce que c'est ?

Elle lui fit signe d'entrer dans la cuisine, et il se retourna pour passer la porte.

— Sous l'évier, dit-elle en le suivant, jusqu'à ce qu'elle puisse attraper une boîte à biscuits en verre épais qui se trouvait sur le comptoir de la cuisine.

— En bas ? demanda-t-il avant d'ouvrir le meuble sous l'évier.

Au moment où il jeta un rapide coup d'œil par-dessus son épaule, elle pivota et le frappa à la tête. Diego laissa échapper un grognement douloureux et leva les mains pour se protéger la tête, mais elle le frappa à nouveau et il s'écroula.

Emily laissa tomber la boîte, qui étonnamment, était encore en un seul morceau, et courut aussi vite qu'elle le pouvait. Elle claqua la porte derrière elle et traversa la rue en sprintant, heureuse qu'il y ait peu de circulation.

Son cœur battait la chamade et ses poumons brûlaient d'épuisement, mais elle ne pouvait pas s'arrêter et permettre à Diego de la suivre. Elle devait trouver Sasha et la mettre en sécurité.

78

Yang se gratta l'arête du nez, fatigué de fixer sans arrêt l'écran de son ordinateur. Il regardait pour la énième fois l'enregistrement des caméras de sécurité de l'hôpital qui avaient filmé l'assassin de Petrov. Il avait beau observer le suspect encore et encore, il ne parvenait pas à l'identifier. Il avait même mis une photo de Mike Faulkner sur l'écran partagé pour voir si ses yeux et son front correspondaient, mais la vidéo était trop granuleuse et le tueur ne regardait jamais directement la caméra et était trop loin pour pouvoir permettre une véritable identification.

Il réduisit la vidéo et ouvrit la liste que la technicienne de sécurité de l'hôpital avait dressée pour lui. Il s'agissait des noms de tous les membres du personnel de l'hôpital qui avaient rencontré le tueur. La technicienne avait été très minutieuse et avait même noté l'heure à laquelle le personnel de l'hôpital avait croisé le chemin du suspect.

Dans le box à côté de lui, Jefferson parlait à l'une des personnes figurant sur la liste.

— Merci pour votre aide. Si vous vous souvenez d'autre chose, n'hésitez pas à me rappeler.

Yang repoussa sa chaise et passa la tête par-dessus la cloison du box.

— Quelque chose d'utile ?

Jefferson croisa son regard.

— Rien. Tout le monde est bien sympa et veut aider, mais personne n'a vraiment remarqué le gars. Non seulement il a déclenché l'alarme incendie, mais cela s'est passé au moment du changement d'équipe, où tout le monde courait partout de toute façon.

— Il l'a probablement chronométré de cette façon, sachant qu'avec les gens qui allaient et venaient, personne ne le remarquerait.

Jefferson acquiesça.

— Oui, c'est aussi mon avis.

— Tu en es où sur la liste ? demanda Yang.

— J'ai déjà appelé les sept premiers en partant du haut.

— D'accord, je vais commencer par le bas alors. La nuit va être longue.

— Il faut que je me dégourdisse les jambes, déclara Jefferson avant de se lever. Tu veux du café ?

— Pas le jus de chaussette de la salle de pause.

— Je te parle d'un vrai café. Je vais aller de l'autre côté de la rue.

— Alors je prendrai un latte, merci.

Jefferson partit, et Yang composa le numéro de portable d'une infirmière qui figurait sur la liste du personnel comme étant la dernière personne à avoir croisé le chemin du tueur. Il tomba directement sur sa boîte vocale. Il était possible qu'elle dorme ou qu'elle se trouve dans une partie de l'hôpital où son téléphone portable devait être éteint. Yang laissa un bref message vocal, puis passa à la personne suivante.

Cette fois, le membre du personnel, un concierge, décrocha. Bien que le concierge se souvenait de l'homme parce qu'il avait trouvé bizarre qu'il porte un presse-papier avec des feuilles vierges, il ne pouvait pas donner de bonne description. Il se souvint toutefois que l'homme mesurait au moins un mètre quatre-vingt.

Au moins, ce détail confirmait que Mike Faulkner pouvait être leur homme. Il mesurait à peine plus d'un mètre quatre-vingt, même si c'était le cas de beaucoup d'hommes.

La personne suivante sur la liste était une administratrice d'hôpital. Elle n'avait même pas remarqué l'homme, trop préoccupée par l'alarme incendie et son devoir de commissaire aux incendies pour son unité.

Yang s'apprêtait à composer le numéro de la personne suivante sur la liste, lorsqu'un courriel s'afficha sur son écran. Il provenait de Lupe et portait la mention « urgent ».

— Enfin, marmonna-t-il sous sa respiration.

Il ouvrit et lut l'e-mail. Au même moment, Jefferson revint avec deux gobelets en carton du café chic d'en face.

— Voici ton café.

Mais Yang ne prit pas sa tasse. Il continua à fixer l'écran.

— Tu ne vas pas le croire.

— Quoi ?

— Le résultat de l'ADN est revenu. Nous avons une correspondance.

Jefferson se pencha pour lire le courriel.

— Tu te fous de moi, putain !

— Il est temps d'obtenir un mandat, déclara Yang.

— Je m'en charge, proposa Jefferson en posant les gobelets de café sur le bureau.

— Je vais appeler le juge.

— J'ai hâte de lui passer les menottes, dit Jefferson.

— On est deux.

Le temps qu'Emily atteigne le bâtiment abandonné, il faisait nuit. Elle avait couru presque tout le long du chemin pour mettre le plus de distance possible entre elle et Diego. Elle n'arrivait pas à croire qu'elle lui avait fait confiance. Et pire encore, que Maddie lui ait fait confiance. Et qu'elle l'ait payé de sa vie.

— J'obtiendrai justice pour toi, Maddie, se murmura-t-elle à elle-même.

Une clôture à mailles losangées entourait la propriété et des panneaux d'*interdiction d'entrer* étaient affichés un peu partout. Il fallut quelques minutes à Emily pour trouver un endroit où la clôture avait été retirée, permettant le passage de quelqu'un de l'autre côté.

Des mauvaises herbes envahissantes couvraient l'étroite bande de terre nue qui entourait le bâtiment, lequel occupait la majeure partie de l'immense terrain d'angle. À première vue, il s'agissait d'un immeuble de bureaux ou d'un autre type d'entreprise commerciale. Certaines fenêtres étaient murées, d'autres avaient des vitres encore intactes ou avaient été soufflées. Il semblait que le bâtiment avait été endommagé par le feu à un moment ou à un autre au cours des années précédentes.

Il y avait plusieurs entrées dans le bâtiment, et le sol piétiné menant à une porte de fortune faite de contreplaqué dépareillé et sans serrure indiquait que de nombreuses personnes avaient emprunté ce chemin à l'intérieur. Il était fort probable que l'endroit grouille de sans-abris. L'espace d'un instant, elle regretta de ne pas avoir emmené Coffee avec elle. Avec son chien à ses côtés, elle se serait sentie plus en sécurité, mais elle n'avait pas le temps de rentrer chez elle pour aller le chercher. Sasha était en réel danger, et Emily devait la retrouver avant Diego.

Lorsque Emily entra dans le bâtiment sombre, elle sentit une myriade d'odeurs. Il y avait de la poussière dans l'air, de même que la faible odeur d'un feu de bois et l'odeur putride de nourriture pourrie, d'urine et d'excréments mélangés ensemble. Elle recula devant la puanteur, puis s'arma de courage. Si Sasha avait réussi à se cacher ici depuis la mort de Maddie, alors Emily devait faire avec – peu importait les odeurs. C'était le moins qu'elle puisse faire.

Elle entendit des bruits provenant d'un des étages supérieurs, des cliquetis, des voix étouffées, et comme si on traînait des pieds. Emily sortit son téléphone et se servit de la lumière de l'écran pour trouver son chemin jusqu'aux escaliers. Des débris étaient éparpillés sur les marches : des bouteilles vides, du verre brisé et d'autres déchets. Lorsqu'elle repéra une aiguille hypodermique, elle sut qu'elle devait être prudente. Non seulement les toxicomanes pouvaient être imprévisibles, mais elle courait aussi le risque d'être accidentellement piquée avec une aiguille contenant des restes d'héroïne.

Mettant un pied devant l'autre, elle marcha jusqu'au premier étage, en prenant soin de s'éloigner de tout danger. Une fois sur le palier, elle s'orienta et se fia aux bruits qui lui parvenaient. Ils venaient de la gauche. Elle suivit le petit couloir, en utilisant toujours son téléphone portable pour la guider plus loin à l'intérieur du bâtiment. Lorsqu'elle arriva à la première ouverture, où il y avait eu une porte auparavant, elle jeta un coup d'œil dans l'espace. La pièce avait l'air d'avoir servi de bureau en open-space. Certains bureaux étaient encore là, mais à en croire le sol carbonisé, une grande partie du contreplaqué des anciens meubles de bureau avait de toute évidence été utilisée comme bois de chauffage.

Près de l'entrée, Emily repéra une personne allongée sur le sol, recouverte d'une couverture. Elle s'approcha, quand la personne roula pour faire face à Emily, sursautant immédiatement. Avant qu'Emily ne comprenne ce qui se passait, la personne brandit un couteau.

— Voleur ! s'écria l'adolescent au visage sale. Pas touche à mes affaires !

Il ne devait pas avoir plus de seize ans, mais les traits durs de son visage attestaient de la vie difficile qu'il menait.

Emily leva les bras.

— Je ne suis pas là pour te voler.

Il le regarda de haut en bas, puis se moqua d'elle.

— Assistante sociale ? Oui alors ne t'embête pas, moi j'y retourne pas !

Il lui cracha dessus et la substance atterrit sur le gilet d'Emily.

— Je peux m'occuper de moi, ajouta-t-il.

— Je ne suis pas assistante sociale, expliqua-t-elle en essayant de rester calme, même si son cœur battait à toute allure. J'essaie de retrouver une fille. Elle est en danger.

Le garçon lui jeta un regard méfiant et garda le couteau pointé sur elle.

— Elle est russe. Elle s'appelle Sasha. Elle a douze ou treize ans, de longs cheveux noirs et des yeux bleus. Est-elle ici ?

Le garçon haussa les épaules.

— Je ne dénonce pas les gens.

— Bien sûr que non, dit-elle rapidement. Mais un homme malfaisant la poursuit, et je suis venue pour l'aider à s'enfuir avant qu'il ne la trouve.

Il haussa de nouveau les épaules.

— Le monde est plein d'hommes malfaisants.

Il parlait d'un air résigné, comme s'il avait perdu tout espoir.

— C'est vrai. C'est pourquoi je sais que Sasha est venue ici pour se cacher. Elle ne pouvait faire confiance à aucun adulte. Mais je suis ici maintenant, et je peux m'occuper d'elle. S'il te plaît, dis-moi où elle est. L'homme qui la recherche n'est pas loin. Je dois la trouver rapidement, avant qu'il ne le fasse. S'il te plaît.

Elle lui lança un regard suppliant.

— T'as de la tune ?

Elle hocha la tête et fit signe au petit sac à main qu'elle portait en bandoulière.

— Dans mon portefeuille, indiqua-t-elle en baissant les mains. Je vais t'en donner.

Elle prit son portefeuille et en sortit tous les billets qu'elle possédait.

Cela faisait un peu plus de quatre-vingts dollars. Elle lui tendit la main contenant l'argent liquide.

— Ce n'est pas grand-chose. Mais j'espère que ça t'aidera.

Il saisit l'argent et s'empressa de le mettre dans la poche de son pantalon. Puis il regarda devant Emily, qui regarda par-dessus son épaule. Deux autres adolescents, encore plus jeunes que le garçon, étaient en approche. Aucun d'entre eux n'était Sasha.

— Dégagez ! leur ordonna le garçon, et les deux enfants s'arrêtèrent dans leur élan. La dernière fois que je l'ai vue, elle était un étage plus haut, dans le coin le plus éloigné, dit maintenant le garçon en désignant un endroit derrière Emily. Elle se tient à l'écart et ne parle pas beaucoup. Mais elle ressemble à la fille que tu décris.

— Merci.

Emily se retourna et sortit rapidement de la grande pièce, sentant les yeux des deux autres jeunes sans-abri sur son dos. Allaient-ils la suivre, soupçonnant qu'elle avait plus d'argent ou d'objets de valeur en sa possession ? Les petits poils de sa nuque se dressèrent, mais à sa grande surprise, elle n'entendit aucun bruit de pas la suivre alors qu'elle montait au deuxième étage.

Là-haut, l'agencement était très similaire à celui du premier étage. Elle entra dans l'ancien bureau à aire ouverte et remarqua qu'il était relié à d'autres bureaux plus petits à chaque extrémité. Une lumière vacillante, provenant soit d'une bougie, soit d'un petit feu, l'attira vers le coin du bâtiment que le garçon avait indiqué.

Alors qu'elle s'approchait et passait devant les quelques box encore intacts, elle perçut un mouvement. Elle tourna la tête vers sa gauche et vit une personne accroupie sous un bureau. Emily fit un pas vers la silhouette sombre.

— Sasha ? murmura-t-elle.

— Dégage ! grogna quelqu'un.

Il s'agissait d'un accent américain, bien que la voix soit celle d'une femme. Mais elle avait l'air plus âgée, peut-être la quarantaine ou la cinquantaine.

— Désolée, madame, dit rapidement Emily en se retirant, ne voulant pas qu'un autre couteau soit pointé dans sa direction.

Elle continua vers l'endroit où elle avait vu la lumière vacillante, mais il y faisait sombre maintenant. En s'approchant, Emily inspira profondément. Elle reconnut l'odeur comme celle d'une bougie qui venait d'être éteinte.

S'approchant lentement, l'éclat de l'écran de son téléphone portable guidant ses pas, Emily atteignit l'entrée d'une autre pièce, pouvant accueillir quatre ou cinq bureaux, bien qu'elle ne puisse voir que deux. Les deux étaient couchés sur le côté, formant une cloison.

— Sasha ?

Elle entendit quelqu'un respirer.

— Sasha, dit encore Emily d'un ton doux. Je suis là pour t'aider.

Elle contourna la cloison. Là, une jeune fille brune aux yeux bleus se pressait contre le mur, comme si elle pouvait s'y fondre et disparaître. Dans sa main, elle tenait une bouteille de verre brisée, une arme que, d'après son regard déterminé, elle était prête à utiliser pour se défendre.

Emily ne s'approcha pas davantage. Elle leva les deux mains dans un mouvement de reddition.

— *Drug*, dit-elle en espérant qu'elle prononçait correctement le mot russe pour ami. *Podruga*. Ce mot signifiait aussi ami, mais l'un de ses étudiants en musique avait dit qu'il désignait une amie au féminin. *Podruga* Maddie. Maddie *podruga*, répéta-t-elle.

Emily espérait que Sasha comprendrait qu'elle essayait de lui dire qu'elle était l'amie de Maddie.

— Maddie ?

Des larmes jaillirent des yeux de la jeune fille, mais elle renifla et refoula ses larmes.

— *Da*. Maddie. Emily, dit-elle en se montrant du doigt. *Podruga* Maddie. *Da*.

Lentement, Sasha fit un pas vers Emily. Emily gardait les yeux sur la bouteille en verre qu'elle tenait à la main. Sasha suivit son regard et hésita. Pendant quelques secondes, il y eut un silence entre elles, et aucune ne bougea. Puis Sasha laissa tomber l'arme de fortune sur les couvertures à même le sol.

— *Podruga*, dit Sasha.

Soudain, Emily entendit un bruit fort provenant de la cage d'escalier. Des pas lourds. Sasha fixa Emily, la déception brillant dans ses yeux. Elle se pencha pour ramasser la bouteille de verre cassée, mais Emily fut plus rapide et la tira en arrière, puis pressa ses doigts sur les lèvres de Sasha pour la faire taire.

Un regard surpris apparut dans les yeux de Sasha. Elle comprenait que celui qui venait n'était pas un complice qu'Emily avait amené avec elle. Sasha hocha la tête, et Emily retira ses doigts de ses lèvres.

Sasha indiqua une deuxième porte qui menait à l'extérieur de la pièce. Emily acquiesça et prit la main de la jeune fille.

Soudain, le téléphone portable d'Emily sonna. Emily lâcha la main de la jeune fille et tâtonna pour le faire taire, mais il était trop tard.

— Te voilà ! l'entendit-elle s'exclamer de loin.

Emily jeta son téléphone portable par terre. Sasha lui prit la main, et ensemble, elles partirent en courant à travers la deuxième porte, dans l'obscurité. Emily pria pour que Sasha connaisse cet endroit comme sa poche à présent, et que les ténèbres dans lesquelles Emily avait vécu pendant quinze ans soient à nouveau ses amies.

80

M andat d'arrêt en main, Yang et Jefferson étaient déjà dans la voiture prêts à aller arrêter l'assassin d'Annika, quand le téléphone de Yang sonna. Il ne reconnaissait pas le numéro.

— Inspecteur Yang, répondit-il.

— Inspecteur, c'est Vicky Hong, dit la femme. Je pense qu'Emily est en danger de mort.

Immédiatement en alerte, Yang mit l'appel sur haut-parleur.

— Qu'est-ce qui s'est passé ? Où est-elle ?

— Elle est allée à la maison de ville de Maddie et m'a appelé de là, mais j'ai manqué son appel. Je pense que le tueur de Maddie est après elle.

— En route vers Georgetown, maison de Madeline Bolton, ordonna Yang à Jefferson.

Jefferson alluma les sirènes et les feux puis fit demi-tour.

— Ralentissez, mademoiselle Hong, dites-moi exactement ce qui s'est passé.

— Emily est allée chez Maddie pour pulvériser du Luminol afin de savoir si Sasha a été tuée dans la maison, et si le tueur avait tout nettoyé.

— C'est quoi ce bordel ?! s'écria Yang. Où est l'officier de police que j'avais posté devant chez elle ?

— Il est probablement encore là-bas, dit Vicky, l'air penaud.

— Qu'est-ce que...

— Elle a dû sortir par l'arrière, là où se trouvent les poubelles.

— Je lui ai dit de rester en dehors de tout ça, qu'elle risquait gros ! Bon sang ! Cette femme me rend dingue !

Jefferson esquissa soudain un sourire.

— Waouh, tu l'as sous la peau.

Yang leva la main pour faire signe à son partenaire de se taire.

— Comment a-t-elle fait pour rentrer dans la maison ?

— Je ne devrais pas vous le dire, vu que vous êtes de la police et tout.

Il soupira.

— Très bien. Que s'est-il passé ensuite, Mademoiselle Hong ?

— Elle m'a appelée mais j'ai manqué l'appel. Son message vocal disait qu'il n'y avait pas de sang ailleurs que dans le salon où Maddie est morte. Et puis elle a dit qu'elle savait maintenant où Sasha pouvait se cacher. Et qu'elle allait y aller.

— Elle a dit où ?

— Non, mais c'est près de la maison de Maddie. J'ai activé la fonction « *trouver un ami* » sur son téléphone il y a quelques jours parce que je m'inquiétais.

— C'est malin, félicita Yang. Envoyez-moi les coordonnées.

— Oui, dans une seconde. Il y a autre chose. Diego s'est pointé chez Maddie quand Emily pulvérisait le Luminol, parce que je lui avais dit plus tôt qu'Emily serait là. J'étais censée l'accompagner, mais le serveur de mon client est tombé en panne et Emily ne voulait pas m'attendre. J'ai donc dit à Diego d'y aller pour qu'elle ne soit pas seule.

— Diego Sanchez ?

— Oui, le petit ami de Maddie. Il y est allé, mais ensuite Emily s'est conduite bizarrement, et quand il lui a tourné le dos, elle l'a frappé à la tête. Deux fois ! Diego a dit qu'Emily ne l'avait pas assommé, bien que ça lui ait fait un mal de chien, mais il a dit qu'il avait entendu la porte claquer après qu'elle se soit enfuie de la maison, et quand il a réussi à se lever du sol de la cuisine où il se trouvait, il a vu un homme partir quelques secondes après Emily. Mais il n'a vu que le dos de l'homme, et le temps que Diego arrive à la porte, l'homme était parti. J'ai essayé de l'appeler à l'instant, mais elle ne décroche pas son téléphone.

— Putain ! s'exclama Yang. Nous devons la retrouver avant qu'il ne le fasse.

Il jeta un coup d'œil à Jefferson :

— Simon, appuie sur le champignon.

— Inspecteur, est-ce que c'est Diego qui a tué Maddie ? demanda Vicky.

— Non, ce n'est pas lui. Vous pouvez lui faire confiance. Appelez-le et donnez-lui l'emplacement d'Emily. Il est plus proche que nous. Dites-lui de se méfier de Caleb Faulkner. C'est lui le tueur.

Le résultat ADN qu'ils avaient reçu n'était pas une correspondance à cinquante pour cent comme ils s'y attendaient, indiquant une relation père-fils, mais une correspondance à cent pour cent, confirmant que ce n'était pas Mike Faulkner, mais Caleb Faulkner qui avait tué Annika. Et Yang était prêt à parier sa prochaine paye qu'il avait également tué Maddie et Petrov.

81

Sasha entraîna Emily dans un labyrinthe de couloirs, confirmant qu'elle connaissait ce bâtiment comme sa poche.

— Sortie, chuchota Emily à Sasha en espérant qu'elle comprendrait.

Sasha tourna son visage vers elle, et la faible lumière provenant d'une fenêtre brisée l'éclaira suffisamment pour qu'Emily puisse voir que même si Sasha n'avait pas compris le mot, elle savait ce qu'elles devaient faire : sortir de ce bâtiment.

— Emily !

La voix de Diego la transperça comme un couteau. Elle provenait de la direction vers laquelle elles se dirigeaient, et non de celle d'où elles venaient. Comment avait-il coupé leur chemin de fuite ?

— Emily ! Je suis ici pour vous aider, toi et Sasha.

Emily entendit la sonnerie d'un téléphone portable. À en juger par la direction d'où il venait, ce devait être celui de Diego. Elle ne l'entendit pas répondre. Au lieu de cela, il l'appela de nouveau :

— Emily ! Merde !

Emily ne répondit pas, sachant pertinemment qu'il cherchait à l'attirer pour pouvoir les tuer toutes les deux. Emily fit signe à Sasha de se retourner. Il devait bien y avoir plusieurs escaliers dans ce grand bâtiment ; le code du bâtiment l'exigeait. D'une manière ou d'une autre, elles devaient trouver l'un de ces escaliers pour s'échapper. Une fois dans la rue, elles pourraient faire signe à une voiture et demander au chauffeur d'appeler l'inspecteur Yang.

— Bon sang, Emily ! Je ne suis pas ton ennemi. Le tueur t'a poursuivie. S'il te plaît, laisse-moi t'aider !

Il la prenait vraiment pour une idiote ! Elle voulait lui dire ce qu'elle pensait de lui, mais elle se mordit la langue, sachant que toute parole révélerait l'endroit où elle et Sasha se trouvaient.

Pendant ce temps, Sasha la conduisait à travers différentes pièces et couloirs à l'écart de Diego. Il y avait peu ou pas de lumière maintenant, puisqu'elles s'éloignaient des fenêtres extérieures. Sasha trébucha soudain sur quelque chose et sursauta, mais Emily l'empêcha de tomber. Elle resta immobile un instant pour écouter et entendit des bruits de pas. Diego n'essayait même pas de se faufiler entre elles. Il était comme un éléphant dans un magasin de porcelaine. Emily espérait qu'il n'avait pas entendu la chute de Sasha par-dessus ses propres halètements ou bruits de pas.

— Emily ! n'arrêtait-il pas d'appeler. Bon sang, je suis là pour te sauver !

Emily ne pouvait pas se permettre qu'elle ou Sasha trébuche à nouveau. Quand elle était aveugle, elle avait rarement trébuché, parce qu'elle avait eu les bons outils pour l'aider.

Bien sûr ! C'était ça la solution ! Elle ouvrit son sac à main et fouilla dedans. Sa canne pliable s'y trouvait encore, comme une béquille en quelque sorte. Elle soupira de soulagement en la sortant de son sac et en l'ouvrant.

La canne dans une main et la main de Sasha dans l'autre, Emily les guida vers l'avant, loin de Diego. Faisant attention à ce que sa canne ne fasse pas de bruit, elle la laissa glisser sur le sol devant elle plutôt que de taper sur le sol. Cela fonctionna. Elle utilisait la canne depuis tant d'années qu'elle pouvait sentir dans sa main le type de matériaux et d'obstacles que son extrémité rencontrait sans avoir à se fier à des retours d'informations auditifs.

Emily et Sasha se précipitèrent dans un large couloir avec de nombreuses portes de chaque côté. Certaines d'entre elles étaient ouvertes, et la lumière filtrait dans le couloir. Emily continua à avancer, sachant que le couloir devait mener à un escalier quelque part. Elle avait raison. Lorsque le couloir tourna et qu'elle regarda vers la gauche, elle vit un escalier.

Elle lui fit signe et Sasha acquiesça. Main dans la main, elles s'en approchèrent, puis aussi rapidement que possible, elles descendirent au premier étage. L'espoir fleurit enfin chez Emily. Elles y arriveraient. Elles sortiraient de l'immeuble en moins d'une minute et se retrouveraient dans la rue, où elles pourraient trouver de l'aide.

La cage d'escalier qui menait du premier étage au rez-de-chaussée était éclairée par une fenêtre sans vitre qui laissait entrer un peu de lumière provenant des lampadaires à l'extérieur. À l'embranchement de l'escalier, Sasha s'arrêta brusquement. Emily était juste derrière elle. Elle sentit la présence de l'homme avant de le voir.

— *Ubiytsa*, s'exclama Sasha, la voix pleine d'horreur.

Emily ne connaissait pas le mot russe, mais lorsqu'elle regarda l'homme qui se tenait au pied de l'escalier, une arme pointée sur eux, elle sut ce que cela signifiait : tueur.

Emily et Sasha pivotèrent au même instant et se précipitèrent dans les escaliers. Emily n'avait vu le visage de l'homme qu'une seconde, mais ce n'était pas Diego. Pourtant, elle l'avait reconnu. Elle l'avait vu à l'enterrement de Maddie.

C'était Caleb Faulkner. C'était l'homme qui avait tué Maddie et maltraité Sasha.

Cette révélation la frappa comme un coup de poing dans le ventre. Elle avait fui Diego, qui ne voulait que l'aider, et s'était retrouvée avec Sasha dans les bras du tueur.

— Oui, allez-y courez, mais vous ne pourrez pas m'échapper bien longtemps, les nargua Caleb en les poursuivant dans les escaliers.

Emily ne perdit pas son souffle pour lui répondre. Au lieu de cela, elle tira Sasha vers la partie la plus sombre du bâtiment, où Emily aurait un avantage sur une personne voyante. L'espace d'un instant, Emily s'inquiéta pour les trois adolescents qui occupaient cet étage, mais vu leur train de vie, ils devaient sûrement avoir l'habitude du danger et devaient bien savoir comment prendre soin d'eux-mêmes et rester hors du radar de Caleb.

— Je vais vous avoir, putain de salopes, annonça Caleb de beaucoup trop près. Personne ne peut m'échapper.

Emily sentit Sasha trembler et comprit ce que la jeune fille était en train de vivre. Son agresseur, l'homme qui l'avait violée un nombre incalculable de fois, qui l'avait enfermée dans des conditions terribles, essayait de la capturer à nouveau. La peur qui se dégageait de Sasha était viscérale. Mais Emily ferait tout ce qui était en son pouvoir pour que Caleb ne puisse plus jamais mettre la main sur Sasha ou sur une autre fille.

— Viens, murmura-t-elle tout bas à la jeune fille.

À l'aide de sa canne lui permettant de repérer et d'éviter les débris sur le sol, elles s'enfoncèrent à l'intérieur du bâtiment, jusque là où Diego se trouvait plus tôt lorsqu'il l'avait appelée, affirmant qu'il voulait l'aider. Elle savait maintenant qu'il avait dit la vérité. Elle espérait qu'il avait déjà appelé la police en renfort. Si seulement Emily et Sasha pouvaient se cacher jusqu'à ce qu'ils arrivent, elles auraient ainsi une chance de survivre.

Emily jeta un coup d'œil par-dessus son épaule et entrevit un mince faisceau lumineux qui se déplaçait rapidement d'avant en arrière le long du couloir. Soit Caleb avait apporté une lampe de poche, soit il utilisait son téléphone portable pour éclairer l'espace afin de les trouver.

— Montre-toi ! Montre-toi, où que tu sois, dit-il d'une voix chantante comme s'il jouait à un jeu.

Et peut-être que pour lui, c'était un jeu. Un jeu mortel, car le perdant mourrait.

— Tu sais que je vais t'attraper. Tu crois que je ne sais pas à quoi tu joues, Emily ? Tu mets le nez là où il ne faut pas. Quand j'ai appris que tu embêtais les Bolton, j'ai tout de suite su que tu étais une source d'ennuis. Tu n'aurais pas dû faire ça.

Caleb continuait de parler, étouffant par inadvertance les bruits de pas de Sasha et d'Emily qui s'éloignaient tranquillement dans le couloir. Soudain, la canne se heurta à quelque chose. Emily la déplaça d'un côté à l'autre, puis plus loin vers le haut, et se rendit compte qu'elles avaient atteint la fin du couloir. Elle toucha le mur à la recherche d'une porte. Mais alors qu'elle pensait pouvoir trouver une sortie menant à une cage d'escalier, elle trouva effectivement une porte, néanmoins celle-ci avait été condamnée avec du contreplaqué et des planches de deux par quatre. Elle soupçonnait que c'était parce que la cage d'escalier qui se trouvait derrière était insalubre.

Merde, pensa-t-elle.

Elles durent faire demi-tour, ce qui les rapprocha à nouveau de Caleb. Emily pouvait maintenant voir que le faisceau lumineux n'était pas assez fort pour provenir d'une lampe de poche, mais qu'il provenait très probablement du téléphone portable de Caleb. Jusqu'à présent, la lumière n'avait pas révélé leur emplacement. Mais elles ne pouvaient pas rester ici. Elles devaient entrer dans l'une des pièces situées à gauche ou à droite du couloir.

Emily testa la première porte sur leur droite, mais celle-ci ne bougea pas. Rapidement, elle se dirigea vers la porte sur la gauche, et celle-ci s'ouvrit. Cependant, les charnières grincèrent. Emily se figea.

— Ah, vous vous enfuyez ? les appela-t-il.

Il avait entendu le grincement. Puis il dit quelque chose en russe, visiblement destiné à Sasha.

Un frisson parcourut Sasha, qu'Emily put ressentir physiquement. Rapidement, avant que les mots de Caleb ne puissent paralyser la jeune fille, Emily la poussa dans la pièce et ferma la porte derrière elles. D'après le peu qu'Emily pouvait voir, il s'agissait d'un autre grand bureau en openspace. La plupart des fenêtres étaient condamnées, seules deux étaient encore intactes et laissaient passer un peu de lumière de l'extérieur. Emily aperçut plusieurs portes au fond. Elle espérait qu'elles mèneraient vers un endroit sûr.

Emily et Sasha se dirigeaient vers les portes en faisant attention à ne pas faire de bruit, quand elle entendit quelqu'un appeler son nom au loin. Diego ! Elle fit signe à Sasha de s'arrêter pour qu'Emily puisse se concentrer sur la voix de Diego.

— Emily ? J'essaie de t'aider !

Emily savait maintenant. Elle savait que Diego n'était pas le tueur. Mais pouvait-elle prendre le risque de l'appeler pour qu'il la retrouve ? L'heure tournait. Toutes sortes de scénarios possibles se déroulèrent dans son esprit. Si Caleb arrivait jusqu'à elle et Sasha avant Diego, il les tuerait toutes les deux, et son secret mourrait avec elles. Mais si Diego savait qui était l'assassin de Maddie. Caleb pourrait se rendre compte qu'il ne pouvait pas tous les tuer. Peut-être abandonnerait-il, sachant qu'il avait perdu. Il y avait toutefois le risque qu'en transmettant cette information à Diego, elle dévoile sa cachette et celle de Sasha. Néanmoins, elle devait prendre ce risque.

— Diego ! appela Emily. C'est Caleb. Il est ici. Caleb a tué Maddie et violé Sasha.

Sans attendre la réponse de Diego, Emily entraîna Sasha avec elle et se dirigea vers l'une des portes. Elle l'ouvrit, réalisant trop tard qu'il s'agissait d'un placard à balais. Elle tourna sur elle-même, se dirigeant déjà vers la porte voisine, lorsqu'elle entendit un bruit.

— Grosse erreur ! grommela Caleb à moins de cinq mètres. Tu viens de signer l'arrêt de mort de Diego.

Il pointa son arme directement sur Emily et ajouta :

— Et emporte ça dans ta tombe, Sasha est à moi, et je la ferai souffrir pour s'être échappée. Un peu chaque jour. On va s'amuser, n'est-ce pas, Sasha ?

— *Net ! Net ! Net !* cria Sasha.

Caleb sourit comme s'il se délectait de la peur de Sasha.

— Au revoir, mademoiselle Warner.

Un bruit provenant de l'une des autres portes lui fit tourner la tête dans sa direction. Elle s'attendait à ce que Diego débarque.

— Diego, l'arme ! cria Emily.

Toutefois, ce n'était pas Diego qui était entré en trombe dans la pièce et avait sauté devant elle juste au moment où Caleb avait appuyé sur la gâchette.

Le bruit du coup de feu faillit percer le tympan d'Emily. Au milieu des cris de Sasha, un deuxième coup de feu retentit, et l'homme qui avait sauté devant elle s'effondra contre Emily, la poussant pour qu'elle tombe contre le mur.

— Papa ! Non !

Son père s'écroula sur le sol. Emily ne pouvait pas voir s'il était gravement blessé, ni où les balles l'avaient touché, ni même s'il était mort. Mais elle vit que Caleb pointait à nouveau son arme, cette fois-ci sur elle.

Utilisant le mur derrière son dos comme levier, Emily sauta en avant et s'attaqua à Caleb. Elle savait qu'elle avait peu de chances de le vaincre, mais si elle n'essayait pas, elle serait comme morte.

Ils s'écrasèrent ensemble au sol, Caleb sur le dos, absorbant le plus gros de l'impact. Cela sembla lui couper le souffle pendant une seconde, donc Emily essaya de lui arracher l'arme des mains, mais il s'y accrochait avec une poigne de fer.

Caleb était fort. Emily était toujours sur lui, essayant d'arracher l'arme de sa main avec ses deux mains maintenant. Elle sentit ses doigts se desserrer un peu, tandis qu'il utilisait sa main libre pour la pousser. Mais elle tint bon. Elle ne pouvait pas céder. Elle se battait pour sa vie et pour celle de Sasha.

— Salope ! martela-t-il, les dents serrées les unes contre les autres.

Emily essaya de secouer l'arme pour la dégager de sa prise, mais elle se rendit compte qu'ils étaient à égalité. Lorsqu'elle sentit qu'il relâchait un peu sa prise, elle réussit à tourner l'arme plus loin sur le côté, pensant qu'il était sur le point de la lâcher. Caleb fit un mouvement rapide, et soudain sa main gauche se retrouva autour de sa gorge, l'étouffant.

En haletant, Emily relâcha sa prise sur l'arme et son regard croisa celui de Caleb. Il y avait une lueur dans ses yeux qui lui disait qu'il savait qu'il avait le dessus maintenant. Elle ne pouvait pas retirer sa deuxième main de l'arme pour essayer d'arracher sa main gauche de sa gorge, sachant qu'il serait capable de la pointer sur sa tête et de lui tirer dessus.

Elle se sentait déjà étourdie par le manque d'oxygène. Non, elle ne pouvait pas laisser faire ça, elle ne pouvait pas échouer alors qu'elle était venue de si loin.

Tout ce qu'elle pouvait faire, c'était d'essayer de déplacer son corps, d'essayer de reculer, quand sa jambe droite tomba soudain entre les cuisses de Caleb. Avec sa dernière bouffée d'air, elle poussa son genou vers le haut et l'enfonça dans son entrejambe.

Caleb hurla de douleur et libéra immédiatement sa gorge. Emily s'empressa d'inspirer et utilisa son énergie retrouvée pour attraper l'arme et l'éloigner de lui.

Le coup de feu partit. Caleb poussa un autre cri de douleur, et Emily se rendit compte que la balle l'avait touché à l'épaule.

Enfin, elle put saisir complètement l'arme. Elle la fit glisser sur le sol en direction de Sasha, lorsqu'elle entendit les pas rapides de quelqu'un d'autre.

— Emily ?

— Diego ! Tiens ! J'ai Caleb. Il est blessé.

Avec son bras valide, Caleb essaya d'atteindre à nouveau sa gorge, mais il n'en eut pas l'occasion. Emily lui donna un coup de poing dans sa blessure à l'épaule, le faisant hurler de douleur juste au moment où Diego s'accroupit à côté d'elle.

— Je vais m'occuper de lui, dit Diego, avant qu'Emily ne se lève.

Diego maintenait désormais Caleb au sol avec ses genoux sur ses bras et son torse, et Emily vit avec satisfaction que Diego commençait à le battre comme s'il était un punching-ball.

Elle se détourna de la scène et se précipita vers son père et Sasha, tout en sortant la lampe de poche qu'elle transportait dans son sac à main, qu'elle alluma et donna à la jeune fille. Cette dernière comprit et la dirigea vers le père d'Emily, pour qu'elle puisse évaluer son état.

Du sang jaillissait de ses blessures à l'estomac et à la poitrine. Emily pressa ses mains sur les blessures, essayant d'arrêter la perte de sang.

— Emily.

C'était son père. Il était vivant.

— Papa, pourquoi t'as fait ça ? Pourquoi ? Tu n'aurais pas dû...

Des larmes perlèrent dans les yeux d'Emily.

— Je devais le faire, ma chérie. J'ai essayé de rester à l'écart, je l'ai fait pendant quelques jours.... Mais je m'inquiétais pour toi... répondit-il en respirant bruyamment. Je t'ai encore suivie...

Elle pouvait sentir qu'il parlait avec difficulté, luttant pour trouver de l'air.

— Ne parle pas. On va t'emmener à l'hôpital.

— Je ne vais pas m'en sortir. S'il te plaît, pardonne-moi pour ce que je t'ai fait... à toi... à ta mère...

Ses paroles étaient ponctuées par une respiration laborieuse. Il la regarda droit dans les yeux et poursuivit :

— Si je pouvais remonter le temps... Je suis tellement désolé, ma chérie... J'aurais dû être un meilleur père... un meilleur mari. Je t'ai laissé tomber... toi et ta mère. Je suis désolé...

— Je te pardonne, papa... S'il te plaît, tiens bon... tu peux y arriver... on va prendre un nouveau départ... s'exclama-t-elle en pleurant.

— Je t'aime, ma chérie...

Sa tête roula sur le côté.

— Non ! Papa ! Non !

82

Alors qu'il était sur le point d'atteindre le palier du premier étage avec Jefferson, Yang entendit un troisième coup de feu. Armes dégainées et lampes de poche pointées, ils se dirigèrent vers la source du bruit. Le cœur de Yang s'emballa, ses artères se remplirent d'adrénaline. Il espérait qu'il arriverait à temps pour sauver Emily de Caleb Faulkner.

Des bruits de lutte, de lourds grognements, et enfin un cri de douleur, les conduisirent au bon endroit, à l'une des extrémités d'un grand espace ouvert. Là, Diego Sanchez donnait des coups de poing au visage de Caleb Faulkner, qui était couché sur le sol. Caleb saignait abondamment d'une blessure à l'épaule.

— Je vais te tuer pour ce que tu as fait à Maddie et Sasha, grogna Sanchez en frappant Caleb encore plus fort qu'avant.

Caleb n'avait plus la force de se battre. Il gisait là comme une poupée de chiffon, en proie à la douleur et incapable de se défendre.

Yang laissa sa lampe de poche errer jusqu'à ce qu'il aperçoive Emily accroupie sur le sol contre un mur, berçant un homme qui saignait abondamment, ainsi qu'une fille qu'il reconnut comme étant Sasha. Cette dernière serrait Emily fort dans ses bras.

Yang poussa un soupir de soulagement. Emily était vivante. Et Sasha aussi.

Jefferson fit un pas devant Yang pour arrêter Sanchez, mais Yang tendit le bras pour l'en empêcher, tout en braquant sa lampe torche sur les deux hommes.

— Donne-lui quelques secondes de plus, suggéra Yang, même si cela allait à l'encontre de tout ce qu'il avait appris au cours de sa formation.

Il voulait que Caleb souffre.

Sanchez tourna la tête vers eux.

— Il était temps, leur dit-il avant de donner un coup de poing dans la plaie saignante de l'épaule de Caleb.

Caleb hurla à l'agonie, tandis que le bruit des sirènes parvint aux oreilles de Yang. Les renforts étaient arrivés.

— Maintenant ? demanda Jefferson.

Yang acquiesça.

— Nous prendrons la suite, monsieur Sanchez, déclara Jefferson en s'approchant de Caleb.

Sanchez se souleva et, sans aucune douceur, Jefferson fit rouler Caleb sur le ventre, lui tira les bras en arrière et lui passa les menottes, se fichant du fait que la blessure à l'épaule de Caleb le ferait davantage souffrir dans cette position.

Yang s'approcha.

— Caleb Faulkner, vous êtes en état d'arrestation pour le meurtre, l'enlèvement et le viol de la ressortissante russe Annika, le meurtre de l'attaché culturel russe Serguei Petrov, la tentative de meurtre de l'agent de sécurité de l'ambassade russe Ivan Lipovsky, l'enlèvement et le viol des ressortissantes russes Sasha et Tatjana, la tentative de meurtre d'Emily Warner, et pendant que j'y suis, le meurtre de Madeline Bolton.

Il inclina le menton en direction de Jefferson et lui dit :

— Lis-lui ses droits.

Ensuite, Yang se détourna et marcha vers Emily en éclairant la zone avec sa lampe de poche. Emily leva les yeux vers lui et il s'accroupit à côté d'elle. Il demanda pendant qu'il cherchait en vain le pouls de l'homme reposant sur les genoux de la jeune femme :

— Est-ce que l'une de vous est blessée ?

Elle secoua la tête, et il remarqua les larmes qui coulaient sur son visage.

— Qui est cet homme ?

— Mon père, répondit Emily, étranglée par l'émotion. Il m'a sauvée... nous... Elle déposa un baiser sur le dessus de la tête de Sasha et la serra contre sa poitrine, avant d'ajouter : Les balles m'étaient destinées.

— Je suis vraiment désolée... Il est mort, annonça Yang.

Il ressentait beaucoup de compassion pour cette femme qui s'était mise en danger pour sauver une fille qu'elle ne connaissait même pas et venger une femme qu'elle n'avait jamais rencontrée.

— Sasha ? demanda-t-il d'un ton doux.

La jeune fille leva enfin la tête de la poitrine d'Emily et le regarda quand il lui expliqua :

— Tu es en sécurité maintenant, Caleb Faulkner ne te fera plus de mal.

Sasha regarda derrière lui et vit que Jefferson était en train de s'occuper de Caleb. Yang suivit son regard et remarqua que Diego assistait Jefferson en tenant la lampe de poche de l'inspecteur. Yang regarda ensuite Emily et Sasha. Sasha pointa Yang du doigt et demanda à Emily :

— *Drug ?*

Emily acquiesça.

— *Drug.* Ami.

— Vous parlez russe ? demanda Yang, surpris.

— Un ou deux mots.

Yang entendit les pas de plusieurs personnes qui s'approchaient de la pièce.

— Ici, appela-t-il. Il va nous falloir des ambulanciers et des médecins légistes. Et des lampes. On va vous faire ausculter, vous et Sasha, par les médecins.

Plusieurs agents entrèrent et utilisèrent leurs lampes de poche pour avoir une vue d'ensemble de la scène. Yang aida Emily et Sasha à se relever, quand Sasha désigna soudain Caleb, qui se tenait maintenant debout avec l'aide de Jefferson. Elle commença à parler en russe. Yang secoua la tête, car il ne parlait pas un seul mot de cette langue. Ils allaient vite devoir trouver un traducteur.

— Je suis désolé, je ne comprends pas, lui dit-il.

Elle secoua la tête, pointa à nouveau Caleb du doigt et continua à parler en russe. Cette fois, il comprit un mot.

Tatjana. La troisième fille disparue.

— Tatjana ? demanda-t-il, et elle hocha la tête.

— Elle était avec toi ?

Sasha reprit la parole, en ajoutant cette fois-ci quelques mots d'anglais.

— Tatjana, amie. Aide-moi.

Yang échangea un regard avec Emily.

— Elle doit vouloir dire que Tatjana est toujours en vie et enfermée quelque part, suggéra Emily.

Yang pensait la même chose. Il se tourna vers l'un des officiers en uniforme qui étaient arrivés.

— Appelez un interprète russe. C'est urgent.

— Oui, inspecteur.

— Excusez-moi, mademoiselle Warner.

Yang se retourna et se dirigea vers Jefferson qui attendait avec un Caleb Faulkner menotté, en sang et grimaçant.

— Où est l'autre fille ? Où est Tatjana ? demanda-t-il directement à Caleb.

Du sang coulait du nez de Caleb, son visage était meurtri et sa lèvre fendue. Toutefois, il força un sourire.

— Je te le dis si j'obtiens un accord. Pas de prison.

— Tu peux toujours rêver, se moqua Yang. Jusqu'à présent, je compte quatre meurtres, dont celui du père de mademoiselle Warner. Tu seras condamné à quatre peines de prison à perpétuité au minimum. Et je ferai en sorte que tes compagnons de cellule sachent que tu as violé et maltraité des enfants. Tu sais ce qu'ils font aux hommes comme toi en prison ? En plus, tu es joli garçon. Je suis sûr que quelqu'un fera de toi sa petite chienne.

Caleb lui cracha dessus, mais Yang était trop éloigné pour que son crachat ne l'atteigne.

— Mon père va arranger ça.

— Tu veux dire tout comme il s'est arrangé pour que tu n'ailles pas en prison à Moscou quand tu as violé cette jeune fille russe de quatorze ans ? Elle s'appelait comment déjà ?

Caleb devint tout pâle.

— Caleb, dit quelqu'un depuis l'entrée de la pièce.

Yang jeta un coup d'œil au nouvel arrivant : Mike Faulkner.

Dire que Yang était surpris de voir le chef du cabinet ici aurait été l'euphémisme du siècle. Il était franchement stupéfait.

— Papa, Dieu merci, tu es là ! s'exclama Caleb. Ils essaient de me faire porter le chapeau pour quelque chose que je n'ai pas fait. Tu dois m'aider.

Faulkner croisa le regard de son fils.

— Je vais te trouver de l'aide. Je vais te payer les meilleurs médecins de la planète.

— Des médecins ? répéta Yang, atterré. Alors c'est ça sa défense ? Qu'il est fou ? Il a tué quatre personnes, peut-être cinq, et il a kidnappé et violé trois filles, sûrement plus encore ! s'énerva Yang.

— Il est malade. Il a besoin d'aide, déclara Faulkner. Je pensais qu'il allait mieux, mais je me trompais. J'ai soupçonné quelque chose quand...

— Ne leur dis rien, papa ! s'écria Caleb.

— Ta gueule, grogna Jefferson en tirant brusquement sur les menottes, aggravant la blessure à l'épaule de Caleb et lui arrachant un cri douloureux.

— Je suis désolé, mon fils, j'aurais dû faire quelque chose à l'époque. J'aurais dû te faire suivre un traitement il y a longtemps. Je t'ai laissé tomber.

Yang se tourna vers Caleb.

— Comment t'as fait ? Comment tu t'y es pris pour mettre en scène l'accident de Madeline ? Il n'y avait aucun signe de lutte, aucune blessure défensive.

Caleb eut un rire moqueur.

— Je n'ai rien fait.

Yang échangea un regard avec Jefferson, puis se retourna vers Caleb.

— Tu as dû mettre Madeline Bolton sous sédatif. On en aura le cœur net grâce au bilan toxicologique de Madeline.

Lorsque Yang surprit l'air réservé de Mike Faulkner, il ajouta :

— Je suppose que vous avez déjà vu le rapport, M. Faulkner.

Comme Faulkner ne disait rien, Yang poursuivit :

— Peu importe. Les services secrets vont devoir nous le remettre maintenant que nous avons un témoin oculaire du meurtre de Madeline Bolton.

— Quel témoin oculaire ? demanda Faulkner, visiblement abasourdi.

Yang pointa du doigt Sasha, qui, avec Emily, était emmenée par deux ambulanciers.

— La fille que Madeline hébergeait la nuit de son meurtre. Elle a tout vu.

Même si Yang n'avait pas encore pu obtenir la confirmation de Sasha, il devinait que cette dernière avait été témoin du meurtre.

Faulkner regarda fixement Caleb comme s'il ne le connaissait même pas.

— Papa, ils n'ont aucune preuve pour me relier à la mort de Maddie ! Ni à celle de Petrov, ni à celle d'Annika, clama Caleb. Tu dois m'aider !

D'autres policiers entrèrent. Jefferson leur remit Caleb.

— Enfermez-le.

— Et la blessure ? demanda l'un des officiers en uniforme.

Jefferson haussa les épaules, même s'il savait – tout comme Yang – qu'ils se devaient de fournir des soins médicaux appropriés aux suspects, quels que soient les crimes commis.

— Faites ce que vous avez à faire. Mais prenez toutes les précautions. Il risque de s'enfuir.

Une fois que Caleb fut conduit hors de la pièce encadré par deux policiers armés, Faulkner prit un air abattu. Yang sentit la satisfaction l'envahir. Le fils de Faulkner ne se laissait pas faire, mais Faulkner était plus intelligent ; il savait qu'il avait perdu.

— Nous avons trouvé l'ADN de Caleb sous les ongles d'Annika, déclara Yang. Il sera jugé coupable pour ce crime, et vous ne pourrez rien faire. C'est peut-être le bon moment pour vous de coopérer. Commençons par la raison de votre présence ici. Et ne me dites pas que c'est parce que vous écoutiez la radio de la police.

— Je n'arrivais pas à mettre la main sur Caleb. J'avais besoin de lui parler, de le confronter... J'ai suivi sa voiture jusqu'à la maison de Maddie et quand j'ai vu les voitures de police converger vers ce bâtiment, j'ai soupçonné que Caleb était ici.

— Vous soupçonniez votre fils d'avoir tué Madeline Bolton ?

Faulkner soupira et passa une main tremblante dans ses cheveux, hésitant.

— J'ai besoin de savoir pourquoi, dit Yang. Quelles sont les preuves que vous nous avez cachées ? On peut faire ça en bas du commissariat avec un avocat, mais si vous voulez une peine plus clémente, alors dites-nous tout de suite ce que vous savez.

Les épaules de Faulkner s'affaissèrent.

— Aux alentours de la mort de Madeline, une bouteille de Midazolam a disparu de ma ferme équestre. Nous l'utilisons pour endormir les animaux pendant les interventions. Je n'étais pas sûr que Caleb l'avait prise et pourquoi, mais quand j'ai reçu les analyses toxicologiques de Maddie, j'ai vu qu'ils avaient trouvé des traces d'alcool et de Midazolam. Combiné à l'alcool, le Midazolam agit en quelques minutes pour rendre la personne incapable de bouger, incapable de se défendre.

Faulkner baissa et secoua la tête, puis regarda à nouveau Yang.

— Maddie et Caleb étaient amis. Ils travaillaient ensemble. Ils se faisaient confiance.

Yang acquiesça.

— Elle l'a donc fait entrer chez elle et a pris un verre avec lui. Il devait avoir des raisons de croire que Madeline s'intéressait à la disparition des filles placées par l'association caritative.

— Je ne savais pas qu'il y avait des filles. Mais plus tôt dans la journée, quand j'ai reçu l'analyse toxicologique de Maddie, j'ai compris que s'il avait tué Maddie, c'était pour protéger un secret. Mais je ne savais pas ce que c'était, dit-il d'une voix dépourvue de toute émotion.

Yang n'y croyait pas vraiment.

— Vous savez ce qu'il avait fait à Moscou. Vous avez enterré l'affaire, mais vous avez le culot de me dire que vous ne saviez pas pour les filles ?

Faulkner laissa échapper un souffle en tremblant.

— Je ne savais pas, enfin pas avec certitude... Mais j'étais inquiet...

— Alors, où Caleb gardait-il les filles ?

Faulkner secoua la tête.

— Je ne sais pas. Pas dans le domaine en Virginie en tout cas. Il y va à peine. Et pas non plus dans ma maison en ville. J'aurais vu ou entendu des choses.

— Est-ce qu'il a une maison ?

— Oui, un appartement à Georgetown, mais ce n'est qu'un deux-pièces sans espace de rangement, ni garage individuel. Pas de sous-sol. Il ne pourrait pas y cacher quelqu'un. Les voisins l'entendraient.

Yang fit signe à l'un des officiers de s'approcher.

— Prenez deux hommes et allez à l'appartement de Caleb Faulkner. Quelle est l'adresse ? demanda-t-il directement à Mike Faulkner.

Ce dernier la dicta, puis l'officier partit.

— A-t-il d'autres propriétés en ville ?

Faulkner haussa les épaules.

— Pas que je sache.

Yang regarda Faulkner dans les yeux. Il n'avait pas l'air de mentir, mais bon, Faulkner était un politicien, et tous les politiciens mentaient.

— Vous êtes sûr ? La vie d'une autre fille est en jeu. Tatjana, la troisième fille qu'il a enlevée, est toujours portée disparue.

— C'est tout ce que je sais, je le jure. Je ne sais pas où il les enfermait.

— Très bien. S'il s'avère que vous connaissiez bien l'endroit où il cachait les filles, nous ajouterons cela à votre accusation d'obstruction à la justice.

Puis il s'adressa à un policier :

— Emmenez monsieur Faulkner au poste de police pour un entretien officiel.

83

Dehors, plusieurs voitures de police et ambulances bloquaient la rue devant le bâtiment abandonné. Une policière était aux côtés d'Emily, tandis qu'un ambulancier vérifiait qu'elle n'était pas blessée. Quant à Sasha, un autre ambulancier était en train de l'ausculter dans la même ambulance. Sasha avait insisté pour rester près d'Emily, toujours méfiante à l'égard des autres, en particulier des hommes. Emily ne pouvait pas lui en vouloir.

À part quelques bleus, ni Emily ni Sasha n'avaient subi de blessures. Emily serra la main de Sasha et obtint un sourire en réponse. C'était la première fois que la jeune fille souriait. C'était une survivante, Emily le sentait. Sasha s'en sortirait, même si la guérison du traumatisme psychologique qu'elle avait subi prendrait beaucoup de temps.

Du coin de l'œil, Emily vit deux hommes avec une civière sortir du bâtiment. Sur celle-ci se trouvait un sac mortuaire noir. Elle savait qui se trouvait à l'intérieur. Emily s'excusa et sortit de l'ambulance.

— Vous devriez rester ici, mademoiselle Warner, dit la policière.

— Je dois le voir encore une fois, répondit Emily qui se dirigea vers le véhicule du médecin légiste où se tenaient maintenant les deux hommes avec la civière.

La policière ne l'arrêta pas dans son élan. Quand Emily atteignit la civière, les deux hommes la regardèrent.

— C'est mon père, annonça-t-elle avant de poser sa main sur la fermeture éclair.

Les deux hommes hochèrent la tête et l'autorisèrent à baisser la fermeture éclair suffisamment pour exposer le visage de son père. Ses yeux étaient désormais fermés, et son visage semblait détendu, bien que pâle. Elle passa ses doigts sur sa joue. La peau n'était pas encore tout à fait froide. Il y avait encore un peu de chaleur résiduelle, mais il n'était plus là.

— J'espère que maman te pardonnera aussi. Dis-lui qu'elle me manque... Il ne se passe pas un jour sans que je pense à elle. Je t'aime, papa.

Des larmes coulèrent sur ses joues et elle se détourna de la civière, pour voir Diego se tenir à quelques mètres de là. Il franchit la distance qui les séparait, posa une main sur son épaule et la serra.

— Mes sincères condoléances, dit-il. J'aurais aimé arriver plus tôt.

Elle renifla.

— Quand je pense que l'homme que j'ai détesté tout ce temps m'a sauvé la vie ce soir, c'est plutôt ironique. Je suis désolée, Diego. Je suis désolée de t'avoir soupçonné, lui dit-elle dans les yeux.

— Et pour m'avoir frappé à la tête, je suppose ? répondit-il d'un ton léger.

— Oui, ça aussi. Deux fois. Je suis vraiment désolée.

— J'ai la tête dure. Ce n'est pas grave. Si je t'avais soupçonné d'avoir tué Maddie, j'aurais fait bien pire, admit-il. Je l'aimais et je ne lui aurais jamais fait de mal.

— J'en suis bien consciente maintenant.

— Tu lui aurais plu. Tu as du cœur, tout comme elle.

Un reflet humide recouvrait les yeux de Diego, attestant de son chagrin.

Emily ne put répondre, ne voulant pas pleurer de nouveau. Au lieu de cela, elle changea de sujet.

— Je peux t'emprunter ton téléphone portable ? Le mien est quelque part dans le bâtiment. Je dois appeler Vicky pour lui dire que je vais bien.

— Je ne pense pas que ce sera nécessaire, dit Diego en montrant quelque chose du doigt.

Plus loin dans la rue où la police avait bouclé la zone où les ambulances s'étaient garées, Vicky se disputait avec un policier.

— Vicky ! appela Emily en s'approchant, accompagnée de Diego.

— Vous voyez, c'est mon amie. Elle a besoin de moi, insista Vicky.

Le policier regarda Emily et Diego.

— Laissez-la passer s'il vous plaît, dit Emily, et le policier s'exécuta.

Vicky se précipita vers elle et passa ses bras autour d'elle, lui faisant un gros câlin.

— Oh mon Dieu, je suis si heureuse que tu ne sois pas blessée. Elle la relâcha, puis jeta un coup d'œil à Diego : Merci de m'avoir appelée tout à l'heure.

— Tu as appelé Vicky ? demanda Emily.

Vicky répondit à sa place :

— C'est aussi bien qu'il l'ait fait. Sinon, je n'aurais pas su que le tueur en avait après toi. Comme Diego l'a vu te poursuivre, j'ai appelé l'inspecteur Yang et je lui ai dit dans quelle direction tu te dirigeais.

— Mais comment tu savais où j'étais ? demanda Emily, confuse.

— Tu as déjà entendu parler de la fonction « *trouver un ami* » de ton téléphone portable ? Je l'ai activée l'autre jour pour que ton portable partage ta position avec le mien, expliqua Vicky en souriant.

Stupéfaite, Emily prit Vicky dans ses bras.

— Tu es la meilleure.

— Eh bien, quelqu'un devait garder un œil sur toi puisque tu ne voulais pas entendre raison, ni même l'inspecteur Yang d'ailleurs.

Emily la libéra de son étreinte lorsque Vicky lui montra du doigt la camionnette du médecin légiste.

— Dis-moi que ce n'est pas Sasha là-dedans.

Emily secoua la tête et fit un geste vers l'ambulance d'où sortait désormais Sasha, qui la cherchait des yeux. Elles échangèrent un regard.

— C'est donc le tueur, devina Vicky.

— Non, répondit Emily. Il est vivant, mais ils l'ont attrapé. C'est mon père qui est mort. Il a pris une balle à ma place.

Une nouvelle vague de larmes menaça de la submerger.

— Oh, chérie, je suis vraiment désolée.

Emily renifla.

— Nous avons eu une minute avant qu'il ne décède. Il m'a dit qu'il regrettait ce qu'il avait fait à ma mère et à moi. Je lui ai pardonné.

Vicky hocha la tête, comprenant la situation.

— Il va être en paix maintenant. Et toi, tu peux tourner la page.

Accompagnée par la policière, Sasha les rejoignit. Emily passa un bras autour d'elle.

Toutefois Sasha ne regarda ni Emily, ni Diego, ni Vicky. Au lieu de cela, elle regarda fixement l'autre ambulance. Caleb était assis sur une civière devant celle-ci, une main menottée à la barre de protection de la civière, l'autre en écharpe. Il observa Sasha et Emily.

— *Ubiytsa*, dit Sasha avec du mépris dans la voix, paraissant beaucoup plus forte qu'auparavant.

— Oui, Sasha, c'est un meurtrier, mais il ne fera plus jamais de mal à personne. Je te le promets, déclara Emily.

Sasha leva les yeux vers elle, comme si elle avait compris.

— *Da.*

Lorsque les ambulanciers poussèrent Caleb dans l'ambulance et qu'un policier en uniforme monta à l'arrière avec lui, Yang et Jefferson apparurent avec Mike Faulkner, le chef de cabinet du président.

— Qu'est-ce qu'il fait ici ? demanda Vicky.

Diego laissa échapper un grognement.

— Il savait de quoi son fils était capable. Et il n'a rien dit.

Lorsque Jefferson conduisit Faulkner à une voiture de police, Yang s'approcha.

— Inspecteur, dit Diego, dites-moi que Mike Faulkner paiera pour le rôle qu'il a joué dans cette affaire.

Yang acquiesça.

— Je ne suis pas le procureur, mais croyez-moi, nous avons assez de preuves pour l'accuser d'obstruction à la justice.

— Je suis contente que vous soyez arrivé ici à temps, dit Emily.

— Grâce à l'ingéniosité de mademoiselle Hong, répondit Yang.

— Inspecteur Yang ! appela un homme en costume sombre qui s'approchait d'eux.

— Ah, monsieur Belsky, je me demandais quand vous alliez vous montrer, dit Yang en arquant un sourcil. Je pensais que vos équipes gardaient un œil sur mon partenaire et moi.

Emily trouva cela curieux. Qui était cet homme ?

— J'ai vu que vous aviez la situation en main, dit Belsky avec un lourd accent russe. Je ne voulais pas intervenir tant que mon aide n'était pas nécessaire.

Il inclina la tête vers Sasha, puis dit quelque chose en russe.

Sasha répondit en quelques mots seulement.

— Pourriez-vous interpréter la déposition de Sasha ? Nous pensons qu'il y a une autre fille, Tatjana, toujours captive là où Caleb Faulkner avait enfermé Sasha.

— Certainement, déclara Belsky.

— Allons au commissariat, proposa Yang.

Belsky s'adressa à nouveau à la jeune fille en russe, qui répondit, mais elle secoua la tête tout en s'accrochant à Emily.

— Quelque chose ne va pas ? demanda Yang.

— Je pense qu'elle ne nous fait pas confiance. Elle veut que mademoiselle Warner vienne avec elle.

Emily fut surprise que l'homme sache qui elle était.

— Je ne pense pas que nous ayons déjà été présentés.

— Ah, toutes mes excuses. Nikolai Belsky, chef de la sécurité à l'ambassade de Russie.

Emily hocha la tête.

— Vous avez travaillé avec Sergei Petrov. Toutes mes condoléances, déclara-t-elle.

À sa grande surprise, le Russe sourit.

— C'est gentil, mais pas nécessaire. Serguei Petrov est en vie.

— Quoi ?! s'emporta Yang. J'ai pourtant interrogé moi-même son agent de sécurité.

Belsky se tourna vers Yang.

— Nous devions faire en sorte que tout le monde pense que Petrov n'avait pas survécu à la deuxième tentative d'assassinat. Nous ne pouvions faire confiance à personne, pas même à la police ou à quelqu'un de votre gouvernement.

— Mais comment a-t-il pu survivre ? demanda Yang.

— Selon le personnel médical, on lui avait injecté de l'air, qui, oui, s'il est injecté dans une artère carotide, provoque une embolie dans le cerveau et tue très rapidement. Mais de toute évidence, le tueur improvisait et n'avait pas les connaissances médicales suffisantes pour comprendre qu'une petite quantité d'air injectée par voie intraveineuse plutôt que dans l'artère carotide ne tue pas vraiment dans l'immédiat.

— Oui mais, Caleb Faulkner aurait préparé son coup mieux que ça.

Belsky acquiesça.

— Tout à fait. On a retrouvé l'aiguille qu'il a utilisée sur l'agent de sécurité dans la chambre d'hôpital. Elle contenait des traces de Midazolam, tout comme le sang de Lipovsky. Caleb Faulkner a utilisé une dose considérable de Midazolam sur Lipovsky. En général, il faut quelques minutes à ce médicament pour faire effet, mais la dose était si forte qu'elle l'a assommé en quelques secondes. Si cela ne s'était pas produit dans une unité de soins intensifs, Lipovsky serait mort à coup sûr. Et comme Caleb a utilisé toute la seringue sur Lipovsky, il n'en restait plus pour Petrov.

Stupéfaite, Emily prit la parole :

— Alors Petrov pourra témoigner à son réveil.

Belsky acquiesça.

— Il s'est réveillé il y a une heure. J'allais le voir quand on m'a dit que les inspecteurs Yang et Jefferson étaient sur le point d'appréhender le tueur.

— Quand on vous a dit ? demanda Yang en penchant la tête sur le côté.

— Nous avons tous nos sources. Restons-en là, d'accord ? dit le Russe avec un sourire en coin.

84

Prenant en compte l'état fragile de Sasha, Yang décida de conduire l'interrogatoire dans un des bureaux privés, disposant ainsi d'un canapé et de chaises confortables, plutôt que dans une salle d'interrogatoire vide et dépourvue de toute chaleur.

Une interprète russe arriva au poste, que Yang invita à se joindre à eux. Même si Belsky traduisait les réponses de Sasha, il voulait quelqu'un de neutre pour s'assurer que le chef de la sécurité de l'ambassade russe n'omettrait rien de crucial.

Emily était assise sur le canapé avec Sasha, lui tenant la main, tandis que Belsky avait rapproché une chaise du côté de Sasha. L'interprète était assise sur une chaise plus loin, un bloc-notes sur les genoux. Quant à Jefferson, il s'était installé derrière l'ordinateur pour prendre des notes.

Yang s'assit dans un fauteuil en face du canapé et regarda Belsky.

— Nous avons juste besoin d'une confirmation rapide de la part de Sasha comme quoi elle a vu Caleb tuer Madeline Bolton. Ensuite il faudra parler de l'endroit où elle a été retenue captive pour que nous puissions trouver Tatjana. Nous entrerons dans les détails lors des prochains entretiens.

Belsky acquiesça. Avec son aide, Sasha leur raconta ce qui s'était passé dans la maison de ville de Madeline.

Selon Sasha, Maddie lui avait dit d'aller se cacher dans la chambre d'amis après que quelqu'un ait sonné à la porte. Elle s'était exécutée, mais comme elle avait laissé la porte de la chambre d'amis entrouverte, elle avait pu entendre Maddie faire entrer un homme dans la maison. Elle les avait entendus parler et avait reconnu la voix comme étant celle de son ravisseur et violeur. Le même homme qui avait tué Annika.

Sasha fit une courte pause, durant laquelle elle se mit à sangloter. Emily lui caressa le bras avec douceur.

— Tu t'en sors très bien, Sasha.

Belsky continua à traduire pour la jeune fille, révélant que Sasha avait quitté la chambre d'amis pour voir ce qu'ils faisaient. Elle avait pu les observer depuis le couloir de l'étage tout en restant cachée derrière la rampe d'escalier. Cependant, elle n'avait pas pu comprendre de quoi ils parlaient.

Bien qu'il n'y était allé qu'une seule fois et pour une courte durée, Yang se souvenait bien de la disposition de la maison de Madeline Bolton. L'escalier qui menait à l'étage était en zigzag, permettant d'observer le salon en bas. Une cloison d'un mètre de haut obstruait quelque peu la vue du couloir supérieur, ce qui permettait à quelqu'un de se cacher derrière et d'apercevoir ce qui se passait en contrebas.

— Que faisaient-ils ? demanda Yang avant que Belsky ne traduise la question.

Sasha les avait vus boire un verre de vin, mais ils avaient commencé à se disputer et elle avait eu l'impression que Maddie voulait qu'il parte. C'est alors que son verre de vin lui était tombé des mains et qu'elle avait essayé de se lever du canapé, sans y parvenir. Elle était retombée sur le canapé. C'est alors que le violeur de Sasha s'était levé. Sa voix avait changé, comme à chaque fois qu'il faisait du mal à Sasha et aux autres filles. Sasha avait compris qu'il allait faire du mal à Maddie, et elle avait voulu l'aider, mais elle n'avait pas pu.

Pendant son récit, des larmes coulaient sur le visage de Sasha.

Tout le monde resta silencieux jusqu'à ce que Sasha soit prête à continuer.

Sasha avait vu Caleb quitter la pièce et s'était réfugiée derrière la cloison pour qu'il ne la voie pas. Elle ne savait pas ce qu'il avait fait exactement, mais il avait transporté un escabeau dans le salon. Puis il avait attrapé Maddie. Elle avait les yeux ouverts, mais elle ne s'était pas débattue. D'après Sasha, elle était molle comme une poupée de chiffon.

Yang déglutit difficilement. Maddie avait su ce qui allait se passer. Il sentit un frisson lui parcourir l'échine, mais il avait besoin d'entendre la suite.

D'après les souvenirs larmoyants de Sasha, Caleb avait soulevé Maddie puis l'avait laissée tomber sur la table basse en verre, qui s'était brisée sous l'impact. Il était parti après avoir préparé la mise en scène pour faire croire que Maddie était tombée de l'escabeau. Ensuite, Sasha avait pris tout l'argent qu'elle pouvait trouver et s'était enfuie.

Lorsque Yang demanda pourquoi elle n'était pas allée voir la police, Sasha répondit qu'elle avait trop peur, car Caleb était un homme puissant.

— Puissant ? De quelle façon ? demanda Yang.

Belsky écouta Sasha, puis regarda Yang et Jefferson et soupira.

— Apparemment, Caleb Faulkner a dit aux filles qu'il était ami avec le président, et qu'*elles* seraient punies, pas Caleb. Il leur a dit que personne ne les croirait.

Yang comprit et hocha la tête.

— Demandez-lui si elle saurait retrouver le chemin de l'endroit où Caleb l'a enfermée.

Belsky traduisit la question de Yang.

— Elle ne sait pas. C'était au milieu de la nuit, elle a juste couru jusqu'à ce qu'elle s'arrête devant une église.

— Une église ? Laquelle ? demanda Yang.

— Elle ne connaît pas le nom, mais l'association caritative a organisé un événement là-bas il y a quelques mois. Beaucoup d'enfants étaient là, ainsi que Maddie et Caleb.

Yang fit signe à Jefferson.

— Je gère, déclara Jefferson avant même que Yang ne puisse exprimer sa demande.

Un instant plus tard, Jefferson prit son ordinateur portable et le tourna vers Sasha afin qu'elle puisse voir l'écran.

— Voici toutes les églises qui se trouvent à proximité de la maison de Madeline, dit-il en faisant dérouler lentement la liste.

Sasha pointa du doigt l'ordinateur.

— Celle-là.

— L'église catholique de la Sainte Trinité, répondit Jefferson.

— C'est un début, dit Yang avant de se retourner vers Sasha et de lui poser davantage de questions par l'intermédiaire de Belsky. Combien de temps as-tu couru avant d'atteindre l'église ?

— Pas longtemps, peut-être dix ou vingt minutes.

— Est-ce que tu as tourné plusieurs fois ou couru tout droit ?

— J'ai tourné plusieurs fois, mais je crois que j'ai tourné en rond. Tout se ressemblait.

— As-tu traversé des ponts, couru dans des parcs ?

Sasha secoua la tête.

— Non. Je n'ai vu que des rues normales. Des petites rues.

— Pas de routes principales avec beaucoup de circulation ?

Elle secoua à nouveau la tête. Yang se tourna vers Jefferson.

— Si elle n'a traversé aucun pont ni aucune route principale, alors elle a dû être enfermée quelque part à Georgetown.

— Il m'en faut plus, dit Jefferson, en regardant la carte sur son ordinateur portable. Sasha, est-ce que tu as vu des restaurants ? Des bars ? Des magasins ?

Belsky traduisit :

— Elle ne sait pas. Elle n'a pas regardé. Elle voulait juste s'enfuir.

Yang soupira.

— Demandez-lui comment était l'endroit où elle a été enfermée. Était-ce dans une maison, un entrepôt, un garage ?

— C'était en bas d'un immeuble. Un sous-sol. Il faisait toujours sombre et l'air sentait mauvais...

— Mauvais ? Comme l'odeur de renfermé ?

Elle secoua la tête.

— Non, comme la nourriture. Le curry. Ça sentait toujours le curry.

Yang et Jefferson échangèrent un regard.

— Un restaurant indien.

Quelques instants plus tard, Jefferson déclara :

— Il n'y a que deux restaurants indiens dans les environs.

— Montre-les sur Google Street View, dit Yang.

Jefferson fit un zoom sur le premier restaurant, tandis que Sasha regarda l'écran. Elle secoue la tête.

— Non, ça ne me dit rien.

— Et celui-là ?

Sasha garda les yeux rivés sur l'écran, tandis que Jefferson fit un tour à 360 degrés via Google Street View, montrant ainsi les autres bâtiments de la même rue.

Sasha tendit la main vers l'image et Belsky traduisit ses paroles :

— Voilà, c'est ça ! C'est ce qu'elle a vu quand elle s'est échappée. C'est cette rue !

85

Bien que le restaurant fut déjà fermé, l'odeur du curry flottait encore dans l'air. Emily regarda le bâtiment dans la rue pittoresque à sens unique qui était bordée de jolies maisons de ville à deux étages d'un côté, et de bâtiments plus grands de l'autre. L'un de ces bâtiments était occupé par un restaurant indien.

Lorsque Sasha sortit de la voiture de l'inspecteur Yang, elle resta près d'Emily, lui serrant toujours la main. Belsky était également venu avec eux, tandis que Jefferson et l'interprète avaient pris une autre voiture. Une voiture de police avec deux policiers en uniforme les attendait déjà.

— Regarde autour de toi Sasha, commanda Yang à la jeune fille avec l'aide de Belsky pour traduire, qu'as-tu vu lorsque tu t'es échappée ?

Lentement, Sasha se retourna, jetant un coup d'œil en haut et en bas de la rue. Lorsqu'elle tira sur la main d'Emily, celle-ci l'accompagna en remontant la légère pente de la rue. Sasha se mit soudain à trembler, et ses yeux se fixèrent sur un portail métallique situé entre deux maisons de ville. Elle le désigna du doigt.

Emily regarda par-dessus son épaule et fit un signe de tête à Yang. Il s'approcha, tout comme Belsky et les autres policiers.

Le portail métallique n'était pas fermé à clé. Il menait à une zone où se trouvaient des poubelles, mais il n'y avait pas de porte nulle part.

— Il n'y a rien ici, déclara Yang.

Emily entendit la déception dans la voix de l'inspecteur.

— Peut-être que tu te souviens mal ? suggéra Yang à Sasha.

Mais Sasha secoua la tête et pointa du doigt les énormes bennes à ordures. Vu son insistance, Yang saisit la poignée d'une des poubelles et la fit rouler vers l'avant, puis il fit de même avec la deuxième. Emily ne pouvait pas voir ce qu'il voyait, mais lorsqu'elle remarqua le changement d'expression de Yang, elle sut qu'il avait trouvé quelque chose.

— J'ai besoin d'une cisaille, lança Yang.

Quelques instants plus tard, l'un des policiers lui tendit l'outil demandé. Emily regarda Yang par-dessus son épaule pendant qu'il coupait une lourde chaîne qui verrouillait une modeste porte en acier. Lorsqu'il l'ouvrit, Emily vit des marches menant à un sous-sol derrière la porte.

Une faible lumière sur le mur fournissait un peu d'éclairage. Yang scruta l'obscurité de sa lampe de poche. Emily put voir qu'il y avait du rembourrage à l'intérieur de la porte en guise d'insonorisation.

— Tatjana ! appela Sasha en direction du sous-sol. Tatjana !

Puis elle dit quelque chose en russe.

— Sasha ! Sasha ! s'exclama une jeune fille.

Des cliquetis de métal se firent également entendre.

Yang descendit les escaliers et Sasha le suivit à la trace. Emily n'eut d'autre choix que de le suivre, ne voulant pas lâcher la main de la jeune fille. La pièce dans laquelle ils entrèrent depuis le pied de l'escalier était grande, toutefois le plafond était bas et le sol était en terre battue. Un matelas surélevé sur une plate-forme en bois de soixante centimètres de haut se trouvait dans un coin, tandis qu'une clôture métallique de fortune équipée d'un portail verrouillé s'imposait du sol au plafond de l'autre. On aurait dit une cellule de prison sortie d'un vieux western. Il y avait également ment de vieilles toilettes, un lavabo ainsi que plusieurs lits de camp.

En s'accrochant aux barreaux de la cellule, Emily vit une jeune fille habillée de vêtements sales. Elle avait les cheveux noirs et les mêmes yeux bleus que Sasha. Décidément, Caleb avait ses préférences.

Lorsque Tatjana posa les yeux sur Sasha, qui avait maintenant lâché la main d'Emily et s'était précipitée vers elle, des larmes coulèrent sur son visage. Sasha franchit la barrière métallique pour prendre les mains de

Tatjana dans les siennes. Sasha parla rapidement, seulement interrompue par les larmes.

Emily se tourna vers Belsky, qui entra derrière elle.

— Sasha s'excuse auprès de Tatjana de ne pas être revenue plus tôt pour la libérer. Elle avait tout simplement trop peur que Caleb ne l'enferme à nouveau, expliqua Belsky.

— Il faut que nous ouvrions cette porte, déclara Yang.

— Je peux le faire, dit Emily.

Yang la regarda abasourdi, tandis qu'Emily sortit ses crochets de serrure de son sac à main.

— Waouh, je ne m'attendais pas à ça, répondit Yang en se décalant sur le côté.

Il ne fallut qu'une minute à Emily pour déverrouiller le portail. Dès qu'il fut ouvert, les deux filles s'enlacèrent, pleurant dans les bras l'une de l'autre. Emily avait également les larmes aux yeux, mais elle les refoula. Tatjana était en sécurité.

Emily se retourna et sortit de la pièce oppressante qui ressemblait à un bunker. Lorsqu'elle atteignit la rue, elle respira profondément. Un sanglot s'échappa de sa gorge et elle laissa les larmes couler. Elle ne pouvait pas imaginer comment les filles avaient survécu en étant enfermées dans un endroit sans lumière naturelle, en devant régulièrement supporter les coups et les viols.

La policière de la voiture de patrouille posa une main sur son bras.

— Est-ce qu'elle est vivante ?

Emily acquiesça.

— Oui. C'est fini maintenant. C'est fini.

Ses paroles la firent pleurer davantage. Emily se laissa aller jusqu'à ce qu'elle n'ait plus de larmes, la policière lui offrant une épaule pour pleurer.

— Merci, dit Emily en reniflant.

La policière lui sourit puis s'éloigna pour aller aider sa collègue. Après s'être ressaisie, Emily se tourna vers la fenêtre de la voiture de police pour vérifier son reflet et sécher ses larmes avec un mouchoir en papier.

Mais ce n'était pas son visage qu'elle vit se refléter dans la vitre. Maddie la regardait, un sourire aux lèvres.

— Maddie, murmura Emily en tendant la main pour toucher le visage de Maddie.

Maddie murmura quelque chose, et même si Emily n'était pas douée pour lire sur les lèvres, elle savait ce que Maddie disait. *Merci.*

Quand Emily cligna des yeux, le reflet avait disparu. Instinctivement, elle savait que c'était la dernière fois qu'elle verrait Maddie, même si elle pouvait encore sentir un lien avec elle. La compassion et la gratitude de Maddie seraient toujours en elle.

86

Les deux jours suivants, Yang et Jefferson se chargèrent d'interroger toutes les personnes liées de près ou de loin aux affaires touchant Caleb Faulkner. Toutes les personnes interrogées avaient une pièce différente du puzzle. Avec le rapport d'autopsie et de toxicologie de Madeline Bolton que les services secrets avaient divulgué immédiatement après que l'implication de Mike Faulkner dans l'affaire ait été révélée, Yang et Jefferson avaient tout ce qu'il fallait pour monter un dossier en béton contre Caleb Faulkner.

Il ne restait plus qu'une chose à faire. Yang s'était portée volontaire pour cela, voulant permettre à une famille en deuil de tourner la page.

Un assistant fit entrer Yang dans le bureau d'Eric Bolton, situé dans le centre-ville. L'homme se tenait debout, regardant à travers la grande fenêtre qui donnait sur le Capitole.

Après que l'assistant ait refermé la porte derrière Yang, Bolton se retourna lentement pour lui faire face.

— Merci de me recevoir ici plutôt qu'à la maison, dit Bolton. Il n'est pas nécessaire que Rita entende tous les détails des horreurs commises par Caleb. Savoir qu'il sera puni pour ce qu'il a fait suffira.

— Il sera puni, je vous le promets, assura Yang en s'asseyant sur le fauteuil confortable que son interlocuteur lui tendait.

Bolton s'assit en face de lui.

— Racontez-moi tout, sans omettre les atrocités.

— Lorsque Mike Faulkner était ambassadeur à Moscou, Caleb était adolescent. Je n'ai pas besoin d'entrer dans tous les détails pour expliquer pourquoi il a violé une jeune fille russe de quatorze ans et l'a presque étranglée à mort, mais en bref Sergei Petrov a confirmé qu'il y avait eu un cas d'agression sexuelle. Petrov n'avait que des bribes d'informations et pensait que c'était Mike Faulkner qui avait commis le viol, sans jamais soupçonner Caleb. Après tout, c'était Mike Faulkner qui avait payé la famille pour qu'elle n'aille pas voir la police ou les journaux. Tout a été mis sous le tapis, et Mike et Caleb Faulkner sont retournés aux États-Unis.

Bolton acquiesça.

— Je me suis toujours demandé pourquoi il n'y était resté que deux ans. Quand je lui ai demandé une fois, il a dit que ce n'était pas un bon environnement pour Caleb. Je l'ai même complimenté pour avoir fait passer sa famille avant sa carrière.

Yang expira lentement.

— Je ne peux pas cautionner ce que Faulkner a fait pour son fils, même si je comprends qu'aucun parent ne souhaite que son enfant croupisse dans une prison étrangère. Mais il aurait pu lui trouver de l'aide une fois de retour aux États-Unis. Un psychiatre, des médicaments, une thérapie, quelque chose.

— Caleb est un psychopathe, et aucun d'entre nous ne l'a vu, se désola Bolton, secouant la tête. Je l'aimais bien. J'ai même pensé qu'il ferait un merveilleux gendre. Comme j'avais tort.

— Il trompait tout le monde et faisait semblant d'être poli et attentionné, alors qu'il était tout le contraire. Nous ne saurons peut-être jamais combien de jeunes filles il a violées et tuées, mais nous en connaissons trois. Deux d'entre elles sont encore en vie et ont confirmé qu'elles avaient été attirées dans la voiture de Caleb après une séance avec leur thérapeute. Les filles l'avaient vu lors d'un événement caritatif et pensaient que c'était un bon gars. Elles lui ont fait confiance. Il y a un témoin, un sans-abri, qui a dit à la police après la disparition d'Annika qu'il avait vu une voiture de luxe attendre dans l'allée derrière l'immeuble du thérapeute. Il n'a pas été pris au sérieux à l'époque, parce qu'il était sous l'emprise de la drogue et qu'il ne pouvait pas décrire la voiture ou l'homme.

— Et c'est Annika la fille décédée ?

— Oui, d'après Tatjana et Sasha, les deux filles russes survivantes, Annika s'est défendue lorsque Caleb l'a violée particulièrement sauvagement un soir. Elles ont dû regarder quand il l'a étranglée. Il faut être particulièrement insensible pour étrangler quelqu'un à mains nues. Elle s'est battue aussi longtemps qu'elle le pouvait. C'est ainsi que son ADN s'est retrouvé sous ses ongles. Il pensait qu'en se débarrassant du corps dans une tombe peu profonde dans le parc de Fort Dupont, son corps se décomposerait rapidement et que personne ne la retrouverait jamais. Eh bien, quelqu'un l'a trouvée.

Bolton sembla frémir.

— Les deux survivantes… elles doivent être traumatisées.

— Elles vont devoir être suivies psychologiquement pendant de longues années.

— Comment Maddie s'est-elle retrouvée impliquée dans tout ça ?

— Tout a commencé avec Sergei Petrov. Ils se sont rencontrés lors d'une réception. Il l'a ciblée parce qu'elle travaillait pour *No Child Abandoned*, une association caritative que Mike Faulkner avait fondée après son retour de Russie. Petrov pensait que Mike Faulkner s'en servait comme couverture pour avoir accès à des mineures. Et comme plusieurs filles sauvées par l'association avaient disparu au cours des dernières années, Petrov pensait que Mike Faulkner était derrière tout ça. Il a convaincu Maddie d'utiliser son statut pour chercher des preuves.

Bolton soupira.

— Elle n'aurait pas fait ça pour prouver que Mike avait fait du mal à ces filles.

— Qu'est-ce que vous voulez dire ?

— Elle l'aurait fait pour prouver qu'il n'avait rien à voir avec tout ça. Elle aimait Mike, c'était son parrain. Elle a dû accepter la demande de Petrov pour l'innocenter. Elle était comme ça.

— Vous avez peut-être raison. Mais en fouillant dans les dossiers de l'association caritative, elle a attiré l'attention de Caleb. Nous avons interrogé le personnel de l'association caritative et découvert que dans les deux semaines qui ont précédé sa mort, votre fille a accédé à divers dossiers sur un certain nombre de filles alors que ce n'était pas vraiment son domaine.

— C'est comme ça que Caleb a découvert qu'elle enquêtait sur les disparitions des filles ?

— Nous devons partir du principe que oui. Malheureusement, Caleb refuse de parler, dit Yang en haussant les épaules. Ça n'a pas d'importance, nous avons suffisamment d'autres témoins.

— Les deux filles qui ont survécu ?

Yang acquiesça.

— Comment cette fille, Sasha, a-t-elle pu s'échapper ? demanda Bolton.

— Caleb était venu chercher Tatjana pour l'emmener sur le lit de camp où il abusait régulièrement de l'une ou l'autre. Normalement, Sasha aurait dû être enfermée dans la cellule pendant qu'il était occupé avec Tatjana, mais quand Caleb a sorti Tatjana de la cellule, Sasha a réussi à coincer un morceau de tissu dans la serrure pour qu'elle ne s'enclenche pas. Caleb avait l'air trop pressé de continuer à maltraiter Tatjana et ne l'a pas remarquée. Peut-être avait-il bu plus que d'habitude. Nous ne savons pas.

— Alors elle s'est enfuie ?

— Lorsque Caleb avait le dos tourné, elle s'est faufilée hors de la cage et a couru hors du sous-sol et dans la rue. Tatjana dit que Caleb a trébuché lorsqu'il a essayé de courir après Sasha, parce qu'il avait le pantalon baissé jusqu'aux genoux. Mais lorsque Tatjana a essayé de le dépasser pour s'échapper comme Sasha, il lui a pris la cheville, elle est tombée et s'est cogné la tête si fort qu'elle s'est évanouie.

— Oh mon Dieu !

— Sasha a couru sans s'arrêter, jusqu'à ce qu'elle se retrouve devant l'église catholique de la Sainte Trinité. *No Child Abandoned* y avait organisé un événement auquel de nombreux enfants secourus avaient participé. C'est ainsi que Sasha a su qui était Maddie. Apparemment, elles ont échangé quelques mots avec l'aide d'un interprète, et Sasha a senti qu'elle pouvait faire confiance à votre fille. À la fin de l'événement, un bus a ramené tout le monde chez eux, et le chauffeur a déposé Madeline à sa maison de ville, à quelques rues seulement de l'événement. Sasha se souvenait de la maison, car elle se demandait si un jour elle vivrait elle aussi dans une belle maison comme celle-là. Il lui a fallu un certain temps pour trouver la maison, mais elle a fini par y arriver et a demandé de l'aide à Maddie.

Bolton renifla, et Yang le regarda, remarquant que les émotions de Bolton prenaient le dessus.

— Voulez-vous que je m'arrête là ?

— Non, continuez s'il vous plaît.

— Votre fille a recueilli Sasha, mais elle n'a pas pu en tirer grand-chose, seulement qu'un homme lui avait fait du mal. Et qu'elle avait peur. C'est à ce moment-là que Maddie a dû appeler Sergei Petrov à l'aide. Mais il était hors du pays, et n'a reçu le message qu'après la mort de Maddie.

— Elle l'a donc appelé comme l'a dit mademoiselle Warner ?

— Oui, et selon les services secrets, ils ont trouvé l'enregistrement de l'appel sur le téléphone de votre fille, mais le temps que vous le receviez, il avait été effacé.

— Par Mike ?

— C'est ce que nous pensons. C'était le seul à avoir été en possession du téléphone portable avant qu'il ne vous le rende. Je crois qu'il voulait s'assurer que personne ne fasse le lien entre Maddie et Petrov, ce qui aurait pu finalement permettre de découvrir que sa mort avait un rapport avec les filles russes disparues.

— Il a dû se rendre compte que cela les mènerait à Caleb.

— Peut-être. Il s'est peut-être rendu compte plus tôt que Caleb préparait quelque chose, parce que Robert Wolff, le palefrenier du domaine équestre de Mike Faulkner, a confirmé qu'il avait appelé Faulkner une semaine après la mort de Madeline parce qu'il ne trouvait pas le flacon de Midazolam dont il avait besoin pour un chien blessé. Mike a dit à son palefrenier qu'il avait accidentellement cassé la bouteille, mais c'était évidemment un mensonge. Caleb a volé le médicament et l'a mélangé à du vin pour endormir Madeline afin de pouvoir mettre en scène un accident domestique.

Bolton essuya la larme qui venait de couler le long de sa joue.

— Au moins, elle n'avait pas conscience de ce qui lui arrivait.

Yang ne le corrigea pas. La dose de Midazolam que Maddie avait reçue dans le vin qu'elle avait bu avec Caleb n'était probablement pas suffisante pour l'assommer complètement, car Caleb ne pouvait pas risquer que sa respiration et son cœur ne s'arrêtent avant qu'il ne lui ait infligé le traumatisme crânien. Cependant, la drogue présente dans son organisme avait détendu ses muscles au point qu'elle ne les contrôlait plus et qu'elle avait été incapable de lutter contre Caleb, tout en sachant ce qui l'attendait.

— Quand je pense que j'ai connu Caleb toute sa vie... se lamenta Bolton. Mais en fait il se fichait de Maddie, il se fichait de tout le monde.

— C'est la définition d'un psychopathe. Ils ne se soucient de personne d'autre que d'eux-mêmes, confirma Yang.

Bolton acquiesça et prit une longue inspiration afin de se calmer.

— Mais pourquoi Caleb a-t-il tiré sur Petrov et mademoiselle Warner ? Est-ce Mike qui lui a parlé d'eux ?

— Pas volontairement, non. Je pense plutôt que c'est vous qui avez alerté Caleb sur le fait que Petrov et mademoiselle Warner avaient des informations qui pourraient mener la police au tueur.

— Moi ? Je n'aurais jamais...

Yang leva la main.

— Je sais. Vous ne l'avez pas fait exprès. Quand je vous ai réinterrogé hier, vous m'avez dit que vous aviez appelé Mike Faulkner, et qu'il était dans sa maison de ville à Washington où il s'habillait pour un dîner à la Maison Blanche. D'après vous, il vous a mis sur haut-parleur pour continuer à s'habiller, pendant que vous lui racontiez que votre femme avait reçu la visite de mademoiselle Warner qui insistait sur le fait que Maddie avait parlé à Petrov. Je crois que Caleb était à la maison de ville et qu'il a entendu la conversation, bien que ni Caleb ni son père ne nous donnent d'informations. Cela n'a pas d'importance. Nous avons beaucoup de preuves pour condamner Caleb. Nous pouvons même prouver que Caleb s'est déguisé en médecin pour tenter une deuxième fois de tuer Petrov. Même s'il portait un masque chirurgical et une casquette, nous avons pu superposer les images de sécurité de l'hôpital avec celles de Caleb dans le foyer de l'association caritative. Saviez-vous que tout le monde a une démarche qui lui est propre ?

— Non.

— Celui qui s'en est pris à Petrov et son agent de sécurité dans l'unité de soins intensifs marchait exactement comme Caleb. Leur démarche était identique. Une correspondance parfaite.

Bolton laissa échapper une profonde inspiration.

— Tant de douleur, tant de morts, tant de blessés... Tout ça, pour que Caleb puisse cacher le genre de monstre qu'il est. Et Mike le savait. Il savait depuis le début de quoi Caleb était capable, et pourtant, il n'a rien fait.

— Pas tout à fait. En fait, d'une certaine manière, il lui a facilité la tâche.

— Comment ça ?

— Après le retour de Faulkner de Russie, il a dû se sentir coupable de ce que son fils avait fait. Je crois qu'il voulait réparer le crime de son fils, et que c'est pour ça qu'il a fondé l'association caritative pour aider les enfants maltraités. À ce moment-là, ses motivations étaient très probablement pures, même si elles étaient imprégnées de culpabilité. Les années ont passé, et peut-être Faulkner croyait-il que son fils avait surmonté son... devrais-je dire son appétit sexuel pour les jeunes filles ? Quoi qu'il en soit, Faulkner aurait mieux fait de faire suivre Caleb par un psychiatre.

Yang secoua la tête avant de poursuivre.

— Alors, quand Faulkner a dû démissionner de l'association caritative lorsqu'il est devenu chef de cabinet, il a mis Caleb à la tête de l'association. C'est comme mettre le loup en charge du poulailler. Cela a donné à Caleb les pleins pouvoirs sur toutes les filles qui passaient par l'organisation caritative. Il avait le choix. Il avait un type : cheveux foncés, yeux bleus. Nous sommes encore en train d'étudier les dossiers de l'association caritative pour savoir s'il y avait d'autres filles avant Annika, Sasha et Tatjana qu'il aurait pu violer ou tuer.

— Je ne comprends pas Mike. Comment a-t-il pu ne serait-ce que penser à attribuer ce poste à Caleb ? demanda Bolton.

— Nous ne le saurons jamais. Peut-être qu'il pensait vraiment que Caleb allait mieux et qu'il s'était repenti, spécula Yang en haussant les épaules. Mais après la mort de Madeline, il a ignoré tous les signes indiquant que Caleb était impliqué dans une sordide affaire. Il en a même trafiqué les preuves, comme effacer l'appel de Madeline à Sergei, et a tout fait pour dissimuler ce qu'il savait déjà au fond de lui : que Caleb avait tué Madeline.

— Je ne lui pardonnerai jamais, déclara Bolton.

— Au moins, c'est fini maintenant, répondit Yang. Caleb mourra en prison. Et vu son âge, Faulkner connaîtra le même sort.

Bolton hocha la tête, puis regarda Yang droit dans les yeux.

— C'est ironique, n'est-ce pas ? Une femme qui était aveugle la moitié de sa vie nous a tous aidés à voir le monstre qui se cachait derrière les apparences.

— C'est vrai. Et elle nous a conduits au seul témoin oculaire qui a vu Caleb tuer Madeline. Il n'y a pas beaucoup de femmes comme Mademoiselle Warner.

— En effet, inspecteur. Les femmes comme elle ne courent pas les rues. Vous ne devriez pas la laisser filer.

Yang sourit sans s'en rendre compte. Peut-être qu'il suivrait le conseil de Bolton.

87

Une semaine après le sauvetage de Sasha, Emily était de retour au cimetière où Madeline Bolton avait été enterrée afin de dire au revoir à son père. La cérémonie s'était déroulée dans le calme et en petit comité.

Des lys blancs furent drapés sur l'élégant cercueil, et un prêtre récita le Psaume 23.

— Le Seigneur est mon berger...

Emily entendit à peine la prière, son cœur étant rempli de chagrin et de regret, mais aussi de gratitude. Son père avait payé sa dette envers Emily de sa vie. Elle ne savait pas si son sacrifice lui permettrait d'entrer au paradis, mais elle ne ressentait plus aucune rancune à son égard. Aujourd'hui, elle pleurait le père qu'elle avait perdu quinze ans plus tôt. Ses larmes étaient sincères. Peut-être que sa mère pourrait aussi lui pardonner maintenant.

Emily se tenait debout en regardant le cercueil, flanquée de son chien-guide de confiance, Coffee, et de sa meilleure amie, Vicky. Toutes deux lui avaient donné de la force au cours de la semaine écoulée.

Lorsque le prêtre termina sa prière et s'écarta, les quelques personnes présentes restèrent et transmirent leurs condoléances. L'ambassadeur Pacheco était accompagné de Catalina.

Catalina enroula ses bras autour de la taille d'Emily et appuya la tête contre sa poitrine.

— Je suis triste que vous ayez perdu votre père. Je ne sais pas ce que je ferais si je perdais le mien, dit Catalina en reniflant, essayant de cacher ses larmes.

— C'est normal de pleurer, la rassura Emily, les larmes roulant sur ses joues. La situation me désole aussi. Promets-moi quelque chose, Catalina.

La jeune fille releva la tête.

— Pas de souci.

— Dis à ton père que tu l'aimes tous les jours. Comme ça, tu ne le perdras jamais, dit-elle en soutenant le regard de l'ambassadeur Pacheco.

— C'est promis, mademoiselle Warner, déclara Catalina.

Les yeux de l'ambassadeur Pacheco s'humidifièrent. Emily sentit qu'il pensait à sa femme et sourit à travers ses larmes. Pacheco se rapprocha de Catalina, puis tendit la main à Emily, avant de la saisir à deux mains.

— Si vous avez besoin de quoique ce soit, sachez que nous sommes là.

— Merci, répondit-elle, sachant que son offre était sincère.

L'ambassadeur prit sa fille par la main et se dirigea vers ses agents de sécurité. Diego Sanchez, qui s'était tenu de l'autre côté de Vicky, se tourna vers elle.

— Mes sincères condoléances, Emily.

Elle lui prit et serra la main.

— Je voulais te remercier pour tout ce que tu as f...

— Ce n'est pas nécessaire, l'interrompit-il. D'après ce que j'ai pu voir, tu avais tout en main avant que je ne réussisse à intervenir. J'aurais juste préféré que la police n'arrive pas aussi vite, j'aurais pu tabasser Caleb encore plus... regretta-t-il. Mais c'est comme ça. C'est moi qui dois te remercier. Sans toi, Maddie n'aurait jamais obtenu justice. Et Caleb aurait continué à blesser encore plus de filles innocentes. Puis il dit à Vicky : J'attendrai à la voiture.

Une fois Diego hors de portée de voix, Emily regarda Vicky.

— Tu sors avec lui ?

Vicky rougit.

— Il m'a invitée à prendre un café. Ce n'est pas vraiment un rencard, tu sais.

— Bien sûr que non, dit Emily en souriant. Mais je suis sûre que tu peux faire en sorte qu'il le devienne.

Vicky se pencha.

— J'espère bien que oui, gloussa-t-elle.

— Tu es incroyable.

— Je sais. Mais ça t'amuse, non ?

— Je ne te retiens pas, va prendre ton café avec Diego. Je pense qu'il t'aime bien. Mais n'oublie pas qu'il est toujours en deuil. Il l'aimait.

— Je sais.

Emily montra un endroit situé à l'autre bout du cimetière.

— Je dois dire au revoir à Maddie.

Vicky la prit dans ses bras.

— Je t'aime.

— Je t'aime aussi.

Lorsque Vicky se dirigea vers l'endroit où Diego avait garé sa voiture, Emily prit un lys blanc de la composition florale sur le cercueil de son père.

— Ça ne te dérange pas papa, j'espère ?

Puis elle regarda Coffee et lui dit :

— Viens, Coffee.

Ils traversèrent le cimetière ensemble. En se rapprochant de la tombe de Maddie, elle pouvait déjà voir deux personnes qui l'attendaient : les parents de Maddie.

Lorsque Emily arriva sur la tombe, où une pierre tombale blanche avait été érigée, Rita Bolton la serra fort dans ses bras.

— Je suis vraiment désolée pour votre perte, ma chère, dit Rita Bolton au milieu des larmes, avant de libérer Emily de son étreinte.

Emily sentit une nouvelle vague de larmes arriver, mais essaya de la réprimer.

— Je vous remercie. Je n'aurais jamais pu offrir à mon père un si beau lieu de repos sans votre générosité, ajouta-t-elle en regardant Bolton.

Bolton lui prit la main et la tint un instant.

— Il est tout à fait normal que nous ayons payé pour cela. C'est le moins que l'on puisse faire. C'est notre façon de vous remercier pour avoir rendu justice à Maddie.

Rita renifla.

— Nous n'avions aucune idée de la dépravation et de la cruauté de Caleb. On pensait le connaître... ajouta-t-elle en secouant la tête.

— Nous avons rompu tous les liens avec les Faulkner. Je ne pourrais plus jamais être ami avec Mike, sachant qu'il a essayé de couvrir les crimes de Caleb... Le président l'a fait démissionner dès qu'il a appris la nouvelle. Mike sera poursuivi pour complicité après les faits et pour obstruction à la justice, déclara Bolton.

Emily avait entendu parler de la démission aux informations.

— J'aimerais pouvoir dire que je suis désolée d'entendre ça, mais ce n'est pas le cas. Caleb est un monstre. Et son père le savait et n'a rien fait pour l'arrêter.

Mais elle ne voulait pas se noyer dans l'amertume. Elle déposa le lys sur la tombe de Maddie, avant de sourire aux Bolton.

— J'aurais aimé connaître Maddie de son vivant. Je sais que nous n'avons rien en commun, mais...

Rita posa sa main sur l'avant-bras d'Emily.

— Vous avez quelque chose en commun. Vous avez toutes les deux un grand cœur.

Emily sourit.

— Je sais qu'elle est en paix maintenant.

Rita acquiesça.

— Merci à vous.

Puis elle regarda au-delà d'Emily et ajouta :

— Je crois que quelqu'un veut vous voir.

Emily regarda par-dessus son épaule et fut surprise de voir l'inspecteur Yang s'approcher.

— Au revoir, dit-elle aux Bolton, avant de pivoter et de se diriger vers l'endroit où se tenait Yang.

Coffee marcha à ses côtés, sa queue remuant lorsque Yang s'accroupit pour le caresser.

— Je ne pensais pas que vous viendriez, inspecteur, dit-elle.

— Je ne voulais pas m'immiscer dans les funérailles, répondit-il. Mais Vicky m'a appelé pour me dire que vous auriez peut-être besoin qu'on vous ramène à la maison.

— J'aurais pu prendre un Uber pour revenir.

— J'imagine, mais je me suis dit que vous voudriez peut-être dîner avec moi ?

Surprise, elle le regarda fixement.

— Vous voulez que l'on dîne ensemble ?

— Oui. À moins que vous ayez autre chose de prévu.

Il fit un signe vers la route principale qui serpentait à travers le cimetière et ajouta :

— Peut-être que l'ambassadeur d'Argentine vous a déjà invitée à sortir avec lui ?

— Alors inspecteur, vous me croyez enfin quand je dis que je connais l'ambassadeur d'Argentine ?

Il haussa les épaules.

— Il faut parfois le voir pour le croire. Et d'autres fois, on y croit même sans avoir besoin de le voir.

Elle gloussa légèrement.

— Alors, c'est *oui* ou c'est *non* ?

— Je peux venir avec Coffee ?

Elle jeta un rapide coup d'œil à son chien.

— Je crois que je n'ai pas été assez clair. C'est Coffee que j'invite à manger. Vous pouvez accompagner deux célibataires si ça vous dit, mais seulement si vous arrêtez de m'appeler *inspecteur*.

— Comment dois-je vous appeler alors ?

— Adam.

Pour la première fois en quinze ans, Emily sentit qu'elle n'avait plus aucun souci à se faire et qu'elle serait heureuse quoiqu'il arrive, parce qu'elle savait que Maddie veillait sur elle de là où elle était.

QUESTIONS À DÉBATTRE AU SEIN DU CLUB DE LECTURE

Q1

Emily est amère à cause du passé. Quels événements contribuent à ce qu'elle puisse se défaire de sa colère et de sa douleur ?

Q2

Emily prend de grands risques pour obtenir justice pour Maddie. Sa peur de perdre à nouveau la vue est-elle la seule chose qui la motive, ou y a-t-il quelque chose de plus profond en jeu ?

Q3

L'inspecteur Yang a un sens aigu du bien et du mal, et suit son instinct. Qu'est-ce qui le pousse à croire aux histoires d'Emily ?

Q4

Qu'est-ce qui, dans le passé du tueur, l'a amené à devenir plus effronté et à croire qu'il n'aurait jamais à payer pour ses crimes ? Une intervention et une thérapie précoces auraient-elles pu stopper sa nature psychopathique, ou sa progression était-elle inévitable ?

Q5

Plusieurs des personnages du livre ont perdu quelqu'un qu'ils aimaient : Emily sa mère, Eric et Rita Bolton leur fille, l'Ambassadeur Pacheco sa femme, Catalina sa mère, Diego sa petite amie. Discuter de la façon dont chacun gère son deuil de manière différente.

À PROPOS DE L'AUTEUR

De nationalité allemande, Tina Folsom vit depuis plus de 25 ans dans des pays anglophones. Elle a d'ailleurs épousé un Américain et s'est établie en Californie en 2002.

Depuis 2008, elle a publié plus de 50 livres en anglais et des douzaines dans d'autres langues (français, allemand et espagnol).

tina@tinawritesromance.com
https://tinawritesromance.com

Newsletter:
https://tinawritesromance.com/Newsletters/

Suivez-moi sur Amazon:
https://amazon.fr/stores/Tina-Folsom/author/B003QHX9KM

facebook.com/TinaFolsomFans
instagram.com/authortinafolsom